夜谈
BAIGEI
YUELIANG

告白
BAIGEI
YUELIANG

撑伞
BAIGEI
YUELIANG

生日
BAIGEI
YUELIANG

有爱的青春陪伴者

吹给月亮

碗决
/著/

贵州出版集团
贵州人民出版社

图书在版编目（C I P）数据

败给月亮 / 碗泱著. -- 贵阳 ：贵州人民出版社，2022.12

ISBN 978-7-221-17318-8

Ⅰ. ①败… Ⅱ. ①碗… Ⅲ. ①长篇小说－中国－当代 Ⅳ. ①I247.5

中国版本图书馆CIP数据核字(2022)第182057号

败给月亮

BAIGEIYUELIANG

碗泱/ 著

出版统筹：陈继光

选题策划：大鱼文化

责任编辑：杨雅云

特约编辑：周丽萍

装帧设计：刘　艳　孙欣瑞

封面绘制：Michael麦扣　阿花呀　六月pearl

出版发行：贵州人民出版社（贵阳市观山湖区会展东路SOHO办公区A座 550081）

印　　刷：长沙鸿发印务实业有限公司

开　　本：880毫米×1230毫米 1/32

字　　数：412千字

印　　张：10.5

版　　次：2022年12月第1版

印　　次：2022年12月第1次印刷

书　　号：ISBN 978-7-221-17318-8

定　　价：45.80元

目 录

目录

Chapter1. 小同学

安湖市，五月。

阳光透过树叶的间隙从树丛间筛落跳跃下来，带了点温柔与倦懒，往暮色更深处铺展。

恒立中学此刻不复往日的吵闹，校区人影寥寥。

五点三十分，距离家长会开始只差十分钟了，高一九班的教室里座无虚席，家长们陆陆续续到齐，在小声谈论着什么。

他们或西装革履，或衣着休闲，个个身份非同寻常。

恒立中学是国内排名非常靠前的私立高中，在安湖的升学率也常年稳居第一名，只是收费较高，来这里就读的学生非富即贵。常有人说，进了恒立中学，就等于半只脚踏进了重点大学。

南嘉看了眼手机，又迅速摁灭。

怎么还没来?

“嘉嘉，你发什么呆呢？”

白玲玉静静凝视着南嘉。

南嘉长得非常漂亮，个子高，脸小，头身比非常优越，鼻尖小巧精致，又乖又纯的眼睛漾着盈盈水光。她这会儿穿着简单的校服裙，露出一双又直又白的腿，让人格外有保护欲。

白玲玉一个女孩子看了都心动。

南嘉再次看了眼手机，打开微信，置顶的页面，是一个备注为“哥哥”的人，聊天记录也没多少。她的视线恰好捕捉到的便是她问他能不能参加家长会，他懒散地回复：行啊。

回复完具体时间，就没有然后了。

南嘉敲了几个字：你到了吗？

想了想，又删掉了。

他没耐心，讨厌别人催，她不想惹他讨厌。

白玲玉问：“嘉嘉，裴行妄是有事不能来吗？”

南嘉摇头：“我也不知道。”

白玲玉叹气：“有可能是太忙了吧，之前他每周六都会去‘Freedom’，听说他这两周都没去了。”

Freedom 是安湖营收较好的酒吧，不是因为里头装修得有多好，也不是因为里面调的酒有多好喝，而是因为裴行妄组建的乐队每周六在那里驻唱，“粉丝”齐聚一堂，酒吧人气便稳居安湖前几名。

年仅二十岁的裴行妄是安湖大学大二学生，歌声独具一格，前途无量，每首歌一旦登上音乐 App 便会霸榜。不少人慕名而来，只为见他一面。

有娱乐公司想签约他们乐队，可裴行妄不同意，一直保持着低调作风。

白玲玉继续说：“其实你学习这么好，你哥来不来帮你开家长会都无所谓，主要是她们老不相信你，这次裴行妄只要一出现，她们就会相信了。”

“我倒不在意这个。”南嘉从来不在乎别人的眼光。

南嘉转学过来有一个多月了，她聪明好学，是老师心中优秀的学生，占据年级第一名，再加上这张得天独厚的好长相，自然引来了不少关注者。

之前闲聊，她无意间透露自己的哥哥是裴行妄，哪想到惹来了一堆嘲笑。

“胡说八道，裴行妄什么时候有个这么大的妹妹了？”

她解释：“不是亲的，只是暂时借住他家。”

可白玲玉却把这事放在了心里，想着今天裴行妄在家长会上露个脸，谣言自然就不攻而破了。

“对了，嘉嘉，我前几天碰见你哥哥了，我跟他说了你被欺负的事情……”

这时，南嘉的手机响了。

她眼睛明显一亮，连忙拿出手机，但在看清楚来电人的那一刻，眼底光芒迅速陨灭。

是广告推销。

挂断电话之后，南嘉才想起刚才白玲玉的话，心神一凛：“小玉，你刚才说什么？”

白玲玉挠挠头：“啊，嘉嘉，对不起，我前几天碰到你哥哥了，跟他说了你被欺负的事情，我实在忍不住，对不起……”

其实那几个人也没多过分，起因只是一个高三的学长在南嘉这里碰了钉子，大佬的小弟看不下去了，暗地里给南嘉使了点绊子。不过南嘉及时跟老师说了，那几位倒是消停了，但在路上遇到南嘉，经常会鼻孔对着她，冷哼一声。

南嘉觉得这事就过去了，也不想因为这个打扰裴行妄，更不想让裴行妄觉得她很没用，这么大了还能被欺负。

哪想到白玲玉就是一心想帮她报仇。

恒立中学幽静整洁，绿化覆盖率远远高于平均水平，学校中间有个人工湖，养了不少锦鲤，鱼儿游戏其间，游得正欢。

校园静悄悄的，围墙之外停着辆吸人眼球的机车，一米多高的围墙之上坐着个少年，双腿晃荡着，上身白T恤，下身黑色工装裤，穿得松松垮垮。

少年头发剃得很短，极其简单干练，他肤色冷白，五官有些凌厉，那双眼睛跟旋涡似的勾人。

晚风轻轻拂动，少年拨弄了一下碎发，吹了一记口哨。

校园里，有几个穿着校服的男生正往校外走，并未被口哨的声音吸引。

少年不屑地笑着，拿起一旁的小石子，朝一个男生丢去，一丢一个准。

夏天男生都穿着短裤，石头砸到脚踝上，蹭出一道白色的痕迹，隐隐有血痕露出。男生疼极了，"嘶"了一声，这才看到始作俑者，连忙大步走了过去，语气非常不善："你谁啊？"

少年眸子里没什么情绪，瞳仁漆黑，淡淡地看着那几个男生。

他双腿跨坐在围墙之上，懒懒散散，薄唇微微抿着，忽地冷笑一声，一条腿从外面折返进来，双手撑着围墙。

那群男生看着他张扬又挑衅的坐姿，气不打一处来，哪想到，少年纵身一跃。

他身体清瘦，却利落有力，一副玩世不恭的样子。

男生们将书包往下一撂："你谁？"

"你猜。"少年漫不经心地笑，嘴角泛起笑容。

空气中浮动着浅浅的躁动味道。

他终于抬起头，挑衅一般地看着男生们。

男生无一不被惊住，这人的长相格外出挑，那眼、那鼻、那眉，无一不精致，是上帝最出色的手笔。

落日西沉。

裴行妄被渲染得像是加了层暖融融的滤镜，可他眼底的冷漠并未消退，甚至还充满野性戾气。

一个男生认出了他，小声跟身边人交流："这是裴行妄……"

裴行妄嗤笑一声，眼底不羁的意味更加明显："这么尿？见到我就当逃兵？"

有个稍微镇定点的男生站直了，也知道如果真打起架，他们必然打不过裴行妄："裴行妄，我们跟你无冤无仇吧，你拿石头打我们几个意思？"

裴行妄点燃了一支烟，送到嘴里猛吸一口，咀嚼着那几个字："无冤无仇？"

他喉结凸起，酷得不行："可你欺负到我家小姑娘头上了。"

"啊？"

男生你看看我，我看看你，想起前些日子当笑话传的流言，貌似有人说南嘉是裴行妄的妹妹，最后就成了南嘉吹牛，谁也不肯相信，一传十，十传百，就那么传开了。

再想想他们几个曾经欺负过南嘉……

男生们差点就真跪下来了："大哥，我们已经被班主任教育了，还写检讨了，就贴在我们教室里，您要不信就到我们教室看看去……而且那之后我们再也没敢找过南嘉的麻烦了。"

白玲玉只给裴行妄看了欺负南嘉的几个男生的照片，并未告诉他这事老师有没有处理。

"成啊，"裴行妄嗤笑一声，"我今天就放你们一马。"

"是是是，我们绝对不欺负南嘉了！"

裴行妄睥睨众人，语气张扬："下周一升旗仪式，你们去主席台给我家小姑娘道歉。"

高一九班教室，风灌了进来。

教室隔音效果不太好，再加上麦克风收音效果一般，能清晰地听到其他教室里老师们讲话的声音，交织在一起，杂乱无章。

"没事，我知道你是为了我好。"

白玲玉抱住南嘉："我以后绝对遵守承诺。其实也不能全怪我，就是我碰到你哥哥了，然后他问我你的情况，我本来不想说的，犹豫了一下，被他看出来了，我只能说了……"

南嘉能想象到当时的场景，裴行妄太聪明了，一般的事情都瞒不过他。

不过也没什么，他知道了又能怎样？他对她没什么多余的感情，只是他尊重孙康教授，才愿意顺便照顾她罢了。

他倘若真心的话，怎么会连答应好的家长会都不参加呢？

可她到底没办法真对裴行妄绝望。

白玲玉看了眼手表："我得走啦，我今晚还有特长课。嘉嘉，你不回去吗？"

"回去也没意思。"

裴行妄又不在家，不知道在跟他的第几任女朋友约会。

"我在这儿待一会儿再走吧。"

告别白玲玉之后，南嘉背着书包坐在楼梯口，一楼窄窄的楼梯口，正好对着操场，不过这个点没人，南嘉喜欢坐在这里。

风渐渐大了，梧桐树枝丫乱颤，萧疏的树影落了一地斑驳。

斜阳温软，映照在少女的脸颊和发丝上，她睫毛纤长，模样乖巧，球场上有几个男生在打球，离得比较远，她听到阵阵高昂的欢呼声。

南嘉摸了摸自己的脸，热腾腾的，不知道是不是晒的。

该回家了，南嘉拿起一旁的书包，正准备起身，突然面前覆上一道阴影，一个慢悠悠、吊儿郎当的男声倏忽而至。

"小同学，高一九班的教室在哪儿？"

仿佛揉进了漫天的欢喜，书包没拿起来，“哐当”一声落地，南嘉抬起眼睛，对上一张玩世不恭的脸，那人的脸部线条她在心底描摹过无数次，闭着眼也能勾勒出来。

“小同学，”裴行妄悠悠地掀起眼皮看她，“哥哥这么帅吗，还看傻了？”

南嘉的心跳漏跳了半拍。

刹那间，仿佛时间都停摆了。

南嘉咬咬唇，实在不敢相信刚才想象的人居然出现在她面前了：“你怎么来了？”

“答应你了，能不来吗？”

裴行妄伸出骨节分明的大掌，一把将她捞了起来。两人手指相触，南嘉的心又紧了紧，她垂着头，生怕裴行妄看出她的心思。

南嘉其实有点不太好意思了。

刚才她其实有点怨恨他，怨恨他明明答应了却不来，脑子里还忍不住脑补他究竟是不是跟女朋友约会去了？他们会去哪里？是吃东西还是去游乐场？约会之后呢?

她自我琢磨一番，一遍遍脑补，却不肯给他发条消息，问问他究竟为何失约。

可朝思暮想的人突然就出现了。

南嘉不住校，住在裴行妄那里，可裴行妄平时很忙，他在学生会有职务，再加上还有个乐队要忙，所以也只有周末会回去住。

这个住处距离安湖大学很近，南嘉猜测，裴行妄不经常住，可能也是因为觉得男女有别，想把空间留给她。

“那你怎么迟到了？”

裴行妄身高一米八七，肩膀宽阔，肩线平直，清瘦又不单薄，少年气满满，像个行走的衣架子。南嘉跟他讲话，一眼就看到他线条凌厉的下巴。

裴行妄嘴角的弧度加深，懒散道：“教训了几个小屁孩。”

没等南嘉思考，他又拍了下她的肩膀：“还没告诉哥哥，高一九班怎么走呢？”

南嘉脸色红了红，赶紧给他指了路。

裴行妄身高腿长，不一会儿就走远了。

南嘉看着他的背影出神，这时，电话响了。

是孙康教授。

“嘉嘉，裴行妄去参加家长会了吗？”

南嘉是隔壁檀城人，父母之间出了点问题，母亲想让她远离纷争，便让她转学到恒立中学，将她嘱托给了自己的老朋友孙康教授。

然而好巧不巧，孙康的妻子癌细胞转移，只能刻不容缓地到美国医治。

南嘉早就独立了，不需要任何人照顾，本应该申请住校，如今却瞒着所有人不明不白地住在裴行妄家里。

她语调轻快地说："嗯，哥哥已经到了，叔叔您不用担心。"

"行，那叔叔就放心了。你一定要好好学习啊，嘉嘉，住校如果有人欺负你的话，记得告诉叔叔。"

"没有的。"

"周末的话，你可以留校，也可以去裴行妄那边，有什么不会做的题也可以问他，那小子高考接近满分呢，什么题都会的。"孙康教授人很好，嗓音温醇，"叔叔下个月就回去了，到时候你可以去叔叔那里了。"

南嘉还记得刚去到孙教授家里时，孙教授怕她一个人无聊，还把她带到裴行妄那边玩。

阳光很盛，从窗外漫灌进来。裴行妄拉上了窗帘，坐在沙发上，整个人置在阴影处，穿着简单的黑 T 恤和黑色长裤。

他很轻地哼笑一声："不叫哥哥？"

南嘉紧张得攥紧手心："哥哥。"

可南嘉也没真听他的话，她喜欢叫他妄哥，妄哥和哥哥可不一样。

南嘉原本打算失望而归的，现在裴行妄来了，她就继续在原地等着他，这样她回家也不用搭公交车了，比起坐汽车，她更喜欢坐机车。

裴行妄是速度派，他亲自帮南嘉戴好头盔，让她抓紧了，机车引擎发出突突的声音，似乎在田地里炸裂，他们在风中驰骋。

而这个时候，南嘉会因恐惧紧紧搂住他劲瘦有力的腰——这也是唯一的、正大光明的时刻。

或许是她贪得无厌。

或许怪她无法自拔。

可喜欢这种事，向来不讲道理。

风依旧吹着，落日余晖一同涌来，打球的男生累了，下了场，几个男孩子笑哈哈地抱着球往这边走，一边走一边开着玩笑。

"周义，你刚才不是说人家看你吗？怎么人家现在也没盯着你啊？"一个胖点的男生踹了一个高高瘦瘦的男生一脚。

叫周义的男生有点不好意思："是我看她不行吗？我刚才就是胡说八道的，你别当真。"

不远处的小姑娘坐姿乖巧，脸巴掌大，皮肤白皙到发光，看着就讨人喜欢，可惜太漂亮了，周义也没那个胆子去主动搭讪。

胖点的男生脚力大，一脚就把他踹出去了，他就这么站到了南嘉面前。

周义狠狠瞪了男生一眼，可既然都逼到梁山了，他也愿意一试，便挠挠头，不好意思道："那个，你能给我一下你的联系方式吗？"

平时搭讪的人很多，南嘉其实都习惯了，有礼貌地拒绝，把话说死，不给这些人机会，这就是南嘉的拒绝原则。

"对不起，我……"

她还没说完，身后突然传来一声嗤笑。

略微低沉，性感撩人。

南嘉凭借笑声就能听出这人是谁。

她完全可以把拒绝的话讲完，可她莫名就不想讲了，她想看看，别人跟她告白的时候，裴行妄能有什么反应。

裴行妄从光亮处走了过来。

操场上已经很黑了。

远处有照明灯，映照出一角光明的天地。

南嘉转过头，对上那双漆黑如墨的眸子。裴行妄站在明与暗的交汇处，影影绰绰的光线打在他深邃立体的侧颜上，显得轮廓更加深刻英俊。

裴行妄双手插兜，吊儿郎当地站着："啧，我家小姑娘可乖了，可别打她的主意啊。"

他说得慢条斯理的，端的又是长辈做派，那个男生一下子就被吓走了。

南嘉的脸热乎乎的。

南嘉和裴行妄一起往外走，舒适的风穿越大街小巷，带来一阵微凉。裴行妄懒洋洋、言简意赅地说："听话。"

"听什么话？"

裴行妄从喉咙里溢出一声轻笑，伸出骨节分明的手指，勾了勾她脖颈处的蝴蝶结："好好学习。"

"哥哥不许你谈恋爱。"

像南嘉这种学生，是老师心中独一无二的宝贝。

裴行妄开这次家长会，嘚瑟了好几天。当时他屈着长腿坐在那里，半个多小时的时间里，李老师足足表扬了南嘉五次，史无前例。

南嘉很小的时候就发现了自己的学习天赋，她总是可以提前学习很多东西。

比如，她念高一之前，就尝试着自学高中三年的教材，经过两个月的时间，她做测试卷可以达到八十分以上。

南嘉学习一点都不辛苦，老师反反复复强调的那些东西，她没听之前都会了。

晚上，她从书橱里翻出来一套去年的理综高考题，拿出来试了试，只有一个小问没解答出来，一个大胆的想法浮现出来。

周末，南嘉醒来，桌上摆着热腾腾的早点，可裴行妄已经不在了。

早点都是她爱吃的，铭记的酱肉包子，配上小咸菜，还有一份张阿姨家的鲜虾馄饨，这家馄饨店每次队伍都很长。

南嘉很瘦，饭量不大，她满心想着裴行妄，不小心就吃光了。

白玲玉给她发消息：嘉嘉，逛街吗？

南嘉今天也没什么事，便欣然同意了。

现在已经是初夏了，天气变热，不过南嘉穿的还是长袖连衣裙。

白玲玉拉着南嘉买了一堆夏天的衣服，白玲玉很爱美，衣服都不带重样的，两人扫了半天货，累得不轻。

“走走，咱们喝杯咖啡，喘口气去。”

面前恰好就有一家装修得很文艺小清新的咖啡店，装潢低调简约。两人朝咖啡店走，中途经过一家游戏厅，白玲玉侧眸望去。

“嘉嘉，那个男生的气质好养眼啊！”白玲玉看呆了。

男生正握着手柄，微微低着头，对着游戏屏幕，看不清楚正脸，浑身透着股懒散劲，似沉浸在游戏的世界里。

他旁边坐着一个身材极好的美女，美女攀着他的脖子，使劲往他身上凑，动作很暧昧，不过离得较远，看不清楚细节。

周围来来往往的人络绎不绝，一片嘈杂。

商场光线永远很亮，彻夜不眠，折进南嘉的瞳孔，形成一片刺目的白。

南嘉闭上了眼睛，她听到自己很低柔的声音响起，是失落的语气。

“我们走吧。”

裴行妄住在澜海路一带的别墅群，临江，环境清幽，是富人居住的好地方，他的别墅不像小说里大得那么离谱，两层，不过也相当于一个小型宾馆了。

别墅里有游泳池、人工湖，回廊曲折，装修别致灵秀，不管开轰趴还是酒会，都很合适。

裴行妄住一楼，毕竟南嘉年纪小，他安排南嘉住在二楼。

二楼有独立的观影厅，还有个K歌室，可以满足年轻人的娱乐需求，可南嘉偏偏不喜欢二楼，她总喜欢去一楼的公共浴室去洗漱。

其实也不算公共浴室，毕竟这里就住着裴行妄与南嘉，连阿姨都没请。

公共浴室离裴行妄的房间很近，裴行妄也在那里洗漱。南嘉每次都穿着睡衣，乖乖巧巧地拿着牙杯、毛巾和洁面膏去一楼。

裴行妄笑着问她：“一楼有妖精吗？勾得我们嘉嘉楼上楼下跑，也不嫌累。”

再后来，裴行妄嫌她这么跑麻烦，不动声色又给她买了一套一模一样的洗漱用品，留在了一楼，南嘉心里美得很。

从那之后，只要裴行妄在家，南嘉就去一楼洗漱，若裴行妄不在，她就在二楼不动弹。

其实，说白了，她跟裴行妄只是陌生人的关系，他对她算很好的了。

还记得上个月，孙教授陪伴妻子出国医治，南嘉提着行李申请住校，老师将她分到了高二的宿舍。

高二学姐本来对她还算不错，后来学长公然向她表白，而那个学长恰好是学姐的心上人，一切就都变了。

在一个热水器没有热水、毛巾等洗浴用品被人随意丢弃的晚上，南嘉洗完衣服，却发现晾衣架被人放得满满当当，她几次询问，都无人应答，委屈与难过一同填满胸腔，眼泪夺眶而出。她拿着手机跑到了楼下，当时也不知道怎么想的，竟然拨通了裴行妄的号码。

裴行妄应该也觉得莫名其妙吧，毕竟他们真的没有太多交集。

男人的嗓音响起来，懒懒的，有点儿痞："嘉嘉？"

南嘉不说话，努力地克制哭腔，可低低的啜泣声仍然随着电流传到了裴行妄的耳朵里。

这时候南嘉刚住校没几天，裴行妄大概能猜到发生了什么事情，依旧是漫不经心的声调，逗她似的："要不要搬来哥哥这里住？"

南嘉心跳如擂鼓。

哪怕知道或许他只是开个玩笑，逗她开心，可她还是傻眼了一般，声音因为哭泣变得微弱："真的可以吗？"

少年坏坏地笑："嘉嘉不介意的话，那就来吧。"

她点点头："好，我明天就搬过去。"

南嘉用发箍将碎发箍住，小鹿眼澄澈明亮，脚上一双兔子拖鞋的两只长耳朵耷拉着，特别可爱，这还是上个月跟白玲玉一起去商场买的。

可南嘉莫名想起了白天那个女人，身材火辣，皮肤冷白，眉眼之间尽是满满的风情，可谓人间尤物。

洗漱之后，南嘉又重新躺在床上，打开手机，点开熟悉的页面——安湖大学论坛。

论坛一刷新，裴行妄的帖子依旧飘红不止。

裴行妄是安湖大学经济学院的风云人物，人气居高不下，因为他的家世、他在音乐方面的成就与天赋，再加上那张人神共妒的神颜。然而他入学两年来，最被津津乐道的莫过于他的感情生活。

南嘉从未过问过裴行妄的感情，可关于他感情的那些帖子，她都快要背下来了。

裴行妄谈恋爱很随意，感觉到了就谈，没感觉了就分。

可到底他要什么感觉无人知道，只能总结出他过往的女友形象——身材好，妖艳，性感。

他向来没什么耐心，也懒得哄女生，可裴行妄永远是裴行妄，他笑一笑，勾一勾手指头，便有人前仆后继。他谈了很多场恋爱，到目前为止，南嘉从没见过别人说他坏话。

他恋爱时候也大方，分手也光明正大。

简单点说，就是“渣”得明明白白。

你们见过她女朋友了吗？真漂亮，我一个女人都爱。

楼上，哪个女朋友？大佬换女朋友的速度我跟不上啊！！

美术学院的院花苏桃欣啊，胸大腰细，像动漫女主角。果然裴行妄还是喜欢这个款，不过感觉他谈了很多了，不知道这次能谈多久，有没有赌一把的？

立刻有人回复：我怎么觉得这次裴行妄是认真的？我已经连续一周看见他陪着女朋友上公共课了！！

美术学院和经济学院压根就不在一栋楼，更不会一起上公共课，裴行妄这人玩世不恭，自己的课都不怎么去上，居然还能陪着女朋友上公共课。

南嘉莫名又想起了白天那一幕。

眼睛突如其来地酸涩起来，像是有人往她胸口丢了颗泡腾片，氤氲开来，细细密密的小气泡包裹缠绕着她，窒闷得喘不过气来。

南嘉浑身像被人抽干了力气，起身端着水杯往楼下走。

裴行妄喜欢看电视，此时电视里正播放着一个搞笑综艺，他盘着腿坐在沙发上，没个正形。外面灯火亮如白昼，烟火气十足，透过窗户能窥见窗外的一盏孤月。孤月遥望人间，描摹着他凌厉的轮廓。

南嘉倒完水没离开，望着裴行妄的背影出神。

这个人让她又爱又恨，让她失望却又给她希望。

一阵手机铃声打断了寂静。

裴行妄接起电话，神情放松，脸上依旧挂着玩世不恭的笑容，说：“行啊，时间你定。”

那头似乎又说了什么。

裴行妄挑了挑眉：“成，听话，该睡觉了啊。”

应该是女朋友。

两人没讲几句就挂断了。

裴行妄这才注意到站在那里的南嘉，她穿着草莓泡泡袖睡衣，小兔子拖鞋，小姑娘乖巧懂事，学习也好，平时也不打扰他，又很贴心。裴行妄没有照顾小孩的经历，可他有个表妹，非常调皮，他觉得这两个人简直一个天上、一个地下。

裴行妄朝她招了招手：“嘉嘉，过来啊。”

明知不该过去，可她心跳越来越快，不受控制一般。

南嘉没办法折磨别人，就只能折磨自己。

“不开心？”

裴行妄总是第一时间捕捉到她的情绪。

南嘉执拗地摇头。

她很想问问，白天那个女人是不是他女朋友，还想问问，他们会不会有以后，会不会结婚，可她开不了口，她以什么身份开口呢?

她只是一个寄居在这里的没什么身份的小姑娘。

裴行妄“嗯”了一声，懒散地笑笑。

屏幕灯光慢悠悠地晃动着。

“嘉嘉不学习了？”

“我学习很好的。”她这话就有点赌气的意味了。

裴行妄看她一眼，笑声低低的，挑了挑眉梢：“哟，天才少女啊。”

就在这时候，南嘉才看到他还在亮着的手机，仍旧是通话的页面，显示着备注——苏桃欣。

三个字的大名，跟贴吧说的一模一样。

可南嘉又不难过了，只一瞬间的工夫，所有的痛楚都被熨帖。

南嘉看过自己在他那边的备注，两个字：嘉嘉。

她又不由得笑了笑。

暗恋就是这样，每天都上演着不重复的哑剧，不为人知的难过，不为人知的欢喜，所有情绪都只能一个人体会，一个人品尝。一旦说出去了，这场哑剧就成了悲剧。

裴行妄勾着嘴角倚在沙发上，扯着懒散的笑，一副玩世不恭的样子。

他拿起遥控器，换了个频道，是财经频道，恰好播到一期采访，屏幕上是个英俊的中年男人，身材微微发福，却挡不住成功人士的精英气质。

“裴董，据了解，碧海湾项目已经到了收尾阶段，您能否介绍一下这个项目的优点和前景?”

男人接过话筒，侃侃而谈。

主持人又问道：“裴董，这些年您一直热心于公益事业，经常往各大音乐剧团捐款，正因如此，咱们安湖市的文艺事业才得以蓬勃发展，您做这些都是为了悼念您的亡妻吗？”

中年男人的表情有一瞬间的哀恸，非常重情重义地说：“是的，我永远忘不了我的妻子，这也算是我能做的很小的一件事情。”

裴行妄脸色瞬间冰冷下来，摁灭电视，嘴角带着一丝嘲讽。

南嘉这才发觉，那位裴董怪不得那么眼熟，裴行妄跟他有七分相像。

她没说话。

裴行妄情绪明显不畅，脸色透着戾气，皱着眉头。

南嘉想，如果能帮妄哥将眉头抚平就好了。

周一，升旗仪式。

南嘉是班里形象气质最好的女孩，李老师都是让她站在最前面。今天是高二的学生主持，完了之后校领导又讲话，啰啰唆唆一长串。现在天气越来越热，站不了一会儿浑身就黏黏腻腻，南嘉头脑嗡嗡的，恨不得插上翅膀往楼上飞。

好不容易结束了，主持人拿起话筒，正要让全体同学按照年级顺序返回教室，空荡荡的主席台突然走上来几个同学。

白玲玉傻眼了，揪了揪南嘉的裙摆："这不是欺负你的几个男生吗？"

怎么一起上去了?

几个男生表情很乖，站成一排，深深鞠了一躬。全体学生交头接耳，像是一锅沸水，都知道台上这几个人不好惹。

中间的男生大声说："在此，我们几个向南嘉同学道歉，我们不应该公然挑衅南嘉同学，不尊敬同学，南嘉同学审美没出现偏差，对不起！"

全校都在讨论"南嘉"是谁，无数双眼睛像无数闪电射过来，南嘉赧然得不知道如何躲藏。

校领导也不明白怎么回事，但好在这也不是搞破坏，就简单说了几句，学生作鸟兽散去。

南嘉和白玲玉一脸疑惑地往楼上走，哪想到那几个男生又过来了，白玲玉怕了他们，像护崽崽的老母鸡一样，将南嘉护在身后。

"你们干什么啊？"

几个男生非常诚恳，真像是纯良少年："对不起，南嘉，我们以后绝对不欺负你了。"

南嘉丈二和尚摸不着头脑。

其实这几个男生也没特别过分，就是暗地里使出点不痛不痒的绊子，这事早就解决了。

"我知道了……你们以后别打扰我就行，像今天这种公众道歉也没必要。"南嘉其实不太喜欢跟他们有交集。

男生为难道："我们也不想，南嘉，以后在你哥哥面前说点我们的好话啊。"

回过神后的南嘉复盘整件事，才想起上周裴行妄似乎说过"教训了几个小屁孩"。

原来是这么回事。

到了大课间，南嘉逃了操，偷偷跑到门口的门卫室，她曾经将自己不用的课外书借给了门卫叔叔，因此，他们关系比较好。

南嘉随便找了个理由，大叔就帮她调出来上周五的监控。

很快，屏幕上就出现了一个嚣张恣意的少年，他坐在围墙之上，没骨头似的散漫，监控设备陈旧，不太清晰，但裴行妄身上那股张狂劲展露无遗。

不加掩藏的少年感。

裴行妄纵身一跃，脚下踩着石子，看着就凛然，男生们很快就露出求饶姿态。

南嘉的心不受控制地狂跳起来，接踵而来的是丝丝缕缕的甜。

南嘉看了一遍又一遍，最后将监控导出来，传到手机上。

少年干净利落的下颌线、高挺出众的鼻梁、薄削微红的嘴唇，还有深邃放浪的眼睛，让她心跳如鼓。

中午吃过午饭，南嘉没回宿舍，而是给张磊落发了消息。

南嘉：学长，我有点事情想咨询你，你方便吗？

张磊落很快回了消息：当然可以。

张磊落是学生会主席，今年高二，当初也是他帮南嘉办理的入学手续，她对这个学校不熟悉，都是张磊落暗暗帮她。

南嘉约他到了校门口的奶茶店，知道张磊落不嗜甜，她点了两杯锡兰红茶。

“学长，”她有话就直说了，“咱们学校能不能提前参加高考呀？”

张磊落摇摇头：“高考都是统一在教育厅网站报名，肯定没法提前参加的，你怎么想起来问这个问题？”

南嘉犹豫道：“我想早一点念大学。”

“你现在十六岁是吧，十八岁念大学，这不是正合适吗？”张磊落似乎想到了什么，拍拍桌子，语气雀跃，“不过倒是可以跳级，这样的话，就可以提前高考了，咱们也是同一级了。”

“跳级？”南嘉来了兴致，眸中迸发光芒，“我可以申请吗？”

“只要成绩合格，家长同意，就可以申请。”张磊落也激动起来，“南嘉，你学习这么好，肯定没问题的，你不是高二的知识也都自学完了吗？”

南嘉点点头。

“那你回去，让家人帮你写个申请吧，然后你开学直接念高三。”

Chapter 2. 不欺负小孩

南嘉发现生活似乎不太对劲。

孙雨霏跟她虽然一个班，但是基本没什么交集，最近却频频找她麻烦。

比如，今天上午她明明把语文作业交给班长了，最后老师却没收到她的作业，在班里大发雷霆，大意就是：某些同学别觉得自己学习好就可以不做作业，必须听她的安排。

语文老师越骂越起劲，最后直接点名道姓了："南嘉，说的就是你！"

南嘉脸色挂不住，她不知道到底哪里出了问题。

然而下午放了学，她因为遇到个难题耽搁了一会儿，离开教室的时候，无意间瞄了一眼，竟然从孙雨霏的桌洞里看到了她的语文作业本。

南嘉以为这是意外。

又过了几天，实践老师布置了一项实践作业，可南嘉恰好有事不在，于是她们的实践小组长孙雨霏带着其他组员默默做完了作业。南嘉问起的时候，组员说，没事，会写上她的名字。

可是实践老师下周就过来批评南嘉了，说全班小组都参与了作业，就她一个人没参与。

南嘉有苦说不出，她往后看了孙雨霏一眼，孙雨霏竟然在低着头笑。

裴行妄打完篮球，穿着球衣回了宿舍，浑身都是汗。他洗完澡刚出来，头发都没来得及擦干，沈念余不知道从哪里蹿了出来："哎哟，我们妄哥啊，稀客啊。"

裴行妄白他一眼，随手拿了条白毛巾擦头发："老子回自己宿舍，怎么成了稀客了？"

"对了，妄哥，今天林传倩来找你了。"

裴行妄漫不经心地哼着歌："她谁？"

"你前女友啊。"

裴行妄想起来了，就是那个黑长直，只谈了三天的前女友。

"她找我干什么？"裴行妄懒懒地撂下两个字，"不见。"

沈念余摊摊手。

裴行妄对待感情就是这样，偏偏还是有人前仆后继。

江富强说：“妄哥，你别仗着有张好脸就这么狂啊！”

裴行妄笑道：“我岂止有张好脸？”

江富强不敢继续说话了。

裴行妄真不是徒有虚表的草包，他有颜更有才，不知道多少个娱乐公司向他抛出橄榄枝了。

江富强总结道：“就妄哥这样，迟早会栽。”

裴行妄擦干头发，又从书橱里拿出来电脑，完成了老师布置的作业。他成绩算不上好，平时也不用功，但是也得顺利毕业，作业什么的虽然写得很潦草，但也没落下。

沈念余在旁边打着游戏，背景音乐震天响。

裴行妄皱皱眉：“烦不烦。”

沈念余默默关掉了音乐：“妄哥，你说你对待感情那么渣，就不怕有朝一日遇到个克星吗？”

裴行妄嗤笑一声，一身浪荡气质：“估计那个人还没出生呢。”

周六晚上，裴行妄来酒吧驻唱。

音乐声震耳欲聋，彩灯晃得人眼睛疼。

激烈的音乐声几乎掀翻了屋顶，光怪陆离的灯光打下来。

从后台方向走过来几个少年，全都是一身黑，气质又痞又坏，尤其为首的那人，皮肤冷白，头发极短，下颌线性感流畅，走在最前方，站到了舞台之上。

干冰机制造着烟雾效果，色彩灯不舍昼夜常亮着，气氛一级棒。

裴行妄睥睨众人，抬起下巴，握着话筒，很轻地哼笑一声：“大家好，野莓乐队。”

少年淡淡的、低磁的嗓音撩动着每一个人的心弦。

全场气氛更加热烈起来，大家齐齐呼唤着他的名字，一遍又一遍。

在一阵一阵的尖叫声中，演唱开始了，裴行妄拿着话筒微微皱眉，悦耳极有节奏感的歌声从他喉间溢出来，低缓深情，充满磁性，又干练有力量。

裴行妄的表情看似又浪又痞，细细品味，却感觉到一种蓬勃的、漫不经心的张狂。

是少年的歌声。

才如此纯粹，如此多情，如此缱绻。

灯光投射在他身上，他是王者，他天生就适合舞台。

再加上吉他手、贝斯手、鼓手的密切配合，演出才如此完美无缺。

很多人觉得摇滚不需要唱功，吼就完事了，唱得太好就没感觉了，觉得摇滚更注重器乐，所以现下不少知名歌手唱功堪忧，所以更显得裴行妄的唱功难能可贵。

裴行妄是天赋型歌手，加上他年少就专门学习过声乐，勤勉与天赋同行，能力无人能及。

“野莓乐队！！”

“野莓乐队，裴行妄，给我原地出道！！”

嘶吼声一阵高过一阵。

拥有排山倒海般的力量。

乐队几个成员配合得天衣无缝，每个节奏、每个鼓点都无可挑剔，“粉丝”几乎激动得要爆炸了。

裴行妄每次只驻唱两个小时，时间到了之后，野莓乐队成员深鞠一躬离场。

台上又上场了新的乐队，其实也挺好听，就是缺了那个狂劲。摇滚不只是音乐，更是一种态度，是自由与奔放共舞，是流淌的生命。

夜风清凉，吹散了白日的燥热，月亮是纯粹的琥珀色，酒吧位于闹市区，汽车鸣笛声凌乱嘈杂。

南嘉跟白玲玉出来买文具，白玲玉非要买饮料，南嘉在街旁等待，而这条街最出名的便是裴行妄驻唱的酒吧。想起裴行妄，南嘉目光深深地望着酒吧的标牌。

酒吧里外，似乎是两个世界，里面妖邪横生，住着勾人心魄的魔，而酒吧之外，是宽阔平坦的康庄大道。

右边小道似乎有什么动静，有女孩娇嗔的声音，还有男生冷冷的不耐烦。

南嘉一凛，侧身，蹑手蹑脚走了过去。

黑衣黑裤的少年，下颌微收，淡淡蹙眉。

女孩主动抱他，十足的撒娇语气：“裴行妄，我给你发消息你怎么不回啊？”

女孩紧紧抱着他，试图用身体温暖他，可少年就这么盯着她，神情中有一股浪荡的痞气。

女孩仍然不放弃，不死心地凑过去，踮起脚尖亲吻少年的脖颈，一双手紧紧地搂着、缠绕着他，长发涤荡着少年白皙的喉结。

“你知道的，我们分手了。”

南嘉一愣，这不就是上周看到的女孩吗?

苏桃欣捂着耳朵，一副不肯听的样子：“就因为我偷偷调查你？”

“裴行妄，我只是心疼你啊，你爸爸那么渣，他那样对你，那样对你妈妈!我只是想帮你……”

裴行妄眼神冷戾，深邃的双眸更加盛满不耐烦与倦懒，一把攥住她乱动的手腕，表情晦暗：“知道太多不是什么好事。”

“我只是关心你。”苏桃欣几乎要疯掉了，越发卑微，眼泪像断了线的珠子，“那这样好不好，我假装什么都不知道，我们继续谈恋爱，你对我很好的……”

裴行妄漫不经心道："无理取闹就没意思了。"

她低声啜泣，不死心似的，不知道是说给他听，还是证明给自己看："你给我买了那么多东西，还陪我上了两天的课，那么无聊你都陪着我，你敢说那不是喜欢？"

裴行妄睨她一眼，任她如何摇晃都不动摇半分，插着裤兜："老子那是无聊。"

当真是半分情面也不讲。

苏桃欣从来没有这么卑微地喜欢过一个人，卑微到自尊都可以不要。

苏桃欣踉踉跄跄地走了。

裴行妄却没动，他借着月光掏出打火机，歪着头，"啪"一声，火光燃起，照映着那张英俊又吊儿郎当的脸，虚虚地吐出一口烟雾。

莫名的，裴行妄想起了白天沈念余说的话——

"你这么渣，就不怕有朝一日遇到克星吗？"

晚上，南嘉掏出书柜上的高三测试卷，撕了一套理综自我测试。

也不知道怎么回事，怎么都学不进去，裴行妄站在舞台上大放异彩的模样、苏桃欣哭哭啼啼的模样纷乱地交织在南嘉的脑海里。

每次心乱的时候，南嘉就会打开音乐 App，一遍又一遍地听裴行妄唱歌。

不知道治愈了她多少个难以入眠的深夜。

南嘉起身。

又从书柜里翻出来一个带密码的盒子，她输进去一串数字，盒子打开。

里头的东西满满当当，都有点岁月感了，边角有点泛黄。

南嘉拿起一张照片，是偷拍的角度，因此有点模糊，照片里的少年英挺、恣意，站在餐厅门口，正推门进来。

正午阳光热烈，那门干净洁亮，十六岁的少年不羁，嘴角笑容轻狂。

少年初长成，已如星子耀眼。

本以为此生都跟他难以有交集，却不想同住在一个屋檐之下，这般幸运又奇妙，南嘉每每想起都热泪盈眶。

南嘉收藏了不少裴行妄的照片，其实也不算多，主要裴行妄这人不爱拍照，南嘉也找不到由头拍摄，因此将网上所有的裴行妄的新闻、照片全部打印出来。

盒子里锁着南嘉的小小世界。

一阵电话铃声打断了南嘉的思考。

她一个激灵，没看来电显示，就接通了电话。

"嘉嘉？"南母似乎有点感冒了，讲话时鼻音很重，"怎么这么晚才听电话？"

南嘉回过神来："不晚呀，妈妈，也就几秒钟。"

南母不容置疑："可你之前都是三秒钟之内就接了。"

"手机不在身边，我做卷子呢。"南嘉嗓音很温软，给人一种岁月静好的感觉。

南母也没多怀疑，只说：“行，多做点卷子，得好好考试。”

“其实妈妈也觉得对不起你，你才十六岁，却不能把你带在身边，别人的孩子都跟着妈妈，可是妈妈有难处，希望你不要怪罪妈妈……”

“嗯，我知道的。”南嘉嗓音干净清澈，“妈妈，你也要照顾好自己，我爸……”

南母听见这个称谓，像点着炸药一般：“南嘉，我跟你说了，他以后就不是你爸了！一个抛妻弃子的人，怎么有资格当你爸爸？！”

“我再重申一次，你已经没有爸爸了！！”

可是爸爸真的对她很好啊。

其实当年南父有个初恋，可南母用了计策怀上了南嘉，二人成婚，后来夫妻不睦，南父屡次提出离婚，南母不同意，到后来南父破釜沉舟跟初恋又好上了。

南父的确是婚姻的背叛者，父母之间发生了什么具体争端南嘉不得而知，可对南嘉来说，南父是抱着她温温柔柔叫“嘉嘉”的爸爸，是加班之后给她买永丰巷张爷爷家糖葫芦的爸爸。

小时候，每当南母情绪阴晴不定，也是南父将她抱在怀里，唱着摇篮曲一次次哄她：“嘉嘉不怕。”

在南嘉心中，南父永远是她的好爸爸。

哪怕父母感情分崩离析，她也不想失去这个爸爸。可眼下的情况，南母必定不会让她跟南父有任何往来了。

她忍着眼泪，南母是婚姻的受害者，当真的发生了糟糕的事，她只能向着母亲：“好，妈妈，我不会见我爸……的。”

南母满意，恢复了慈祥的声调：“嘉嘉，妈妈都是为了你好，你得知道妈妈的苦心。”

南嘉知道南母爱她，包括这次南母让她搬离檀城，也是因为南父南母离婚，会争夺公司权益，引来一场腥风血雨。

南母想让南嘉远离旋涡中心，安心学习。

南母问：“你让你孙叔叔听个电话，我想跟他说几句话……”

南嘉呼吸一滞。

她住在裴行妄这里还瞒着孙叔叔，孙叔叔以为她住在学校里，她想着就住一个月，便没告诉母亲。

南嘉现在相当于两头瞒着。

她脸色瞬间苍白，指尖颤了颤，声音不可避免地浮现几分慌乱：“孙叔叔在楼下洗澡呢，现在不太方便。”

“行吧，我下次单独打给你孙叔叔，时间不早了……”

南母正要挂断电话，南嘉的门被敲响了，然后是一道清晰低磁的嗓音：“睡了吗？”

熟悉的声音，是裴行妄。

南嘉想捂住话筒，可偏偏裴行妄依旧在敲门，他骨节分明的手指叩击着门板，一下又一下，具有韵律感。

南嘉内心慌乱无比，赶紧起身，轻手轻脚打开门，示意裴行妄小点声。她小巧的脸颊惨白，嘴唇仿佛也失去了血色，眼眶酸酸的，疯狂做着手势，不停地摇头。

裴行妄看着她讲电话，漆黑的眼睫垂下来，歪着头，突然笑了。

南母却很警惕："嘉嘉，你那边是什么声音？"

"没什么声音。"南嘉实在找不到理由了，"妈妈，我想睡觉了，要不我们明天再联系？"

"不行！"南母非常坚决，"你那边到底什么声音？！"

南母性格一向如此，只要是她想知道的，就必须知道，谁也没办法瞒着她。

南嘉隐忍着，几乎要崩溃了，为什么不能给她一点私人空间呢？她咬咬唇，说："妈妈，我累了，我刚才在看电视。"

"什么电视？"

"演唱会。"

她实在编不出来了。

"那你放大点声，妈妈也听听。"

南嘉从南母的嗓音中竟然听出了一丝笑意，那种胜券在握的，等着看弱小无助的小动物濒临死亡的冷然笑意。

"我……"南嘉担忧道，"我不想看了，要关掉电视了。"

南嘉实在瞒不下去，正准备直接挂断电话。

可是，下一秒，裴行妄一只手夺去了手机，将手机放在了桌上。

竟然这么大胆？

前奏声音响起，裴行妄不知道从哪里抱来了吉他，戴着麦克风，坐在凳子上，他随意散漫地哼唱着，开始了沉浸式演唱。

南嘉卧室旁边就有一间 K 歌室，估计设备就是裴行妄从那个房间拿进来的，速度之快让南嘉也想不到。

她只是看着他拂动吉他，从喉咙里溢出低沉性感的声音，莫名觉得心弦被撩动了。

裴行妄可以唱摇滚音乐，也可以唱流行音乐。

只要裴行妄想，就没有做不到的。

裴行妄半合着眼，下巴微收，下颌线棱角分明，低沉的音乐声随着听筒流进南母的耳朵里。他唱得太专业了，专业到没有人会怀疑。

"行了，嘉嘉，也不要看电视太久，你眼睛那么漂亮，近视了多可惜。妈妈知道你聪明，可是你也得用点功夫在学习上，别因为自己是年级第一就不学习了。"

挂了电话后，南嘉捂着胸口，惊魂未定。

裴行妄将吉他放到一边，没点正形地坐在床边，双腿屈起来："行啊，嘉嘉，小小年纪就知道撒谎。"

少年直直地看着她，眸子漆黑而沉默。

"你不是还帮着我撒谎了？反应比我还快。"南嘉随意应道。

裴行妄哼笑一声："我这是怕你妈妈误会我拐卖少女。"

"不会的。"南嘉小声说。

裴行妄看起来心情很好，一点也没受分手的影响，南嘉觉得不可思议，人当真这么没心吗？

见裴行妄站起来要离开，南嘉叫住他："妄哥，我想跟你商量一件事。"

趁着这个机会，南嘉将自己想要跳级的事情告诉了他。

她之所以没告诉南母，是因为担心南母肯定不同意，可能还会扯出来更多别的东西，到时候别说跳级了，兴许南母会直接押送她回家。

"我成绩肯定是够了的，就是我需要妄哥签个字，这样我提前申请，学校那边就会同意了。"

裴行妄一手插在裤兜里，漫不经心地笑了声："想让哥哥签名啊？"

他嗓音慢悠悠的，磨得人心尖有点痒。

南嘉有点紧张，如果裴行妄不愿意担这个责任，那么孙教授肯定更不同意，到时候又得闹到南母那里，事情就不好收拾了。

裴行妄看出她的紧张，挑了挑眉："那你能给哥哥什么好处？"

看来这个事行不通了。

裴行妄跟她无亲无故，凭什么平白无故为她担这个责任？南嘉并不会怪他，跳级的事情，她自己再想想办法。

南嘉看向自己的试卷："我有几道题不会做，你能教教我吗？"

"行啊。"

南嘉将卷子翻过去，找到最后两个题的小问，指给裴行妄："就是这两个题，刚才没想明白，我看了答案能明白，但我觉得应该有更简单的解题思路。"

裴行妄认真思索起来。

他平时玩世不恭，可真到关键时候，又正经得不能再正经。南嘉侧眸偷偷看他，在心里一遍一遍描摹他凌厉的轮廓，将呼吸都放轻了。

裴行妄果真想出了解题思路，手指无意识地在桌子上敲击着，很快就将最简单的方法教给了她。

南嘉感叹道："妄哥，你真厉害。"

"哥哥不厉害，"裴行妄一眨不眨地注视着她的眼睛，语调是一贯的散漫，"你要是能少出去玩几趟，这题也能做出来。"

“我没……”

这话还没说完，南嘉就捂住了嘴巴。

“你你你……”南嘉紧张得不行，都要结巴了，“你看到我了？”

裴行妄眯了眯眼，低沉的嗓音里夹杂着笑意：“能看不到我们嘉嘉吗？”

他没直接从巷子里走出来，其实是为了给她时间离开，免得小姑娘那个时候撞上他了尴尬。

裴行妄伸出手指点了点她的额头：“以后啊，千万别跟哥哥这种人谈恋爱，听见了没？”

周一，南嘉又被语文老师批评了，原因依旧是作业没交。

“南嘉，我跟你说了多少次了！你学习再好也不是你骄傲的理由！你是个转学生，刚来一个新学校就不知道低调点吗？你就是再厉害语文也考不了满分，既然这样，你凭什么不交作业？”

有同学小声说：“她差五分就满分了啊……”

南嘉不卑不亢的站姿无形之中激怒了语文老师：“南嘉，你给我出去站着！”

其实大多数高中老师是没那么在意作业什么的。只要你学习好，在其他方面也会获得一些小特权。可这个语文老师兢兢业业多年，向来眼睛里揉不得沙子。

“可是老师，我真的交了，也有可能是课代表给我弄丢了呢？”南嘉说，“您让我出去罚站我认了，但是课代表也得跟我一起。”

其实她这个要求并不过分，本来就没证据，双方各执一词，老师只好让二人一起罚站。

南嘉视线直直地盯着课代表，课代表出教室前门的时候，急切地往后看了一眼，正是孙雨霏的方向。南嘉没办法不怀疑了，接二连三的，肯定和孙雨霏脱不了干系。

放学之后，南嘉拦下了孙雨霏。

孙雨霏比南嘉矮了一头，南嘉拽着孙雨霏的胳膊往天台跑，气势很足很盛，何况孙雨霏自知理亏，要是不配合，真闹到老师那里，自己肯定得受惩罚。

天台之上，风轻云淡，惠风和畅。

南嘉双手抱臂：“说说吧，怎么回事？”

孙雨霏其实已经慌了，却想要努力装得不露马脚，如纸老虎一般：“什么怎么回事？”

没等南嘉再说话，孙雨霏就瞪她一眼，迈步想往外走。

南嘉一个转身，拦在孙雨霏面前，她打小学习舞蹈，身体柔韧性很强，还有力度。

“孙雨霏。”她顶着一张乖巧的脸，淡定地开口。

孙雨霏没什么耐心：“南嘉，你至于这么小家子气？我不就是上周漏写了你的名字吗？大不了我找老师帮你解释一下，你何必斤斤计较。”

“哦，是吗？”南嘉把玩着胸前的蝴蝶结，慢条斯理道，“那为什么我的作业本在你桌洞里找到了呢？”

“撒谎！血口喷人，”孙雨霏说，“你的作业不是忘带了吗？课代表都出去罚站了。”

南嘉边说边拿出手机，翻出来一张照片：“我就知道你这个反应，我已经留证据了，要不要我们找老班评评理？”

孙雨霏的脸立刻沉下来，流露出几分惊慌的神色。

“南嘉，你就知道装无辜，既然你发现了，那我就不否认了，确实是我干的，可是你不觉得你活该吗？”孙雨霏说，“要不是因为你，裴行妄怎么会跟我表姐分手？”

信息量太大，南嘉消化了几秒钟才反应过来。

她为人一向平淡，来这里也不久，不会去刻意关注很多东西。孙雨霏经常提的姐姐，好像就是安湖大学某个艺术系的院花，原来那就是裴行妄的女朋友?

那个哭得梨花带雨、长相风情的姑娘。

“怎么着，南嘉，你还不想承认了？”孙雨霏说，“难道不是因为你吗？明明我表姐跟裴行妄谈得那么好。”

孙雨霏越说越得意，似乎抓到了南嘉的把柄般，身体晃动着，想将南嘉撕碎。

南嘉的心猛烈地颤动着。

南嘉牢牢攥住了孙雨霏的手，眼睛眯了眯，嗤笑道：“可是，你真的只是为了给你表姐报仇吗？”

“据我所知，你很嫉妒你表姐呢。”南嘉表情冷淡，定定地看她，“我不相信，你有这么大公无私的爱，恨不得摧毁自己给她报仇。”

南嘉恍惚着笑了一下，得出一个结论：“你嫉妒我。”

“你嫉妒我夺走了你班里第一名的位置，你早就看我不顺眼了，你表姐的事情只是一个导火索吧？你打着正义的旗号，其实只是发泄你的怒气。”

孙雨霏是英语课代表，以前是英语老师的宠儿，但自从南嘉来了之后，英语老师总是频频让她跟着南嘉学习，还总是让南嘉帮着老师做事情，将她撂在一旁。

孙雨霏表情越发难看：“笑话，我怎么会嫉妒你？”

嫉妒心是藏不住的。

孙雨霏暗地里编造一些南嘉的谣言，说些有的没的东西，影响不到南嘉，平时也搞些小动作，南嘉也懒得计较，可现在已经打扰南嘉的学习了。

“我之前是不愿意跟你计较，反正过不了多久，我们也不是同学了。”南嘉面无表情地看着孙雨霏，“你好自为之吧。”

“为什么？”

“因为，我要跳级啊，”南嘉不屑地看她一眼，笑着转身就走，“我的智商又不是跟你一个水平线，高二那点知识我早就学会了，你甚至不配当我的对手。”

孙雨霏咬着牙，站在风里，凌乱萧瑟。

孙康教授六月下旬回了国，第一时间打电话来说想去学校看南嘉。

南嘉正穿着睡衣，坐在沙发上吃着裴行妄买的零食看电视，南嘉瘦，却也爱吃，每次裴行妄从学校回来都会给她带一堆好吃的。

“我……我在妄哥家里。”

“又去找你妄哥问问题？”

南嘉“嗯”了一声，良心上有点过不去。

裴行妄一双桃花眼盯着她，好整以暇地看她撒谎，嘴角挑起来。

后来，孙教授还是放心不下，于是拎着一堆东西来裴行妄这里看南嘉。

“嘉嘉，叔叔现在回来了，要不你就别住校了？”

距离七月中旬放暑假其实也没多久了，到了七月南嘉肯定要回自己家里。她倒不想回去，但是不回去估计南母会提刀杀了她。

“叔叔，阿姨现在身体怎么样了？”小姑娘笑起来文文静静，一身岁月静好的气质。

孙教授叹了口气：“不太好，她这个人吧，娇贵，嫌家里阿姨照顾得不好，什么事都得我亲自来，不过也在慢慢恢复中了。”

裴行妄跷着腿坐在沙发上玩手机。

“那我还是别回去了，东西收拾起来麻烦，而且我放了假就回家了……”南嘉笑着看向裴行妄，“我住校还算舒服。”

裴行妄将手机丢到一旁，挑眉，意味深长地看着她：“还算舒服？”

南嘉点点头：“很舒服。”

裴行妄笑了一声，语气缓缓：“那继续住着吧，老孙也不容易。”

说着，他拍了拍孙教授的肩膀。

裴行妄跟孙教授并不仅仅是师生关系，似乎裴行妄的妈妈跟孙教授是亲戚，所以裴行妄在他面前也肆无忌惮。

“你小子这么贴心，是不是又耍心机了？”孙教授指着他，“人小姑娘是来找你问问题的，可别欺负人家。”

裴行妄从裤兜里摸出来打火机，又不动声色放回去了。

他最后从茶几上拿起一块口香糖，撕开包装，丢进嘴里。他嚼着口香糖，视线落在南嘉身上，“啧”了一声：“让她自己说说，我对她好不好。”

南嘉将他的举动收进眼底。

不管他看似何等混不吝，但是在南嘉眼里，他永远是那个有礼貌、知书达理的少年。

孙教授日日在床前照顾妻子，癌症患者不能沾染烟味，现下孙教授也只是出来这么一会儿，裴行妄不在他面前抽烟——哪怕知道孙教授回家后，沾染的那丁点儿烟味也散掉了。

可裴行妄还是会处处想着照顾别人。

少年漆黑深邃的双眸望着她，犹如一片寂静的湖面。南嘉紧张起来，声音不禁有些颤抖，她努力控制自己："妄哥对我很好。"

裴行妄打了个响指，嘚瑟道："我再浑也不欺负小孩。"

南嘉的心再次狂跳起来。

南嘉没回孙教授那里，继续瞒着所有人在这里居住。

距离考试时间越来越近，这就意味着她快要回家了，回到那个乌烟瘴气、毫无希望的家，可惜她还没办成跳级。

只能回家跟妈妈商量了。

南嘉这段时间格外努力，想期末继续保持住年级第一的成绩，或许母亲会同意她跳级。

大课间，班主任李老师让南嘉去办公室一趟。

"南嘉，你哥哥是不是换电话号码了啊？"

南嘉有点猝不及防："嗯，应该很早就换了。"

李老师说："咱们考完试那天，学校打算办一期优秀校友的讲座，想请你哥哥过来给同学们讲讲高中学习的经验，你能帮老师问问你哥哥吗？"

南嘉点头。

李老师也知道裴行妄嚣张任性，不走寻常路，也知道小姑娘听话，完不成老师的任务兴许会自责，又赶紧补充一句："要是不同意也没关系，老师这边还有其他候选人。"

"好的，老师。"

李老师正欲让她回去，又想起了什么，赶紧从抽屉里拿出来一份文件："哎，你看老师这个脑子，竟然差点把这么重要的事情给忘记了。"

"你把这个签上字，开学就可以念高三了。"

南嘉如遭雷击。

李老师看她发愣，伸手在她面前晃了晃："南嘉，你不是想跳级来着？"

"老师虽然就带了你这几个月，但是也不舍得你，不过从良心上讲，你直接念高三其实没问题的，我也相信你能考出很高的成绩。"

南嘉石化在地，嫣红的唇微微张着，她不记得自己提交过申请，难不成是梦里完成的？她思绪纷乱无章，最后想到只有一个可能。

"老师，我的申请是谁帮我办的？"

"当然是你哥哥了。"李老师说，"其实咱们学校这种先例不多，但是你哥哥说你很想直接念高三，他还去檀城教育局拿来了你原先学校的证明，学校这边也只能同意了。”

南嘉期盼了太多次，不抱任何希望，当这件事情真的做到的时候，只感觉到浓浓的不真实感，像做梦一样。

南嘉睫毛颤了颤，签上了自己的名字。

中午放了学，南嘉吃过午饭，拿出手机，找到裴行妄的微信，敲下一行字。

妄哥，你怎么不告诉我呀？谢谢你。

她想了想，又删掉重打：妄哥，我接到通知啦，很高兴。

还是不妥。

妄哥，谢谢你。

似乎又莫名其妙。

南嘉最终放弃了，感谢的话可以放在心里，也可以亲口讲给他听，反正时间来得及。

南嘉只做了一件事，将备注的“哥哥”改成了“妄哥”，截然不同的存在。

下午放了学，南嘉坐着公交车回家，她双手触摸着车窗玻璃，看到窗外万盏灯火常亮，是烟火气息十足的六月人间。

她感觉到一股浓浓的幸福，像整个人被推到云层之上，融成其中一片绵软的云朵，是最轻最温柔的分量。

南嘉脑海中浮现起那个人的身影，想起他吊儿郎当的语调，说话时，嘴角总会漫出的散漫笑意。

她又想起白天班主任的嘱托，想起还没能亲口向裴行妄道声谢，想起昨天裴行妄说这几天都不会回来，似乎要在学校赶一篇期末论文。

南嘉鼓起勇气，拨出去那串熟悉的号码。

响了大概三声就接起了。

那头很吵闹，南嘉皱皱眉，下意识以为自己拨错了，似乎还闻到了那头乌烟瘴气的味道，有男人吵吵嚷嚷，推杯换盏。

不是在赶论文。

可能在会所，或游戏厅。

“嘉嘉，怎么了啊？”裴行妄依旧是懒散、没什么情绪的声音。

觉得这个场合似乎不适合煽情，等见到他时再道谢，南嘉便长话短说：“我们学校想做个优秀校友的活动，七月初，妄哥你能来吗？李老师挺希望你能把成功的经验分享给学弟学妹们的。”

裴行妄很轻地哼笑一声，正欲说什么，却传来女孩嘤咛一声。

“哎呀，裴行妄……”女孩娇笑的声音传到话筒里。

裴行妄将电话挪到一旁，低着嗓子跟女生说了句暧昧的话，令人想入非非。

南嘉脸色惨白，认命般闭上眼睛。

裴行妄嘴角浮现出一抹坏笑，语气有点狂："告诉你班主任，没空去。"

男生们起哄的声音从听筒深处传进来，无形之中像带着无数根银针，刺破了南嘉的耳膜："哈哈哈，我们妄哥得陪女朋友！"

Chapter3. 小没良心

南嘉第一次见到裴行妄才小学毕业，那时裴行妄十六岁。

南母与孙教授是最好的朋友，她到安湖参加同学聚会，安湖是一座出名的旅游城市，环境优美，便多住了几天。

那天孙教授带着南嘉去餐厅吃饭，那是一家西餐厅，太多年过去了，南嘉依然记得那家餐厅的摆设，波希米亚风格，有两台古老的留声机，发出低缓的音乐声。

那时候西餐生意很好做，在中国有过硬的市场。

孙教授与南母聊着天，南母什么都跟孙教授讲，他们虽然不在同一座城市，但是每年都会抽出时间见上几面。

孙教授安慰南母在婚姻中要懂得谦让，不要什么都抓在自己手里，然后又看向南嘉："嘉嘉，叔叔给你介绍个新朋友怎么样？"

南嘉甜甜地笑："好呀！"

孙教授对南母说："嘉嘉又乖又漂亮，幸好性格不像你，唉……"

孙教授指着旋转门之外，说："看到了吗？那个哥哥，马上进来陪你玩。"

大人之间要讲一些私密的话题，所以孙教授才将裴行妄叫了过来。

那也是个傍晚，夕阳染红半边天，世界都添加了一层暖融融的滤镜。

或许，因为暮色太美，南嘉眼中的裴行妄才会那么好看。

少年穿了件白衬衫，脸庞干净俊秀，笑意轻狂，身材挺拔。那时候的裴行妄似乎跟现在不太一样，没现在散漫、玩世不恭。

南嘉忍不住笑，嘴角上翘着，那天裴行妄带她看了电影，带她去电玩场玩游戏，还带着她抓娃娃，最后一个都没抓到。

再次见到裴行妄，南嘉十四岁，裴行妄十八岁。

那是初二的暑假，孙教授邀请她到安湖来玩，正巧南母因公事要出差半个月，于是将她放到了孙教授那里。

孙教授还专门给她买了辆自行车，让她出去玩的时候骑。

有一天，她骑着车乱晃悠，走过一个偏僻的地带时，一辆黑色SUV向她驶过来。车窗下移，少年一只手扶着方向盘，另一只手搭在车窗上，那双手骨节分明，性感至极。

少年一身黑，理着寸头，下颌线分明，桀骜不驯，桃花眼微微勾着。

裴行妄似乎比两年前瘦了些，下巴更尖了，五官却被镌刻得更有男人味。他漫不经心的视线扫过南嘉，倚在车窗边上，笑得格外勾人：“小姑娘，前边修路，不能过。”

热烈的阳光打下来，南嘉一瞬间呆滞住，眼睛一眨不眨地盯着他。没想到，他不记得她了。

南嘉紧张极了，脚下意识踏上了车镫子，骑远了。

身后少年“啧”一声：“还挺倔啊。”

然后，车窗关上了。

不多久，南嘉发现前面没了路，这才意识到，原来他是好心提醒自己。她愣怔许久，像是沉浸在温柔里无法自拔。那个月，她疯狂暗示孙教授，想见见裴行妄，孙教授偶尔叫来裴行妄陪她，时间久了，南嘉也和他混熟了，还会主动到他别墅里玩耍。

南嘉不懂，为什么十六岁还格外正经的少年，十八岁却变得玩世不恭，他不再穿白衬衫，每日一身黑，开始组乐队、谈恋爱，但似乎从未将真心交付过。

无数次，南嘉想将疑惑宣之于口，难道人长大之后，都会变吗?

可无论怎么变，都不会改变她对他的那份喜欢，这份喜欢甚至愈来愈深，藤蔓式疯长，等到发觉之时，已是蓬勃模样。

于是，南嘉只能在日记里写：月球每年都会发生一千多次轻颤，人类却不知不觉。我站在你面前，无数次向你跌落，你却从未察觉。

期末考试完那天，南母又打来了电话。

“嘉嘉，今天妈妈没事，可以开车接你，你放了学直接去你叔叔那里吧？”

南嘉的心被重重地提起来，她所有的行李都在裴行妄家里。

“不用了，我买好票了，叔叔也说送我回去来着，您不用来接我啦，开车好几个小时，也挺辛苦的。”

“这么听话啊。”南母低声笑笑。

南母做事情特别坚持，一旦想要，就基本没有得不到的。南嘉生怕她坚持，赶紧佯装着急说：“妈妈，我现在去收拾行李，晚上我就到家了。”

于是挂断了电话。

南嘉背着书包回到临江别墅，她按密码进了房间，房间简洁雅致，地砖洁白如新。

裴行妄最开始设定的密码比较复杂，南嘉好几次记住又忘了，有一次好不容易记住了，没想到却开不开门，她又急又恼，想着自己的脑袋还能这么不管用?

打给裴行妄时，他正在玩麻将，应该是赢了牌，那头一水的“妄哥牛啊”。

裴行妄应该喝了口饮料，有吞咽的声音，嗓音里压着几分漫不经心：“生日，试试。”

“什么生日？”

“你的生日。”

南嘉面红耳赤地输入一串数字，门果然开了。

很多情侣都用彼此的生日做密码，可她和裴行妄又不是这样的关系。南嘉的脸热极了，心也乱跳，赧然问道：“妄哥，为什么要改密码呀？”

裴行妄哼笑一声：“这不是某个小姑娘记不住嘛。”

其实她已经记住了，却没让他改回去，这或许是他们之间为数不多的暧昧纠缠。

南嘉来到楼上，行李昨晚已经收拾好了。

这周裴行妄依旧不在，倒是周末的时候，她提了一嘴，这周四期末考完就回家了，他当时玩着游戏，漫不经心地“嗯”了一声。

应该没放在心上。

她看过裴行妄的课表，周四下午没课。

南嘉肚子有点饿，也不愿意去车站买垃圾食品，于是去厨房找了点吃的。

还记得第一次来裴行妄这边，冰箱里空空如也，除了矿泉水就是啤酒，一点能填饱肚子的食物都没有。

当她住进来之后，冰箱里再没空过，里面全都是女孩子爱吃的东西。

临走之前，南嘉回望临江别墅，万般不舍涌上心头，然后坐上了去高铁站的车。

高铁三个小时到站，南嘉拉着行李箱出站，手机突然响了，看到屏幕上跳跃闪动的名字：妄哥。

喜从心来。

“这就回去了？”裴行妄的嗓音一贯的吊儿郎当，“也不知道跟哥哥说一声。”

南嘉明明很开心，想说的话在心里转了个圈儿，却不知怎么的，就变成了略带冰冷的一句：“我怕打扰你约会。”

“没约会，打球去了。”裴行妄没听出她话里的不开心，按开遥控器，电视的声响透了进来，“不过你不在家，这还觉得空落落的。”

他觉得不舒服，是不是代表着心里的某个角落其实是有她的?

南嘉抿嘴笑：“没了我这个烦人精，是不是觉得自由多了？”

裴行妄忽地压低了嗓音，气息悠悠浮动着：“你一小姑娘在这里，哥哥是男人，做事情不方便，你走了，哥哥想做什么都可以了。”

南嘉的脸突然红了。

她能想象到，裴行妄说这话时，眉眼间浮现的暧昧风情。他这个人就是这样，那风流气质像是与他融为一体。

南嘉的心被撩动得不知如何是好，臊得脸颊红红的，心怦怦直跳，这颗心像是专门为了他而存在。

明明之前还有点怪他，怪他没把她放在心上，知道她走都不来送别一下。

南嘉跺了跺脚，恨自己不争气。

裴行妄慵懒地躺在沙发上，揉了揉眉心，他前面的茶几上放着一份新鲜出锅的张阿姨家的鲜虾馄饨，本想着让小姑娘回家之前再吃一口最爱吃的。

哪想到人走那么快。

今天排队的人太多了，排到他时，鲜虾馄饨只剩最后一份。现在来看，这馄饨也没人吃了。

啧，小没良心的。

南嘉也就走了两个月，南家别墅已经大变样了。

之前的佣人李嫂跟着南父离开了，新来的佣人不太习惯，失手打碎了几只贵重的碗，南母正在教训人。

南嘉站在玄关处，手抬了抬，不知道说什么，喊了声："妈妈。"

南母转过身，恢复母慈子孝，赶紧走过去，抚摸着南嘉的头："嘉嘉回来了啊，妈妈可想你了。"

南母使了个眼色给佣人，让她进厨房忙活。

南嘉伸手揽住妈妈："妈妈，我饿了，咱们吃饭吧。"

南母牵着她的手，热情地一道一道介绍菜式："妈妈和阿姨做了很多你爱吃的呢，嘉嘉，你看，这个虾仁黄瓜炒鸡蛋，是妈妈专门做给你吃的，你不是最爱吃了吗？"

说着，南母就为南嘉夹菜，那份黄瓜虾仁炒鸡蛋几乎小半盘都进了南嘉面前的盘子里。

南嘉咬咬唇："妈妈，我爱吃虾仁，但不爱配着黄瓜吃。"

南母脸色冷下来。

"嘉嘉，妈妈跟你说了多少次了，配着黄瓜吃才有营养，你还在发育，不能挑食。"

"我平时不挑食呀，黄瓜我也吃，我只是不爱这两样一起吃，爱配着一起吃的是妈妈您。"南嘉只是不希望南母将自己的喜好强加到她身上。

南母重重呼出一口气："嘉嘉，这道菜最有营养，你不吃也得吃。"

南嘉不想跟她因为这么点小事吵架，忍着即将夺眶而出的泪意吃完了炒虾仁。

这个暑假，她过得并不好，时时刻刻提防着南母脾气发作，没了爸爸在身边，她害怕极了。

南家有个规模不算特别大的公司，是南父南母一起创立的，感情分崩离析之际，南母势必夺回公司，要求南父净身出户。

其实从法律上来说，哪怕男方出轨，夫妻财产也要公平分配。南母不同意，便在公司掀起腥风血雨——如果你非要跟我争公司，那我就把这公司弄倒闭，大不了鱼死网破。

南父疲惫不堪，放弃了。

南父无奈在深夜跟南嘉打电话，叹着气："对不起，嘉嘉，我不是个好爸爸，我对不起你妈妈……"

听到爸爸的声音，南嘉的心理防线被冲垮，抹着眼泪，艰难地呼吸。

"嘉嘉，你妈妈不肯跟我离婚，说什么都不同意，可爸爸真的过够了，爸爸对不起你们，不过，你永远都是爸爸最疼爱的女儿。"

"只是，你姐姐她……"南父叹气，"爸爸找机会会去看你的。"

南嘉还有个同父异母的姐姐，不过被爸爸的初恋瞒了多年，南父这才将那个女孩认回来。现在南父终于拥有了幸福的家庭，南嘉却孤零零一个人。

夜色暗涌，南嘉翻看着微信消息。

妄哥的对话框始终置顶，可放假这些天以来，始终没有过一条消息。

南嘉很想跟他聊天，却删删打打，不知道说什么好。

整个假期，裴行妄只发了一条朋友圈，是拍的一个度假山庄，绿水青山，可以赛车、玩游戏，他那些朋友不小心入了镜。

还有一张是裴行妄和朋友们的合照，他不喜欢自拍，这次估计也是玩得太开心了。

南嘉敏锐地注意到，裴行妄穿的黑 T 恤上面有个小小标志，是个潮牌，不过，这是情侣衫，男方是骷髅，女方是鬼怪。

网上不少人穿这件衣服秀恩爱。

南嘉突然觉得很心酸，有点喘不过气来。

往后一翻，还有一个男生穿着这款 T 恤的白色款，上面有个小小的鬼怪标志，那个男生她见过，是野莓乐队的贝斯手沈念余。

刚才还恍若被人按进海底扼住了呼吸，脏器要被泡发一般，这会儿又突然浮到海面，呼吸到新鲜空气。暗恋的情愫太过复杂，弯弯绕绕，还不知道什么时候是个头。

快点念大学吧，她一刻都等不了了。

这个假期，她又温习了一遍高二的功课，为开学念高三做准备。

这件事她始终没告诉南母，南母不会同意她这么大胆的举动。

哪怕她成绩稳居年级第一，南母也必须让她每一步走得踏踏实实，容不得冒进。

裴行妄没想到会在高陵山庄遇见周传伊。

高陵山庄有个酒吧，他们一伙人去酒吧唱歌，乐队人没聚齐，裴行妄却被撺掇着上台唱了首歌，将酒吧里驻唱的乐队唱得一愣一愣的，直呼：“哥们儿，你专业的啊？”

有一个歌手讶异：“你是裴行妄？”

那歌手拉着裴行妄探讨了半天，都是些专业词汇。裴行妄耐心有限，偏偏这人还啰啰唆唆，他没一会儿就烦了。

这时，恰好贾世辉叫他：“妄哥，有人找你。”

裴行妄皱着眉出去了。

见到周传伊，他冷冷地看她一眼，转身欲走。

周传伊肌肤雪白，穿着夏威夷风格长裙，脚踝纤细，脸上的妆容一丝不苟，竟然有几分恳求的味道：“裴行妄，我们能谈谈吗？”

裴行妄突然笑了：“行啊。”

周传伊和朋友聚会来得这里，就在隔壁包厢，听到熟悉的歌声才走过来，看了半天。她屏退了朋友，包厢里燃着檀香，一缕缕清幽缓缓升腾。

周传伊给裴行妄倒了杯水，他骨节分明的手指紧紧握住杯壁，晃荡着。

“怕我给你下毒吗？”

裴行妄“嗤”了一声，桃花眼眯了眯，笑得浪荡暧昧：“下药还差不多。”

都是成年人，至于什么药，大家都懂。

周传伊脸色煞白，握住杯子，不可避免地碰到了裴行妄的指尖。裴行妄没躲，周传伊咬了咬红唇，眼神妩媚，进一步靠近他，薄薄的红唇吐纳着热气。

女人长相娇媚，身材好到极致，是男人都会喜欢的款。包厢里有点闷，周传伊将披肩脱掉了，吊带长裙不堪一碰地挂在肩上，白腻的肌肤露出来。

周传伊摩挲着裴行妄的手指，眼泪溢了出来：“我当时不是故意的，我也不知道事情怎么成了这个样子了……”

裴行妄手指清瘦，如竹似玉。

周传伊涨红了脸，握着他的手。

裴行妄俯身，痞坏道：“自重啊。”他眼底的厌恶一闪而过，“我的小妈。”

“你……”周传伊脸色委屈，眼泪簌簌地落下来。

正是这张风情的脸才将裴博文迷得七荤八素，两年前，周传伊正追求裴行妄，后来遇到了裴博文，两人发生了不正当关系，可惜，周传伊至今还没能和裴博文成为法律意义上的夫妻。

周传伊今年也才二十二岁，比裴行妄大不了多少。

她自甘堕落，没名没分地跟着有钱的中年男人。

“裴行妄，我都不知道怎么成那个样子了，你知道，我最喜欢你了……当时你也喜欢我，我们只差一点点了，真的只差一点点……”她如泣如诉，倾诉着自己的委屈。

“还想我？”

周传伊擦擦眼泪：“你爸爸他心脏不好，早晚没命，到时候家业还是我们两个人的，这样不好吗？”

说着就往裴行妄身上凑。

裴行妄扯扯嘴角，嗤笑：“周传伊，胆子越来越大了啊。”

女人眨巴着媚眼，仍不放弃：“我只是喜欢你，我为了你愿意做很多事情，这样才能两全……你不也最恨他了吗？”

周传伊不放弃，还要往裴行妄那边凑。

裴行妄却已经起身，眼底充斥着厌恶：“有这个工夫你还是讨好老头子吧。”

裴行妄推开门，往外走。

周传伊擦了把眼泪，大声喊道：“裴行妄，你没有良心，我承认我当初做错了，可是你怎么不想想我为什么做错？你难道就一点错都没有吗？”

“你知道什么是爱吗？”

裴行妄脚步顿了顿，却没再回头。

假期快结束的时候，南母跟南嘉谈话：“嘉嘉，妈妈这边公司已经稳定下来了，也能抽出时间照顾你，要不你还是转学回原来的学校吧，这边的老师和同学你也熟悉。”

南嘉心里一凛。

南嘉有点紧张，她装作思考的模样，缓慢地说：“妈妈，其实我也想过这件事，但是恒立的升学率是一中比不了的，恒立本科率百分之八十，校风也好，我现在成绩其实进步很大。”

南嘉基础好，在老学校也是年级第一名，只是老学校的师资比不了恒立。

南母仍然犹豫：“你阿姨她生病了，我不想让你给叔叔添麻烦。”

南嘉乖巧地摇头：“我住校就可以，我班同学大多都是住校，还能培养独立精神呢。”

南母双手交错，思忖半天，最终说：“行，那你继续在安湖念书吧，恒立的教学质量确实很高。”

顿了顿，南母又正色道：“但是嘉嘉，你不在妈妈眼皮子底下，妈妈很不放心你。你知道，妈妈就你一个孩子，当宝贝宠着，你在那边一定要听话，妈妈知道你漂亮，也知道肯定很多人喜欢你，但是你不能跟那些坏男孩有来往，知道吗？”

南嘉眨眨眼睛，温顺道：“我会听话的。”

南母这一关过了，可她开学到底去哪里呢？

孙叔叔那里肯定不好意思去了，至于裴行妄……本来裴行妄就是好心收留她，又没说让她一直住下去。

这个暑假没有她，裴行妄应该很高兴吧?

南嘉咬咬唇，心情低落，想着实在不行就住校吧，至少能跟他呼吸同一片空气，他还是她的妄哥。

整整一个多月没联系了，傍晚六点钟，南嘉做完了一套理综试卷就躺上床，整个人精神奕奕。一道随性浪荡的身影不停地浮现在她的脑海之中，南嘉翻到他的朋友圈，重新看了一遍那几张照片。

她最终无可奈何地从床上爬起来，拿出理综卷子，将门关紧，拨出去一个熟稔在心的号码。

“喂。”

一道略微低沉的、倦懒的嗓音。

裴行妄倚着墙壁，一只手拿着手机，另一只手插在裤兜里，低声笑了笑。

“妄哥，你干什么呢?”

裴行妄从容不迫地笑了笑：“你不是知道嘛，度假山庄。”

南嘉咬住下唇。

是的，她知道，白天还给他点了个赞。南嘉迅速换了个话题：“妄哥，你晚上有时间吗?我想问你一个题。”

十六岁的南嘉对着裴行妄说过很多谎话。

这些年，她独自一人悲喜，以为靠近他，便能争取一个可能，然而心灵上的距离与空间的距离毫无关系。很多时候，她都看不懂裴行妄，总觉得他似乎被一个玻璃罩蒙上，到底哪一面是真实的，她看不真切。

也或许有些感情注定没有结局，悄然无息地陨灭。

裴行妄嗓音有点哑：“嗯。”

“那我一会儿发你微信上，你有时间了给我讲讲。”

“行啊。”

到这里其实该结束了，如果南嘉没有自己的小心思的话。可她舍不得结束，还不知道下次听到他的声音得到什么时候。

“那这样的话，谢谢妄哥了，你应该还在忙……”

“我说嘉嘉，”裴行妄突然打断了他，笑着说，“我可不是听你讲废话的。”

“啊……”南嘉机械地牵了牵嘴角，没想到他这么聪明，她在他面前似乎无所遁形，她干脆就实话实说，“妄哥，我妈妈想让我转学回去，可我很喜欢安湖，也很喜欢恒立。”

最喜欢安湖的你。

时间一分一秒地流逝，裴行妄懒散地哼笑一声：“那就不转呗。”

南嘉没说话。

裴行妄推开门，山庄的夜空很美，空气也清新。他莫名想起某个女友说过，月亮像青白色的鸭蛋壳。

尼古丁过了肺，他深呼一口气，脸上挂着吊儿郎当的痞笑：“想继续来哥哥这边住？”

南嘉没隐瞒，一双杏眸弯了弯：“想。”

她的心跳仿佛急促的鼓点，没由来地紧张起来。

裴行妄在月色下站立着，心想南嘉肯定会喜欢这个诗情画意的地方。民宿充满风情，门外点缀的小灯都是古色古香的，灯光打在少年立体深邃的侧脸上，他轻笑一声：“哥哥可不是个好人啊。”

哪怕在做错事情的周传伊眼中，他也是个坏人。

裴行妄嗤笑。

南嘉轻轻地说：“坏人从来不会把这句话挂在嘴边，对我来说，妄哥就是最好的人。”

这话她说得真心实意。

裴行妄听得一愣，勾了勾嘴角，掀起眼皮，淡淡地应了句：“成，那哥哥的家门永远为嘉嘉开着。”

裴行妄突然觉得挺有意思。

在某个小姑娘眼里，他是个不折不扣的好人。

进入高三，南嘉明显觉得紧张多了。

南嘉最开始不太适应，可一旦想到熬过这一年可以和裴行妄报同一所大学，就全身充满了力量。

开学第一天进行了摸底考试，南嘉有点紧张，毕竟她只正儿八经地学过了高一内容，高二知识都是自学的。

可试卷发下来，也没觉得太难，第三天出了成绩，年级第五十名。其实对于很多人来说，这个成绩就很棒了，但南嘉清楚，如果高考只能考这个分数，就会和安湖大学失之交臂。

课间，许唯一总喜欢找她打听一些裴行妄的事情：“我听说你哥哥的爸爸很变态，是真的吗？”

“什么？”

“就是我表哥跟你哥哥是一届的，他说你哥哥本来是学音乐的，天赋有多高你也知道，他本来打算走艺考，然后他父亲在他艺考前夕装晕倒，还编了个很严重的病，说是脑出血之类的，害你哥哥没参加成考试，是这样吗？”

南嘉愣了愣：“我不知道。”

这种小道消息南嘉在论坛看过，以为都是捕风捉影，她没当真。她知道裴行妄有多么热爱音乐，现在却在经济学院就读，如果这是真实的，她不禁想，裴行妄该有多么难过。

她也隐隐感觉到，裴行妄和他父亲的关系很差。

许唯一笑着说：“我还以为你跟你哥哥有多好呢。”

下午放了学，南嘉和许唯一一起去车站等车。许唯一眼尖，一眼就看到巷子深处开了家新的店铺，拉着南嘉就往那边跑：“南嘉，那个蜜坊记你知道吗？桃花糕可好吃了，这个是檀城的特色，我之前去檀城旅游带了好些回来，本来想留着慢慢吃，哪想到刚买来三天就没忍住吃干净了！”

南嘉没忍住笑：“我当然知道，我就是檀城人。”

“不过倒是很巧，咱们口味一致。”

蜜坊记是檀城的老牌糕点铺子，里头的桃花糕最为出名，桃花的淡淡香气扑鼻，点心又软又糯，粉粉嫩嫩，不会觉得腻，老少皆宜。

其实南嘉返校那天专门去了趟蜜坊记，想把自己最爱吃的东西带给裴行妄，哪想到老板妻子生宝宝，那几天关了店，她还沮丧了很久。

想不到安湖竟然开了分店，这个小店也是出息了。

南嘉过去打包了两份，一路拎着，开心得不行。走到半路她才想到，今天是周中，裴行妄未必回来，这东西放久了也不好吃了。

不回来就算了，大不了她自己吃。

南嘉回到家，按开密码，熟悉的清冷灯光倾泻到脚边，她喜上眉梢，软软糯糯地叫了一声：“妄哥。”

裴行妄正低头打游戏，坐姿也不正经，抬头看了她一眼。

“回来了啊。”

“嗯。”南嘉把包放回房间，又拿着桃花糕下来了，“妄哥，你尝尝这个，可好吃了。”

裴行妄瞥了一眼桌上那粉粉嫩嫩的东西，好些细碎的花瓣点缀，女孩子吃的东西。

他皱皱眉，酷酷地说道：“幼稚鬼，我会吃这玩意儿？”

南嘉表情肉眼可见地失落。

她乖巧地穿着校服，似乎高了些，校服裙到膝盖，露出一截纤长笔直的腿，白得发光，像从画里走出来的，这小姑娘倒是出落得越发好看了。

他放下游戏机，看着小姑娘期冀的神情，心像被什么击中一般。

裴行妄摸了下她的头，挑了挑眉梢，从容不迫地笑了笑：“放冰箱里，明天当早饭。”

南嘉眨着眼睛笑着说：“早饭吃这个会不会吃不饱？”

裴行妄早饭吃得很少，平时爱健身，八块腹肌，两条性感的人鱼线向下延伸。有一次，裴行妄洗完澡出来，下身就系着条浴巾，她闯进去就看到这样一幕。

当时她的脸都羞红了，站了好几秒钟，傻愣愣的，哪想到这男人揶揄地笑：“哥哥身材好吗？”

南嘉落荒而逃。

这人是真的自恋，虽然这个事早就过去了，可南嘉现在想起来还觉得脸热。

不过讲真的，裴行妄的身材一般人真比不得，现在娱乐圈蛮多小鲜肉都不怎么健身，平时穿着西装人模人样，一旦需要露肉，平平展展，白条鸡似的，她都替他们尴尬得慌。

裴行妄自然不知道南嘉现在脑子里想的什么。

“妄哥，我们明早吃水饺吧，上次超市买的水饺还没吃呢，你不是最爱蟹黄的吗？我想明早起来煮水饺，我这次回家跟着家里的阿姨学了一种秘制蘸料，明天你也试试，你肯定喜欢吃。”

人紧张的时候话会变多。

这么一长串话说完，裴行妄还在盯着她。

他挑眉：“这么会照顾人？”

从南嘉的角度，能看到他凸起的性感喉结，他在沙发上自然随性地坐着，领口微微敞开，露出一截性感的锁骨，至于往下延伸，她也能想象那个画面。

裴行妄慢条斯理地拿起一块桃花糕，糕点小巧玲珑，他刚放到嘴里就咽下去了，吃东西都有一股浪劲，正常都要咀嚼几口，也不知道能不能尝出味道，再好的点心给他吃都是浪费。

裴行妄又拿起一块，修长的手指抬起来，往南嘉这边来了，英俊的脸停在距离她不到十厘米的地方。他将糕点递到她的唇边，南嘉一张嘴就咬住了。

裴行妄抽出一张纸巾，淡定地帮她擦了擦嘴角的点心屑。

可南嘉却笑了，桃花糕是甜的，心也是加了蜜的。

九月下旬，天气尚且晴暖，秋风送爽，梧桐树遮天蔽日。

中午放学后，许唯一转过头：“嘉嘉，今天我们去校外吃饭吧？”

南嘉倒是无所谓：“行啊。”

进入高三，大多数人都紧张许多，申请了住校，宿舍楼住得满满当当。南嘉贪恋舒心的片刻，依旧瞒着所有人跟裴行妄住在一处。

许唯一住校，但她娇气，经常放了学跟南嘉一同搭公交车回家。

一路上，许唯一照旧叽叽喳喳。

“人好多啊，想喝杯奶茶都排那么久队，烦死了。”许唯一拉着南嘉站在某个最出名的奶茶店门口，“嘉嘉，咱们去吃火锅吧？”

“行。”

生怕火锅店也像奶茶店那么抢手，许唯一不再闲聊，拉着南嘉一路小跑。

南嘉似乎听到身后有人叫了她一声，当她回头，什么都没看到。

风中只有温热的气息吹拂，外面的风景走马观花而过。

许唯一再次失算，火锅店人满为患，前面还有三桌。她们需要等位置，于是坐在走廊里店家准备的沙发上，吃着火锅店免费的爆米花。在外面跑久了，许唯一有点累，趴在桌上闭目养神。

苏桃欣就是这个时候来到南嘉面前的。

南嘉的心狂跳，透过女人的表情，就知道来者不善。

“你就是南嘉？”

南嘉站起来，淡淡道：“嗯。”

苏桃欣音调挺高，听着就像来找事的，许唯一也一个激灵惊醒了。

“本来我和裴行妄一直好好的，突然他就跟变了个人似的，还跟我分手，我一打听才知道，原来背后有个你。”

听了这么多，许唯一理清楚了来龙去脉，脑子还是晕乎乎的：“这位漂亮姐姐，不要把责任推到无辜的人身上，行吗？”

“我们嘉嘉只是暂时借住在裴行妄那边，他们都有亲戚关系的，你没必要想那么多……你这样可真的有点无理取闹了。”

许唯一又急又气地盯着她，商场里看热闹的人也越来越多了，大家啧啧笑，小声议论。

南嘉也想赶紧把这件事解决掉，对着许唯一摇摇头，站到了前面，语气坚定：“苏桃欣，我不会做破坏别人感情的事情，你们的感情破裂，跟我更没有任何关系。”

“而且你自己做过什么，到底是什么惹怒了裴行妄，我相信你比我更加清楚。”

像被人戳中要害一般，苏桃欣的表情变得疯魔，她抬手指着南嘉，不可理喻道：“南嘉，我原本还以为你无辜，我现在更加确定，你压根就不单纯，否则你怎么会知道我的名字，你怎么会知道我跟裴行妄的事情？”

她非常笃定，抬高了声调，冷声呵斥：“你敢说你单纯？”

苏桃欣一字一顿：“你敢说你对你哥哥没有企图？”

连续的发问像雨点一样砸下来，南嘉默了默，她不敢说。

有人小声议论着：“这小姑娘好过分啊，看着文文静静，怎么做这种事情。”

许唯一拼命瞪那些人，瞪走了好几个，想上前也把苏桃欣拉走。可苏桃欣还带来几个凶神恶煞的女孩，有备而来，许唯一不敢动了，她拼命给南嘉使眼色，走为上策。

南嘉不想做逃兵，所有乱七八糟的情绪一同上涌，她挺直腰背，像是要强撑着清醒。

趁南嘉不备，苏桃欣举起了手，眼看着巴掌要落下来的时候，一只修长的手臂截住了苏桃欣，与此同时，一道淡淡的、略带磁性的嗓音落下来：“够了啊，说好的好聚好散。”

“苏桃欣，别太过分。”

裴行妄嗓音并不大，却极有威慑力。

他神情松散、倦懒，依旧是漫不经心的样子。

苏桃欣在见到裴行妄的那一刻，全然崩溃，之所以找南嘉的麻烦，也只是因为裴行妄不见她，她其实知道为何分手，只是情绪憋在心里，无法自拔，想找点慰藉罢了。

看着男人吊儿郎当的模样，苏桃欣突然醒悟——他不懂得爱人，更不会爱她。

眼泪不可抑制地涌出，苏桃欣抹着泪，落荒而逃。

这次，是真的不再见了。

“还看热闹？”裴行妄掀起眼皮淡淡地看了众人一眼，见那些人或好奇地打量，或奇异地张望，他“啧”一声，揽住南嘉的肩膀，“没看到我家小姑娘委屈了吗？”

语气中有几分不易察觉的宠溺意味。

看热闹的人纷纷散去。

许唯一站在后方，傻眼了，这什么刺激剧情啊？

南嘉也定定地站着，刚才这么一来回，她心里委屈，又觉得自己不该委屈，眼眶红红的，嘴巴抿起来，深吸一口气，站着没动。

裴行妄揉了揉她的头发：“走了啊。”

嗓音淡淡的，类似于安慰。

南嘉不需要他的安慰，苏桃欣的那些话，就像将她推进一个密不透风的容器里，让她五感尽失，如坠地狱。

她扯着许唯一的手跑远了，甘愿当逃兵。

神游一下午，最后一节课是体育课，向来自由活动，南嘉意识勉强回来了些，手机突然响了，陌生的号码，她接起来，是道男声：“是南嘉同学吗？”

“是。”

“这边是您点的奶茶，我现在到校门口了，保安不让送进去。这么着，您在操场那边接应我一下，我通过栏杆给您送进去。”

南嘉蒙了：“我没点啊。”

外卖员报完她的电话号码和名字，确定没错，又不能让人家难做，南嘉只好过去接应，好在是体育课，走几步就到了。

南嘉这才发现，竟然是四十杯奶茶，全班都有。

外卖员一杯一杯地送进去，最后拿了一杯特殊包装的，专程交给她：“南嘉，上面备注说，这一杯给你。”

南嘉接了过去，是她平时常喝的西柚果茶，里头有张小卡片，遒劲嚣张的字迹：给某个小姑娘赔罪。

这家奶茶正是南嘉想喝，却因排队人数太多而放弃的那家。她突然想起，排队那会儿，的确隐隐约约感觉有人喊了她的名字，原来是裴行妄。

难怪这么阔绰，原来是裴行妄。

裴行妄竟然如此清楚地知道她的口味。

南嘉将奶茶分给同学们，大家都好奇是谁买的。南嘉不想生事，便随意说是自己不小心点多了。大家欢欢喜喜喝奶茶，也没多问。

她小心翼翼拿吸管戳开杯盖，手紧紧捏着那张卡片，酸酸甜甜的味道在唇齿间泛开，明知是梦，明知求不得，却偏偏一次次心动。

南嘉给裴行妄发消息：你字体这么嚣张，可真不像赔罪。

对方秒回：就这么个字迹，你让哥哥回炉重造啊？

其实她明白，今天的事情完全是个意外，裴行妄什么都没做错，可他依旧觉得此事因他而起，主动赔罪。

这样一个有教养、有礼貌的人，南嘉怎么可能放弃喜欢他?

南嘉坐在草坪上，低叹了口气。

可能是上辈子欠了他的。

没一会儿，班长过来叫她：“南嘉！”

“你妈妈来了！”班长说，“门卫叔叔说你妈妈来看你了，说去你宿舍看你，带了好些东西，正往宿舍楼方向赶呢！”

南嘉心里一凛，似乎漫天的昏暗齐齐向她涌来。

Chapter4. 十七岁的漂亮嘉嘉

太阳渐渐下山了，远方的海港、山岚与晚雾交织在一起，天空雾蒙蒙的。

南嘉强迫自己镇定下来，赶紧跑到篮球场，找到正在看男生打篮球的许唯一：“唯一，你能帮我一个忙吗？”

见南嘉一脸着急，她平时不管做什么都很淡定，看样子真遇到了糟心事，许唯一马上说：“行啊，怎么了？”

南嘉的长发被风吹得扬起来，她咬了咬唇，有点窘迫：“我妈妈要来这里了，但是我之前跟我妈妈说我住校，她现在非要来我宿舍看看，我想借你的床位假装一下，可以吗？”

这个要求算不上过分，可别人如果深究到底为什么，南嘉不好解释。

“可是，你午休有自己的床位呀。”

“只有一张床，桌上没东西，床上也没东西，一看就知道不是真住校，拜托你了，唯一。”

许唯一点头：“我可以帮你，但是这件事之后，你必须告诉我为什么。”

“好。”

南嘉无路可退，幸好这段时间接触下来，许唯一倒是一个可以交心的同学，她成绩也好，给了南嘉不少帮助。

南嘉走到学校门口迎接南母，南母穿着高级定制套裙，雍容华贵，远远看上去就像个和善美丽的贵妇人。

南母皱了皱眉：“怎么这么久才过来？你要再不过来我就给你班主任打电话了。”

南嘉慌了慌：“别。”

“妈妈，你不是想看看我的宿舍吗？我带你去吧……”南嘉亲切地挽着南母的手腕，带她往宿舍楼的方向走，“走啦妈妈。”

南母勾勾她的鼻梁：“你这小丫头真奇怪，之前死活不让妈妈来你学校看你，现在又这么积极？怎么，成绩不好啊？怕我见你班主任？”

南嘉摇头：“我很听话的，在学校一直好好学习，不惹事。”

南母满意地看着南嘉，她这一生婚姻失败，爱了一辈子的人也没留住，南嘉才是她最得意的作品。

小姑娘皮肤光洁干净，杏眸炯炯有神，气质还乖巧，任谁见了都要夸一句漂亮。好在南嘉听话温顺，不然她真不知道该怎么撑下去。

“妈妈，你怎么突然想起来看我了呀？”

“出差，顺路就过来了，”南母捏了把后脖颈，“还挺累。”

“妈妈，你饿不饿？”

宿舍楼在操场的对面，食堂与宿舍楼连着，此时已经接近放学时间，不少上体育课的同学已经排队去买饭了。

南母嘴一撇，不太开心地皱眉：“嘉嘉，你忘了？妈妈不吃路边的东西。”

可是食堂明明很干净啊，我每天吃也没生过病。南嘉默默将这话咽到心里。

许唯一的宿舍在四楼，南嘉经常去，轻车熟路。

刚打开门，南母就开始嘀咕：“你宿舍环境也太差了，你在这里能生活下去？”

南母捻起地上堆叠着的盆，没刷干净，里头还有点沉淀的水垢，她嫌弃地丢到一边去，赶紧洗了洗手。

“我是来学习的，又不是娇生惯养的公主，”南嘉从未觉得宿舍环境差过，“环境不重要。”

南嘉来到许唯一的床边，让南母坐下。

南母环视着床上的摆设，笑着说：“这间房子里，也就我们嘉嘉这里干净。”

“嘉嘉，你得知道，妈妈花这么多钱培养你，是想让你出人头地，别走妈妈的老路，念个好学校，能嫁到豪门去，当个养尊处优的富太太多好？”

南母这话说得情真意切，南嘉之前反驳过无数次，可南母只认死理。她只想嫁给自己喜欢的人，而不是当个过好日子的机器人。只要她真心喜欢对方，管对方身处泥沼还是荆棘。

南嘉眨了眨湿漉漉的眼睛，认真地说：“我还小呢，现在也不是讨论这个的时候。”

“你啊，就知道逃避。”

南母没待多久就回去了，走之前千叮咛万嘱咐，让南嘉一定记得把她带来的燕窝吃了。南嘉不爱吃那股子腥味，也不觉得自己身体虚弱需要补，就都分给同学了。

南嘉下楼，就撞上了许唯一。

两个人随便找了家咖啡馆，点了两杯生椰拿铁，音乐声缓缓地流淌着，南嘉主动开口解释：“我妈妈不知道我住在妄哥那里，我隐瞒了所有人，如果我一旦说出去了，肯定不能继续住下去了。”

“啊。”许唯一没料到居然这么个情况，惊讶得张大嘴巴。

光影昏暗，南嘉抿了口咖啡，唇上带着潋滟的水色。

幽昧的光线照进来，将小姑娘的轮廓描摹得动人可爱，她太文静太乖巧了，乖巧到许唯一想不到她的心上人居然是一个离经叛道的少年。

有些人天生有魔力，像一剂最猛的毒药，令人不自觉地上瘾。

“我想跟他住一起，妄哥愿意收留我，我就要一直住下去。”南嘉脸色有点泛红，犹豫着问，“你也觉得我不是个单纯女孩吗？”

许唯一对上那双温软澄澈的眸子，心软得不像话，握住她的手：“没有，嘉嘉，每个人都有喜欢别人的权力，只是你太乖了，也没有感情经验，很容易受伤害。”

许唯一忽地意识到什么：“所以你跳级是为了他？”

“对。”

“嘉嘉，你太不容易了，你是不是想读安湖大学啊？那么你得好好学习了。”许唯一温柔地笑着，“我也想读安湖大学，咱们一起加油。

“等你念了大学就表白，不管怎么样，也得试试。”

南嘉愣住了，嗓子眼发酸，本以为许唯一也会批评自己几句，哪想到她护短，竟然还出起主意来了。

十一月十八日，裴行妄的生日，这天南嘉恰好期中考试，南嘉下午七点钟才考完回家，家里空荡荡的，她又止不住一阵失落。

裴行妄肯定要和他的朋友一起庆祝生日，怎么会来陪伴她一个寡淡的小姑娘呢？

南嘉撑着眼皮等到十一点，坐在院子里的椅子上，夜风灌到她的脖颈里，透骨的寒凉，她的心缩了缩。

她给裴行妄准备了礼物，她亲手折的一千颗星星，每个里面都有一句她手写的祝福语，其中有一颗藏着她的心意。

南嘉将星星放到了衣柜里，终究会成为蒙尘的秘密。

转眼就到了十二月，南嘉傻等着十二月二十日，这天是南嘉生日。之前两人聊天，裴行妄问过她的生日，虽然也是漫不经心的姿态，可南嘉想着，他应该会有点表示吧？

南嘉早早回到家，写完作业枯坐在沙发上，傻傻等着。等到七点多，裴行妄还没回来。

外面下雪了，冰凉的雪花在空中飞舞着，为这寒冷的夜空平添了不少浪漫。

生日还是要过的，哪怕一个人。南嘉洗完澡，穿着睡衣出了门，别墅外面就有几家烘焙小店，店员问她要多大的蛋糕，她张口想说：“六寸。”

在舌尖辗转一瞬，她恍惚着笑了：“四寸吧，一个人吃。”

南嘉提着做好的蛋糕回了家，推开门，熟悉的小院似乎哪里不太一样了，还是那风，那雪，那熟悉的建筑，那宽阔的人工湖。

走之前黑漆漆一片，现在却与光明抱了满怀，所有的灯都开着。

彩色的灯扑闪着，原来他一直都记得。

裴行妄在彩灯后面站着，依旧是混不吝的浪荡模样。下着雪的夜晚，他穿得不厚，黑色薄外套松松垮垮地套在身上，眉眼锋利，鼻梁很高，淡淡打量人的模样带着倦懒与痞气。

他黑发剃得极短，薄削的唇抿起来，分外惹人瞩目。

少年淡淡地笑着，手里抱着吉他，朝她走过来，风雪交织着，裴行妄跨越风雪向她走来，笑着捏了捏她的鼻梁："生日快乐啊，嘉嘉。"

南嘉掩饰不住内心的欢喜："妄哥。"

裴行妄挑了挑眉："不是喜欢听哥哥唱歌，偷摸着也想听啊？"

这人真坏，又提之前那件事了。

她还是温顺地点头。

裴行妄说："今天给你特权，想听什么哥哥就唱什么。"

南嘉正准备点歌，哪想到他突然皱皱眉，上下打量着她，懒洋洋地摸了下她的脑袋："穿这么少不怕冷吗？穿件衣服再下来。"

"我不冷。"

他作势将吉他一撂，滚了滚干净锋利的喉结，酷酷地说道："不然不唱了。"

见小姑娘表情立马有了松动，裴行妄又有点不忍心，想着这是人家生日，对人家那么凶干吗？于是他散漫地垂下眼睫，淡淡地补充一句："听话。"

南嘉吃这一套，赶紧将蛋糕放下，去楼上穿了件厚衣服。

夜色笼罩着大地，南嘉下来了，穿了件棕色大衣，很宽松，有一种不符合她年龄的成熟，也不知道什么时候买来的，偏偏勾出一种又纯又欲的气质，中间系了带子，纤细的腰肢不盈一握。

裴行妄的喉咙有点痒，目光直勾勾地盯着她的腰，"啧"一声笑了："腰挺细啊。"

南嘉脸一热，迅速转移话题："妄哥，我想听《告白气球》。"

他挑挑眉："听好了。"

裴行妄双手拨弄着吉他，缱绻的声音流露出来，他声线原本就低沉好听，很适合唱情歌。

少年轻轻闭目，桀骜的眉眼被寒气雕琢得更加冷峻，表情淡淡的，歌声却缓慢地溢出来，清澈干净，让人沉醉其中。以至于南嘉都有点迷惑，这会儿她究竟看得他的人，还是听得他的歌，也或许，二者她都喜欢，疯狂迷恋着。

这歌声像火，点燃了雪夜，点燃了漫漫原野。

月色柔柔，亦有无边热浪朝她涌来，南嘉的眼眶发红。

今夜的风是雪夜交织的温柔。

这首歌是她要求的，那么就让她做一次美梦，当作这歌真的为她而唱吧。

一曲完毕，南嘉眸中溢出热泪：“妄哥，谢谢你，这是我最难忘的生日。”

“给你买的礼物你还没看呢，”裴行妄笑着捏了她的小脸，漫不经心地掀起眼皮，“这就难忘了？”

两人并肩回到屋里，热气涌过来，裴行妄问：“那你之前都怎么过的？”

南嘉坐到沙发上，偏头思考：“有蛋糕吃，家里也会做很多好吃的，但是其他的娱乐活动就别想了，我妈妈让我学习，说不能浪费时间，每天都逼得挺紧的。”

少年垂眸轻笑：“我们嘉嘉都是天才少女了，还需要那么努力吗？”

这人又来取笑她了。

南嘉抿抿唇，正经地解释着：“努力无止境呀，妄哥，你唱歌都这么好听了，可你也一直努力变得更好。”

“我记得去年的时候，我想去海洋馆，我妈妈不同意，说我都高中了，更不能浪费时间去玩，可那时候我刚得了年级第一，还逼着我在家里学习，我还挺难受的，不过现在都补回来了。”

她温暾地开了口，对上少年玩世不恭的眸子：“我会记得今天，记得我的十七岁。”

也会记得最好的妄哥。

裴行妄挑着眼皮看南嘉：“哥哥也记住今天了，十七岁的漂亮嘉嘉。”

少年眉眼浪荡，自有一番撩人意味。

第二天一早，南嘉起了床，看到茶几上摆着两张蓝色的东西，走过去一看，正是海洋馆门票。

旁边放了张便笺，写着一行字：乖啊，哥哥最近练歌，跟你同学玩去。

一月中旬进行期末考试，之后就进入到高三下学期了。南嘉没那么多玩耍的时间，海洋馆门票有限用日期，南嘉舍不得放过期，于是趁着考试前的周末，喊着许唯一去了海洋馆。

许是中小学已经放假的缘故，小道上熙熙攘攘，南嘉和许唯一拉着小手，欢欢喜喜地看了一场海豚和美人鱼表演，到傍晚才舍得离开。

远处，有一个穿着白色毛呢大衣的妖冶女人，拎着名牌包包，化着浓妆的眸子死死盯着南嘉，眼神莫名有决绝的杀意。

在这寒冷的冬日，更有种刺骨的寒凉。

南嘉有点晃神，当她再次看过去的时候，女人的视线已经转移到了别的方向。

海洋馆对面有个新开的商场，许唯一蠢蠢欲动：“我想再买几件衣服，你陪我去呗。”

南嘉也没什么事，便陪着许唯一去试衣服，许唯一这人纠结，反复试穿好多次才确定下来，弄得南嘉头都快秃了。

本来南嘉不打算买衣服，趁着许唯一试衣服的空当，她随便试了几件打发时间，哪想到穿上去都合适。经过营业员小姐一夸，南嘉耳根子软，就都买下来了，最后拎着好几个大包。

正准备回家时，许唯一又可怜兮兮地说："嘉嘉，我饿了。"

吃完之后，二人出去打车，南嘉打开软件，晚上人实在太多了，等了五分钟还没师傅接单。这时，面前停了辆黑色汽车，车窗降下来，是一张和善的中年男人的脸："小姑娘，上车吗？"

不是正经出租车，南嘉不太想上，可许唯一急着回去，偷偷说："没事，我经常上这种黑车，他不会坑咱们的，这边离家太远，真的不好打车，不然咱们怎么办啊？"

海洋馆位于城市外围了，离家确实远，南嘉叹了口气，心弦紧绷着。

"小姑娘，你们俩出来玩的啊？"

"嗯。"

"这么晚了，不害怕吗？"

"还行吧，反正认识路。"南嘉打开手机导航，地点已经偏航了，心里瞬间觉得不妙。

她想起网上乱七八糟的新闻，挖心挖肺，妙龄少女被残忍伤害，浑身起了鸡皮疙瘩，又觉得自己多想了，这司机除了比较热络外，也没抢走她们的手机，更没别的异常。

司机主动说："我经常走这条路，因为近，你们放心，我会平平安安把你们带到家的。"

没一会儿，偏航的路线又重新回来了。

距离家还是很远，走的是条漆黑的路，再加上现在各地限电，少有人烟的小路连路灯都不开了。

走到一个收费路口时，见一群警察站在那里，司机明显一惊，没想到如何掩藏，便已经慌了神。

好几个警察穿着警服，朝他们逼近："我们是警察，接到群众举报，你涉嫌运送违禁品，现在要将你拘捕！"

南嘉和许唯一皆傻眼了，警察举着枪，一脸严肃。

司机抱着头挪出了车门。

许唯一小声说："警察叔叔！我们只是打不到车的可怜学生！顺便上了辆黑车！！"

善良的警察叔叔当然知道南嘉和许唯一无辜，小姑娘衣着朴素，一脸学生稚气，也没为难她们，带回警局做常规的问话之后，说道："行了，签字吧，就能走了。"

警察帮她们打了车，这次是正规出租车，许唯一倒头就睡下，太头疼了，刚才警察叔叔教育她半天，以后要坐正规车，耳朵都快磨出来茧子了。

南嘉打开手机，发现好几个未接电话，都是裴行妄。

她赶紧拨了过去："妄哥。"

嗓音有点抖。

裴行妄那边有点吵闹，声色犬马的，不停有洗牌和男人调笑的声音，少年低沉动听的嗓音多了些焦灼："干什么去了？"

"这么晚不接电话。"

一连串的未接来电，似乎都在诉说一件事——裴行妄在为她担心。

南嘉咬咬唇："妄哥，我……我坐了黑车，司机涉嫌犯罪，我刚才在警察局里，不过现在没事了，我在出租车上了，正准备回家。"

少年的嗓音恢复了往日的清冷："有没有把你怎么样？"

"没有。"南嘉问，"你打电话干什么呀？"

少年似笑非笑："这不是马上要回家了，看看家里的小姑娘在不在。"

南嘉脸上一热："我马上就到家了，妄哥你也回来吧。"

两个人几乎同时到家。裴行妄一回来就看到南嘉手上缠了纱布，眉头皱起来："还说没把你怎么样？"

"这跟警局没关系，我当时不是很害怕吗，下车的时候，我的手被挤了一下，就淌血了，不过没什么事，都是皮外伤。"

裴行妄点点头，紧皱的眉松开，没再说什么。

第二天，两个人随便在家吃了点，中午裴行妄问南嘉要不要出去吃。

以前裴行妄很喜欢拉上窗帘，可南嘉喜欢阳光，喜欢被阳光充溢的感觉，这个家的阳光也就越来越多了。

暖色的光芒映照进来，少年抿了抿唇："走吧。"

南嘉换上昨天新买的衣服，下身是条黑色紧身打底裤，将长发高高束起来，露出饱满的额头，满脸胶原蛋白。

裴行妄觉得有点惊艳，嗓音含着淡淡的笑意："行啊，嘉嘉，漂亮。"

简单的两字从他唇里荡出来，他从不吝啬赞美。

"谢谢妄哥。"

南嘉到玄关处穿鞋，换下拖鞋，穿上前段时间买的黑色小皮鞋，脚上穿着姜黄色袜子，上面有一层很细的白色蕾丝花边，格外可爱。

这双鞋虽然漂亮，却不是特别合脚，大一号太大，这一号又有点挤，架不住样式好看，南嘉的心被俘虏了。

鞋子需要系鞋带，可南嘉手上缠着纱布，她自己给自己包扎，不专业，缠得有点厚，右手不太听使唤。

裴行妄歪头看着她笑，仿佛在看无关紧要的人的热闹。

南嘉听到他低沉的笑声，知道他在笑话她，索性不抬头，继续跟鞋带做斗争。

他扬了扬眉："用不用哥哥帮忙？"

"不用，我自己来。"

又一次失败。

一双骨节分明的手伸过来，手背骨节瘦削，少年在她面前蹲下，浑身混不吝的气质，眸中是少年人独有的恣意。裴行妄弄了两下，一个漂亮的蝴蝶结就系好了。

少年滚了滚干净锋利的喉结："好了。"

南嘉心里有点甜，看着那蝴蝶结，心软得不像话，眨着眼睛，情不自禁地问："妄哥，你是不是给很多女朋友系过鞋带啊？还挺专业。"

少年微微俯身，嘴角翘起来，撩起眼皮淡淡地看她。

"我这是第一次——"

"给我们小公主穿鞋啊。"

"走了。"少年扬了扬车钥匙。

南嘉恍然一愣。

裴行妄勾勾下巴："哥哥带你吃好吃的。"

这一声"小公主"彻底撩到了南嘉，她到了地点才镇定下来。

裴行妄开车过来的，似乎早有准备，南嘉太熟悉这地方了——正是她最珍贵的那张照片所拍摄的地方，也就是孙教授带她去的那家西餐厅，也就是第一次见到裴行妄的地方。

南嘉跟他在一起很随意，不需要客套，点的都是自己爱吃的，裴行妄又加了几道。

餐盘特别讲究，哪怕装布丁的盒子都格外精致，还有各类小盘食物，摆盘好看到舍不得吃。

一会儿后，南嘉吃饱了，裴行妄还在吃，他吃饭很斯文，看着就赏心悦目。

南嘉的心跳得特别快："妄哥，你怎么会来这里啊？"

她多么希望裴行妄会说一句——这是我们相遇的地方。

裴行妄抽出一张纸巾擦了擦嘴角，挑眉看向她，多了几分颓废懒散的笑意："不是嘉嘉上周说想吃西餐的吗？"

她的确说过。

"这家餐厅……"南嘉还是忍不住提醒他，看看他能不能想起来，他们第一次相遇，他带着她玩了很久，就是在这里。

“这家餐厅评分还不错，我想着你肯定会喜欢。”裴行妄下颌微收，淡淡道。

南嘉忍不住失落。

期末考试结束后领成绩那天，天空中飘着细雨。南嘉这次考了年级第一名，接受着所有人艳羡的目光，老师也夸她，大家纷纷向她咨询学习方法。南嘉不爱藏私，却也没什么好分享的。

马上就放假了。

对高三学子来说，放假也并不意味着愉快，假期里她们还需要学习更多东西，一分差距背后便是一千个人，高考向来是千军万马过独木桥，南嘉的日子也不好过。

她收拾着课本，通通塞到书包里，又拿了块抹布擦拭着桌子。

许唯一突然冲进教室：“嘉嘉！你快看看是不是你妈妈来学校了，她好凶。”

南嘉哼歌的动作停下来，身子一颤。

她走到窗户边往下看，南母撑着伞往教学楼方向赶，越来越近了，一阵不祥的预感传来，她打开手机，赫然显示来自母亲的十几个未接电话，还有微信——

你胆子够大，跳级了都不知道告诉妈妈？

嘉嘉，我养你这些年，是让你跟陌生人住在一起的？你难道不知道你是妈妈生出来的，就应该乖乖听话吗？！

妈妈就当没生过你这个女儿。

最后一条消息，是在十分钟之前。

南嘉的手攥紧了，跺了几下脚，急得像热锅上的蚂蚁。

她快哭出来了，从未想过事情会这么快暴露，本想着能撑到高考，她考个好成绩，再将自己跳级的事情告诉妈妈，到时候妈妈也不至于太过生气。至于外住，她原本以为能一直瞒下去。

南母走得越来越快了，盛气凌人的。

千钧一发之际，南嘉给裴行妄发了条语音：“妄哥，我妈妈来学校了，你能来救我吗？”

然后摁灭手机，视死如归下楼迎接南母。

好的、坏的、罪恶的、凄厉的、惨烈的，都是她无可替代的人生。

呼呼的风声通透，乌云之下，噼里啪啦的雨点打下来，梧桐树依然坚挺，枯朽的枝干被洗涤一新，世界是新的。她心里一团糟，却必须迎接暴雨时分。

南母满脸愤怒，朝着她走来。

细雨之中，学校门口保安室附近，一个女人的身影尤其夺目，她撑着伞，眉目摇曳清冷，穿着一身艳俗，正是那天在海洋馆看到的年轻女人。

女人朝着南嘉冷笑。

南母三步并作两步走过来，狠狠地瞪着南嘉，上来就是一个巴掌，声调决然：“南嘉，你要脸不。”

教学楼台阶之上，稀稀落落还有没走光的学生，他们只敢远远地看热闹，这女人太凶了，生怕自己也被牵扯进去。

哪有不分青红皂白就上手打人的?

丝毫不像一个母亲。

南母脸色不屑，支着头看南嘉，仿佛她是宇宙的主宰，已经盖棺定论了——

南嘉是个不要脸的人。

南母狠狠一巴掌丝毫没留情面，南嘉脚下不稳，差一点就栽倒了。她踉跄一下才站稳，已经够狼狈了，不想更丢人，泪水从眼眶中溢出来：“妈，咱们上去找间教室说这个事行吗？给我个解释的机会行不行？”

南嘉像只小兽般低声哀求着，湿漉漉的眼睛睁得很大。

南母脸色不悦：“怎么就不能在这里说了？你敢做出这么不要脸的事情，还怕妈妈说你吗？”

南嘉知道迟早会有被发现的一天，却从未想过会在大庭广众之下被南母质问，她还是个处在青春期，需要尊严和面子的孩子啊，南母就这么喜欢将她的自尊按在地上摩擦吗?

南嘉想叫南母上去谈，可哪能扯得过南母？南母双手抱臂，按着她的肩膀不让她动弹，情绪高涨，压根不会放过她：“南嘉，我就问你，你认不认？”

南嘉眼眶酸酸涩涩的，感觉极其不适：“是。”

“妈妈，我认错，我知道你不可能同意，可是高二的知识对我来说太简单了，我跳级了也考了年级第一啊，我保证高考会正常发挥，考上让您满意的大学，您能不能不要逼我那么紧了？”

南嘉泪眼模糊，南母却不会心疼她，冷声说：“你明明知道我不会同意，你还是做了，你分明就是没把我放在眼里！”

“不是……我一直尊重您，可是您考虑过您的教育方式吗？我也有自己的想法，不是您手中的风筝，我有我的追求，我认为我选择了正确的道路。”

南嘉一字一句地说道。

她一次一次地呼喊，一次一次地求救，南母从未将她的话听进耳里，南母一生执拗，谁也改变不了南母的想法。

穹顶像被撕裂了口子，南嘉的心也被撕裂了巨大的伤口，满目疮痍。

南嘉深吸一口气，准备一鼓作气将话说完：“我没做过过火的事情，我不想住校是因为我跟同学闹了点矛盾，我实在住不下去了，我不是不要脸的孩子……”

南嘉垂下头，尊严在地上被人摩擦，她忍不住掉泪：“我从没做过对不起别人的事情，只是暂时借住……”

南母哪里会听她解释？她只会听自己相信的。

雨声嘈杂，脑子里恍然掠过一片线索，南嘉上前一步，扯着南母的衣袖：“妈妈，你告诉我，这件事是谁告诉你的？”

到底是谁不盼着她好过？

她使出吃奶的力气，南母被她摇晃着，呼了口气，很淡地说：“这跟你有什么关系？南嘉，我把你养这么大，不是看着你不自爱的！”

南嘉头痛欲裂，恍惚之中自己仿佛化作了一滴雨，随风就能飘走。

她又该怎样为自己辩驳？

南嘉泪眼模糊，心中是一片野草燃烧殆尽的荒凉。

南母将她推倒，带着哭腔哀号。

南嘉跌坐在地上，惨白的小脸被雨水冲刷得彻底，她穿得少，地面潮湿肮脏，像是刀在她身上刺了个口子，冷飕飕的风肆无忌惮灌了进去。

她正准备撑着地面站起来，一阵清凉的气息倏忽而至，骨节分明的手抓住了她的手臂，温热的指腹揩掉她脸上的脏痕，似要将她的难堪都揩掉。少年的身影清瘦，踏破这天地，震碎这雨幕。

落雨倾盆。

噼里啪啦打在房檐下。

大雨滂沱。

将所有的污秽都洗涤干净。

裴行妄锐利的目光洞悉一切，收起了往日的浪荡，将南嘉搂在怀中，嗓音不卑不亢，一字一顿：“嘉嘉，跟哥哥走。”

少年穿着干净的黑色冲锋衣，南嘉的手沾染泥泞，少年丝毫不嫌弃，紧紧地牵着，掌心温热。

南嘉干净的长发乱糟糟地缠绕在脸上，红润的唇失了血色，一行热泪滚滚而下，咕哝着：“妄哥……”

她昏迷之前想。

这大概就是神明了。

她的神明。

裴行妄抱着昏睡的南嘉走远了，他清瘦的背影在雨中越发模糊。

南母意识不清醒，咒骂几句，只能眼看着他们离去。

南嘉累极了，嘴唇微张，浅浅地呼吸着。裴行妄摸了摸她头发，将她轻轻放到车里。

他撑着伞来到学校门口，艳俗的女人依旧站在保安室旁边。

裴行妄嗤笑着：“周传伊，是你做的吧？”

周传伊双眸抬起，漆黑的瞳仁静静凝视着他："对啊，是我做的。"

女人妖娆的面容透着狠戾："裴行妄，你不让我好过，我更不会让你好过。"

少年漫不经心地抬手捏了捏鼻梁，"啧"一声笑了。

"小瞧我啊，"裴行妄身上沾染着风雨欲来的气息，嗤笑着，"你越讨厌谁，我就越对谁好。"

"至于嘉嘉……"少年坦荡地笑着，喉结滚动，语气嚣张不可一世，"我拿命守护她。"

"你……"周传伊指着他，气得说不出话。

裴行妄转身上车，踩上油门，准备疯狂飙车回家，想了想，又将车速放慢。南嘉还在睡觉，经过南母这么一闹，小姑娘肯定难受坏了，好不容易睡着，也不想轻易吵醒她。

走到半路上，手机响了，是裴博文。

"我听说你跟一个十七岁的小姑娘在一起了？混账东西！"裴博文丝毫不掩藏自己的气愤，声调很高。

裴行妄淡笑着："您老注意身体啊。"

这话落到裴博文耳朵里就成了赤裸裸的威胁，他本就对裴行妄不满意，可裴行妄却是他唯一的儿子，将来裴家的基业还要交到裴行妄手中。

"混账东西！你也得注意我们裴家的声誉！"裴博文气恼道，"你给我滚回来。"

裴博文的身体确实越来越差了，半年前还因为突发心脏疾病住了半个月院，此刻他也是真的生气，在电话里吵架只会使事情更加糟糕。

裴行妄按灭电话，转了方向盘，往裴家别墅的方向走。

南嘉还沉睡着，鼻梁挺翘，小脸也渐渐回了血色，红润灵秀。裴行妄开着空调，将南嘉留在车里，车停在院子里，一个人撑着伞往别墅走。

裴博文就在客厅内等他，比上次见面苍老了许多，腿上放了一块毛绒毯子，坐姿仍旧挺拔，手微微颤抖着："你小子还知道回来？"

壁炉开着，也有地暖，家里暖和。

七点钟正是饭点，阿姨做了一桌子菜，菜色新鲜。

裴行妄拉开椅子坐了过去，长腿微敞，"嗯"了一声："这房子当初还是我妈妈买的，我怎么就不能回来了？"

裴行妄提到过世的母亲，裴博文自知有愧，也坐下了。裴行妄已经开始吃菜了，一点儿也不客气。

"过去的事情我不多说，你也知道，你妈妈已经去世了，爸爸总要向前看，可爸爸心里……"

裴行妄嘲讽道："所谓的深爱，就是靠卖情怀维持住你深爱亡妻的形象，找了一个比自己小三十岁的女人？”

“混账东西！”裴博文脸色不虞，“怎么跟你爸爸说话？！”

裴行妄将筷子一撂：“那就不吃了。”

他拿起搭在椅背上的外套，转身就想走。

“行妄。”

裴博文又哑着嗓子叫他名字。

“我知道你记恨我，也知道你是替你妈妈鸣不平才故意跟不同的女人交往，你本来就不是风流的孩子，你一直在报复我，爸爸知道你不是坏孩子，可是你也得替公司着想。”

“你是裴家的继承人，爸爸只有你一个儿子，你这样算什么？”裴博文越想越生气，“你知不知道，这件事都闹到公司去了，公司董事都对这件事有意见，以后你怎么在公司立足？！”

裴行妄嗤笑：“这件事怎么传出去的，你不如问问你老婆。”

别墅里灯火通明，夜色璀璨寂静。

南嘉揉了揉脑袋，陡然从噩梦中惊醒。

暖和的车厢，熟悉的布置，外面的环境却非常陌生，别墅大而空旷，南嘉拍拍脑袋，仿佛罩了片黑云似的，只记得昏迷之前，南母将她推倒了……裴行妄似乎来了。

她不敢再看手机，不想面对疯狂的南母。她推开车门，眼前的一切全然陌生，脚步不敢太快，可心底又莫名放松：既然妄哥带我来，还能有什么不安心的?

走廊冗长华丽，南嘉不敢敲开那扇华贵的门，站在门口犹豫着。

似乎有人在吵架。

“即使你周阿姨故意传出去，那她也是为了你考虑！她是我们裴家人，自然不能看着你堕落！”中年男人嗓音中气十足，还似乎在敲击着什么东西。

南嘉闭目听，应该是拐杖。

“裴行妄，你再怎么叛逆我不管，但是你身上流着裴家的血，你就得乖乖当裴家人，把那个小姑娘送走，走回你的正道！”

南嘉呼吸一滞，原本搭在门上的手无力地垂了下去。

她脚尖缩了缩，天大地大，又不知道该往哪里去。

少年熟悉的嗤笑声响起，不屑一顾道：“我稀罕裴家？”

中年男人叹气，像是无奈，又像是妥协：“行妄，我知道你有想法，爸爸身体不好了，你就算不用考虑我，你也得想想你妈妈，你忍心把她一生的基业都断送了？就是为了她，你也得扛起我们裴氏啊。”

“还好意思提？你有资格吗？”

“行，我不提，可你今天必须把那个小姑娘送回去！”

灯火通明，时光停摆，南嘉屏住呼吸，伴随着呼呼的风声，少年凛冽的嗓音透过门口的那一道缝隙灌入她的耳畔，透着吊儿郎当的慵懒：“就养着她了。”

裴行妄推开门，恰好对上小姑娘白净的脸，她睫毛卷翘，下巴尖尖的，像个精致的洋娃娃。

Chapter5. 心跳狙击

“这么快就醒了啊？”裴行妄揽上她的肩膀，笑着说，“走，哥哥带你回家。”

一直到了车里。

南嘉的情绪绷不住了：“妄哥，对不起，我让你为难了。”

裴行妄倚在一旁，垂眸看她：“小姑娘长大了，学会客气了啊。”

南嘉挺自责的。她早就看出来妄哥和父亲有矛盾，不清楚具体原因，但是今天无疑因为她而加重了他们父子之间的矛盾。

裴行妄摸摸她的头，半哄道：“跟你没关系。”

少年的视线落在她身上，片刻没移开。

他这话说得诚心诚意，可南嘉还是疑惑地问了句：“真的吗？”

裴行妄笑了：“什么时候骗过你？还记得我说过什么吗？”

南嘉有点无语：“你说过那么多话，我哪里记得是哪一句？”

裴行妄点了点南嘉的鼻梁：“哥哥的家门永远为嘉嘉敞开着。”

还是暑假那时候说的话，南嘉还记得第一次听到这话的时候，心里美了很久。

“可是，妄哥你的家也是你爸爸给你买的……我还是不过去了比较好。”

那么大的房子，裴行妄一个大学生怎么买得起?

她小时候看电视剧经常有剧情这么演，男主角离开了自己的父亲，沦落到没有工作，没有住房，只能到工地搬砖，此时镜头还会给点特写，男主角大汗淋漓，看得南嘉心疼死了。

她可舍不得裴行妄干一点重活。

见南嘉的眸子又大又纯净，莫名就装满了惊惧，裴行妄失笑，猜到小姑娘肯定开始胡思乱想了，扬了扬眉毛：“谁说一定是他买的？”

“这房子是我妈留给我的，写的我的名，嘉嘉随便住。”

裴行妄笑了笑：“心疼哥哥了？”

“嗯，”南嘉撞上少年的目光，脸一热，“也不是，就是觉得这样不好。”

裴行妄看着她：“小姑娘还挺嘴硬。”

“你放心好了，哥哥有的是钱，我妈留给我不少，酒吧那边给的报酬也丰厚。”裴行妄摸摸她的头，“别的不说，小姑娘还是能养得起的。”

裴行妄总喜欢跟南嘉开玩笑，南嘉觉得不管发生什么，似乎身边只要有裴行妄，都无须着急。

南嘉的心放下去一点，思忖了一会儿：“妄哥，我打算回家了。”

“刚才我一直在想这个问题，我妈妈她语言过激，我能理解，我也不能仅仅因为她今天的过错就跟她断绝往来。”

“妄哥，你知道，我爸爸他……不要我妈妈了……我妈妈其实很可怜，我没办法抛弃她了，不然她会疯掉的。”

裴行妄一下心软了，小姑娘善良他知道，今天在学校被侮辱了一番，还能镇定下来思考。

“嗯行，这件事迟早得解决，但是你得答应我一点——”少年声调懒懒的，“要是她敢欺负你，给哥哥打电话，哥哥做你靠山。”

南嘉笑了，眉眼弯弯，似要溢出蜜来：“谢谢妄哥！”

南嘉跟着南母回了家，南母再生气，也不会真不认这个女儿。

南嘉也不可能真的舍弃南家，姥姥姥爷都对她很好，老人年纪大了，她要是真不回去，把老人家气出病了该怎么办?

回家之后，南嘉没有刻意讨好南母，日子平平静静地过。

南母打电话给李老师，李老师说南嘉成绩很稳定，跳级也丝毫没受影响，为她说了不少好话，也告诉南母不必为这件事跟南嘉生气。

南母的气消了一半。

第二天，母女二人中午吃饭的时候，南母先开了口，问她跟裴行妄究竟怎么回事。

南嘉说：“妄哥你认识，就是小时候你带我去安湖，孙叔叔带来的那个小哥哥……他看我可怜，就让我在他那里住了。他那个房子很大，我住二楼，他住一楼，互不打扰，妄哥念大学，只有周末才回来。

“而且……妄哥一直都有女朋友。”

南母抬抬眼皮，问道：“你真是因为宿舍问题才搬走的?”

南嘉坦诚道：“嗯，我去得晚，只能跟学姐住一起，后来那个学姐处处给我使绊子，我没办法，难受了很久……妈妈，妄哥是我恩人，你那样说话，不光侮辱我，也侮辱他。”

南母皱眉：“那你怎么不告诉妈妈?”

“您一直忙着公司的事情，我不想因为这么点小事打扰您，何况……我从小受到的教育就是自己的事情自己解决。”

南嘉抬眸看了眼南母，不卑不亢。

南母又道：“你要觉得离妈妈远，你找孙叔叔也行啊。”

“我知道你们关系好，但是阿姨她病得那么严重，我不忍心让叔叔分心，我觉得住妄哥那里很方便。”小姑娘说得句句在理。

南母放下筷子：“行了，这件事就过去了，下半学期你住校吧，我给你老师打电话，让他给你换宿舍，最后半年了，可别再折腾了。”

南嘉乖巧地点头：“嗯。”

顿了顿，南嘉又说：“妈妈，我隐瞒跳级，确实不对，我跟您道歉，可是，您没弄清楚事情的真相就用难听的话侮辱我，是不是也应该向我道歉？”

她语气沉着冷静，鼓起勇气看向南母，目光澄澈。

南母似乎觉得有什么东西变了。

不经意间改变了。

那种抓不住的感觉令人惶恐。

南母倏然冷笑，或许是裴家那疯子把听话的嘉嘉带坏了，她看向南嘉，目光充满深意，仿佛已经死死将她拿捏、看破。

“嘉嘉，是你有错在先，如果你没犯错，妈妈又怎么会那样说你？”南母笑了，“所以妈妈不需要道歉。”

南嘉如同泄了气的皮球。

她深吸一口气。

这些年都这样过来了。

不管她怎么努力，也不会有半分改变。

开学之前，裴行妄有在微信上给南嘉发消息，问她要不要过去。

南嘉表达了感谢，也表达了遗憾，最后说——

妄哥，我打算住校啦，特别谢谢你之前的照顾，你是个很好很好的哥哥，祝你每天都能开开心心，忘记那些烦恼。另外，我们大学见哦！

裴行妄回复一句：哥哥等嘉嘉长大。

高三下学期，南嘉申请了宿舍，班里有同学开始在校外租房，南嘉也动过这个心思，可想着如果住在校外，南母必定又会胡乱怀疑，干脆就继续住校了。

许唯一也不再成天回家，还找了老师，和南嘉分到了一间宿舍里。

最后两个人都拿到了安湖大学的录取通知书，南嘉念汉语言文学专业，许唯一念新闻传播专业。

这半年南嘉没联系过裴行妄，她喜欢他的那颗心仍然炙热地跳动着，每每写下那个人的名字都会面红耳赤，却不想听到关于他的消息，生怕分心。这半年她格外安稳，正因如此，南母也对她放下了戒心，她选择报考安湖大学的时候，南母也没提出异议。

收到录取通知书那天，她拍照片发了朋友圈，朋友们都来点赞。当看到那个熟悉的头像时，南嘉揉了揉眼睛——居然是裴行妄，他不怎么发朋友圈，更不会看。

她的心跳快得无法形容，打开对话框，删删改改，很想跟裴行妄说几句话。

反复斟酌着，却不知道该说什么。

突然，裴行妄发来几个字：学妹好。

南嘉半年没见他，脑海中却浮现出少年吊儿郎当的模样。

这半年，他有没有想过自己？

应该没有吧？

南嘉敲字：妄哥，好开心要成为你的学妹啦！

裴行妄：你小心点。

南嘉：小心什么？

裴行妄：安湖大学男多女少，小心被贼惦记上了。

裴行妄：不过没事，我罩着你。

依旧是轻狂恣意的语气，少年天不怕地不怕。

南嘉：谢谢妄哥。

她的心像是被一根细线缠绕着，勒得又紧又难受，裴行妄这话什么意思？他对她没有半分男女方面的想法？纵使他对她好，纵使他对她说过撩人的话，纵使他三番五次帮她……

说明不了什么。

他也可以收留别人，也可以撩别的小姑娘，可以将对她的好原封不动，甚至加倍送给别人。

南嘉莫名产生了一个想法，打开某文学网站，申请成为作者，敲下一行字：《像你的人》，笔名：棟忘。

谐音：恋慕裴行妄。

她创作了一篇属于她自己的小说，故事就从那个湿漉漉的雨季写起，小小的女孩遇上了英俊有礼的少年，他们的相遇、相熟，从此将真心交付。

她每天雷打不动写五千字，在漫长的梅雨季节结束之时，她标注完结，松了口气。

现实中，她跟裴行妄的故事进行到这里，后续她不知道。

故事中，少年依旧玩世不恭，少女只敢远远地看他，再后来，少女远走高飞，带走一身爱慕，从此止于唇齿，掩于岁月。

南嘉写这本书时，心情算不上很好，构思了好几天，也没写出来圆满的结局，故事“BE”，也没有多少读者说她，毕竟她只是一个新人作者，每一章也只有寥寥几条评论。

开学那天，天气晴好，南母非得送南嘉，南嘉不想让她跟着，就找借口和许唯一一起过去。南母知道许唯一成绩好人品也好，便没坚持：“行，但是你可得乖乖的啊。”

“我知道。”

南母摸了摸她的脸。南嘉莫名有点不太舒服，过往太多不愉快的经历让她早已对南母产生了隔阂。

她一个人坐高铁来到安湖市，和许唯一约好在高铁站集合。两人都很守时，打了辆出租车，半个多小时就到安湖大学了。

一共三天时间可以报到，学校几栋大楼前摆了几个红色的帐篷，帐篷里站着或坐着戴红袖章的学长学姐，纷纷热情满怀地迎接他们，两人不在一个学院，南嘉找到文学院的帐篷挤了过去。

她带好了证件，办完基本手续，拿到了一张兑换床上用品的小票，四处张望起来，眼神飘忽不定。

她觉得自己有点昏头了，裴行妄都大四了，可能出去实习去了。

“学姐，现在手续办好了，下一步呢？”

这时，身后有人拍了下她的头。

“下一步，学长带你找宿舍。”身后传来极不正经又散漫的声调。

南嘉欣喜地转过身，对上一张轻狂恣意的俊颜。

不少人惊呼：“啊，那不是经济学院的裴行妄吗？怎么来文学院这边了？”

裴行妄虽然也在安湖大学就读，但是学校太大了，他平时又忙，外院的学生都见不到他。

他走到哪里都遭人稀罕。

英俊少年笑吟吟地看她，依旧穿着一身桀骜不驯的黑衣服，红袖章扣在左臂上，黑发短而利落，一只手抄在裤兜里，唇边漫出散漫的笑意，风里还包裹着暑气。

南嘉笑说：“妄哥，你大四了呀，怎么还来这里做志愿者？”

裴行妄插着兜，伸手在她面前晃了晃，语气不紧不慢：“这不是为了某个小姑娘嘛。”

南嘉忍不住笑，她长相温柔，漂亮精致，肤色白，在阳光下看就像浇了层牛奶似的，浓密的睫毛下，一双杏眼盈盈有光。

有个男生过来找裴行妄说事情。少年漫不经心地点了点头，模样有点倦懒，掀起眼皮，却见某个小姑娘笑得正开心，于是从后面拽了拽她的小辫：“挺得意是吧？南嘉。”

南嘉挺直了腰板，“哼”了一声，将脸扭到旁边去：“才没有。”

“走了。”

少年挑起她的长发，缠绕在指尖，吹了吹，玩味地笑起来：“嘉嘉出息了啊，我起这么早做志愿者，都不兴给个好脸？”

裴行妄和南嘉一路走着，不少女生目光直勾勾地盯着裴行妄，有的人甚至大胆地打量，还小声议论着什么。

南嘉在安湖大学论坛潜水多年，自然知道裴行妄有多么受欢迎。

裴行妄帮南嘉拉着行李箱，南嘉背着一个帆布书包跟他走着。小姑娘穿着条白色棉布裙，被风吹起，露出纤细白皙的小腿。

她脚上的凉鞋也漂亮，脚趾上涂着红色的指甲油，瞳仁干净，看起来纯洁乖巧。

他们路过图书馆，碰上几个勾肩搭背的男生。男生吹着口哨说：“妄哥，有新欢了啊？”

另外一个男生也不正经：“余哥，你算算咱妄哥都多久没谈对象了？”

南嘉认识第二个男生，他是野莓乐队的贝斯手，叫沈念余，也就是之前跟裴行妄穿了情侣衫的那位。

沈念余说：“不介绍一下？”

裴行妄挑了挑眉，揽住南嘉的肩膀，哼笑着：“这我妹妹，大一新生。”

沈念余扑哧笑了：“那妄哥得多少个妹妹啊。”

裴行妄直接抬脚踹他：“沈念余，在小姑娘面前都这么不正经？滚一边去。”

沈念余和另一个男生嬉皮笑脸地走开了。

“妄哥，我见过那个男生，他是不是跟你穿过情侣衫啊？”

裴行妄侧眸望她，语气意味不明：“这你都能记住？我俩一起买衣服，这小子太瘦了，男款最小码穿着都肥，就买了女款，居然被你看出来了。”

原来是这么回事。

“我还以为你跟别的女孩穿情侣衫呢。”

裴行妄脚步一停，似笑非笑地看她：“老子没对象，跟谁穿情侣衫去？”

“要不你跟我穿？”裴行漫不经心地打量她，依旧极其不正经的模样。

“妄哥……”

南嘉紧张起来，一颗心高高悬着，裴行妄放荡不羁，总爱讲一些莫名其妙的话。

“成，”裴行妄昂起下巴，插兜站着，“不逗小朋友了。”

南嘉突然沮丧起来。

她以为自己念了大学，裴行妄就不会拿她当孩子对待，想不到还是跟之前没差别。她得改变一下穿衣风格或者性格了。

“票呢？”裴行妄突然换了话题。

南嘉愣了愣：“什么票？”

“兑换床上用品那小票。”裴行妄眯了眯眼。

南嘉听到他说“床上用品”四个字的时候，感觉到一股促狭的意味。

应该是自己想多了。

南嘉短暂地愣了一下：“我自己去……兑换就可以。”

裴行妄脚步停住，安静地打量她。

少年眉眼好看，眼皮内双，眼神深邃，打量人的时候会带点凌厉。

裴行妄滚了滚干净锋利的喉结，淡笑着：“我不给你提，就你那小细胳膊能有劲？”

这话说说也就罢了，他偏偏还用藐视的视线扫视了她的胳膊一圈。

南嘉赶紧从包里翻出来兑换床上用品的小票，让裴行妄去领了。

下午太阳晒，南嘉来到棵大树下乘凉，少女的发丝被阳光渲染得金黄，零散的碎发落下来几绺，露出的胳膊腿如羊脂白玉细腻。

南嘉站到台阶上，远远地看着裴行妄。

全校就只有一个床上用品兑换点，今天人特别多，裴行妄也不知道哪儿来的魔力，刚过去就有人主动给他让路，再往后，南嘉就看不到了，只看到少年高而瘦的身影向帐篷里走去。

不少人渐渐出来了。

床上用品四件套其实不算太重，再加上凉席、暖瓶、盆、床垫这些，学生很少有拎得动的，就算是有力气的爸爸帮着拎着，走起路来也吃力。

南嘉揉了揉眼睛，还以为自己看错了。

裴行妄居然推着一辆小推车出来了。

他一只骨节修长的手推着推车，另一只手插在口袋里，漫不经心地笑着，一身桀骜不驯的黑，要多拉风就有多拉风。

这么热的天提这么多东西，也就他最舒畅。

南嘉跟他一起走，都觉得不太好意思，好像有点对不起别人似的。

“妄哥，你这车从哪里抢的啊？”

“就非得抢？”

南嘉咽了口口水：“用你的美色换的？”

裴行妄掀起眼皮睨她，嗤笑一声：“我才不屑做这事。”

“哦。”

“一阿姨给的，”裴行妄欠欠地说，“估计那阿姨看我柔弱不能自理吧。”

“估计那阿姨看你长得很像她女婿吧。”

“我说嘉嘉，”裴行妄倾身过来，抬了抬眉毛，漫不经心地笑，“你最近怎么那么关心哥哥的终身大事？”

南嘉心跳如擂鼓。

裴行妄拖长语调，慢悠悠道：“要不你跟我谈？”

狗嘴里吐不出象牙。

南嘉淡定道：“我是觉得学校有很多人喜欢你，说不定阿姨的女儿也是你小‘粉丝’呢。”

小姑娘有点紧张，急着转移话题：“对了，妄哥，贴吧、论坛都夸你唱得好，你怎么不想着进娱乐圈试试看啊，说不定就成为华语乐坛的希望了呢？”

裴行妄收起玩世不恭的模样，敛了敛眉，没再说话。

南嘉到宿舍楼登记之后傻眼了，她居然被分到了七楼，最高八楼。

安湖大学建校年代久远，前些年只翻修了几栋宿舍楼，还有些宿舍楼也旧了，但是经费有限，只给里头装了空调，重新刷了墙。

大家都不愿意住八楼，太高太累了，爬个楼力气就得耗尽。

应该说南嘉还没那么倒霉，至少被分到了七楼。

既来之则安之。

要没有裴行妄，南嘉还真不知道该怎么把行李运上去。

宿舍统一为四人间，南嘉推开门，见里头坐了个熟悉的身影，许唯一已经开始收拾了，南嘉惊喜道：“唯一，我们居然在一个宿舍？好幸运啊！”

许唯一打开行李箱，将衣服一件一件摆进衣橱里，慢条斯理地说道：“没有什么幸运，都是需要努力的。”

南嘉挑挑眉，静待下文。

许唯一笑盈盈道：“我被分到了四楼，想着咱们得住一起啊，跟宿舍阿姨商量，阿姨说如果我愿意住七楼，立刻同意。”

“你知道的，七楼没人愿意住。”

南嘉呜呜呜地跑过去，紧紧抱住了许唯一：“唯一，你真好！”

两人抱了一分钟才松开，许唯一看向身后的男人，男人懒散地倚在墙边，手插兜里，笑容里透着痞气，她又将视线转移到南嘉身上，笑容意味深长：“我得亲眼看着我们嘉嘉大业告成。”

南嘉的脸一热。

裴行妄倒好奇：“什么大业？”

两个小姑娘的手紧紧牵在一起：“保密。”

许唯一想将行李箱放在橱子上面，她个子矮，放了几次没放上去，南嘉踮起脚尖帮着放上去，又帮许唯一收拾了一下乱七八糟的行李。

弄完之后，南嘉才想起裴行妄来：“妄哥呢？”

许唯一摇头：“我也不知道。”

刚才还站在宿舍门口，怎么不见了？南嘉推开门，四处张望。

身后传来一声懒懒的轻咳。

裴行妄倚在墙边，身材瘦削修长，眸色深深，南嘉莫名感觉到一股孤独的气质。

可明明裴行妄众星捧月，他身边从不缺朋友。

“妄哥，你怎么在这里啊？”

裴行妄扬扬眉，漫不经心地笑：“这里是女生宿舍，哥哥不能多待。”

这几天返校，男生可以进女生宿舍，可他毕竟是异性。

南嘉有点窘迫。刚才跟许唯一聊天太开心，一时间居然把裴行妄忘了，人家今天不怕苦不怕累，是她的恩人。

裴行妄不在意那么多事。

少年摸了下她的头，眼睫垂下：“好好学习。”

“哥哥走了。”

南嘉的舍友除了许唯一是本地人，其他均为外地人。

程天艾个子很高，大概一米七五，短发利落，她有位这个学校的体育生男朋友，是大三的学长，一米九的身高，二人简直绝配。

最后一个舍友来得最晚，浓颜系，穿着青绿短裙，身材曼妙性感。

三人已经将宿舍收拾好了，干净整洁，新舍友来到忍不住“哇”了一声。

最后一张上铺是她的，小姑娘脱掉小高跟，踩着梯子往上去。

许唯一问：“你叫什么呀？”

那女孩动作突然停住了。

许唯一还以为她害羞，弯了弯眸子，主动介绍：“我叫许唯一，在擦桌子那个是南嘉，我和嘉嘉是高中同学，还有个高个子的程天艾去楼下吃东西了，所以你叫什么呀？”

大方的女孩竟然局促了：“鲍……鲍米花。”

许唯一一愣：“啥？你想吃爆米花？咱学校好像没有。”

“我叫，鲍米花。”

鲍米花说：“不是那个爆米花啦，我姓鲍，叫鲍米花，我生在鱼米之乡，我爷爷年轻时候想当作家，被耽误了，就想让我妙笔生花。

“所以我学了汉语言文学专业，但我语文不行。”

鱼米之乡，妙笔生花。

好一个鲍米花。

许唯一笑了好久才停下来。

宿舍四个人都很好相处，大家都很讲卫生，平时打扫卫生、买饭都很积极，没发生过什么争端，晚上还一起追剧看综艺。

军训一共十天，她们还算幸运，这十天有一多半都是阴雨天气，在整理内务中过来了，分到的教官人也不错，对她们也没有过分严厉。

这些天，南嘉和裴行妄没怎么联系，学校太大，更见不着面。

她经常从别人口中听到裴行妄的各种传言，南嘉也懒得理会，更不想让所有人都知道她是裴行妄的妹妹，那样距离她的目标只会越来越远。

最后一天是各院进行文艺演出，学长学姐提前排练好了节目。

她们属于文学院，在宏学楼看表演。

大学的演出也就那么回事，几个人看了几个节目之后兴致缺缺。

许唯一低头看了会儿手机，突然把南嘉拽了过来，在看到身旁站着辅导员的那一刻，止住了动作，低声咬耳朵：“嘉嘉，你知道求知楼那边也在演出吗？”

南嘉不以为意：“是啊。”

求知楼那边是经济学院还有医学院。

“你哥哥今天有节目！！”

南嘉眼皮跳了跳：“我想去看。”

“我也想去。”

两个人彻底坐不住了，等到可以离场，立刻起身，朝着求知楼狂奔。

夜幕沉沉，初秋的夜晚带着点下过雨的沁凉，南嘉身心舒爽，加快了速度。

许唯一腿短，没她跑得快：“南嘉，你看你为了见心上人，笑容都止不住了。”

“就说谁能抗拒舞台上的妄哥？”

许唯一挠挠头：“这倒是。”

“下面有请金融专业大四学长裴行妄组织的野莓乐队为大家带来《心动未来》。”

四位少年利落地上了台。

迎接着所有的掌声与欢欣。

四个人一起上场，将氛围拉满，裴行妄这天难得穿了件白衬衫，脖颈上还戴着酷炫的金链子，脸庞被灯光渲染得立体分明，如草原的孤狼，凸显出一种野性的气质，漫不经心，痞气十足。

少年坐在高脚凳上，当鼓点声缓缓流泻，微微上挑的桃花眼稍显冷淡，动听的嗓音也随之从薄唇中传了出来。

第一句歌词从他喉间低低地泻出来，为今天的演唱奠定了基调，收获了全场人的目光和尖叫：

“啊啊啊！野莓乐队！！”

“裴行妄！！”

前排的校领导也笑了，窃窃私语：“这小子确实有两下子啊。”

女领导也跟着笑：“我闺女也喜欢他，说这么厉害不进娱乐圈真是可惜了。”

“巧了，我儿子也喜欢。”

二人交换了一个眼神，继续欣赏演奏。

尖叫声和掌声混成一团，男女生共同激动。

裴行妄不仅长得帅，实力也无可挑剔，路人也很容易被他“圈粉”，简直老少通吃。

表演的时间不算长，毕竟这不是他的专人演唱会，也就唱了两首歌，很快就到了谢幕的时候。

南嘉来到求职楼大礼堂的时候，恰好乐队表演完。

南嘉和许唯一在门口傻傻地站着，全场座无虚席，全场同学为他疯狂，尖叫声不绝于耳。灯光斜斜地打过去，将少年人的轮廓描摹得干净漂亮。她们不知道该往哪里去，幸好没有人将眼神投向礼堂门口。

“我们来晚了啊。”许唯一有点沮丧。

“没关系。”

能看到发光发亮的妄哥，就很好——南嘉在心里说。

南嘉望着舞台上发光的少年。

许是心有灵犀，二人的视线隔着虚空，隔着漫漫的人群交错，少年淡淡地笑着。

漆黑的眸子勾人深陷。

裴行妄站在最前方，身姿落拓，其他成员站在后面。少年双眸漆黑，扫视着全场，嘴角轻扯着，出了汗的缘故，衬衫后面一截贴在背上，勾勒出性感的后颈线条。

少年脸上挂着痞坏的笑容，拿起话筒鞠躬，嗓音低磁：“野莓乐队——”

几个字一出口，全场再次不受控制地尖叫起来：“啊啊！！”

裴行妄挑挑眉，瘦削的下巴微抬，痞气又散漫：“祝学弟学妹开学快乐。”

顿了顿，少年笑了笑，神情慵懒，慢悠悠吐出几个字：“另外，也祝福某个小姑娘。”

裴行妄精致的喉结在灯光下缓缓滚动，他们视线相对，少年哂笑——

“祝你拥有快乐的四年。”

那一瞬间，南嘉的心被击中了。

南嘉手心沁出了汗，整个人都不在状态似的。

对上少年的目光，南嘉心跳加速。

不可抑制地紧张着。

许唯一缓了几秒钟，不可置信地看向她：“啊！嘉嘉，裴行妄口中的小姑娘是你吗？”

南嘉不光腿软，全身都是软的：“应该是我。”

裴行妄的感情生活一直是论坛津津乐道的重点，他在感情方面有点风吹草动，论坛就立刻有消息，而这半年以来，裴行妄似乎再也没有交过女朋友。

可他依旧爱玩，有时候被拍到一些捕风捉影的照片发到论坛上，说这是他的新欢云云，裴行妄从未解释过。

南嘉基本可以确定，裴行妄没再继续谈恋爱了。

他口中的小姑娘，一定是她。

“那那那……”许唯一疯狂摇晃着她的肩膀，比她还要激动。

南嘉赶紧拉住了许唯一，生怕这个朋友控制不住自己的音量。

野莓乐队表演结束，南嘉迅速拉着许唯一往外面走。

被风一吹，两人平静多了，许唯一这才将刚才没说完的话一股脑说完：“那是不是说明，裴行妄对你有意？”

南嘉伸手在她面前晃了晃：“妄哥眼中我还是个小朋友，反正他经常这么叫我。”

许唯一思忖着南嘉的话，点点头：“也是，裴行妄是天之骄子，他要是真喜欢你？可能直接在台上表白了，也不会说这么似是而非的话。”

南嘉忍不住想了想这个场景，得出个结论：“下辈子吧。”

“不过还是值得开心的，别管裴行妄把你当什么，反正别的女孩没这待遇。我这几天军训听了不少裴行妄的八卦，”许唯一扬扬眉毛，“想听吗？”

许唯一挽着南嘉的手臂，用嗲里嗲气的语调说：“小南嘉，来，求求我。”

“我肯定知道。”南嘉笑得有点得意，她可是论坛“潜水一级专家”。

“算了，我还是说吧。”许唯一戳戳她的脸，笑着说，“我同学她姐姐在裴行妄班隔壁，爆料肯定保真，说裴行妄谈恋爱的时候，有女生故意撒娇让裴行妄喂她吃东西，然后你知道裴行妄怎么说的吗？”

南嘉摸着下巴思考几秒钟，语气认真：“没长手？”

“你怎么这么聪明！就是这么说的！”许唯一乐呵呵的，“重点也不是没长手，重点是后来又有个女生不信邪，也让裴行妄喂，毕竟别的女孩男朋友都喂，这点事算什么。裴行妄又冷冷地来了句：‘老子懒得喂，想分手？’后来那女生求着别分，裴行妄还是跟她分了。”

南嘉没说什么。

她太了解裴行妄了，相处一年多，她了解他的雷点和禁区，也了解他的爱好与温柔。

裴行妄这个人，他永远高高在上，做什么都有自己的想法和步调，不能强迫他做他不想做的任何一件事，哪怕只是喂一口饭这么点小事。

如果裴行妄真心喜欢上一个人，肯定摘星星月亮，翻山越岭，在所不惜。

可前提是，那个人出现。

睡觉之前，南嘉照常打开安湖大学的论坛。

之前她没有学号，只能用游客的身份登录，不能留言和发帖，如今终于注册了号，非实名制，偶尔也会发表几句评论。

自从裴行妄不再恋爱之后，最近论坛上没有他的新消息。

南嘉只是养成了这个习惯，哪想到飘着的第一个热帖就是裴行妄。

今天裴行妄的演出你们看了吗？

下面一排的回复：

看了看了！！

尤其是去演唱会现场。

太帅了，我差点喘不过气来，帅得我窒息了。

楼主又发：各位歪楼了，咱说的不是这个，重点是裴行妄最后说的那个小姑娘是谁啊？还没见过他专门祝福过谁呢，不会裴行妄这次和大一小学妹谈上了吧？小学妹也太幸福了。

有没有知道是谁的？没有恶意，就是想知道哪个妹妹这么幸福。

有知道线索的吗？

没一会儿就有人发了张照片上来：应该是照片里这姑娘，你们瞅瞅吧，就那天新生入学，咱们还没开学呢，我当志愿者，就看到裴行妄带着这姑娘认宿舍去了。裴行妄之前也当过志愿者，也都是带领着男生去男生宿舍，带女生这真的是第一次。两人说说笑笑挺开心，以我观察他多年的眼光看，绝对有事！！

南嘉也点开照片看了看——

正午阳光正盛，洋洋洒洒地弥漫开，照射在少男少女的脸上。向日葵开得正好，二人站在教学楼前，裴行妄漫不经心地笑着，日光将他的影子拉得很长，或许是拍摄角度太好，南嘉抽离开自己的身份，竟然感受到了淡淡的宠溺意味。

而她站在他旁边，抿唇轻笑。

南嘉心神有点恍惚。

其实事情到底怎么样，她自己最清楚。

她点开帖子，向下翻动着。

这姑娘好纯啊，看着就乖乖的，好欺负！

又是一个美女啊！

我看肯定也长久不了，这姑娘一看就是乖乖女，裴行妄太野了不合适。

裴行妄换口味了？！这姑娘漂亮我认，但是比起他之前的女朋友，差远了吧。

我押一个分手。

寂寞的夜色，情绪容易上头，南嘉的内心突然漫上无休无止的难过。看吧，就连误会他们关系的陌生人都觉得他们不合适，这还没开始呢，就有人为她宣告失败。

南嘉越想越难受，平躺了五分钟，打算继续看看帖子里别人怎么说。

哪想到，点进收藏的网址，却显示：该网址已被损坏，请访问其他地址。

她在网上搜了搜会出现这个情况的原因，网友说，只有一种可能，就是这个帖子被黑了。

谁会那么无聊，不黑论坛，而黑一个帖子呢？

这个答案不用想也知道。

第二天早上，南嘉顶着两个大黑眼圈起床，她穿着小熊睡衣刚洗漱完，还没来得及换衣服，许唯一就拎着早餐上来了。

“惊不惊喜？有没有很爱我，发现我是你的田螺姑娘？”许唯一嘿嘿笑着，“嘉嘉，过来吃早餐啦！”

南嘉转头看她：“唯一，我有个朋友有点困惑，我思考了一早上没明白，你帮我们解答一下呗。”

许唯一正襟危坐：“成啊。”

“就是我闺蜜学校有人造谣她跟一男生拍拖，那个男生二话没说，就把帖子删了，你说这是为什么啊？”

“造谣什么？很难听吗？”

南嘉想了想：“就是造谣他们在一起了。”

许唯一重重拍腿，口气坚决：“很简单，只能证明这个男生很不喜欢你闺蜜，才忍不了别人造谣，忙着撇清关系罢了。”

南嘉没再说话，心像是绑了一块石头子，一寸一寸沉入海底。

裴行妄回到宿舍里，已经十点多了。

沈念余问：“妄哥，去哪儿了啊？找你打球半天没找到人。”

“嘉南娱乐。”

“啊！”沈念余从座位上弹了起来，“他们又找你，想签约了？”

裴行妄点点头：“嗯。”

裴行妄一直具有超高人气，从每周六驻唱时酒吧人气爆棚就能看出来，这次在大礼堂的演唱被学生拍下来，传到网上，也引起了一番轰动。这样的音乐天才，还长了张“逆天神颜”，娱乐公司争相递来橄榄枝。

沈念余低声骂了句脏话：“妄哥，这都多少次了啊？”

沈念余小心翼翼地看着他的脸色，过了会儿，轻声说道：“妄哥，你还是签了吧，反正你是真的热爱音乐，有了正规公司给你包装，还不得火遍亚洲啊。”

裴行妄侧眸：“你们又没打算进圈。”

裴行妄自幼热爱音乐，从小就精通各种乐器，高中那会儿，裴博文管他管得严，他一直有组乐队的想法也没能实施。直到高考完，拿到了安湖大学的录取通知书，他在论坛发布招募，整个暑假，都是乐队几个成员住一起度过的，不停地写歌、练歌、演出，循环往复，从不厌烦。

沈念余摆摆手，劝说道：“签了吧，妄哥，你爱音乐大家都知道，我们本来也没打算进圈，人家娱乐公司哪怕愿意签我们也是因为你，没必要葬送自己的梦想。”

裴行妄嗤笑一声：“再说吧。”

“话说，妄哥，我突然想起来，你上周让我删那帖子，就那么删了，不太好吧？”

裴行妄眯了眯眼，眉目敛起来：“怎么不好了？”

他就是觉得论坛里那些牛鬼蛇神在背后胡乱造谣，对人家小姑娘不太好。

沈念余摸了摸下巴：“我一大老爷们儿也说不出来，就是觉得不太好，哪怕向版主申请删帖也行啊。”

他们宿舍几个人最精通计算机的就是沈念余，让他随便黑个帖就是家常便饭。那天晚上论坛突然横空出现裴行妄跟南嘉的流言，还偏偏带了张照片，有些人以为披个马甲就能对别人随便议论。

见议论得越来越难听，裴行妄皱着眉，当晚直接让沈念余动手，终于清静了。

裴行妄面无表情地起身，拿出电脑来：“再说吧。”

“妄哥，这么晚了，你拿电脑干吗？”

裴行妄掀起眼皮睨他，淡嘲：“咱宿舍作业还没做，老子不做你做？”

沈念余立刻缩头，他满脑子篮球比赛，这个周末几乎全在球场度过了。裴行妄虽然混不吝，偶尔也逃课，但是该做的作业一点都不少，老师们个个都喜欢他。

转眼间入学一个月了，南嘉也适应了大学课程，她很喜欢自己学的专业，浪漫、感性，可以无限地在书海里遨游。

下午四点钟，上完最后一节课，南嘉揉了揉脖子和腰椎，看向窗外的蓝天白云，似要褪去一天的疲惫。

图书馆后面人来人往，几十个帐篷支起来，今天是社团招新的日子。

南嘉穿着条浅黄色的裙子，脚上是双板鞋，边缘露出一截黄色的袜子边，往上看，长腿笔直白皙，像是淋了层雪。

她模样漂亮，不少学长学姐都会叫住她，语调和善地想让她加入社团。

人山人海，挤都挤不动。动漫社、音乐社的人穿着奇怪的衣服，不遗余力地表演着，音乐声嗨到爆炸。

南嘉一眼就看到志愿者部的帐篷，裴行妄随便坐着，长腿敞开，眼睑懒散地耷拉着，一身混不吝的气质。

少年指骨修长，正指引着面前一个女孩填表。

那女孩眉开眼笑：“学长，我要是加入了这个社团能天天看见你吗？”

裴行妄挑了挑眉，淡淡道：“学长不处对象。”

女孩性格再泼辣大胆，也被这么明目张胆的话弄得脸红了：“哎呀，学长，我没这个意思！”

裴行妄抬眸，神情散漫张扬：“学长也开玩笑的。”

南嘉听不到他们在讲什么，可从她的角度，看到二人笑着，女孩似乎被他撩得害羞了，满脸通红。

裴行妄穿了件薄款的冲锋衣，低头看手机，嘴角轻扯着。

南嘉莫名又想起了删帖那件事，同样的事情，裴行妄面对她就否认得那么快，却在社团招新时跟别的女孩暧昧。

气从心上来，却又无奈。

文学社位置在志愿者部前方，要想去文学社咨询，就必须经过裴行妄的位置。

南嘉看也没看他一眼，直接将他视为透明人，往文学社方向走，哪想到一双长腿凭空伸了出来，少年闲闲的嗓音响起：“见我也不知道叫哥哥了？”

语气有点欠，从嗓子里缓慢荡漾开来。

小姑娘的唇抿得紧紧的，唇红齿白，充满胶原蛋白的脸娇柔可爱，少女感几乎要溢出来。

“我以前也没喊你哥哥。”南嘉淡淡道。

裴行妄依旧没把脚挪开，微微抬起头，脖颈线条性感分明，笑得戏谑，语调慢悠悠的：“妄哥不就是哥哥吗？”

南嘉执拗道：“不一样。”

裴行妄正想再说什么，却见南嘉趁他不注意，大步迈过他的腿跑远了，也不知道躲什么。

裴行妄“啧”一声笑了。

“学妹，你想加入我们文学社啊？”

“嗯。”

“你是什么专业的呀？”

“汉语言文学。”

学长格外热情：“那挺合适的，学妹你喜欢写作吗？”

南嘉挠挠头：“还行吧。”说不上喜欢，也说不上不喜欢。

“那你有过写小说的经验吗？”

南嘉下意识想诚实说有，可话到嘴边又咽了下去，她在网上写的那篇完全是自己心路历程的写照，不想被别人看到，何况那是她的处女作，一百个读者都没有，还是不要告诉别人了。

“没……”

文学社门楣冷淡，好不容易过来一漂亮姑娘，学长自然要显摆显摆，将她留住：“学长就是写小说的，我写的都是末世小说，你看过吗？就那种世界末日的……你要是想写小说的话，学长可以带你，学长在某个文学网站，虽然只能拿个全勤吧，但是经验积累了不少。”

南嘉低头签上字。

表格上不少地方需要填写个人资料，南嘉都按照真实情况填写。

她低头写字，余光却忍不住往后瞥，又来了一个女孩找裴行妄。

都是些看起来娇弱的女孩，撑着小伞，皮肤洁白，南嘉不信她们真心想当志愿者，醉翁之意不在酒罢了。

学长看南嘉乖乖软软，一身文艺气质，觉得她很适合搞创作，兴许是分享欲过剩，喋喋不休着。十分钟过去了，南嘉又偷偷往后看了一眼。

裴行妄坐的那张凳子上换了旁人，他走了。

南嘉舒了口气，将表交上去，打断了学长："好了，学长，我填完了。"

学长尴尬地说道："成，那学妹，你等我们给你电话联系。"

南嘉又回到志愿者部，她想申请志愿者部的小组长，这个就不是随便能加入的了。她在一个学姐的指引下，填完了表格。

"学妹，你确定不从干事做起吗？"

南嘉摇头："我想当小组长，更能锻炼能力。"

她说了谎。

志愿者部是裴行妄待的唯一一个社团，他在里头兼任副部长，大家都服他。可他忙于乐队，时间不充裕，副部长也是大家求来的。

南嘉想要在社团靠近他，就必须成为小领导，不然见面的机会还是不会多。

晚上。

南嘉手机响了，还以为文学社给她发通知，想不到竟然是她一分一秒都没忘记的人。

裴行妄给她发来一条语音，拉长尾音，带着点轻佻和戏谑："想加志愿者部啊，要不要哥哥关照你？"

Chapter6. 别打我家小姑娘主意

少年的语气吊儿郎当又嚣张，传到耳朵里酥酥痒痒的，南嘉的脸登时就不受控制地发热，发烫。

裴行妄这个人太坏了，坏得她头疼，坏得她想远离，又忍不住思念。

南嘉想了想，没回消息，晾着吧。

晚上洗完脸，她一边戴着耳机听英语，一边在床上练瑜伽。

许唯一从图书馆回来："嘉嘉，看着你心情好了很多呀。"

南嘉将耳机摘下来："怎么看出来的？"

许唯一头头是道："你没注意到，前些天你都没怎么做瑜伽，这又开始了，不就是心情好转的迹象吗？"

许唯一快速洗漱完，让南嘉挪了挪位置，也跑去她的床上，小声说："嘉嘉，怎么心情又变好了啊？"

其实南嘉自己也不清楚。

这气本就生得莫名其妙，她也没资格直接问裴行妄什么，自己不明不白地难受好些天，又在裴行妄主动给她发消息的这一刻烟消云散。

说出去她自己都觉得矫情。

南嘉索性转移了话题："唯一，你今天加社团了吗？我比较感兴趣文学社和志愿者部，想着两个都加。"

许唯一戳戳她的鼻尖："前者我理解，后者——我看你是想找你的妄哥去吧？"

裴行妄在志愿者部当副部长是尽人皆知的事情。

"是有这个目标，现在我又不能厚着脸皮找妄哥，只能借这种机会靠近他了。我现在都不知道能不能选上呢，真想不到当个小组长这么难，听说还得进行体力比拼……"

"是啊，"许唯一翻了个白眼，"追男人哪有那么容易的？"

说回到正题，许唯一继续说："我没加任何社团，你知道，我妈妈对我期望很高，我打算全心全意考研。"

"现在就准备？"

"对啊。"

南嘉觉得有点早，又想着人各有志，她是不想活得太累了，好不容易脱离南母的掌控，还是尽力取悦自己吧。

就是没人陪着她加社团，参加活动什么的就她一个人了，不免有点无聊。

南嘉睡前又听了好多遍那条语音，翻来覆去地思考，裴行妄怎么就发语音了呢？他们加好友这么久以来，裴行妄除非遇到急事才会发语音，一般都是打字，怎么今天突然发语音？

南嘉本来想晾着裴行妄，到底忍不住发了消息：

不用了，妄哥，我想靠自己的能力。

裴行妄也没回复，估计在打游戏。

第二天上午，有一节《思想道德基础与法律修养》课，文学院的学生都集中在几个教室一起上课。许唯一好不容易可以和南嘉坐一起，两个人坐在后排，低着头看小说，交流心得。

上完课的路上，南嘉远远看到一个中年男人，戴着眼镜，温和儒雅，她特地停下脚步，整理了一下衣领，有礼貌地打招呼："孙教授好。"

孙教授笑得温和慈爱："小南嘉，怎么不叫叔叔了？"

南嘉脸热了热："在学校，想着叔叔是老师嘛。"随即，她又问，"阿姨的病情怎么样了？"

"比之前稳定多了，现在也能多吃点饭，可以下床走走了。"孙教授摸了摸她的头，"最近见你哥哥了吗？"

"没怎么见，我和妄哥都挺忙的。"

孙教授点点头："我听说论坛上帖子的事情了，捕风捉影的。可能有的消息你看着不舒服，别往心里去。"

"他们就是胡乱猜测，我不会往心里去的。"

"我知道，我们小南嘉听话，也幸好裴行妄这小子处理事情机敏，"孙教授口气充满赞许，"我听说他在看到帖子的第一时间就把帖子黑了。"

南嘉垂眸，嗓音有点闷："可能妄哥不喜欢看到流言吧。"

孙教授讶异道："怎么会呢，这小子的流言什么时候断过？还有人在论坛造谣说他是靠着跟我的关系进这个学校的呢，还有人说我是他干爹，我了解他，他就是不想让别人那么说你。"

不想让人那么说她？

怎么说她了？

南嘉回忆了一下那条帖子，确实越往下越难听，还用那种带有侮辱性的字眼侮辱她，对她的身材进行评价。

当时她满脑子都是大家不看好他们，自动将那些不礼貌的流言过滤了，却想不到有人细心妥帖，在她身后默默处理好了一切。

她的妄哥，还是那个妄哥，全世界最好的妄哥。

南嘉发自内心地开心，笑眯眯地弯起眼睛："谢谢孙教授……孙叔叔！"

孙教授一脸奇怪地看着她的背影："这小孩怎么了？"

南嘉自责极了，明明裴行妄为了她好，她却傻傻地在心里怨恨他，那天在百团大战，对裴行妄也不怎么有礼貌，好在裴行妄没在意，还主动发消息给她。

南嘉越想越觉得过意不去，打开微信，页面仍旧停留在裴行妄问她要不要关照，她礼貌拒绝的一页，裴行妄也没继续发来消息。

南嘉敲字：妄哥，我想请你吃饭。

裴行妄：想请哥哥吃饭的人可多了去了呢。

好在不是面对面，南嘉又问：那妄哥，时间地点你定？

裴行妄：我有说同意吗？

南嘉有点尴尬。

裴行妄又慢悠悠甩来一条消息：嘉嘉请我吃饭，随时有时间。

两个人最初定在校外的一家餐厅，可到了那天，裴行妄的乐队临时有点事情，又改到了晚上，可南嘉的老师那天又突然改变课程计划，在晚上加课。最后两个人实在无奈，就将饭局定在了食堂。

南嘉觉得好笑，哪有人请吃饭在食堂的？

到了那天，南嘉也没特地打扮，生怕裴行妄看出她的异样。到了时间她就到食堂门口等着。她看了眼手机，距离约好的时间还差十五分钟。

哪想到，裴行妄已经在门口等着了。

傍晚时分的校园格外喧闹，少年一身利落的黑色，斜靠在墙边，漫不经心地低头看着手机，勾勒出性感的后颈线条。

"妄哥。"

裴行妄嗓音里带着浓浓的笑意："来了啊。"

两人一同进去，南嘉随口说："妄哥，没想到你会来这么早。"

"不能让小姑娘等我啊。"裴行妄低眸看着面前的少女。

食堂灯光很亮，照得她的脸蛋光洁柔软，黑发如瀑，抬起头微笑的模样，像只骄傲的白天鹅。

南嘉说："你想吃什么呀？我去买。"

裴行妄摸了下她的头，懒洋洋道："你知道哥哥的口味吗？"

——她当然知道。

住在一起的一年时间里，裴行妄经常给她买饭，她没帮他买过什么饭，但是两个人经常坐一起吃饭，只要勤于观察，裴行妄的口味她了解得一清二楚。

没等南嘉说，裴行妄已经迈开步子了，嗓音漫不经心，拖着尾音："你不知道哥哥的口味，可哥哥知道你的口味。"

“乖乖等哥哥回来。”

说完，少年挑挑眉梢。

南嘉坐下来之后才意识到有点不太对劲，这个饭局是她约的，可莫名就变成了裴行妄请她吃饭。

裴行妄端来了一份糖醋排骨，一份风味茄子，还有一份海鲜瘦肉粥，没一会儿又端过来两份羊肉米粉。

“妄哥，说好的我请吃饭，”南嘉有点不太好意思，“没想到今天又是你点了这么多。”

裴行妄从胸腔里荡出散漫的几声笑：“那么多顿都请了，还差这么点？”

确实也是这个道理，之前她跟着裴行妄住，可没少白吃他的。

“我就是觉得有点不好意思嘛。”南嘉不自觉带了点撒娇意味。

裴行妄闲闲地看她，小姑娘又白又嫩，看着很好欺负，他懒洋洋道：“要不你想个补偿方式？”

开动之前，裴行妄先帮南嘉把羊肉米粉里的香菜和花生挑去了，笑着说：“跟阿姨说了嘉嘉不吃这个，没想到她还是放了。”

南嘉心里暖融融的，轻声说：“你居然记得这么清楚。”

少年盯着她看了会儿，笑得张狂恣意：“咱俩在一起吃了多少顿了？藐视我的记忆力啊。”

小姑娘白皙的脸蛋通红，有种淡淡的妩媚，大概是真的害羞了。

“行了，”裴行妄拿了张纸巾替她擦了擦嘴，动作慢条斯理，语气慢悠悠的，“好好吃饭，哥哥不开你玩笑了。”

这间食堂是全校最好吃的食堂，里头有各类小炒，但价格偏贵，南嘉饭量一直不太大，吃了一会儿就吃饱了。裴行妄还继续吃着，吃饭动作干净利落，透着股斯文。

南嘉国庆节没回家，南母打来电话问她怎么回事。

南嘉说：“这不是刚开学嘛，有蛮多事情需要忙的，作业也多，还有一堆书没来得及看，还有社团的事情……”

她注意到自己说错话了，赶紧想住口，可惜已经来不及了。

南母语气严肃起来：“嘉嘉，虽然妈妈对你要求不高，但是你也不能光玩呀，参加那些社团有什么用？”

南嘉默默接受着南母的抨击。

“妈妈不想让你参加社团，你退了吧。”

之前南母可不这么说，还记得她刚念高中那时候，适应不了高强度的学习，南母安慰她，当起慈母的角色：“嘉嘉，熬过去就好了，大学有很多好玩的，社团可多了，那时候妈妈就是在社团第一次见到的爸爸，对他一见钟情了。”

南嘉咬咬唇：“只能等大二才能退，不然老师会对我印象很差的。”

南母这才作罢：“你现在还跟裴家那孩子有联系吗？”

南嘉立刻慌了。

昨天还在酒吧看了场裴行妄的演出，裴行妄还付了她和她舍友的酒水费。

“没有的，”南嘉搪塞过去，“现在课业也没轻松多少，我哪有工夫玩呀。”

“对了，”南母又想起一事，“你没事问候问候你孙叔叔，也去看看你阿姨。”

刚挂断电话，南嘉就收到了裴行妄的消息。

志愿者部在十月十号下午进行初步筛选，能来吗？

南嘉：可以。

南嘉：怎么是妄哥来通知我呀？

志愿者部也有外联的同学，裴行妄身为副部长，其实也就做点决策工作，这种发通知消息的小事肯定用不着他。

VIP服务。

裴行妄总有神奇的力量，让南嘉的心不受控制地飞速跳动起来。

全部门可都知道你是我妹妹了，到那天你不得争口气？

南嘉：我加油！

十月十号下午，所有成员在操场集合。男生十个，女生八个，都是来应聘部门小组长的，男女各需要两名小组长，因此竞争非常激烈。

南嘉想不到的是，居然从这群人里看到了苏桃欣。苏桃欣穿着一身运动装，长发高高地束起来，正在做拉伸运动，阳光下的眉眼似闪着光。

苏桃欣都大三了，还跟她们这群小萌新抢职位？

南嘉身边的女生叫曹梦梦，小声跟南嘉八卦：“你看到那个长得漂亮的女生了吗？她是大三的学姐，叫苏桃欣，也是咱们副部长的前女友。”

南嘉“嗯”一声，想躲开八卦中心，那女生却非得拉着她。

“你说她来竞争这个干什么呀？难不成想借这个机会跟副部长复合？”

“不清楚。”

曹梦梦眼睛一眨不眨地盯着苏桃欣，苏桃欣感知到她们的视线，一记眼刀飞过来，恰好跟南嘉对上了，南嘉心说冤枉，跟她又没关系。

好在今天这么多同学，苏桃欣也不会公然挑衅。没一会儿，裴行妄和几个男生一起走过来了。

阳光肆意挥洒着，他走在最中间，气场最强，眉骨高眼窝深，吊儿郎当的，典型的“祸害”长相。

女生们沸腾起来。

“裴学长啊，好帅！”

“第一次跟裴学长见面，好想听他唱歌啊啊啊！”

裴行妄跟一个男生交流了几句，那男生对大家说：“今天的比赛比较辛苦，希望大家是做好准备过来的。这样，大家先休息十五分钟就开始比赛，可以先去趟厕所或者喝口水。”

曹梦梦扯住南嘉的袖口，紧张道：“你紧张吗？我好害怕，据说体能比拼第一关就比三千米……三千米这不是要人命吗？”

南嘉也怕这三千米，她体育方面不太强，之前高中都没参加过运动会。她本来也打了退堂鼓，但是许唯一说，一般女生都坚持不下三千米，只要她能坚持，那么估计也就赢了。

她实在不舍得放弃这个机会，想着来试试吧，失败了也不丢人。

“妄哥，你负责给女生组跑步计分呗？我先带着男生跳远去。”

裴行妄扬了扬眉：“成啊。”

曹梦梦说：“南嘉，我觉得我又可以了……裴学长在终点等着，我就是爬也能爬过去啊！”

南嘉笑了：“我严重怀疑你来竞选小组长的目的。”

曹梦梦嘿嘿笑着：“如你所见，就是为了裴行妄，说不定哪天他就看上我了呢。南嘉，我舍友说我很像裴行妄之前的女朋友，是不是都是一个款？”

女孩转了一圈，在南嘉面前展示身材，的确都属于身材好的那一款。

曹梦梦虽然话多，但并不讨厌。南嘉附和：“那祝你得偿所愿，祝你一进部门，裴学长就一眼看上你。”

曹梦梦的脸倏然红了。

南嘉一回头，就看见裴行妄似笑非笑地看着她，少年好整以暇地抱着臂，慢悠悠地叫她名字：“嘉嘉。”

一见裴行妄不是来找自己，曹梦梦就跑开了。

想起刚才在背后议论他，虽然非她本意，但是南嘉多少有点不太自在：“妄哥。”

裴行妄扬扬眉毛，似乎并不在意这个小插曲：“跑三千米，怕不怕？”

少年目光直直地看她，“啧”了声，似乎在看她的笑话。

南嘉实话实说，眼睫动了动：“有点怕。我怕跑不完就晕过去了，如果短一点我倒是还有几分胜算。”

裴行妄玩味地笑笑，点点头，就走开了。

十五分钟的休息时间结束，裴行妄吹口哨让大家集合。女生站成一排，一个比一个站得直，眼睛眨也不眨地盯着裴行妄。真到了他面前，大家也不再窃窃私语了，等他下文。

裴行妄深邃的眸子扫视着大家，嗓音里有一股不正经的痞劲和张狂：“听说大家都不愿意跑三千米？”

女生们见到事情似乎有转圜的余地，齐声说：“对！！”

“规矩太严啦！！”

“呜呜呜，裴学长！我们不想跑三千米！！”

裴行妄轻笑一下，抬了抬眉毛，大家便静下来。他伸了个懒腰，少年上身穿着黑色短袖，松松垮垮，浑身写着不正经，肌肉曲线流畅，懒洋洋道：“学长也懒得看你们跑那么久。”

他停顿了下，玩味一笑：“这么着，今天咱就比一千米。”

少年嗓音掷地有声，女生们都炸了：“啊啊啊，裴学长好宠我们！！”

南嘉的心怦怦跳起来。

又有女生担忧道：“裴学长，我们当然开心，但是你这样能跟部长交差吗？”

毕竟这规矩定下来也不是一年两年了。

裴行妄掀眸，视线对上第一排最中间白白瘦瘦的小姑娘，见她又乖又好欺负，哼笑一声，慢悠悠道：“没事啊，为了你们，部长那个老古董我搞得定。”

他还专门加重了“你们”两个字。

大家开心极了，又蹦又跳的，从三千米到一千米，简直从地狱到了天堂。只有南嘉静静站着，抿了抿唇，心跳速度不可抑制地加快。

裴行妄是为了她吗？

应该是，不然他问她那么句话干什么？

南嘉嘴角也轻轻勾起一抹笑容——

这人真够坏的，说着不要关照，这也算另一种意义上的关照吧。

南嘉重新绑了绑头发，八个女生站在一排，等待着裴行妄吹哨。

哨声响起之后，裴行妄便到终点处等她们了。

曹梦梦是冲得最猛的一个。她最开始跑的时候，还想带着南嘉一起。南嘉摇摇头表示拒绝，说自己一个人跑就可以。

一千米跑对她来说一点都不困难。

她迎着烈日，迈开长腿，最开始没使出全部的力气。

裴行妄站在草地边，手里拿着秒表，插着兜，笑吟吟地盯着南嘉，南嘉累得上气不接下气，都没好意思看他。

这时候的她表情一定很狰狞，丑死了。

苏桃欣跑得最快，她从开始就很稳，一直位居第二名，后来大家都疲劳了，苏桃欣似乎不累，慢慢冲到了第一名。

她个子高，气质好，气喘均匀，超短的运动热裤性感又张扬，一双大白腿又长又直，长发甩起来，蓝天白云都成了她的衬托。

苏桃欣第一个冲到了终点线，裴行妄淡淡念出她的成绩。

立刻有男生来给她送水。

苏桃欣一口气喝掉了，拍着男生的肩膀说：“谢谢。”

从始至终和裴行妄没半点互动，裴行妄的视线也没看向她。

就好像两个人从来都只是陌路。

苏桃欣得了第一名。

南嘉还是很有希望当第二名的。

一千米跑只是几项比赛当中的第一项，之后会算个综合分，南嘉不想放弃任何一分，干脆冲刺起来了，谁知道因为用力过猛，她的脚崴了一下，踉跄地倒下了。

南嘉穿了条运动中裤，恰好磕到了膝盖，她痛得“嘶”一声。

她撑着地想起来，可刚才力气都耗干净了，偏偏手肘也被蹭了一下，南嘉直接跌坐在地上。

裴行妄注意到这一幕，双眸一眯，计时器“啪”的一声摔地上，四分五裂。

裴行妄距离她并不远，第一个背起了她，往医务室方向走。

计时器摔碎，裁判也走了，七个女生的视线齐齐盯着他们，若有所思。

最后一个男生双腿并起迈过沙坑，跳出了三米的好成绩，其他男生也兴奋地拍手：“牛啊，老周！你这腿看着不长，用起来倒是带劲。”

张桥将成绩登记在名册上：“好了，咱们现在比下一个项目吧，估计女生还没跑完步，咱们先比一下跳高吧。”

“这不是比完了……”一个男生话没说完，看向一道熟悉的身影，“哎，妄哥抱着一个女生走了？那女生好像受伤了……”

闻言，张桥皱皱眉，走向紧挨在一起的女生，看到了地面上四分五裂的计时器，心下了然，眯了眯眼：“妄哥可以啊。”

还没见裴行妄那么紧张过谁。

安湖大学有个小型医院，还可以进行一些小手术，设备在全国大学里属于比较高级的。

医生给南嘉拍了片子：“没什么事，只是皮肉伤，这几天好好休息吧。”

又来了个护士帮她进行了简单的包扎。

“妄哥，我就说没事吧？”小姑娘嗔怪地看了裴行妄一眼，“你还非背着我，估计后头不少人看着我们呢。”

医生在学校待久了，认识裴行妄，知道他是小有名气的歌手，不少女孩为他疯狂。

裴行妄插着口袋，垂眸看向南嘉，慢悠悠道：“就背了，还能怎么？”

年轻的医生抿嘴笑了笑，轻咳了一声："你暂时先不要走动，先去病床上躺一会儿，观察观察再走。"

见南嘉撑着椅子想站起来，裴行妄皱眉上前，这次更过分了，直接将她公主抱起来。少年怀抱又稳当又温热，感觉到他的肌肉力量和薄薄的皮肉，南嘉的脸热了热。

南嘉左腿没事，赶紧说："离病房那么近，我自己可以。"

裴行妄腕骨使劲，直接将她按住了："一路都背了，还差这几步？"

有点儿不容置疑的霸道，倒是把南嘉唬住了。

"医务室人也不少。"南嘉小声说。

她本以为裴行妄听不到，想不到裴行妄嘴角勾了勾，还是那副吊儿郎当的模样："没事，哥哥不怕败坏名节。"

"啊？"南嘉一时没反应过来，抬头看到他瘦削坚毅的下巴和好看的下颌线，忍不住咽了咽口水。

裴行妄挑着唇，慢条斯理道："大不了让你负责呗。"

裴行妄撩人真的很随便，他全身像带了某种魔力，想让女孩钟情于他简直太容易了。

南嘉的心被他撩拨得上上下下，起伏不定，羞红的小脸低着，仿佛坐了一次最刺激的跷跷板。

按照医生的指示，最好多待一会儿，南嘉坐在病床上百无聊赖地看着手机。这地方不大，裴行妄找了个凳子随便坐下，长腿敞着，跟她随意聊着天，恢复了平素模样，看样子刚才的话也只是玩笑。

电话响了。

裴行妄皱眉接起来，挂断之后，对南嘉说："志愿者部那边有点事，我先过去，等会儿我给你买饭过来。"

"妄哥你去忙吧，你不用过来也没关系，我让唯一给我带饭。"

裴行妄走之后，南嘉想找部综艺打发时间，还没打开电视剧，门突然被敲响了，是苏桃欣。

苏桃欣换了身裙子，她的颜值是南嘉很欣赏的类型，不过南嘉并不觉得自己跟她有什么好说的。那次在火锅店门口，她不分青红皂白就骂了自己一顿，着实留下了不好的印象。

"能聊几句吗？"

南嘉侧侧身，意思是她可以进来。

苏桃欣直接坐了裴行妄的位置："他挺关心你的，但是你肯定降不住他，裴行妄这人就像风，他能对你好，也能对别人好，你还是放弃吧。"

南嘉说："你好心劝我放弃，是觉得自己还有希望？"

苏桃欣脸色镇定："没，我早放弃了，就是以过来人的身份跟你说几句话。"

"你能好心劝我？"南嘉挑眉。

"我当时冲动，一直没道歉，现在给你说对不起吧。"苏桃欣态度看上去倒还算诚恳，"当初我俩分手，归根结底就是他心里没我，跟你没关系。"

南嘉也诚恳道："我确实喜欢他，但我也没那么不堪。"

"我知道，"苏桃欣看向她，"我们都是光明磊落的女孩子，你喜欢他那么久，难道就不想更进一步？"

喜欢他那么久……

南嘉有点诧异："这都能看出来？"

苏桃欣舒了一口气："都是过来人了，一眼就能看出来。真心劝告你，裴行妄他家境特殊，他那么恨他父亲，多多少少影响了他，他性格是有些问题的，他根本不懂爱。"

"我可以教他。"

苏桃欣愣住了："行，希望到时候你想起我的话别后悔就行。"

"那我奇怪了，"南嘉抱着手臂笑道，"既然你放弃他了，还来参加这个比赛干什么？"

苏桃欣牵了牵嘴角，忽地笑了："为了会会你啊。"

"那你还拿了第一名？"

苏桃欣起身走了，帮南嘉带上门之前，说了最后一句话："我会弃权的。"

等到南嘉恢复之后，全体人员又重新比了一次，南嘉综合分第二名，又通过了笔试，成功成为志愿者部门的小组长。

多多少少也有裴行妄照拂的因素吧。

再想起那天她受伤时，裴行妄脸上的焦急之色，也不像是假装的，她心里越发有信心了。

她想找个机会告白，奈何寻找不到合适的时机。

十一月底，裴行妄约好了让大家一起去他家里烧烤，有乐队四个成员，再叫上南嘉的舍友，可惜那天她们专业课老师突然加课，后来又下了场雨，导致南嘉和舍友没去成。

南嘉给裴行妄发消息：妄哥，我们老师布置作业了，我得忙作业，你们吃吧。

裴行妄清清淡淡回了个：嗯。

南嘉忙活完，跟许唯一她们随便去食堂吃了几口，电话突然响了。

"你好，是南嘉同学吗？这边有你的闪送。"

快递员就在楼下等着，南嘉收到东西后大吃一惊，居然是一袋子烧烤，还热乎乎的。

看到熟悉的烧烤料，用透明包装袋包好了，除了裴行妄不会有别人。

南嘉最喜欢裴行妄调的烧烤料，他不知道跟谁学的独门秘诀，蘸上之后比外卖好吃多了。她还没发消息给裴行妄，那边的消息就发过来了：哥哥不吃独食。

南嘉的耳朵几乎一瞬间就热了，她敲击着键盘，不知道回什么好。

裴行妄的消息又来了：还不谢谢哥哥？

南嘉干巴巴打了几个字：谢谢妄哥。

晚上宿舍的几个人都没吃好，跟着南嘉蹭了顿好吃的，鲍米花尤其兴奋：“嘉嘉，你妄哥对你这么好啊，他是不是喜欢你？”

许唯一直接怼回去：“这么幼稚吗？又不是小学生，谁对谁好就一定是喜欢谁？”

鲍米花摸了摸脸：“我没那个意思啦，我就是问一问，因为我也喜欢裴行妄，我想追他，试试看呗，失败了就算了。”

南嘉刚吃了一块羊肉，差点呛在喉咙里：“你想追妄哥？”

“这么惊讶干吗，不是挺多人追你妄哥的吗？”

是挺多人追的，以前多，现在更多，裴行妄最近光忙活乐队的事情，看着对恋爱也没兴趣，大家便铆足劲想讨他欢心。

南嘉暗恋裴行妄太久了，裴行妄这半年也一直单着，可她就是害怕哪天真来个小姑娘将裴行妄的心勾走，那样她真的一点机会都没有了。

吃完之后，鲍米花和程天艾到楼下买水果，寝室只剩下了许唯一和南嘉。

许唯一说：“嘉嘉，你看，大家都那么勇敢，你要是再不出动，你妄哥真被人抢走了。”

南嘉偶尔也会觉得裴行妄对自己很特殊，就连一份烧烤都想着自己。她逛论坛那么久，裴行妄收获最多的一条评价是：没有心。

这么看，裴行妄对她并非无情。南嘉看向窗外的月色，叹了口气说：“其实，我也在计划中了。”

可南嘉想不到，她动作快不过鲍米花。

鲍米花是典型的行动派选手，在南嘉和许唯一天天泡在图书馆的时候，闲人如鲍米花与程天艾，已经策划好了告白方式。

进入十二月，气温骤降，南嘉换上最厚的棉服。这天下午，她上完课从楼上下来，恰好碰到了裴行妄。

他正和乐队另外几个成员往食堂方向走，江万涛一眼看到了南嘉：“妄哥，那不是你家小姑娘吗？”

江万涛是乐队的鼓手，一身腱子肉，走路大摇大摆的。南嘉循声望过去，恰好与裴行妄对视了。

少年头发又黑又短，在这寒冷的冬日里，他穿着件薄款黑色外套，清瘦却不显弱。裴行妄抬抬下巴，夕阳镀了点光芒在他脸上，勾勒出利落有力的线条。

南嘉扯扯书包带子，朝他走了过去：“妄哥。”

沈念余问道：“南嘉，你这是要去吃饭吗？”

南嘉点点头。

“走呗，跟哥几个一起，”沈念余拍拍胸口，“哥几个请客，妹妹你想吃什么随便点。”

南嘉还没来得及开口，又有一个理着短寸的男生小跑着追过来了：“妄哥，有个女生等你呢，说有事情找你。”

裴行妄口气漫不经心：“谁？”

“看着成熟一点，肤白貌美。”

裴行妄抬腿就是一脚，对男生说：“让她走吧，就说我不见。”

裴行妄脚步一顿，转头看向南嘉，少年清隽挺拔，嘴角微勾，带着点倦懒。二人对视，都没说话。

南嘉就和裴行妄挨着了，不过这一路上裴行妄都没怎么说话。

倒是沈念余话挺多，不停问东问西，还问起南嘉的老家，家里有几口人。

南嘉知道他就是热络，没坏心，便耐心地都告诉他了。

“沈念余，”裴行妄淡淡叫他，“查户口呢？”

沈念余有点尴尬：“妄哥……我就是……”

裴行妄“啧”了一声：“别打我家小姑娘主意。”

沈念余翻了个白眼：“我知道啊，人家南嘉这么漂亮，也看不上我，漂亮妹妹谁不喜欢啊。”

南嘉起初真没察觉到沈念余对她有别的意思，裴行妄这么一说，她回头一想，便也明白了，不过她是不可能和别人谈恋爱的，除非那人是裴行妄。

只是，裴行妄不让别人打她主意，是对她有那么一点点意思吗？

南嘉忍不住多想了，喜欢一个人不就是这样吗？任何一点风吹草动都能让她草木皆兵。不过也因为这个小小的猜测，她心间就泛起了丝丝缕缕的甜，连对面有人叫她名字都没听到。

那人又试探着叫了一遍：“南嘉？”

南嘉思绪拉回来，看到对面站着一个大一的男生，蒋司宇。上周古汉语老师布置了一项作业——寻找身边的古汉语，还必须是和不同班级的同学组队。鲍米花认识这个男生，他们就组了队，拉了群，几个人还一起吃了饭。

吃饭的时候，蒋司宇一直盯着南嘉看，南嘉就觉得有点不太舒服。

蒋司宇长相还不错，戴着金丝边眼镜，很有书卷气。

“南嘉，你还认识我吗？咱们组队古汉语那个。”

这还没过去几天，怎么可能不认识？南嘉笑了笑，保持着礼貌的客套：“当然认识。”

蒋司宇脸上热络：“咱们队不是组好了嘛，我想着加你微信，这样有事情好联系。”

南嘉没拿出手机，蒋司宇又说道：“因为你微信设置了不许添加嘛，我想加一下。”

这就很明白了。

南嘉赶紧掏出来手机，扫描了他的二维码，添加成功了。

裴行妄的视线定定地扫过男生的背影，又看向南嘉，“啧”一声笑了：“那男生喜欢你啊。”

“别胡说，”南嘉一板一眼地解释，“妄哥，实践课程你又不是没上过，我们分到了一个小组里面，建了群，为了方便吧，他想加我就加呗。”

裴行妄一直很敏锐：“你是组长？”

“不是，组长是我另一个舍友。”

少年脚步慢下来，吊儿郎当地看向南嘉：“既然不是组长，在你设置不允许添加的情况下，他还非要加你，要说没猫腻，谁信啊？”

他语气慢悠悠的，南嘉的心也漏跳半拍，偏偏沈念余也添柴加火：“妹妹啊，以哥哥过来人的身份看，他绝对想追你！”

南嘉抿抿唇，直勾勾看向裴行妄：“妄哥，你懂这么多呀，是不是你经常干这事？”

裴行妄似是没想到她会将话题转移到自己身上，欠嗖嗖地来了句：“没，都是她们主动加我。”

顿了三秒，少年忽而一笑：“我还真没加过任何女生。”

他又慢悠悠地补充道：“除了你。”

气氛突然变得暧昧。

沈念余再看不出有鬼就奇了怪了，留了句“你们先聊”就急匆匆跑开了。

纵使心跳得很快，可南嘉心中暖洋洋的。

裴行妄这话不假，但其实也没那么暧昧，因为当时南嘉的微信是孙教授让他加的。

最初好几个人约在一起吃饭，最后只剩下了南嘉和裴行妄，这顿饭依旧裴行妄请客。

吃到一半，南嘉收到了鲍米花的消息：我刚在楼上看到你们了，你是跟你哥在一起对吗？

南嘉：对，怎么了花花？

鲍米花：就……我跟小艾已经准备好了！想今天告白！你能不能帮我把你哥哥叫到竹屋小楼啊！

南嘉打字的手颤了颤。

之前还以为鲍米花开玩笑，没想到人家已经部署好了。

鲍米花见南嘉不回复，又发过来几条消息：嘉嘉你在吗？我现在很紧张，真的拜托你啦！

之前去你哥哥教学楼交报表，走迷路了，当时我主动找了一个男生也不愿意帮忙，后来你哥哥主动帮了我，还对我笑，从那时候我就偷偷喜欢他了。拜托你了，嘉嘉，我不能一直做爱情的胆小鬼啊！

嘉嘉，我手机快没电了，就定好六点到竹屋小楼！！回头我请你吃饭。

一点拒绝的余地都没留给南嘉。

真的要看着别人向裴行妄告白吗？虽然成功的可能性很小，但南嘉真不想看到这个场面，鲍米花长得也漂亮，万一裴行妄这会儿真想谈恋爱了怎么办？

难道她要看着裴行妄和别人甜蜜吗？

裴行妄放下筷子，拿餐巾纸擦了下嘴："怎么了？"

"妄哥，你能陪我去竹屋小楼吗？"

竹屋小楼是学校前几年建设的音乐楼，后来觉得面积太小，又盖了一座新的，竹屋小楼就这么荒废了，成了一座旧楼。

裴行妄扬扬眉："就咱俩？"

南嘉点头："嗯。"

裴行妄站起来，目光戏谑地看着南嘉："行啊。"

南嘉一看时间也差不多了，就和裴行妄一起往竹屋小楼的方向走，裴行妄也没问什么。竹屋小楼距离食堂不远，绕过后面一座小花园，就到了。

现在冬日景色萧索，外面打球玩耍的同学也越来越少了，裴行妄为了照顾南嘉的步伐，走得并不快。

刚走到小屋门口，南嘉就看到程天艾朝着自己使眼色，她心下了然。

推开门，两人上了楼梯，走到二楼，迎面而来尘土的气息，再推开门，有一大块的空地。

裴行妄这才问："来这儿做什么？"

这话刚问出来，南嘉就不见了，裴行妄皱了皱眉。

南嘉和程天艾躲在门后，程天艾低声说："接下来就是花花的表演了，你说她能把你哥哥拿下吗？"

南嘉咬咬唇，心痛得说不出话。

从理性角度来说，可能性不大。可哪怕有万分之一的可能性，南嘉都很难过了。

鲍米花捧着一束花走了出来，女孩穿了件薄款羊毛大衣，腿又长又细，笑得性感自信："裴学长。"

这场面裴行妄太熟悉了，他懒洋洋地挑了挑眉："嘉嘉呢？"

"嘉嘉是我舍友，我让她帮的我。裴学长，十月份我去求知楼交报表，当时我迷了路，像个傻子似的乱走，绕了好几圈，是你好心给我指了路……我就特别感激你，裴学长，你真的是很好的人。"鲍米花一鼓作气地说完了他们的交集，抿抿唇，"不知道您还记得吗？"

裴行妄淡淡瞥她一眼，不带任何情绪似的："不记得了。"

程天艾嘴角抽了抽："你哥这人真的不浪漫啊。"

不浪漫吗？

南嘉永远记得少年在大雪中弹着吉他唱歌的场景，眉眼恣意，歌声性感。

明明比谁都浪漫。

鲍米花也没想到裴行妄这么干脆利落，赶紧进入正题："裴学长，我……我喜欢你，从最开始觉得你好看，慢慢又发现了你的人格魅力，我真的很喜欢你。我也知道你跟很多女生谈过恋爱，不过我也不介意，不知道我有没有这个机会……你觉得我怎么样？"

"你挺好，"裴行妄简洁评价，"可惜学长不想谈恋爱了。"

"能告诉我为什么吗？"鲍米花就是再开朗，可当场被拒绝，心里也不好受，眼中浮起一层失落。

裴行妄淡淡吐出一个字："懒。"

敷衍之意格外明显。

本来鲍米花想着那次求知楼相遇，还以为裴行妄对自己有意，想不到竟然这么绝情。眼泪夺眶而出，她将花一丢就往楼下跑。

"芳心杀手"裴行妄闲闲地插着口袋，嘴角淡扯着。

鲍米花横冲直撞往楼下跑，程天艾担心她出意外，赶紧追了下去。

南嘉的手被扯住了。

裴行妄单手执起她的手腕，眉眼悠闲，笑容吊儿郎当，扯着她往后面去。

他越是笑，南嘉就越怕，风雨欲来似的。

再想到今天裴行妄之所以愿意来这里，是出于对她的信任，没想到她反手将他卖了。从他的视角来看，确实是将他卖给了她的舍友。

"我素了半年了，你怎么不告诉她？"

夕阳晕染着大地，少年的身躯如铜墙铁壁，他哂笑一声，神情平淡又闲散。

听到如此直白的话，南嘉的脸忽地红起来，他越逼越近，南嘉节节败退，直接被他逼到了墙角，退无可退。南嘉微抬着小脸，目光方寸之间只能看到男人的俊脸。

刚才就应该跑快一点的。南嘉脸色羞红，呼吸绷住，少年滚了滚利落的喉结，桃花眼眯起来，单手戳了下南嘉的脸蛋，轻佻散漫的嗓音响起来，压着几分不正经——

“嘉嘉想让哥哥成为别人的男朋友？”

Chapter7. 谈恋爱吗

南嘉落荒而逃了。

她的确很想告白，很想将心意宣之于口，可明显这并不是合适的时机，假如说出来了，裴行妄兴许都不会信。

鲍米花低落了好几天，之后就生龙活虎起来了。严格说起来，她跟裴行妄交集不算多，更类似于他的“粉丝”，哪有“粉丝”因为偶像拒绝自己恋爱的要求而难过的?

后来有一天，鲍米花梳着头发，说：“现在想想，我还是太冲动了。当时也是太上头了，生怕他被别人抢走，其实压根没必要。”

“倘若我多做做功课便会明白，我哪里追得上裴行妄呢?裴行妄之前谈的女朋友都是‘仙女’级别……我有自知之明，差远了。”鲍米花感慨着叹了口气，“要说，我身边的人也就南嘉符合这个要求了。”

说起来也是个乌龙。

上个月学院的表白墙搞了一期无聊的活动，评选“院花”，自由投稿参评，南嘉自然不愿意参加这么无聊的活动，谁知程天艾将她的照片放了上去，还是程天艾随手拍的——操场上，奔跑的少女在追风，落日熔金，少女笑意盈盈，腰肢柔软。

经过一轮轮筛选，南嘉成为五大院花之一。

评出来之后，鲍米花成天“院花、院花”地喊南嘉，好一阵子才消停。

想到这里，南嘉打开表白墙，点开评选院花的那条说说，她的照片足足有三千多个赞，排名第二。

等等，南嘉发现，一个网名为“www”的网友也点了赞。

她点进去这个人的主页，“www”正是裴行妄。两个人最开始只加了微信，后来有次南嘉外出没回他的微信消息，裴行妄担心她出事，将她所有的联系方式加了个遍，只不过他们主要还是用微信联系。

南嘉用了五分钟的时间翻遍了表白墙其他的说说，包括裴行妄他们经济学院的“院花”评选，裴行妄从未点过赞，除了她的那条。

也就是说，她当选“院花”，还有裴行妄的功劳。

他也觉得自己好看吗?

南嘉摸了摸自己的脸，羞红一片。

暗恋中的女孩得不到糖，便学会了自己抠糖。只要有一点儿区别，有一点儿风吹草动，就会往那个最让人向往的方向猜。

这是不是代表着，他对她是特别的?

“南嘉，”鲍米花叫她的名字，“你就真对你哥没半点那种感情? ”

程天艾刷着小视频，接了话：“那是她哥哥啊。”

“又不是亲的。”鲍米花迅速反驳。

南嘉突然定定地开了口：“嗯，我喜欢。”

她整个人处于白日梦状态，说完之后才意识到自己暴露了什么，耳朵瞬间红了，捂住眼睛想找个地洞逃走。

鲍米花抱着她疯狂摇晃：“什么? 南嘉你喜欢你哥哥? ! ”

南嘉只能承认了：“喜欢……但是我也不好意思告白。”

许唯一在床上咯咯直笑。

鲍米花直接蒙了：“你喜欢却不告白，看着我告白，是不是心里挺难受? ”

南嘉弱弱道：“……嗯。”

“我们南嘉还真是忍常人之不能忍，”告白被拒这个事从鲍米花这里算是过去了，“那你考虑过什么时候告白吗? ”

通过这次失败，鲍米花获得很多经验，迫不及待跟南嘉分享：“嘉嘉，你可千万得准备好，找准时机，你看我找的时机就不行，不被拒绝才怪，这个事得好好策划啊! ”

鲍米花话是这么说，可从这天开始，她每天都会照常询问南嘉一句：“嘉嘉今天告白了吗? ”

南嘉从开始的紧张、不知所措，到后来平平淡淡回复一句“没有”，她已经习以为常了。

今晚学校的文学社有活动，晚上南嘉没课，就到文学社的活动教室集合了，主讲人是那个话很多的学长，自称网文资深人士，在讲台上普及各类网文知识，滔滔不绝，唾沫横飞。

南嘉突然想起来，自己也写过网文。

当初写完那本暗恋文，也没几个读者，更没申请签约，不知不觉开学了，她把 App 也删了。

这会儿又好奇，也不知道那本书怎么样了，南嘉便将网文 App 又下载下来。

她惊奇地发现，多了不少评论，收藏破了五千，居然有这么多读者?

不少人给她评论：看哭了，这暗恋太真实了。

这就是我们每个人青春的写照啊!

原来有好心读者喜欢她的文，分享到了短视频平台，所以这五千个小读者都是慕名而来的。南嘉刷了半天评论都拉不到底，短短的几个月时间居然发生了翻天覆地的变化。

另外有一条站内短信，南嘉点开，是网站编辑想让她签约的留言，不过已经过去一个月了。南嘉想了想，联系了编辑，了解了一下签约要求，后期可以收费阅读了。文学社活动结束后，她直接去打印部将合同打印出来，填好后寄了出去。

等编辑那边收到合同之后，就可以赚点钱，这本书没白写，南嘉还是有点开心的。

野莓乐队这晚的表演格外顺利，台下人山人海，有不少女孩制作了手幅和荧光棒，呼唤着裴行妄的名字，他是当之无愧最闪耀的星星。

好听的旋律从少年嗓子里传出来，台下的尖叫声更激烈了，裴行妄将最后一句唱完，拿着话筒鞠躬，笑得有点痞："晚安。"

乐队成员下了台。

还没到后台，沈念余说："话说妄哥，下周一就到南嘉的生日了，咱们怎么过啊？"

裴行妄"啧"了一声："厉害啊，你记我家小姑娘的生日，比我还准？"

沈念余笑了："怎么敢跟妄哥比，只能说咱俩都记住了。"

裴行妄散漫一笑，他的确记住了，自从去年给南嘉过了生日后，他就将十二月十日这个日期记挂在心底了。

"怎么过啊妄哥？"江万涛他们也参与进来，纷纷插科打诨，几个人也都是少年心性，乱成一团。

沈念余将他们推开，突然想起了什么，神情一凛："妄哥，你刚才注意了吗？边上有个女的好吓人啊，就死死盯着你，她是不是跟你有仇？"

裴行妄脸色也一沉。

他到后台换完衣服后，推开门，恰好跟女人撞上了。年轻美貌的女人姿态懒散，穿得很薄，抱着手臂口气狂妄："裴行妄，既然你不见我，那我只能找你了。"

沈念余捣捣他手臂："这谁啊，这么吓人？"

裴行妄扬扬眉，冷笑道："我爸的女人。"

沈念余他们都知道裴行妄家有钱，也很乱，家务事不能掺和，赶紧走了。

周传伊脸色难看，眉头紧皱着，似乎裴行妄刚才的话戳到了她的痛处一样。

"我今天就直说了，你真不愿意跟我合作？"

裴行妄语气漫不经心，将搭在他肩膀上的女人的手拿开："周传伊，请自重。"

周传伊紧紧咬唇，血丝从她唇齿之间溢了出来，言语之间透着股狠厉的味道："既然这样，那就休怪我不客气了。"

裴行妄"啧"了一声，抬眸看她："还不消停吗？要真想成为裴家人，劝你多下点功夫在老头子身上吧。”

“他就是个老东西，我怕他不成？”

裴行妄皱皱眉。

很长一段时间周传伊都没找他，估计在家也吃了不少苦头，裴博文最受不了的就是背叛。可让裴行妄惊讶的是，这都好几年了，裴博文还舍不得跟周传伊分手，这女人背后估计使了不少手段。

裴行妄掀了掀眼皮，语气透着一股坏劲儿：“你就不怕我录音？”

女人娇媚一笑：“你舍不得。”

这样就没意思了。

其实裴行妄也好奇周传伊能使出来什么招，不过是个没名没分的女人罢了，还能掀起什么风浪。

他静静地站着，看向周传伊。

“看我干什么？”

裴行妄嗤笑，眼底锋芒毕露：“挡住路了。”

十二月十日是南嘉的生日。这天她十八岁，是成年人了。

今天的局由裴行妄安排，他思虑再三，定在 Freedom。

也没喊太多人，只有裴行妄的舍友、乐队成员、南嘉的舍友。

本来南嘉还担心鲍米花会尴尬，想着她不去也没关系，哪想到鲍米花来了句：“我不觉得尴尬，倒是裴行妄应该后悔，错过了我这么个好姑娘。”

鲍米花还为南嘉打气：“嘉嘉，你也得加油啊。”

南嘉叹了口气。

有好几次跟裴行妄独处，她差点就说出来了，可惜那几个字就是在喉咙里打转，死活说不出来。

南嘉今天穿了条米色的裙子，配黑色的长风衣，脸上淡施脂粉，肤如凝脂，唇不点而红，头发扎得很低，更有文艺小仙女的气质了。

其实南嘉本来想改变一下形象，向着裴行妄那些前女友的方向发展，可毕竟性格不同，那些衣服穿在她身上只会让她觉得害臊局促，还是安心做自己吧。

Freedom 是安湖最大的酒吧，楼上包厢面积很大，每个房间被分成好几个区域，饮食区、游乐区、K 歌区。

沈念余爱唱歌，奈何嗓音不够好听，好不容易逮着机会，握着话筒不撒手。

大家都给南嘉送了生日礼物，南嘉收到手软，都有点不太好意思了。

裴行妄看出小姑娘的不自在，懒懒道：“放心收了，都记在哥哥的面子上。”

南嘉甜甜地“嗯”了一声。

南嘉将礼物堆在一起，她不知道哪个是裴行妄给她的，尽管迫不及待想看，但也忍住了，回去再拆吧。

裴行妄将蛋糕推出来，亲手为南嘉戴上生日帽。小姑娘笑得乖乖的，许下了生日愿望。

众人齐声说：“南嘉十八岁生日快乐！”

气氛很热烈，大家坐在一起吃蛋糕。粼粼的彩灯打着转，南嘉偷偷看裴行妄一眼，在心中描摹他的轮廓。裴行妄的笑容始终漫不经心，长腿敞开，也不知道在想些什么。

江万涛话多，吐槽道：“话说妄哥，今天你不是让我去你家取吉他嘛，我在你家发现了一罐子手工星星。”

南嘉的心向上一提，吃蛋糕的动作也慢下来，静待下文。

“肯定是你哪个追求者送的吧？”

裴行妄不爱吃甜食，没吃几口就放下了，挑了挑眉：“不记得了。”

江万涛继续说：“这么小女生的东西，不是你追求者送的，还能是你自己叠的？不是我说，这么弱智的东西，怎么还会有小姑娘送啊。”

“估计也就未成年送这玩意儿。”

南嘉喝了口水，听到江万涛这样不遗余力骂她，水呛到嗓子眼里，咳了起来。裴行妄第一个过去给她顺气，她轻声说：“谢谢。”

可不就是未成年送的嘛。

十七岁的南嘉满怀期冀地叠完了一千颗星星，装在一个大罐子里，本来想送给他，可那天他没回家。她本想丢掉，也没舍得，放在了衣柜深处。哪怕在搬离裴行妄家的那天，她也没舍得丢掉。

罐子里装着她的念想，装着她深藏在心底的告白，也装着她对裴行妄想说的话。

想着如果哪天裴行妄能拆开看看就好了，每一颗星星里面都有她的字迹。

少女的小小心意怎么舍得丢弃？

正在这时候，南嘉的电话响了，来电显示为南母，她皱皱眉，将电话挂断了。

谁知这电话没完没了，南母无论做什么事都是一种风格。

南嘉站起来：“我出去接个电话。”

南母的态度一如既往地不太好：“南嘉，怎么又这么慢？不会是出去玩了吧？”

酒吧二楼隔音效果还不错，安安静静的，南嘉站在走廊里，打开窗户：“妈妈，我今天过生日。”

南母嗓音缓和了些：“我知道你过生日，这不是专门打电话给你庆祝生日吗？”

可是您语气并不像庆祝生日啊。

“谢谢妈妈了。”

“怎么语气这么敷衍？”南母不乐意了，“你小时候可从来不这样的，每次我祝你生日快乐，你都会过来亲妈妈。”

“这不是离得远吗？”

“那也不一样。”南母说，“我今天打电话，除了你过生日之外，还想跟你说，你爸爸跟那个‘坏女人’生的女儿，等过了年去你学校当交换生。”

南嘉心里一震。

南父已经组织了另一个家庭，她只想敬而远之，却想不到还能有交集。不过安湖大学那么大，她们也未必能碰到。

“你可得好好学习，好好打扮，无论哪一方面，都不能输给那个女人。”南母语气昂扬，“你是我周美林的女儿，可不能给我丢人，知道吗？”

南嘉点头：“嗯。”

正巧隔壁包厢开了门，里头也有一群年轻人在聚会，大声开着玩笑，音乐声震耳欲聋。声音传到了南母的耳朵里，南母戒备起来：“南嘉，你跟我说实话，你是不是出去过生日了？”

包厢里的声音也不带停歇，南嘉瞒也瞒不住，咬咬唇：“嗯，妈妈。我就是跟我舍友一起，在唱歌，没什么的，而且我也不是经常出来。”

“南嘉，你过生日妈妈不会说你！可是你骗妈妈就不对了。既然你出去了，为什么刚开始不承认？非得等妈妈发现了再承认？”南母愤怒，“南嘉，你不要觉得你在安湖，妈妈就管不了你。我告诉你，你那个不负责任的爸爸离开了我没办法，可是你这辈子都是妈妈的女儿！”

“包括你未来的学业、婚姻、工作，都得是我说了算。”南母口气越来越逼迫了。

南嘉想为自己辩解几句，张了张嘴，还没来得及说，南母已经将电话挂断了。

如果南嘉再小一点，可能会小心翼翼，不知如何是好，可如今南嘉已经习惯了，南母就这个脾气，说好就好，一切得看她心情。

南嘉整理好心情，重新回到包厢，眼眶红红的。大家都能猜到肯定那个电话令她不愉悦了，也没人去探听隐私。

裴行妄旁边还有个位置，朝南嘉招了招手：“来，坐哥哥这儿。”

南嘉心里一动，坐了过去。

裴行妄看着她：“小姑娘不开心了？”

裴行妄知道她母亲的性格，猜也能猜到南嘉是为了什么不开心，少年倾身过去，揉了下她的头：“许一个生日愿望吧，哥哥帮你实现。”

这话刚一落下，沈念余就“啧”了一声：“妄哥，你这也太能吹了，万一妹妹想要天上的星星，你有那本事？”

此时烟雾缭绕，灯光打在裴行妄高挺的鼻梁上，他笑着说：“她要是开口，我拼了命也给她摘下来。”

少年嗓音淡淡的，黑眸深处铺就一层笑意。南嘉的心狂跳起来，扑通扑通，刚才的难过一扫而光。

沈念余带着大家起哄："摘星星摘星星！！"

裴行妄掀了掀眼皮："这不是找罪受嘛。"

南嘉脸色看似镇定，其实早就乱了阵脚，毫无疑问，这是最好的机会，哪怕裴行妄会拒绝她，她也不丢人，众人还会帮着她讨伐裴行妄，毕竟是裴行妄先许下的承诺。

南嘉端起桌上的橙汁一饮而尽。

她将碎发带到耳后，眼睛澄澈清明："我……我想到愿望了。"

乱哄哄的众人立马安静下来，一个个饶有期待的眼神看向她。南嘉长这么大，还从没做过这样的事情，她咬了咬唇，在心里默默鼓舞自己不能打退堂鼓，毕竟错过这个村就没这个店了。

裴行妄好整以暇地坐着，挑了挑眉，静待下文。

南嘉深吸一口气，问道："妄哥，谈恋爱吗？"

她嗓音很好听，清甜干净，不娇不嗲，在场的每个人都能听清楚。

所有人都惊住了。

什么？南嘉居然表白了？

这姑娘够勇敢啊！居然喜欢裴行妄？深藏不露。再细细想一想，南嘉喜欢他并没什么奇怪的，人家又没有血缘关系，就是躺一个被窝里都不稀奇啊。

江万涛比了个大拇指："妹妹勇敢啊！！"

沈念余更是笑个不停："小姑娘勇气可嘉！这么个人都敢勾搭。"

许唯一和鲍米花更是为南嘉捏了把汗，尤其没多久之前，鲍米花被拒绝过，虽然目击者没几人，可她都难过了好几天，仿佛世界末日降临了。

南嘉看起来比她脸皮薄很多。她虽然每天都催南嘉表白，却没想到南嘉真这么勇敢，如果当众拒绝了，岂不是……

鲍米花太紧张了，握紧了拳头，牙齿咬得紧紧的。

南嘉抿着唇，脸色有点僵硬，小巧白皙的脸蛋涨得羞红，每一秒钟逝去的时间，在她这边都可以化成无数飞逝的鼓点。她没多说什么，那些过去的爱意、喜欢他的心路历程，等着以后他们在一起的时候再说吧。

可是，有这个机会吗？

裴行妄也愣住了。

他自小到大接受过无数表白，什么情况都有，有周一升国旗被表白，还有上着课，突然在教室门口被表白，他都习惯了。

前几年，遇到看对眼的就答应了，谈上一段时间就分手。他身边莺莺燕燕环绕，早就分不清今夕是何年。

小姑娘竟然向她告白了。

他第一反应是开玩笑。可看着南嘉认真又紧张的样子，他知道，小姑娘是认真的，非常认真。

裴行妄用短暂的时间思忖了一下自己的所作所为，有些方面确实可能导致小姑娘误会。他习惯了浪荡不羁，加上觉得她年纪小，照顾照顾也是应该的，可能态度暧昧了些，没把握好尺度。

大家都在起哄。

裴行妄懒散一笑，不紧不慢道："行啊。"

短暂的一分钟在南嘉这里如一个世纪般漫长，她眨了眨眼睛，刚才的她，如同刮干净鳞片放在案板上待宰的鱼，她费力地喘着气，想着主人的刀能否放过她，其实她自己都不抱希望。

哪想到主人竟然大发善心将她放回深海。

她重新呼吸到了自由的空气。

她傻傻地看着裴行妄，怔住了，似乎不敢相信眼前发生的一切。

沈念余"啊啊啊"地叫起来，四周起哄，南嘉的脸更热了。

裴行妄这群朋友也太过分了吧，这才刚在一起，就这么爱开玩笑，以后少不了跟他们混在一起。

过了一会儿，这阵子热闹终于过去了，大家不再拿南嘉开涮，说起了乐队的事情。

南嘉了解到，最近仍然有很多娱乐公司想跟裴行妄签约。乐队几个成员都劝裴行妄签了，以后星途大好，可裴行妄就是不肯松口。

南嘉也想劝几句，不知怎么的，突然想起了那晚酒吧巷子口，苏桃欣跟裴行妄分手的场景，话在嗓音里打着转，她最终什么都没说。

裴行妄是她最好的幻想和渴望，她不想成为他短暂拥有过的前女友之一。

沈念余又抓起来麦上去唱歌了。

裴行妄剥了个橘子给南嘉，笑着问："什么时候开始喜欢哥哥的？"

南嘉手有点软，接过橘子，揪了一瓣放到嘴里。

江万涛凑起热闹："还用说，肯定是开学那天呗，那天你帮人家提东西，送到宿舍里。还整了个拉风的手推车，论坛那些人还凑热闹，不就芳心暗许了？"他冲着南嘉抛媚眼，"妹妹，哥说得对吗？"

另一乐队成员张晓枫说："我看还是妄哥舞台感染力太强了，那天当众给人家唱歌，要我也顶不住。"

裴行妄若有所思，饶有兴致地掀起眼皮看着南嘉，等待她的答案。

南嘉说："对。"

具体江万涛和张晓枫谁说得对，南嘉却含糊过去了。

谁说得都不对。

裴行妄藏在她心里好些年了。

晚上一伙人打车回了学校，南嘉和许唯一她们一起回宿舍，几个小姑娘一路格外兴奋。

“嘉嘉太牛了！”

“是啊，我也没想过会成功。”

“就是说，长得漂亮优势还是很大的！”

“裴行妄心里肯定早就有我们南嘉了……”

南嘉一路上沉默不语，许唯一突然伸手扶着她，她有点愣。

“路灯坏了，你高中那会儿不是有点夜盲症吗？”

南嘉笑着让许唯一扶住：“可能今天太开心了，都忘了老毛病了。”

月色璀璨，冬日的深夜飘着淡淡的雾气，酒吧里大家都吵吵嚷嚷的，南嘉来不及认真思考，可此刻冷风一吹，她清醒了几分。

裴行妄到底怎么个态度她其实不清楚，最大的可能性还是他只拿她当妹妹。

不过她现在确实换了个身份，只会离他越来越近，那么她就使劲努力，让他真正爱上她吧。

睡前，南嘉发了个朋友圈：十八岁生日快乐，生日愿望Get。

配图是生日蛋糕。

刚发出去，蒋司宇发来消息私聊：南嘉，今天是你生日啊，迟来的一句生日快乐！！

南嘉：谢谢。

蒋司宇：你想要什么礼物吗？我送你礼物。

南嘉：不用，真不用的！！

蒋司宇非得当场在淘宝下了单，写了她的电话号码和地址。南嘉一阵尴尬，想着找个机会得问问蒋司宇的生日，到时候回个礼物，她也不愿意欠了别人的。

南嘉又回到朋友圈页面，见很多人点了赞，她兴奋地一条一条点开，没看到裴行妄的，不免有点失望。

倒是乐队那几个成员都点了赞，还列好了队形：嫂子！

南嘉将手机放在胸前，平躺在床上，心里还是美滋滋的，不管怎样，她憧憬多年的月亮终于落到了她的怀抱里。

她一夜都没睡着，意识越发清晰，反复斟酌着今天发生的一切，像幻梦一般。

裴行妄的确没看朋友圈。

他喝了点酒，不多，也没醉，回去之后打开电脑完成作业，又将脏衣服丢到洗衣机里。

沈念余在旁边看笑话：“妄哥，你这都有对象了还自己洗衣服？”

裴行妄嚼着口香糖，听到这话一时没反应过来。

南嘉这个小孩今天向他告白了，他还答应了。

裴行妄皱皱眉，散漫一笑："对象也不是伺候人的啊。"

沈念余耸耸肩："哦，那就是你伺候小南嘉。"

裴行妄笑骂了声，也没多说什么。

过了会儿，沈念余问："妄哥，完了吗？"

裴行妄一愣："嗯。"

"打游戏吗？"

裴行妄挽起袖口："来。"

对手太能杠，不小心就玩到凌晨三点，幸好早上没课，几个人呼呼一觉睡到十点多。

裴行妄将沈念余他们踹醒了："走，工作室练歌去。"

一般每个乐队都会租一间属于自己的工作室，隔音效果好，面积大，乐器一应俱全，任由他们发挥。裴行妄不一样，他直接买下来一幢小别墅，专门做了隔音设计。

沈念余打着呼噜，睡得正香，翻了个身："练个鬼啊！妄哥，你这是恋爱第一天，人家女孩子估计等着你呢，还不跟小南嘉约会去？"

裴行妄熬了通宵，脑子蒙蒙的，才想起来自己昨晚跟南嘉确定了关系，于是放弃叫醒沈念余的想法，大大咧咧地坐下了，打开微信南嘉的对话框。

他哂笑一声。

对方正在输入……

又停了。

对方正在输入……又停了。

裴行妄双腿交叠，就等着南嘉发来消息，等了五分钟，对面还是没有消息。

裴行妄：五分钟了，就等你想说什么。

裴行妄：嗯？

南嘉捂住脸，这么尴尬，居然被人发现了。她一大早起来就想和裴行妄聊天，躺在床上对着对话框不知所措，删删打打也不知道说什么。

她缓慢打字：其实我也不知道我想说什么，好像有话想说，但是好像也不知道该说什么……

本来还是妹妹，突然换了个新身份，她自己都转变不过来。

南嘉：我还是继续叫你妄哥，行吗？

裴行妄：行啊。

对话框沉默下来。

南嘉这次不再删删改改了。对面男人太狡猾了，她那些小心思估计都被他看在眼里。

干脆不聊了，下次见面再说吧。

她现在是他女朋友，大不了直接去找他。

裴行妄这次发了条语音，嗓音慢悠悠的，像被烟酒浸染过一般，很能勾人。

“嘉嘉，要跟哥哥约会去吗？”

南嘉憋红的小脸止不住泛起笑意，心里像打翻了一坛子蜂蜜，她手指都有点颤抖：好，妄哥，那我们去哪里？

裴行妄看了眼正睡得死死的舍友们，“啧”了声。

反正没法练歌了，今天也没什么计划，不如和小姑娘约会去。

裴行妄开车带着南嘉去了电玩城，南嘉还在心里小声吐槽，真是纯直男，都不知道找个浪漫小资的地方。不过裴行妄能主动和她约会，她就非常开心了。

不过南嘉没想到，这个电玩城就是她高中那会儿，撞见他和苏桃欣约会的那里。

她不由得怔了怔。

“怎么了？”裴行妄漫不经心地勾起嘴角。

南嘉小声问：“你是不是来过这里啊？”

裴行妄点头：“我跟沈念余他们是这里的 VIP。”

南嘉咬咬唇：“还跟别人来过吗？”

少年插着兜，深邃的眸子打量着她，好整以暇地笑了，然后缓缓俯身，笑声低而缓：“你算别人吗？”

南嘉很少玩这种游戏，几乎都是输，好在裴行妄让着她，也让她品尝到几次成功的快乐。毕竟不是她的真实水平，南嘉玩了一会儿就兴致缺缺，在旁边抱着胳膊看裴行妄玩。

少年侧颜好看，深沉的双眸，英挺的鼻子，薄削的嘴唇，凌厉分明的下巴，南嘉满眼装的都是他，注意力压根都不在游戏上面了。

裴行妄突然起身：“走了。”

南嘉一愣：“你不玩了？”

裴行妄笑了，用手指勾了勾她的下巴，姿态亲昵，南嘉嘴角的笑僵住了。

少年慢悠悠地开了口：“陪小姑娘吃点东西去。”

到了餐厅，裴行妄照例让南嘉点餐，南嘉随便点了几道，裴行妄又加了一份小蛋糕。

“你还想吃甜食？”甜食不是裴行妄的雷区吗?

裴行妄用湿纸巾擦了擦手，懒散一笑：“有人爱吃啊。”

这个有人指的是谁，南嘉知道，脸热了热。

她其实也想点个甜点，就是看着点了不少餐，害怕吃不了浪费，而且也不知道这家厨房做得怎么样，就没点。

可裴行妄帮她想着。

没一会儿菜就上齐了，还没到饭点，人也不算多。

“干吃汤圆味道挺不错的。”南嘉没忍住多吃了几口，“我家都是煮着吃炸着吃，还没见过这种吃法呢。”

裴行妄抿了口粥，淡声说：“这家餐厅的特色。”

“哎呀，你都弄我嘴巴上啦！”

“对不起，我不是故意的。”

“那亲一下我，我就原谅你。”

甜腻的嗓音入耳。南嘉循声望过去，隔壁桌坐了一对小情侣，估计是热恋期，男生端着一份粥喂女生，不小心弄到女生嘴巴上，男生小心地帮她擦去，还顺便亲了一口。

裴行妄视线始终没往那边看去，他又吃了一会儿，懒洋洋地抬了抬眉毛，笑着说：“过来。”

南嘉一愣。

两个人坐的都是又宽又厚实的沙发，裴行妄拍了拍身侧的位置，给南嘉挪出来一个空位。

南嘉乖巧地坐了过去。

裴行妄看她一眼，拿起小叉子，那块小蛋糕还没动，他叉了一小块，吊儿郎当道：“张嘴。”

南嘉直接蒙了。

这是要学习身边的小情侣？

她傻傻地张开嘴，任由那只骨感修长的手伸过来。她的心颤抖着，一双手不知道如何摆放，索性放在了身后。少年眼底铺就着笑意，将蛋糕送到她嘴里，然后将叉子放到桌上。

因为这暧昧又过分亲密的举动，南嘉白皙的脸蛋染上一层红晕，飞速嚼了几口就咽下去了。

小蛋糕很甜，心里更甜。

“怎么样？女朋友。”一道好听又不正经的嗓音响起来，裴行妄掀眸看她，随便扯出一个散发着浓浓少年气的笑容，慢条斯理的，勾得人心痒。

“恋爱第一天，满意吗？”

“满意。”南嘉红着脸小声说。

南嘉细细观察着裴行妄的眉眼，想从中找到一丝爱她的痕迹。纵使找不到，她相信，假以时日，也定然成真。

两个人吃好之后，南嘉起身走在前面。服务员小姐姐走了过来，礼貌笑道：“小姐，您要求打包的干吃汤圆。”

裴行妄的步伐也停下来。

南嘉意外地看向裴行妄：“我没要求打包啊。”

虽然某一秒钟，她的确有过这个想法。

裴行妄插兜，嘴角上扬着，含笑的嗓音落下来：“叫你拿着就拿着，带给你舍友吃。”

南嘉心底泛起一阵甜蜜，裴行妄做事情还挺妥帖。

回去之后，南嘉将干吃汤圆分给舍友们，大家都惊住了：

“裴行妄可以啊，对你还不错。”

“啧啧啧，挺甜。”

鲍米花更是感叹着说：“感觉你俩这次能走到底了。”

南嘉喝着水：“说什么呢，我可没想那么多，就想着能在一起一天是一天。”

话虽这么说，其实南嘉也盼望着永恒。如果裴行妄真的喜欢他，她就真的能对他好一辈子，比对自己还好。

这才恋爱第一天，她就落入俗套地幻想起永恒。

明明最开始告白那天，她想的是谈一天是一天，至少曾经拥有过。

晚上，南嘉去浴室洗漱。许唯一端着盆也悄悄进来了，将门关闭了，水声哗哗，小声问她：“嘉嘉，你们接吻了吗？”

南嘉脸一红：“没呢。”

许唯一嘀咕：“我感觉接吻是恋爱标配。”

南嘉洗漱完之后躺到床上。

喂蛋糕比起他们之前亲密许多，可比起其他的小情侣，总觉得缺了点激情。

南嘉思陷在这个问题里好几天，时不时打开手机看看微信消息。等到第三天的时候，她有点坐不住了，自从两人吃过饭后，裴行妄已经三天没联系她了。

就像忘了她这号人似的。

论坛上倒是一直热议他俩，这几天就没停过。

原因是那天吃过饭后，裴行妄送她到宿舍，被拍到了。关于裴行妄的消息必定是爆炸新闻，论坛上每秒钟都有人顶帖。

上次被删的帖呢？？层主快出来，你说对了，那俩真的在一起了……真的奇了怪了，是裴行妄主动追的吗？口味真变了啊，要真变了，我也朝这个方向打扮去。

这姑娘我见过，长得很漂亮，我舍友想追来着，看着太乖了，一看就不带劲，没想到裴行妄居然换口味了。

肯定不长久，这姑娘太乖了，一看就降不了裴行妄，我赌五毛钱，仨月之内就分。

楼上，夸张了吧？还仨月，结合裴行妄的感情经历来看，我咋觉得一个月就得掰呢！

楼上你也夸张了，我赌两周。

越说越离谱，南嘉翻到底，才看到一个好心人支持他们。

我赌一辈子分不了。

南嘉给这条评论点了赞。

自从那个帖子横空出世后，南嘉走在路上一直有人议论。

南嘉其实有点苦恼。

她长这么大，从没出过风头，可如今她是学校风云人物的女朋友，想低调不太可能了。

许唯一开解她："你长这么漂亮，也是我们正大光明送出道的'院花'，就得高昂着头给人看，这么好看一张脸要是低着头岂不是暴殄天物。"

"可是……"

可是论坛那些人都不知道这段恋情的内幕，如果知道了可能会瞧不起她吧。

这段爱情是她求来的。

许唯一看出南嘉的落寞，将手搭在她的肩膀上，笑着说："别管那么多，你能追到裴行妄那就是你有本事。那么多人给裴行妄告白，不是都没追到吗？"说完，笑着掐了把南嘉的脸蛋。

许唯一动作不轻，把南嘉弄疼了，南嘉捂着脸撒娇："你们怎么都爱掐我脸啊？"

"你们？"许唯一抓重点的能力很强，"除了我还有谁？"

南嘉捂着脸却不说话了。

南嘉发现谈了恋爱之后反而不自在了。

之前有什么事情她就直接给裴行妄发消息，可如今，犹豫来，犹豫去，一件芝麻大点的小事得想很久，生怕被裴行妄看出她的别有用心。

南母交代她去看孙教授。

这个事还没完成。

进入一月就到考试周了，到时候更没时间，想到这里，南嘉给裴行妄发消息：妄哥，之前孙教授帮了我不少，我妈妈一直想我去看看他，我一个人不太好意思，你能陪我去吗？

其实去看孙教授是小事，主要还是她想见他。

一日不见，如隔三秋。

裴行妄回得很快：这么点事。

裴行妄：你就直接给我说让我陪你去。

裴行妄：我敢不去吗？

南嘉莫名想到了一个词，妻管严。

趁着周六，孙教授在家照顾妻子，南嘉和裴行妄买好了礼物，开着车就过去了。

孙教授见到他们格外惊喜："你俩怎么来了啊？"

"想过来找叔叔玩就玩呗，叔叔阿姨都开心，不用带东西。"孙教授又看向裴行妄，"行妄，你跟嘉嘉一块儿过来，也不知道帮忙说着点她，她一个小姑娘又没什么钱……"

买的都是贵重东西，得不少钱。

裴行妄淡淡道："说了也不听啊。"

少年笑着，语气有点欠："我得听她的。"

南嘉往里走的脚步一顿。不知为何，她从这话里头听出了几分暧昧的情致。

不过她相信，裴行妄能分清什么该说，什么不该说。

即使孙教授知道了也没关系，毕竟他思想比较开放，何况他了解南母的脾气，能睁一只眼闭一只眼。

不过看现在这个形势，孙教授显然不知道他们已经恋爱了。

孙阿姨的病情也好了很多，但因为长期化疗，头发快掉干净了，她又爱美，专门定做了假发，皮肤又白，显得亮莹莹的，红润有气色。

南嘉和孙阿姨面对面坐着，孙阿姨问她一些问题。她非常有耐心，漂亮的杏眸看着孙阿姨，聊天氛围非常融洽。

"美林现在还是管你那么严吗？"孙阿姨担忧道，"我记得她从小就爱压迫你，成天逼你学这学那，非得比同龄人优秀一大截才行，好在后来她发现了你的学习天赋，就只让你好好学习了。我到现在都记得，你小学时候，有一天因为贪玩晚回家，她把你打了一顿……"

提起过往，南嘉抿抿唇。

"现在好很多了。我爸妈离婚后，我妈妈就把所有希望压我身上了。"南嘉没什么情绪，垂下眸子，"之前我参加生日会，她也不同意。"

裴行妄打游戏的手顿了顿。

"美林这个脾气，我们也一直劝，她就是认死理，人是好人，却不是一个好妈妈……"

聊了一会儿，孙阿姨突然站起来："厨房里有老孙买的新鲜水果，还有饮料，我去给你们拿一些来。"

孙教授刚才来了个电话，去楼上处理紧急工作了。

裴行妄立刻起身，将手机一撂："阿姨，我去洗就可以。"

他对这个家已经非常熟悉了，孙阿姨就让他去了，南嘉一看情况，也跟了过去。

孙教授的家很大，是个大平层，装修风格很典雅，米白色调，家具品牌也统一，看着格外舒服。厨房面积差不多是普通人家的两倍。冰箱也特别大，里头什么东西都有，简直就是个小型超市。

裴行妄说：“阿姨身子不好，叔叔每天都会去超市采购最新鲜的食材。”

南嘉观察着周围的环境，由衷感叹：“房间真亮啊，我之前来都没怎么注意，也可能是去了你那边，这么一对比，就发现这边更亮了。”

“是挺亮。”少年打开冰箱门，“你喜欢阳光？”

南嘉接话：“也不是，我初中那时候夜盲症有点严重，医生让我多晒太阳，就养成这个习惯了。”

“现在好了吗？”

“基本好了。”

少年从冰箱里拿出来两串红提，又拿出来两个橙子和香瓜，打开水龙头，冲洗着红提，漫不经心地掀开眼皮：“你妈妈真那么严格？”

他只知道南嘉的妈妈很莽撞冲动，发起脾气特别吓人，不分青红皂白就能闹事，不知道她从小竟然是这么过来的。

南嘉垂下眸子：“嗯。”

裴行妄放下红提，将手上的水擦拭干净，低眸对上她澄澈的眸子，将她揽到自己的怀抱中，语气无奈：“没事，有我保护你。”

Chapter8. 月色真美，适合接吻

进入一月，就到了考试复习周，基本都停课了。

元旦那天，南嘉她们宿舍做了简易版火锅，将门闭紧了，生怕宿管阿姨发现。这顿饭吃得战战兢兢，大家一人一罐啤酒，共同庆祝新年快乐。

突然有人敲了敲门。

是隔壁宿舍的女生："南嘉，楼下有个男生等你。"

"谁？"

"长得挺帅的，不错啊，南嘉。"女生揶揄地笑着拍南嘉的肩膀。

南嘉心里一喜，赶紧穿上外套快速往楼下走，看到楼下身影的那一刻，南嘉抿紧嘴唇，一阵失落。

天太冷了，基本都没什么人走动，只有几个穿着黄色制服的外卖员在楼下搓着手等着取外卖的同学。蒋司宇看到那道熟悉的白色身影往这边走，赶紧迎了过去，嗓音有点雀跃："南嘉，我还以为你不会见我呢。"

自从那次实践作业完成之后，他们理论上不该有交集了，南嘉也找了个借口给蒋司宇邮寄了一份礼物。哪想到他在微信上仍然不依不饶，跟她说一些暧昧的话。

南嘉想着那次实践作业，蒋司宇也帮了她不少，就不想过于无情，很少回复他的消息，想不到这人竟然找来了。

"我确实不太想见你，"南嘉冷淡道，"我同学没说是你，我就以为是我男朋友见我，要说的话，我就不下来了。"

这话够直白，可蒋司宇半分不好意思都没有："是我不让说的，你别怪她了。"

"噢，"南嘉问，"那你找我有什么事情吗？"

"南嘉，你非得和裴行妄谈恋爱吗？"蒋司宇语气非常郑重，"你现在也是成年人了，希望你慎重一下，你又不是不知道，裴行妄谈过很多女朋友。你这么单纯，肯定会受伤害的。"

"你别这么说他，"南嘉语气也不善，"妄哥现在是我男朋友，希望你懂得尊重别人。"

"如果他是别人男朋友我还懒得管闲事呢，"蒋司宇神情平静，"南嘉，你

是女孩子，男人最懂男人，你肯定会吃亏……”

蒋司宇还喋喋不休，南嘉摆了摆手截住了他的话：“吃亏也是我心甘情愿。”

“可是……”

“全校那么多女生排着队都想跟他谈恋爱，你觉得大家都瞎吗？”南嘉眼睛眯起，“实话跟你说吧，我喜欢裴行妄很久了，我不会跟他分手的，也请你别打扰我的生活了。”

这话刚一落地，蒋司宇如同癫狂一般，抓住了南嘉的手：“南嘉，我对你是认真的。我保证一辈子对你好，我第一次见你就喜欢你了，你就不能跟他分手吗？”

南嘉被他这个态度弄怕了，想掰开他的手腕，可他眼睛充血，就这么揪着她，没有进一步的动作，嘴唇哆嗦着，也不知道喃喃自语什么。

正在这时候，一只骨节修长的手一把将蒋司宇推开了，高瘦的身影罩下来，紧紧将南嘉揽在怀中，嗓音凛冽：“敢碰我女朋友？”

南嘉稍一抬头，就看到弧度分明的下巴，男人熟悉的气息压着，英俊的眉眼近在咫尺，眉头微微蹙起，近看带了点锋芒。

见裴行妄表情冷淡，蒋司宇怕了，落荒而逃。

裴行妄嗤笑：“这还没动手，尿货。”他又低下头，看向南嘉，“他经常骚扰你？”

南嘉摇摇头：“第一次，他就是抓了我的手腕，可能刚才情绪有点激动吧，没什么。”

裴行妄穿了身黑衣服，气质中带了点凛冽，插着裤兜，挑了挑眉：“忘了你是谁的女朋友了？还见别人？”

南嘉素来诚实：“别人喊我下去，说有男生找我，我以为是你，就高高兴兴下来了。”

裴行妄凝视着女孩乖软的面容，心莫名动了动，喉咙有点发痒：“想见我就给我发消息。”

“我觉得你忙嘛。”

裴行妄嘴角勾着笑，喉咙缓慢滚动了一下，意味不明地“嗯”了一声，随后笑着说：“但是陪女朋友还是有时间的。”

南嘉脸颊滚烫，本以为今天够倒霉的，没想到裴行妄熨帖了她的心，她心软得不像话，伸出手，不由自主地抱住了裴行妄。

这是两人第一次拥抱。

少年身体宽阔温热，肌理分明，外套里面就一件很薄的毛衫，漆黑的眉眼一片懒散。南嘉将脑袋靠在他的胸前，听到他扑通有力的心跳声，越抱越喜欢，不舍得放手。

裴行妄喉间溢出一阵轻笑：“手机给我。”

“嗯？”

虽然疑惑，但是南嘉还是从兜里掏出手机给了裴行妄。她依旧舍不得松手，抱得裴行妄紧紧的。

也不知道裴行妄弄了什么，大概是几秒钟，手机就滑到南嘉的口袋里，少年慢悠悠的嗓音响起来：“这么喜欢我啊。”

南嘉脸一红，立刻松开了。

裴行妄却抓住她嫩白的手腕，随后俯下身，少年双眸漆黑深邃，却一点都不正经。南嘉还没反应过来，他已经拿起她的手放在唇边亲了一下，吻在她的手指上，浅尝辄止的。

热气滚滚，暧昧放浪。

今天的亲密接触已经超标了。

南嘉的脸红成熟透的虾子，手赶紧往回缩。

裴行妄哼笑着看她反应，模样要多坏就有多坏。

南嘉红着脸转移话题：“对了，妄哥，你怎么会在这里呀？”

裴行妄插着兜，站姿挺拔，不是刻意的直，还有点痞，可腰背的弧度就是笔直好看。他漫不经心地笑了笑：“这不是想见你嘛。”

这么冷的天，谈情说爱选在宿舍楼下绝对不是个好地方，南嘉饭还没吃完，再加上裴行妄还有事，两人就分别了。

上楼之后，南嘉的心跳仍然快到极点。

疯狂爬到七楼之后，她扶着膝盖一阵大喘气，也分不清是累的还是紧张的。

进宿舍之前，她拿出手机看了眼时间，才发现男人在她手机上做的小动作——他将自己的电话号码设置成了紧急联系人，还将自己的微信置顶了。

南嘉忍不住笑了笑。

这人还挺好的嘛。

估计是将她放在心里了。

南嘉回到宿舍，吃过饭，将蒋司宇拉黑了，眼不见为净。

期末考试在即，汉语言文学又是一门需要记忆的课程，古代汉语还好，理解了也就差不多了，可现当代文学内容愁得南嘉头秃，光书就看了接近一百本，何况还随机考察书的思想内涵，具体细节，创作背景。

许唯一也不轻松，本来课程还算轻松点，可偏偏碰上个“灭绝师太”级别的老师，除了考纲之外又添加了不少任务，于是她每天都和南嘉相约图书馆。

南嘉在去图书馆的路上收到了编辑发来的消息：棣忘大大，《像你的人》有出版社想要出版，你意下如何呢？

她随手写的一本小说，当初也只是聊以自慰，也按照她当时的心境写了个“BE”

结局，意外签约赚了点钱也就罢了，还收获了不少小读者，居然还有出版社愿意出版。

南嘉干脆在图书馆下面的长椅前坐下商讨此事。

编辑给她发来了出版社的出版要求。

南嘉犹豫了一下：编编，我想给这本书改个“he”结局行吗？

当初写这本书她还不太成熟，后面胡编乱造，现在她得偿所愿，总觉得这本书的结局很不吉利，生怕预示着她和裴行妄的感情。

编辑那边大概也在犹豫，三分钟后才发来消息：我们都知道，这本小说之所以那么受欢迎，是因为你把女孩的暗恋情愫写得很细节，让大家都找到了共鸣。如果你改结局，我担心那些读者就不买账了，而且修改后文也是个不小的工程。

南嘉：谢谢编编，那我不改了，就这样吧。

编辑说那边先走内部流程，跟出版社还有很多细节沟通，具体合同之后再联系她。

这么一番聊天之后，南嘉到了楼上直接没座位了。考试周，就连走廊上挤得都是学生。

她在楼梯间找了个位置，搓着手开始背书。

楼梯间很安静，旁边也有暖气片，不算冷。南嘉反反复复念着，闭上眼背着，连熟人在身旁走过都没看到。

“哎，那不是嫂子吗？”是江万涛的声音。

江万涛和沈念余看着考试时间到了，他们平时作业都懒得做，也来图书馆是临时突击。可惜也没学进去，吊儿郎当玩起游戏来了。

“怎么在这儿？”江万涛狡黠一笑，“我去给嫂子打个招呼。”

沈念余向来主意多，扯住了江万涛，摸出手机来拍了张照片，秒发给裴行妄。

裴行妄放大照片。

小姑娘的双眼皮很好看，垂着眸，文静又乖巧，睫毛像蝶翅，嘴唇也亮晶晶的，手里捧着一沓复习资料。冬日的阳光从楼梯间的窗户灌进来，映照得她皮肤白净如牛奶，少女感几乎从照片中溢了出来。

他混不吝地看了照片好一会儿。

南嘉收到了一条微信。

宝贝儿。

后面跟了一张照片。

南嘉一惊，站了起来，紧张地往四周乱看，还以为裴行妄马上就出现在她面前了。

要男朋友干吗？

不就是宠着你的。

坐地上干什么？

家那么大，还找不到一个房间让你复习吗？

南嘉的心不可控制地急速跳动，书差点儿没拿稳。

裴行妄在她身上安了监控吗?

她也就在这儿背书不到俩小时，这都被他知道了?

其实南嘉很喜欢听裴行妄叫她“嘉嘉”，他声线好听，念起来有点缱绻的情致，她格外享受。看到他发来的微信，她更贪婪了，下次想亲耳听到他叫“宝贝儿”。

真有点不害臊了。

南嘉：我就这一会儿没找到位置，其实可以去图书馆的奶茶店的，就是懒得去。

裴行妄发了条语音过来。

“图书馆有点儿吵，不利于复习，你可以去我家，密码没换，你还是住二楼。”男人嗓音有点懒散，“你如果喜欢一楼，一楼也行。”

南嘉的手登时颤了颤。

这什么人啊?

还让她住一楼? 一楼不是他的地盘吗?

之前去他家住倒没觉得什么，她就是一个寄居的小姑娘，他是外表乖戾内心善良的大哥哥，可如今两人变成了恋人，总觉得再去他家哪里怪怪的。

南嘉：还是二楼吧。

裴行妄：行啊，随你。

裴行妄的别墅距离安湖大学很近，骑电动车大概也就十分钟。别墅群比学校安静许多，很适合复习。

南嘉没把这件事放心上。她还是想着尽量在图书馆复习，谁知道老天故意使坏似的，南嘉第二天照旧没找到座位，她明明来得很早。

南嘉沮丧地吃了点饭，就骑着共享电动车到裴行妄那边去了。

裴行妄并不在家。

家里静悄悄的，还是原来的摆设，一切都没变，她已经一年没来这里了。

拉开窗帘，南嘉也没去楼上，就在客厅里的小桌上开始学习，铺上自己的书和学习资料。这边更安静，效率也高，两个小时就完成了平时四个小时的任务。

南嘉伸了个懒腰。

门开了。

裴行妄来了。

他穿着一身黑，带上门的声音也放轻了：“来了啊。”

“图书馆还是没位置，我就来了。”

裴行妄到冰箱里摸了瓶水，一饮而尽，本想给南嘉也拿一瓶，想了想，换了瓶牛奶出来，丢到她手里，似笑非笑：“还天天没座位啊？”

他挑了挑眉，似乎不相信她的话。

“就是没位置，许唯一的座位还是鲍米花六点起来占到的……到我就没有了。”南嘉拧开奶瓶喝了一口，“你不相信我？”

裴行妄淡笑着：“嗯，我觉得你故意想见我。”

南嘉打开手机图书馆占座页面，将图片放大，走过去拿给裴行妄看，她嗓音温软：“妄哥，你看，我绝对不骗你，你看这几个教室是不是都坐满了？”

裴行妄突然慢悠悠地笑了声，掀起眼皮淡淡地看她。

南嘉站在沙发旁，微微弯腰，有一丝惊惶，将手机转向自己。一看，咦，什么时候又有空位了？

她感觉到一丝不自在，脸颊泛红。

这什么情况啊，真像她为了见他不择手段似的。

南嘉选择闭嘴：“我不辩解了，反正清者自清，我去学习了……”

南嘉转身要走，却被男人扯住了手腕。裴行妄将她往后一拉，南嘉就坠入他的怀抱里，依旧是熟悉的淡淡香味，混杂着烟草气息，暧昧似的撩人。

男人的神色漫不经心，把手搭在她的纤腰上：“南嘉。”

室内温度高，南嘉将棉服脱掉了，只剩下一件偏紧身的白色毛衣。

两人的距离还从未这么近过。

暧昧在升腾、发酵，丝丝缕缕地扩展开来，南嘉的脸烧红了。

裴行妄俯身，轻轻闭了闭眼，细碎黑发散落，将温热的呼吸喷洒在她的脖颈上。南嘉任由他拉扯着，也随着闭上了眼，想象之中的动作却迟迟没发生。

裴行妄扯了扯嘴角，玩世不恭的笑声传来：“饿了吗？”

学习太入迷，她中午也没吃饭，现在都到了傍晚了，她轻轻“嗯”了一声。

裴行妄利落起身，随手从冰箱里拎出来一包速冻水饺，打开燃气灶。男人身材颀长，立于料理台旁，切了点水果。

自打裴行妄回来之后，南嘉就学不进去了，那些简单的字眼进不了大脑，她干坐着，一会儿摆弄一下手机，一会儿又侧眸偷看裴行妄的动作。

门铃响了。

南嘉过去开门。

是穿着黄色衣服的外卖员：“您好，您点的外卖。”

外卖员拎着两个大袋子，看着像是点的超市购物。

南嘉看了眼外卖员，又看了眼裴行妄，疑惑不已，裴行妄不是开始做饭了吗？怎么还买这么多东西？

南嘉一只手拎起来有点困难，她两只手各拎一个袋子，里头有各种各样的零食，还有超市生鲜和蔬果，就差把超市搬空了。

南嘉对这个家格外熟悉，她将零食装到茶几和零食柜里，又将蔬菜水果分门别类整理好放到冰箱里，随口道：“妄哥，你都做饭了，还买这么多东西啊？”

裴行妄慢悠悠地转身，嗓音有点欠：“女朋友在这里了，我这家也不能太过寒酸吧。”

像被一只小爪子挠了一下，南嘉的心酥酥麻麻的。

原来是买给她的。

之前南嘉借住在这里的时候，裴行妄几乎就是一个完美的大哥哥，冰箱里从没断过好吃的，周末只要他在家，早点肯定也买好，还记住她所有的忌口和爱好。

而如今，裴行妄又是一个完美的男朋友。

水饺煮好了，南嘉主动过去端，发现只有一碗：“妄哥，怎么只有一份啊？”

裴行妄抱着臂：“给你煮的，我吃过了。”

南嘉坐在餐桌上吃饭，裴行妄坐在对面，陪着她吃。

吃饭的时候他们一向没有太多言语，南嘉承受着对面那人的目光，不知为何有点尴尬，主动说道：“对了，妄哥，我之前看那个评选院花的表白墙，你给我点赞了是吧？”

这件事已经过去很久了，南嘉总想着找个机会问问他，可每次都忘。

裴行妄直直地盯着她，漆黑的眉眼倒映着客厅的灯光，不徐不疾地说：“怎么？嘉嘉当个‘院花’，还不是应该的嘛。”

南嘉脸色烧红，腹诽自己太傻了，这找的是什么话题。

裴行妄抿唇笑了笑，看出来她害羞了。

吃过饭之后，南嘉又背了会儿书。裴行妄在躺在沙发上，拿着一本书，也不知道看没看进去。

“妄哥，我还以为你不用复习呢。”南嘉笑着，“他们都说你是天才，平时光玩乐队，最后也能考好。”

裴行妄失笑，语气吊儿郎当：“那是他们没见我熬夜补作业的时候。”

南嘉扑哧一声笑了。

南嘉复习到八点钟，打算回宿舍，裴行妄拿出钥匙跟她一起出去。

“不用了，就这么一小段路。”南嘉骑的共享电动车还停在别墅外面呢，很方便。

“我有说要送你吗？”一道含着笑声的嗓音落地，如烟花炸开，“我这是顺路。”

原来他也回宿舍啊。

开车五分钟就到地方了。南嘉说了声“谢谢”，打开车门刚刚出来，裴行妄叫住了她：“等等。”

南嘉转过身。

裴行妄黑衣黑发，脊背弧度笔直好看，神色漫不经心又闲散，慢悠悠地走了过来。路灯还没修好，南嘉没看清他手里拿的什么。等到走近了，只感觉到一股温热传递到了手上，南嘉垂眸，原来是一双粉红色的手套。

帮她戴上手套之后，裴行妄又抬手碰了下她的脸颊，动作快到她以为出现了幻觉。冬夜太冷了，他指尖也冰凉。

可南嘉全身犹如过了电。

今天出来得着急，她骑着电动车去裴行妄家的一路，也没个手套，简直冻死了，还想着有空了买手套备着，想不到裴行妄居然连这个都帮她想到了。

“月色这么美。”裴行妄突然开口，看着她的眸色幽深起来，若有似无地停顿一下，“要不接个吻？”

南嘉脑子里还一片混沌，就已经被扯到了男人的怀抱中，属于男性的荷尔蒙气息扑面袭来，还有淡淡的尼古丁味道。裴行妄捧着她的脑袋，低头，男人温热的手指挑起她的下巴，她抬头。

冬天足够冷，可血液沸腾滚烫，两张唇都如火烧。

原来被亲是这个感觉。

南嘉都有点喘不过气来，裴行妄居然伸了舌头……一点一点地磕进她紧紧闭合的唇，他们唇齿交缠，南嘉被亲得快要昏死过去了。

也不知道过去多久，裴行妄终于放开她了，眉眼之间流淌着情欲之后的餍足，笑得嚣张：“我说嘉嘉。”

男人的嗓音哑而缓：“会不会接吻啊？”

南嘉脸色烧红，也幸好这是夜晚，他看不见她的异常，她不避讳地看向他，目光坦坦荡荡：“我又没有恋爱过，当然不会了。”

裴行妄长睫漆黑，嘴角勾着笑，将她搂入自己怀中，额头相抵，玩味地笑着：“手把手，包教包会。”

裴行妄回到宿舍。

另外三个人一人抱个手机，坐在床上组队打游戏。

沈念余抬头，诧异道：“妄哥，你不是嫌我们太脏，说回家住吗？”

其实沈念余他们在男生中属于比较干净的，可裴行妄有点洁癖，每次看不过去了就会回家住，今天下午裴行妄说回去就回去了。

哪想到这个点又回来了。

想一出是一出。

裴行妄换上拖鞋，漫不经心地掀起眼皮：“想回来就回来，懂吗？”

“话说妄哥，”见他心情不错，沈念余干脆放下手机，“那娱乐公司都把电话打我这里来了，让我劝你签约。”

裴行妄挂衣服的动作顿了顿。

沈念余苦口婆心道：“妄哥，你看你这都快毕业了，你到底想好干什么了没啊？你别说你真想回去运营你家那公司。”

裴行妄“嗯”了一声。

“哎呀，你别想不开啊，你还真被你爸洗脑了啊？他当初偷偷篡改你志愿，害你进不了音乐学院就已经坑了你一把了，你也不能把一辈子都交托出去啊。”沈念余反应过来了，“你就觉得裴氏是你妈一手创立的，你害怕被你后妈抢走……但是，你也得考虑考虑你自己，你真适合经商吗？”

裴行妄眉梢染上桀骜，扬了扬眉：“怎么不适合了？”

“行行行，你适合！”沈念余说，“妄哥，你真得好好考虑啊！”

沈念余正欲再发表一番感人言论，裴行妄的背影已经消失不见了。

南嘉一整晚都没睡着，满脑子都是这个吻。

她怎么也没想过，她的初吻就这么猝不及防被裴行妄夺走了。这么羞耻的事情她也没好意思告诉任何人，默默地洗漱、睡觉，睡前照例刷了一会儿论坛。

被热议的仍然是裴行妄，大家也依然怀疑他们的恋情，这又说，估计寒假就会分手，什么异地恋肯定不靠谱。

在一堆人反对的跟帖中，仍旧有一个人最特别，评论道：分不了。

南嘉点了个赞。

三天后，就到期末考试的时间了，总共考三天，有时候一天就一科。许唯一说这种考法就好像杀鸡放血，一会儿流一点，缓慢耗干所有的精力，精精神神地面临死亡。

大家叫苦连天，只有南嘉默默不语。

她一点都不想放假，恋爱的时间都不够，这就放假了，可怎么见妄哥？南母寒假都不太忙，肯定得天天在家监督她，她还得忍着少跟裴行妄联系。

最后一科，南嘉做得很快，提前交了卷，成了第一个出考场的人。

她之所以这么赶着出来是有原因的。

南嘉买了今天下午的高铁票，昨天在微信上和裴行妄约好了中午在楼下集合，吃一顿饭再告别。裴行妄这人行事张狂，估计考试二十分钟就能写完，她舍不得这么冷的天让他等她。

一下楼却又碰到了蒋司宇。

南嘉想不到，他居然也提前交卷了，估计得挂科。

南嘉将自己悲天悯人的思绪收起来，跟她又有什么关系呢。

上次很不愉快，南嘉也无意和他多说，看了他一眼就移开视线，避着他走。

“南嘉，我上次冲动了，跟你说句对不起，我想跟你做朋友，你把我微信加回来行吗？”

南嘉叹了口气，转过身去：“你也知道，我有男朋友了，跟你联系不太方便，就到这里吧。”

蒋司宇垂头："我上次真的是糊涂了，没想到你那么快和别人在一起。你想让我怎么赔礼道歉都行，你别这样对我啊。"

南嘉深深看他一眼，转身就要走，换个地方等裴行妄。

"南嘉！"

一声凌厉有中气的女声从身后传来。

南嘉眉头一皱，脚步登时停住。

南母怎么来了？

南母很早之前就知道了南嘉的考试时间，交代她考完试当天就走，她说过了自己会买高铁票，怎么偏偏这个时候南母出现了？

南母穿着黑色大衣，嘴唇红艳，穿着高跟鞋一步步朝她走来，车就停在楼后面，格外有成功人士的气场。

"妈妈。"南嘉呆滞地叫了声。

蒋司宇看看南嘉，再看看南母，也知道此地不宜久留，赶紧背好书包逃走了。

"嘉嘉，那是谁啊？"

"我一个同学，问我作业的。"南嘉随口扯谎。

南母也没多问，接过了她的书包："行李收拾好了吗？咱们去宿舍拿行李吧？"

"行。"

南母准备开车将南嘉带到宿舍，上车之前，南母用审视的目光打量着南嘉，让南嘉格外不舒服。

她明白为什么南母亲自过来了。

南母到底不放心她，想来个突然袭击，看看她有没有背后谈恋爱或者有没有别的小动作。

好在裴行妄没出现。

要不然南嘉真不知道如何解释。

虽然觉得庆幸，却也有一缕莫名的伤心荡漾开来。

裴行妄知道她今天下午回去，他每次交卷快也是出了名的，怎么这次却没及时出现呢？

到了宿舍楼，南嘉走得比南母快很多，她想赶在舍友回来之前将行李搬走，不然万一哪个舍友说漏嘴，问她裴行妄的事情，那就糟糕了。

南母帮着南嘉拿了一半行李就下了楼。下到一楼碰到了程天艾和她的体育生男朋友，两个人个子都很高，格外吸睛。

不过那个体育生染了一头黄毛，还做了烫发，比之前时尚多了。

程天艾向南母和南嘉打了招呼。

南嘉上车的时候，南母又唠叨起来了："那是你舍友啊？"

"嗯。"

“怎么个子那么高，她那个男朋友是体育生吧？”

南嘉心中一凛，这都能猜到？她硬着头皮点点头。

又听到南母教化的嗓音响起来：“一看那样子就是体育生。妈妈也读过大学，体育生素质都不太好，离他们远点吧。你这个舍友长相也挺凶的，也别深交了，实在不行你就出去租房子住。”

“咱们是有头有脸的人物，嘉嘉，你跟她们都不一样。”

这话南嘉都快听腻了，都是人，也不知道哪里不一样了。

以前南母骄傲自己嫁了个有眼光长相优越的男人，到最后还不是分崩离析，过去那么久，南母骨子里高高在上的优越感也还是改变不了。

开车出了校门。

经过图书馆，经过南嘉念书的宏学楼，一路上有学生，南母车速不快。南嘉打开窗户，视线朝着窗外，景物一帧一帧定格，倒是没什么舍不得的。

树木灰白萧索，冷风呼呼地吹着，南嘉的长发被吹起，糊了一脸。

裴行妄依旧没出现在约定好的位置，手机微信消息也没发，而此时，考试已经结束了。

她想不通裴行妄干什么去了。

也想不通裴行妄为何不来赴约。

南嘉的表情由面无表情的麻木转到失望，心也成了左摇右晃的钟摆，眸子一寸寸暗淡下来。她捏紧了书包带子，在心底为裴行妄找着各类理由。

南母从后视镜里看出了她的异常：“嘉嘉，怎么了，不开心？”

“来了半年了，这么一走，舍不得。”南嘉佯装淡定，拧开一瓶矿泉水喝了几口。

南母“哦”一声：“嘉嘉，今天妈妈有个会议，为了接你专门推掉了。妈妈为你搬行李，跑前跑后，你连一句谢谢都没说。”

南嘉语气淡淡的：“谢谢。”

南母皱紧眉头，一路无话。

裴行妄卡着点到的考场，考完最后一科，中性笔也没油了，他把笔丢到垃圾桶里，优哉游哉地朝着宏学楼的方向走。

路上有同学打招呼：“妄哥，走那么快干什么？”

裴行妄回头笑着回答：“见我家姑娘去。”

这大冬天的，大家都穿着羽绒服，再不济也是厚棉服呢子大衣，就他穿了件黑色卫衣，帽子也没戴上，好在领口比较高，遮住凌厉的下颌，露出一双冷然的眸子，看着有点酷。

却也有非常高的回头率。

手机突然响了。

裴行妄摸出手机来，看到一个陌生的号码。接通电话时，他哼的歌也暂停了，露出不太好看的表情。

几乎没犹豫，裴行妄开车就到了南岸娱乐。

接待他的是公司的总经理，叫魏塘东。理论上像他这种素人是见不到总经理这个级别的，魏塘东算是破格接见他。

当然，裴行妄本来不想来这里。有个经纪人往他这里打了不少电话，他也没松口，但他暗地里也查了查南岸娱乐，的确是内地最有名的娱乐公司，在做唱片、造星方面业绩斐然。他心底有了松动，没想到总经理亲自打电话过来。

魏塘东长相儒雅，穿着一身西装，成熟稳重，年龄已过五十，看着却非常年轻。他虽然板正斯文，但裴行妄看到他的第一眼，就知道这人肯定是玩音乐的。

他给裴行妄倒了杯茶，直入正题。

“我听了很多遍你唱的歌，干净磁性，是如今娱乐圈少有的‘款’，也听了你们乐队的成名曲《孤单落岛》，我想说说我的意见，你愿意听吗？”

裴行妄点点头，收起玩世不恭，做出洗耳恭听的神情。

莫名的，他想起魏塘东打电话说的第一句话——“我是南岸娱乐的总经理，也是伯克利音乐学院的毕业生，想见见你，可以吗？”

语调谦和，他没办法拒绝，还有一个原因，他曾经的梦想也是伯克利音乐学院。

“这首歌很好听，重在旋律，和弦走调奇怪诡谲，经常变调，挺新鲜的，后面节奏点也清晰，很抓人也很跳跃。”一大堆专业词汇从魏塘东口中缓缓说出，裴行妄看向他的眼神多了些欣赏，静待下文。

“优点是设计感十足，但是同样缺点也很明显，如果吉他、贝斯、鼓可以不加，可以更精简，鼓声再密集一点、做得更日系一些会更好。”

裴行妄细细品味着魏塘东的话，很久没说话，这是遇上行家了。

《孤单落岛》的歌词、作曲都是他一人完成的，也是早期作品。从最开始演唱就受到了很多人的喜爱，从没人对他提出意见，都是一味吹捧，听多了也就没感觉了。

之前很多娱乐公司联系他，一个个都是想要包装他出道赚钱，也没人从专业角度提出过任何建议。

魏塘东将茶水放下：“我也不兜圈子了，我们这边想和你签约。”

裴行妄抱着手臂，散漫一笑：“谢谢魏总的建议，可我也跟贵公司的经纪人说过了，我暂时没有进娱乐圈的打算。”

“我知道你的顾虑，但是从我的角度来说，如果你愿意加入我们，我们能将你的水平发挥到满分。同时，我们这边也不限制你的自由。你想接管家族企业，我们也不做要求。”

等同于他还能拥有自由身。

这已经是最大程度的让步了。

裴行妄思考几秒钟：“我不打算走偶像路线。”

魏塘东一愣，一脸无法理解的表情：“你也应该清楚目前娱乐圈的形式，如果想要赚更多钱，登顶被所有人敬仰，还是走偶像路线吧。你这长相，很适合。”

裴行妄也知道，很多小姑娘喜欢他，也是因为长相。

但他依然坚决。

“为什么？”魏塘东很快反应过来，“谈恋爱了？”

谈恋爱是所有偶像的大忌。

裴行妄坦率道：“嗯。”

魏塘东面对真正的天才总是很宽容：“那算了，你走实力路线也行，就是可惜了你这张脸了，能更快成功的。”

裴行妄双腿敞着，张狂一笑，眉眼之间散发着敛不尽的傲气：“我靠实力也能登顶啊。”

Chapter9. 新年快乐

回到家，南嘉坐立不安，关紧房门，眼睛都快盯死在微信消息页面了。

裴行妄还没给她发消息。难不成手机坏了?

前几天两人接了吻，感情尚在升温状态，这人怎么这么不负责任，还玩消失?

“嘉嘉，下楼吃饭了。”

南嘉怕南母看出异常，将手机留在房间，趿拉着拖鞋下了楼。这次没有虾仁黄瓜炒鸡蛋，但主食变成了虾仁水饺。

原来南母心里一直都记得。

记得上次的不快，也知道她爱吃的是虾仁水饺。

母女二人视线对上，南嘉清楚，这也算是南母的一次妥协。南嘉今天吃了不少饭，南母也没唠叨。

南嘉在家作息格外规律，从小到大，南母都把她当作名门小姐培养，走路、吃饭、睡觉的礼仪教了再教。

晚上十点钟，南嘉关灯睡觉。

然而还是放心不下手机，又想着关灯玩手机对眼睛不好，她索性将手机音量调大，一旦有消息进来第一时间就能听到。

手机响了。

她赶紧拿起来，是宿舍群。程天艾这才到家，回自己家打了辆出租车，就十分钟的车程，还被宰了一百块钱，她气得不轻，在群里吐槽。

南嘉本以为跟裴行妄谈了恋爱，之后的一切都会平安顺遂，会让他爱上她，也会让他疼爱她，他们会结婚，会幸福平静地恩爱到终老。

如今褪去热情的外壳，静下心再思考，这都是最理想化的结果。

裴行妄的每一任又何尝不这么想呢?

南嘉在难过的情绪中睡了过去，第二天一早，终于等到了裴行妄的消息。

裴行妄是昨天半夜发的消息：到家了吗?

除此之外，没说别的。

对于自己的失约只字未提。

南嘉敲字：到家了。

口气也平平淡淡的。

之后裴行妄没再找她聊天。日子平平淡淡地过，二人的对话框始终没添加新的消息。南嘉气不过，狠心将置顶取消了。

放假以来，裴行妄也没发过朋友圈。沈念余也是本地人，跟裴行妄吃喝玩乐，这个假期也没更新。南嘉都要怀疑他们组团玩失踪了。

一天，南父偷偷联系了南嘉：“嘉嘉，有时间见一见爸爸吗？”

南父醇厚温柔的嗓音从听筒里传出来，南嘉就有种想要落泪的冲动，亲情始终是她的软肋。其实她也很想念爸爸，经常摸着一家三口的照片流泪，她最好的爸爸，如今也成为了别人的爸爸。

趁着南母不在家，南嘉背着包出门了。南父约在了一家火锅店，那是个本地的老牌子了，也是南嘉从小吃到大的店。

南父提前订好座，南嘉提前到了一会儿，吃了点水果。十几分钟后，南父到了。

服务员引领着南父过来，南嘉心里一喜，立刻站起来，那一声“爸爸”脱口而出的时候，她这才看到南父身后也站了个女孩，跟她差不多大，栗色鬈发，皮肤很白，像一朵妖艳的红玫瑰。女孩与南嘉视线相触，女孩艳丽的眉眼柔和了几分。

这应该就是她同父异母的姐姐了。

他们一步步向她走过来，南嘉嘴唇动了动：“爸爸。”

“嘉嘉，这是小雨，”南父笑着说，“小雨，这是嘉嘉。”

南珂雨小幅度地点了下头：“你好。”又看向南父，“我们点菜吧，爸爸。”

南珂雨点了几道之后，又将手机给了南嘉：“嘉嘉，你看你有什么想吃的吗？”

南嘉半点吃饭的心情都没有，任由对面的父女俩点餐。

还记得南母先前交代过她，南珂雨之后会到安湖大学当交换生，让她处处防着点，碾压南珂雨。

南嘉和这个姐姐没感情，也不想背后搞小动作。更希望形同陌路，互不打扰，哪想到南父竟然亲自将南珂雨带来给她添堵。

南珂雨笑得相当温柔，但是很假：“嘉嘉，你可以叫我姐姐，我比你大两岁，现在念大三了。”

别人笑起来，嘴巴自然撑开，眼睛弯弯，而南珂雨一边笑，一边看向南父，似乎只是想让南父看到她的友善。

“对了，嘉嘉，我开学要去安湖大学当交换生了。我是学国际金融的，到时候还要请你多多指教。”

“指教谈不上，我就是一个新生。”南嘉眉头皱起来，国际金融？那就是经济学院喽？

南父将姐妹俩的双手握在一起。两个女生笑得都很僵硬，南父脸上的笑容温和慈祥：“不管大人之间的事情，你们姐妹俩的血缘关系改变不了，日后到了一个学校，得好好相处，所以爸爸今天喊你们过来吃饭。”

本来南父在婚姻中就是过错方，正因如此，才答应净身出户。南嘉念着他的好，偷偷跟他联系，哪想到南父竟然还想让她接受南珂雨当她姐姐。

吃到后半段，南父上厕所去了。南珂雨也不装了：“南嘉，希望你离我爸爸远一点。”

南嘉嗤笑一声，脸色一如既往地平静，没有喜怒：“也是我爸爸。”

“我爸爸当年就该选择我妈妈的。你妈妈背地里使了什么烂招自己清楚，现在我爸爸终于回来了，也希望你不要妄图抢走他。”

“说到底还是一个出轨男，你愿意当块宝就当吧，我懒得跟你抢。”南嘉眉眼冷淡地说完这番话，提起包直接就走了。

晚上，南父又打过来电话。

“嘉嘉，小雨说你生气了，直接就走了，你怎么能生气呀？爸爸确实考虑不妥，你们还不认识就一起吃饭了，是有点尴尬，但是你也不能那么小气。小雨是你姐姐，她一心想和你好好相处，你这么一走，还不知道小雨多难受呢。”

满口都是南珂雨，还怪她小气，她也是爸爸的亲生女儿啊。

“爸爸，我判给了我妈妈，以后我就跟我妈妈吧。咱们别联系了，你在那边好好生活吧。”

不等对方说话，南嘉就将电话挂断，还顺便将南父拉黑了。

原来人真的会变。

她以为她可以不在乎大人的事，在心底永远当南父是个好爸爸。错了，南父选择背叛婚姻，其实也背叛了她。

她不能因为南父曾经的好而原谅他。

今天这一顿饭，她才真正清醒，也算没白去。

日子一天一天地过去，然而坏事不断。除夕之前，南嘉无意间发现自己微信上多了一个群，不过就两个人，一个是名为“jsss”的网友，还有一个是她，这个群名也很诡异：我和小嘉嘉的家。

南嘉点开“jsss”的主页，发现并没加过这个好友，动漫头像，动漫背景。

南嘉翻着自己的群列表，左思右想，发现自己当初的古代汉语作业小组群不见了，也就是……

那个群是蒋司宇建的，他将所有人都踢了，也知道南嘉不会加他，故意留下这么个群，当作他们的私人基地?

南嘉一阵作呕，正想退群时候，jsss在群里说话了：南嘉，我对你很认真，相信你从这个群名也能看出来。虽然你把我删了，虽然你不接受我的求爱，虽然你对我很冷漠，我本来想忘了你，但是怎么都忘不掉。还是希望你考虑一下我，我不会嫌弃你。

南嘉差点就吐了。

“嘉嘉。”

身后传来一道凌厉的女声，南嘉的手机被夺走了。南母气势汹汹翻看着聊天记录，将群退掉拉黑才还给她：“嘉嘉，你做得很好。没和这人拍拖很正确，不能谈恋爱，听妈妈的话，知道吗？”

南母又看了一些关于蒋司宇的其他情况。南嘉也没瞒着，心想着这次蒋司宇也争气了，居然没提起裴行妄，要不然她又该遭殃了。

裴行妄和魏塘东经过那次长谈之后，他动摇了，将自己关在房间里三天，终于做出一个决定，和南岸娱乐签约。

他又去了一趟南岸娱乐，那边有经纪人跟他对接。

经纪人想的是给他安排一些小的演出，看看市场反响，然后出专辑巩固人气，再安排大型演唱会。

裴行妄拒绝：“我更希望，第一次演出是以野莓乐队的身份。”

乐队已经组建四年了。虽然沈念余他们达不到签约的水平，他们也从未想过真把音乐当成事业发展，但是对每一个乐手来说，谁又想一辈子屈居于小小的酒吧舞台之上呢?

谁不想拥有一次大舞台演出的机会?

南岸娱乐同意了。

裴行妄召集野莓乐队成员，从放假开始就在工作室写歌练歌，之前四个人练习也不少，但是也都是玩世不恭，主要考虑自己，不考虑受众，如今才算是真正去思考乐队想要呈现给大家的到底是怎样的效果。

他们打算推出一首新歌，将精力都用在了新歌上。

裴行妄好不容易有了灵感，几天几夜没睡觉，写出来了词曲草稿，一边弹一边哼，根据旋律改了一下歌词，配器选择钢琴，录个 bass（低音）做铺底，写上鼓与和声，初版也算完成了。

裴行妄伸了个懒腰，将 demo（小样）发给了南岸娱乐那边的音乐制作人，请他们提提建议。

他准备窝在工作室睡一觉时，沈念余弱弱地道：“妄哥，你好像好几天都没联系南嘉了。”

裴行妄拍拍头，如梦初醒。

他就说自己好像忘了什么。自从那天问完南嘉到没到家之后，二人就没联系了。

裴行妄洗了把脸，换了件衣服就出门了。

沈念余站起身，都没喊住他。

南母本以为到年底能轻松一点。没想到公司又接了一笔大单子，一直忙活到大年二十九，这天晚上公司要开年会。

这天南母看南嘉天天在家也无聊，叫她也去公司。南嘉不太想去，说自己今天去图书馆。

南嘉看了一学期的书，好不容易放假，自然不想再看了。

檀城不算大，也没有安湖发展得好，但是在国内也属于很不错的城市了。

马上就过年了，市内禁止燃放烟花爆竹，再加上天气冷，年味看似淡了很多，可各类商场、商店张灯结彩。树上挂着大红灯笼，看着也喜气洋洋。

促销的声音很响亮，橱窗里的音乐声一个比一个好听。

南嘉到广场上玩了一会儿，跟着小孩在喷泉池中投硬币许愿，她连续投了三个，也兴趣缺缺，视线被一个卖糖葫芦的大爷吸引了。

这几年都流行花样糖葫芦，做传统糖葫芦的越来越少了。大爷推着一辆小推车，车上放着一个透明的大型玻璃罩，里面放满了红艳艳的糖葫芦。

南嘉走近了才看到居然有十几个品种，觉得大爷还挺有才华。

南嘉嗜甜也嗜酸，最喜欢吃山楂糖葫芦。

“爷爷，要一串山楂的。”

她的声音与一道清越又不正经的嗓音重合了：“给我一样来一串。”

南嘉抬眸看过去。

刺目的冬阳落在少年的脸上，高挺鼻梁、薄唇、瘦削的下巴，下颌线凌厉坚毅。一件黑色夹克被他穿得吊儿郎当，领口遮住了下巴，细看他的眸色带了点戏谑之意。

大爷说：“小子啊，你可得看清楚了，我这糖葫芦种类可比别家多多了，而且还大。你要十几串，买这么多干什么呀？”

裴行妄肩宽腿长，垂眸看南嘉一眼，散漫无边，“啧”一声笑了：“老伯，您这可不懂了，我买这么多是为了哄女朋友开心。”

大爷点点头，又看向南嘉，眼神中有犹豫之色：“这个山楂就剩最后一串了，这个小姑娘也想要，你让给她行吗？”

南嘉看了裴行妄一眼就挪开了视线。

裴行妄拿出一支烟咬在嘴里，坏坏地笑了：“行啊。”

南嘉付了钱，拿到糖葫芦就往前走了。

她没故意走快，也没故意走慢。

恰好前面有红绿灯，前方红灯，南嘉的步子停了下来。

“小姑娘，还生哥哥的气呢？”

熟悉的嗓音从身后传来，南嘉没转身，裴行妄却从身后大步走了过来，俯身看她，眉眼漆黑，呼出的热气瞬间变白。她咬咬唇想躲，他却将她堵得严严实实，笑声懒洋洋的。

南嘉心想这人还真是不要脸，这么多天没聊天，这又犯病似的从安湖赶了过来。

她不想理他。

面前这人左手右手各拿着七八串糖葫芦，握得满满当当，一身混不吝，模样有点搞笑。

“快帮哥哥拿一些，”裴行妄低头看她，痞里痞气地笑着，“不然，牵不了女朋友的手了。”

裴行妄扬了扬眉，仿佛就等着南嘉送上门去。

可南嘉不想主动了。

这男人这么绝情，好些天不联系她，她生点小气也是应该的，难不成就因为他主动找她，她必须原谅了才是好女朋友吗?

裴行妄“啧”一声，欺身而下，直接将一手的糖葫芦强硬地塞到南嘉手里，用那只空闲下来的手牵上了她的，吊儿郎当的眉梢映上一缕笑意。

南嘉想挣脱也挣脱不开。

他的手宽厚温暖，有细细的薄茧，温度从手心一直传递到南嘉的心间，继而往上，心脏突突狂跳。

“我说嘉嘉，”裴行妄吊儿郎当地唤她名字，“你就不想我吗?”

他抬手勾了勾她的下巴。

“我吃得好睡得好，怎么可能想你。”

少年俯身，望进她盈盈好看的眼睛深处：“没有我，我就不信你能吃好睡好。”

“又不是不知道，”说到这里，他停顿一下，尾音勾着缓缓的笑声，“你喜欢我喜欢到不行，所以，我刚忙完，就来见你了。”

南嘉不想跟他生气。

该解除的误会总要结束，她抬眸小声地问：“你这段时间忙什么呢?”

两人走到广场中心，这么多糖葫芦实在吃不完，南嘉留下了两串最想吃的，把剩下的都分给广场上投硬币的小朋友了。

“那天我交了卷就下去找你了，但是有个娱乐公司给我打电话，想让我签约。他们那边给我提了不少建议，都很可取，我一直在研究新歌。”

顿了顿，裴行妄伸手抻开眼皮给她看，显而易见在卖惨：“最近三天，我就睡了五个小时。”

也不知道是真是假，反正南嘉心疼死了。

看着小姑娘脸上显现出心疼，裴行妄的心也软了软，他伸手碰了下她的脸颊：“心疼了?”

他嘴角扯了扯，语气不徐不疾，还带着点骄傲劲：“要的就是这个效果。”

南嘉突然不知道该不该心疼他了。

裴行妄电话响了，他皱着眉接起来。

对面那人吼得响，南嘉也听到了。

“妄哥，你干啥去了啊？”沈念余说，“我跟涛子打你电话你也不接。”

裴行妄睨了一眼南嘉，挑了挑眉：“小姑娘在这儿闹脾气呢。”

听到沈念余他们揶揄地笑起来，南嘉表情不太自在，使劲瞪裴行妄一眼，示意他别再说了。

裴行妄直直地盯着她，结实有力的手臂伸过来，掐了她的腰一把，换了个说辞，语气更跩了：“我家宝贝儿闹脾气，我不得过来哄哄？”

“那乐队……”

“你们先拿主意，”掐断电话之前，裴行妄又欠嗖嗖地来了句，“别耽误我约会。”

喷泉变换着光影，一束一束巨大的水柱喷射开来，仿佛下了场酣畅淋漓的大雨，音乐缓慢地流淌着。不少小孩都围着看喷泉，南嘉的视线也被吸引住了。

裴行妄挂断了电话。

南嘉看了眼仪态懒散的男人，突然说：“我刚才许了愿，想见你，然后你就出现了。”

男人摸了下她的头，挑挑眉，也笑着说：“我在高铁上做了个梦，梦到一个小姑娘在哭。”

南嘉心头跳了跳，问：“这个小姑娘是谁？”

裴行妄没回答，微微垂下头，嗓音正经：“我当时就想，拼了命也得把小姑娘哄好。”

“这么着，”裴行妄笑起来，“给你唱首歌赔罪吧。”

南嘉最喜欢他唱歌的模样，心中漫上欢喜：“嗯。”

这里没什么高级设备，也没有音响话筒。裴行妄闭上眼，轻轻地哼唱出流利的曲调，动听的嗓音从他喉间泻了出来——

“就算世界无童话，放下包袱完成它，就来学攀山者有心不会怕，啊啊啊……Why I smile？ Cause you make me smile，啊啊啊……Why I smile？ Cause you make me smile！若你我他一起唱歌，这世界会动人得多，任你我他相差再多，仍然能同坐……”

裴行妄的歌声缱绻深情，听得南嘉浑身上下充斥着感动，仿佛有无数个温柔的小泡泡将她的胸腔包裹住了，他唱得太好听了，还吸引了不少路人过来看。眼看着人越来越多，南嘉的心也紧张起来。

明明不是她唱歌，她却比他本人紧张。

这是一首很古老的粤语歌——《就算世界无童话》，南嘉小时候听过，也不知道裴行妄突然唱这首歌有什么意义。

一曲完毕，一只骨节分明的手忽地捉住了她的手掌，掌心的温度熨帖温柔，指尖擦到了她的手背。

随后，裴行妄慢条斯理又富有磁性的嗓音传了过来，一字一顿，慢悠悠的："就算世界无童话，你也可以相信我。"

原来是这个用意，南嘉只觉得自己耳朵都要酥掉了。

裴行妄也太让人着迷了吧。

从他出现的那一刻起，她心里积攒的那点儿郁气就逐渐消散干净，又买糖葫芦赔罪，耐心哄着她，还大庭广众之下唱歌给她听。

何况裴行妄也不是故意不联系她，他事业确实忙，而且她其实也支持他入圈的。她喜欢的人，就应该被万人景仰，成为最耀眼的光，身披万丈光芒。

两个人打了车，又去了趟游乐场。临近年关，学生们也都放假了，游乐场人特别多，好多都是小情侣。

这个游乐场特别大，是这几年檀城的主推项目，以刺激闻名，不少外地人也慕名而来。南嘉二话不说，拉着裴行妄就上了云霄飞车，感受着风驰电掣，小姑娘在风中欢呼地喊："啊，裴行妄，我太开心了。"

"开心什么？"速度太快了，裴行妄的嗓音藏在风里，都有点听不清楚。

"这个项目刺激，我朋友都不陪我来玩，也就你愿意跟我上来玩了！"

南嘉睁开眼睛，体会着头晕目眩，一点儿也不打怯，弯得像月牙。

下来之后，南嘉又不由分说地拉着他买了摩天轮的门票，摩天轮比起其他项目来说就没那么刺激了。裴行妄插兜闲闲地道："还以为你只喜欢玩刺激的。"

"我都喜欢。"南嘉如同捧着珍宝般拿着那两张票，"小时候玩得少，每次来游乐场我都很珍惜。"

裴行妄捏着她的下巴，"啧"一声笑了："南嘉，挺让我惊喜啊。"顿了顿，男人又说，"你这身板小小的，胆子倒是挺大。"

南嘉缩了缩脖子，脸也烫得不像话。

他们上了摩天轮，升到最高点的时候可以俯瞰整个檀城的美景，不过白天肯定没夜里那么好看。南嘉抿起唇，觉得只要身边有最喜欢的人，风景不好看也没关系。

反正她看的不是风景，是他。

裴行妄双腿交叠坐着。南嘉从包里掏出来一块草莓味的奶糖，她一般出门都会备着，无聊的时候解闷。

裴行妄挑了挑眉，没接。

他皱皱眉："不吃这个味。"

南嘉见状，拆开了直接放自己嘴里，大口大口咀嚼着，露出大大的笑容："太好吃了，不吃是你的损失。"

裴行妄哼笑一声。

摩天轮的速度慢了下来，在最高点稍作停留。南嘉模模糊糊地看向对面的顾客，似乎也是一男一女，正在动情地接吻。她的脸红了，害羞地挪开了视线，也不知道裴行妄看没看到。

似乎初中那会儿看过的那种花花绿绿的言情小说里面就写过，在摩天轮最高点接吻的情侣会永远在一起。她虽不相信，但想起“接吻”，莫名有点燥热。宿舍楼下一吻之后，两人就没有过了。

南嘉的微信来了条消息。

是沈念余发来的。

南嘉点开，放了外音。

是沈念余他们几个录制的视频，三个人站成一排，手机拍摄是死亡角度，几个人看着都衰衰的，双手合十，却格外有喜感：“嫂子！我们郑重地跟你说对不起。从放假以来，我们一直和妄哥一起练歌，妄哥的时间都花我们身上了。妄哥不眠不休，尤其这几天也就睡了三五个小时，是我们乐队害得你俩没能团圆，所以我们要真诚赔罪！”

其实不关他们的事，南嘉笑着想要敲字，手机却被裴行妄夺了去。他宽大的手掌握着手机，笑意懒洋洋的，发了条语音：“回去收拾你们。”

裴行妄霸道地将手机重新塞回南嘉的包里，帮她拉好了拉链。

南嘉不解：“他们几个好像没做错什么吧？”

裴行妄淡淡地睨她一眼，闲闲散散地说：“刚才我准备接吻来着。”

沈念余录制的那个视频足足有三分钟，也就导致错过了最佳时机。摩天轮转一圈二十分钟，现在都该下去了。

裴行妄的手抄进裤兜里：“走了。”

南嘉有点口渴，两人就去了一家咖啡馆。

裴行妄将菜单直接给了她。

南嘉点了一份奶芙重芝士蛋糕，又点了一杯黑咖啡。她经常来这里吃下午茶，这两种一起吃就是绝配，黑咖啡刚好可以中和芝士的甜腻。

裴行妄只要了一杯黑咖啡。

“妄哥，你真不要蛋糕吗？”南嘉说，“这个我真的强烈建议你尝一尝，或者你点个别的不太甜的。”

“不吃了。”

南嘉也没强求，等着服务员将餐点端上来。

“你看，我有蛋糕和咖啡，你只有咖啡，”南嘉抬起头，小脸白白嫩嫩，黑亮的长发扎成丸子头，额头饱满，一张脸越看越赏心悦目。她思忖着措辞，“就好像我虐待你似的。”

男人戏谑地笑道：“可不就是谋杀亲夫嘛。”

裴行妄喝了口咖啡之后，就抱着手臂坐在那里，掀起眼皮淡淡地看着南嘉吃东西，浅浅地勾起嘴角。

南嘉有点不太好意思，吃东西的动作也慢下来，想着要不就不吃了，免得他觉得自己吃相不好看。可这蛋糕诱惑力太强，她忍不住一鼓作气干掉了一大半。

南嘉感觉自己这行为不太地道，犹豫了一会儿：“妄哥，这个真的挺好吃的。”

裴行妄口气有点欠：“之前那桃花糕你也这么说。”

南嘉咬咬唇：“真的不一样，这个没有桃花糕那么甜。你尝尝呗，要是好吃你也来一块。”

看着对面这人风雨不动安如山的神情，南嘉心里觉得肯定没戏了。哪想到裴行妄突然扬了扬眉，淡声落下两个字：“成啊。”

南嘉低头叉了一小块，想喂给他。

她刚抬起手。

男人的身影已经笼罩下来。

南嘉抬眸对上了他的眼睛，男人双眸深邃，荡着若有似无的笑意，嘴角扯开，熟悉而清冽的气息打下来，还有轻微的尼古丁味道，南嘉没由来地心跳加速。

一个吻落了下来。

他按着她的头，忘我地亲吻着，二人唇齿交缠一番。

他这人素来张狂恣意，旁若无人地接吻对他来说就不是稀奇事。

可南嘉第一次这样。

咖啡馆这种小资场所，来的大多数都是工作党和情侣，对于公众场合接吻都见怪不怪，也没人看他们，可南嘉就是害羞得不行。

分开之前，裴行妄难舍难分似的舔了一下她的唇，难耐地滚了滚利落的喉结，淡淡道：“这不是尝到了嘛。”

南嘉将头移向一旁，不吃就不吃吧，她自己吃。

一道阴影罩了下来，裴行妄低眸看她，嘴角翘起来，在她耳边说了一句话，更让她的脸蛋烧红。

“宝贝儿学习能力真强，都学会回吻哥哥了。”

这人口气欠揍，南嘉始终比不上他。她嘴唇哆嗦着，想说点什么，却说不上来，呼吸紧绷住。

南嘉电话响了。

是南母。

裴行妄也收起玩世不恭，到对面坐下。

“嘉嘉，你怎么不在家啊？还在图书馆吗？”

南嘉咬咬唇，想起今天发生的一切就像梦境，她扯谎都快熟练了：“嗯，遇到了一本好书，我想着看完。”

又怕南母追究下去，她赶紧说：“不过妈妈我还有一点就完了，大概六点之前到家，我会回家吃饭的。”

听她交代得那么详细，南母也不再多说什么了：“注意保护好眼睛啊，妈妈在家给你做好吃的。”

“谢谢妈妈。”

挂断电话之后，南嘉说自己该回去了，又问裴行妄今天回不回家。

“不回。”

“你没买票？”

他挑挑眉：“卖完了。”

南嘉彻底服气了：“怎么会有你这样的人啊？你看到有来的票，二话不说就买了，你就不想想回去的事吗？”

裴行妄依旧是那副不紧不慢的模样，嗓音又哑又缓：“想见女朋友，哪管得了这么多？”

这么一句话将南嘉肚子里的十句乃至百句都堵住了。

为了让南嘉安心，裴行妄又说：“我住宾馆就成，皮糙肉厚的，住哪儿都一样。”

裴行妄好整以暇地看她，深邃的桃花眼夹杂着几分笑意，南嘉也没再说什么了。裴行妄又陪着她打车回家，生怕被南母撞见，让出租车停在别墅群外面，两人找了块隐蔽的地方，南嘉扯着他的手，舍不得分开。

今天的一切就像一场梦。

冷风呼呼地吹着，裴行妄将她外套扣子扣到最上面，又帮她将围巾一圈一圈地缠好。

南嘉都快喘不过气来了，可她也没乱动，任由裴行妄将她搂在怀中，男人吻了吻她的唇，动作也不温柔，先是描摹着她的唇线舔舐，随着步步深入，更显霸道。

他一只手搂着她的腰，另一只手捏紧了她的下巴。

裴行妄凑在她耳边轻轻说话，蹭了蹭她的脖颈，嗓音沙哑又低沉：“嘉嘉，我夜里会想你。”

“嘉嘉，你这段时间表现还不错，上大学以来很听话，到现在也没惹事，希望新的一年，继续这么懂事，”南嘉回到家，南母就开始了新一番教导，“千万不要和你那个男同学在一起玩，就怕他对你做出来什么事。”

“不会的。”

南母义愤填膺地说：“还有之前那个裴行妄，别看他家庭条件那么好，他归根结底也不是好人。”

南嘉不喜欢听妈妈说妄哥坏话，干脆埋头吃饭，没吭声。可南母仍然在说：“你看他那么嚣张跋扈，如果他爸爸没找别的老婆，你想跟他交往也就算了。他爸爸很明显得跟新老婆生孩子，到时候家产也没他多少，这种人还是离远一点吧。”

南嘉对南母有点失望。如果南母仅仅因为裴行妄性格张狂顽劣而不让他们在一起，那么南嘉可以理解，毕竟每个母亲都希望自己的孩子平稳幸福。

可南母刚才的话，重点是家产继承。

至于考虑那么远吗？

南嘉张了张嘴，南母又开始唠叨了，直接将她的话堵了回去：“嘉嘉，你可别觉得妈妈市侩。这么说吧，你想想，妈妈之前也不是这样的，可是你爸爸那么绝情离开了我。我当初差点被他哄骗着将公司所有股权交到他手上，幸好我留了一手。要不然，嘉嘉，你如今怎么还能穿得起这么贵的衣服？”

“哄骗？”

南母脸色阴沉：“这事儿太脏了。妈妈不想告诉你，可是如今你太单纯，我也怕你被人骗。

“我抓到你爸爸出轨之前，他想让我将公司的股份都转移到他名下。那段时候他对我很好，还给我买了套临山的小别墅，我脑子一热，差点就签了。我跟你孙叔叔提前说了这事，他不建议我签。再后来，我就抓到了你爸爸出轨……”

难得心平气和提到这事，可南母仍然有点泫然欲泣的意味：“我就是想不到，多年夫妻，至于这么算计我吗？我不让你跟他来往，就是因为这事，说不定哪天他也想套路你……”

“嘉嘉，男人不可信，把钱抓牢了比什么都正经。”南母握住她的手，一字一句都是肺腑之言。

裴行妄打算第二天晚上坐高铁回去。

第二天，南嘉一大早就起来了，她很想再见裴行妄一面。

她洗漱完之后，随便扎了个丸子头就下楼了。按照往常，南母这个时间应该坐在客厅里拿着平板看新闻。

此刻，只有王姨和程姨正蹲在地上擦地板，见到南嘉下楼，笑了笑打招呼：“嘉嘉起床了啊？”

“我妈妈呢？”

“一大早太太就走了，说是跟几个老同学去美容院，然后泡温泉。”程姨将抹布收起来，“嘉嘉饿了吧？来，早饭做好了，我给你端出来。”

泡温泉也不是一两个小时的事，南母肯定还和闺蜜聊天吃饭，一上午肯定就耗进去了。

南嘉心上一喜，尽量压制住上翘的嘴角，装出可怜模样：“阿姨，我想出去吃早餐，行吗？”

程姨的女儿和南嘉差不多大，知道南母管得严，小姑娘想吃点外面的快餐都不行：“行，阿姨不告诉太太。”

南嘉又随口说自己还要去图书馆继续看书，下午回来，道完谢之后，她蹦蹦跳跳地离开了。

裴行妄住的宾馆在市中心。

他这个大少爷，口口声声说自己皮糙肉厚，订的却是全檀城最奢华、环境最好的宾馆，这男人也就剩一张嘴了。

好在临近年关，宾馆里空房间多，昨天南嘉亲眼看着他订好了才走。

南嘉走在路上时，许唯一给她发了不少消息。

昨天我给你发消息你怎么不回呀？

不会是被你妈妈锁起来了吧？

昨天在游乐场南嘉就收到了消息，当时忙着和裴行妄约会，没来得及回，回到家就把这事忘了，好在许唯一也就是闲聊，没什么实质性内容。

南嘉：我昨天和妄哥在一起，玩了一天，我跟你赔罪。

许唯一：没事就好，其实我有件事想和你说。

南嘉等了两分钟，许唯一还没说。

南嘉：？

许唯一：我我我……

许唯一：我谈恋爱了……

许唯一：又不是第一次恋爱，我也不知道我怎么会这么羞涩，但是就是好害羞啊！

南嘉：恭喜，哈哈！

南嘉正想问问是谁。

许唯一：有可能因为对方是——沈、念、余？

南嘉整个人傻掉了。

第一反应，沈念余居然那么大本事，能把许唯一撩到手？

而且，她还不知情。

许唯一：我放假不是因为有点事留校吗？要找一个很复杂的文献，我找不到，沈念余从隔壁学校帮我借来的，这一来二往，我就觉得他人挺不错的，就答应他的告白了。

还挺有意思，这人虽然长得不咋样，我最开始也不是那么喜欢他，但是这几天接触下来，我好像有点上头。

不行，越想越羞耻，具体的等到开学再说吧，我先关手机了。

南嘉摁灭手机之后也笑了很久。

这两个看似风马牛不相及的人，怎么会弄到一起去了呢?

这么想着，南嘉已经敲开了裴行妄的房门。他刚洗完澡，随便套了件黑T恤，下身是宽松的长裤，头发还滴着水。

裴行妄握着她的手，一瞬的讶异闪过眉心：“你妈妈不是管你很严吗，怎么这么早就跑出来了？”

南嘉将头埋到他怀中，呼吸着他的气味，撒娇般地说：“她出去了，我偷跑出来的。”

裴行妄摸了摸她的头：“还真是荣幸，值得那么好的姑娘跑来跑去。”

男人骨节分明的手抬起了她的下巴，一低头就吻了下去，他嘴角还有淡淡的薄荷香味，应该是刚刷过牙，气味特别清新纯净，身上也还有淡淡的沐浴露香味，这个吻并不深入，温热的气息拂过脖颈。

“饿了吧？”裴行妄将唇挪开，挑挑眉，“哥哥带你去吃饭。我发现了一家特别好吃的餐馆，你肯定会喜欢。”

裴行妄去浴室换衣服了，南嘉坐在沙发上等他。

她摸摸嘴唇，忍不住笑了又笑，两人似乎越来越有默契，有一种老夫老妻的感觉，可明明在一起还没多久。

男人拿上房卡，揽着她的腰正欲出门，南嘉的微信响了，是一条好友验证。她皱皱眉，没理会，将手机塞回兜里。

“怎么了？”

“蒋司宇还想加我。”

裴行妄垂眸凝视她：“他这段时间又骚扰你了吗？”

南嘉想了想，除了那次微信群名莫名其妙被蒋司宇改掉，似乎也没别的事情了，她也不想让裴行妄为她担心：“没有，就是想加我。”

“不许通过，”裴行妄低下头，用额头蹭了蹭她，他似乎很喜欢各种形式的亲密接触，“你有男朋友了。”

裴行妄勾了勾她的鼻尖，语气有点诱哄的意味：“你男朋友很小气。”

南嘉抿起唇，一缕一缕的甜在胸口蔓延：“嗯。”

裴行妄说的餐馆距离宾馆很近，走上五百米就到了。依旧是南嘉点菜，裴行妄接过菜单之后，又加了几道南嘉爱吃的，南嘉很享受这种被宠溺的感觉。

裴行妄吃到一半，说出去买点东西，南嘉依旧在原地等着。

裴行妄出去了不到十分钟就回来了。

他回来之后身上也没带什么东西，不过南嘉也没多问。两人都吃好之后，南嘉摸了摸自己饱饱的肚子：“妄哥，你是下午五点多的高铁吗？”

"嗯。"

高铁站离这边很近，打车大概二十分钟，交通便利。

"那我们今天还出去玩吗？"

"你想出去玩吗？"

南嘉沉吟片刻，凑过去挽上裴行妄的手，笑眯眯地说道："我只想跟妄哥单独相处，不如我们直接回宾馆吧？"

说完之后，她才意识到这话有歧义，想要补救，却不知道说什么好。与男人似笑非笑的目光撞在一起，更是跳进黄河也洗不清了。

南嘉突然想到了一个致命问题："昨天你怎么在路上就碰到我了啊？"

檀城说大不大，说小也不小，在不知道她家庭住址的情况下，这么贸然相遇，真有点费解。

裴行妄将南嘉的一绺发丝缠绕在指尖把玩，吹了吹："很久之前，孙教授提过你家地址，我记了个大概，就碰上了。"

他似乎思考着什么，手指抚摸着她的唇："回去吧。"

南嘉将自己的手与裴行妄叠在一起："好。"

刚刷完房卡开门，裴行妄就将她压在墙后，直直地亲上她的唇，吻得深情又投入。

他吻技实在太好，南嘉招架不来，好几次都喘不过气来。

南嘉仿佛坠入一个崭新的世界，手紧紧地撑着墙，勉强支撑着自己。慢慢地，南嘉将手放在他腰间，男人的腰劲瘦而有力，她终于找到了栖落的岛屿。

南嘉被拉着往里走，被亲得迷迷糊糊的。

两人又亲了好久，裴行妄才松开她。

"刚才吃饭的时候，就想着这事了。"裴行妄捏了把她的脸蛋，喉结轻轻滚动着，危险的气息袭来，"好了，不逗你了。"

他拿了条毛巾就进去冲冷水澡了。

南嘉将衣服整理好，思考着能做点什么缓解尴尬，目光定位在投影仪的小箱子上，然后熟练地连接了手机。找电影的时候，她又犯愁了，看什么呢？悬疑片吧，她没啥感觉。爱情片呢，又怕有一些暧昧的剧情，裴行妄这人本来就不老实。文艺片吧，节奏太慢，裴行妄未必喜欢。

犹豫再三，南嘉找了部比较红的剧情片。

裴行妄很快就从浴室出来了，见小姑娘正规规矩矩坐在那里，圆润的脚指头也缩着，他抬了抬眉："害怕哥哥啊？"

或许他原本就没指望她回答，擦了擦头发，也坐到了毯子上，两人依偎在一起。

裴行妄揩了下唇，眯了眯眼，笑容痞坏。

"那……不看了？"南嘉眨着眼睛看向裴行妄，说罢就要按灭投影仪。

裴行妄“啧”一声笑了：“看，当背景音乐。”

南嘉随便找了个慢节奏的电影，窗帘拉得死死的，整场电影放完了，两个人都不知道讲的什么故事。

两个小时的时间内，裴行妄在毯子上游刃有余地亲吻她，却不放手，当真是调情的好手。

南嘉都不太想回忆今天下午发生的具体细节，脸红到不行，她不知道这里头居然还有这么多道道。

某个不要脸的人可倒好，餍足之后，将她抱在怀里，把玩着她白嫩的小手：“以后，哥哥慢慢教你。”

南嘉不想学啊，她觉得自己罪恶极了。

裴行妄好整以暇地坐着看她反应。

两人也没下去吃饭，裴行妄问她想吃什么，南嘉没胃口，他就随便点了一堆烧烤，还有啤酒，坐在毯子上大大咧咧地吃了起来。

“好歹吃点。”

裴行妄吃饭很快，随便挑了几个串给南嘉递过去，男人双眸漆黑，嘴角淡扯着。

暧昧掺进空气中，浮动着一股燥气，丝丝缕缕地蔓延开来。

“这就怕了？”裴行妄慢条斯理地碰了下她的脸颊，神色散漫，低头看她的时候，后颈勾勒出好看的线条。他慢悠悠的嗓音传了过来：“以后还怎么做我媳妇儿？”

偏偏他又凑过去亲她的脸。

“我也想喝啤酒。”

裴行妄笑着，欺负她似的：“小孩不给喝。”

吃过饭之后，裴行妄正经起来，两人聊了会儿天，又下楼喝了杯咖啡，就到了裴行妄回去的时间了。回宾馆将东西收拾好，裴行妄给了南嘉一个告别吻：“给你留了点东西，走了。”

裴行妄不让她送。

南嘉觉得这两天的经历就像一场梦。她怔然地盯着宾馆的四周，熟悉的壁画、檀木柜子桌子、玫瑰花纹的毯子、纯白的床单与棉被、放在箱子里的小巧投影仪，眼睛眨了又眨。这一天他们都在一起，也没见他留什么东西给她。

南嘉的视线停在自己的外套上。

她今天穿了件宽松的白色棉服，帽子大，口袋也大。她迅速走过去翻了翻口袋，翻到了两盒草莓味的奶糖。

莫名的，南嘉又想起昨天在摩天轮上的时候，裴行妄皱了皱眉，看向草莓奶糖充满嫌弃：“草莓味，不吃这个味。”

转眼，他却偷偷给她买了新的。

新年这天，南母给南嘉塞了个大红包。吃过年夜饭之后，南嘉回了房间，这才看了眼手机，全都是群发的新年祝福。她只回了几个好朋友的，往下翻着，南父给了她一笔转账。

嘉嘉，新年快乐。

她之前拉黑了他的电话号码，却忘记了微信，两人平时不在微信上联系。南嘉也没犹豫，干脆将微信也拉黑了。

南嘉不缺钱，他的钱，她一分钱也不要。

南父并没有影响南嘉的心情。南嘉躺在床上，打开电视机看着春晚。她长大之后就很少看春晚了，觉得没什么意思，不过这也是个新年仪式，充当个背景音乐也挺好。

背景音乐。

裴行妄也说，当背景音乐。

南嘉赶紧关掉了电视机，这背景音乐她不要了。

宿舍群发起红包。她们聊了一会儿，南嘉的心像是莫名系上了一只氢气球，怎么都没办法着陆。她在床上翻来覆去，觉得过年也没什么意思，早睡吧，又觉得可惜，好不容易可以名正言顺熬夜一次。

裴行妄还没给她发新年快乐。

南嘉跟他较上劲，他不发，她也不发。

哼，谁怕谁？

十二点整，裴行妄的消息发了过来。

女朋友。

新年快乐。

快去睡觉。

南嘉嘴角扯开：你怎么知道我还没睡？

过了两秒，裴行妄发了条语音过来，嗓音慢悠悠的，夹杂着若有似无的戏谑："没等来男朋友的新年祝福你会睡？"

Chapter10. 嘉嘉出息了啊

裴行妄放下手机后，在窗前站了很久。

他远没有南嘉以为的那么快乐。

今天除夕，他本想一个人在澜海路别墅过，哪想到裴博文的电话就没停下来。也挺奇怪，这回裴博文一改往日的强势，用的是商量的语气，说他们毕竟是父子，不在一起过年说不过去。

裴行妄挂断了。

裴博文又打过来，姿态放得很低，还说今天绝对不会像之前那样让裴行妄不开心，父子俩好好相处。

裴行妄心软了。

他只打算吃一顿年夜饭，傍晚才过去。

家里阿姨做好饭之后，裴博文牵着周传伊的手下了楼。酒吧一别，裴行妄再没见过周传伊，可今天周传伊风轻云淡地盯着他，轻飘飘移开了，写满了悠闲自得。

裴行妄和南岸娱乐签约的消息，裴博文已经知道了。

裴行妄做好了他大发雷霆的准备。

可裴博文从最开始就笑吟吟的，一点发脾气的征兆都没有。裴行妄有点想不通，也没多问，自顾自地吃着饭，饭菜很对他口味。

今天也不知道怎么回事，裴博文全程都很照顾周传伊，给她夹菜盛汤，小心翼翼地呵护着。

周传伊脸上也露出娇态，抱着裴博文的手臂秀起恩爱：“我吃好了。”

裴行妄拿起风衣就想走，裴博文叫住他：“行妄，好不容易回家一次，干脆在家里住吧。你那别墅冷冰冰的，回去了也是一个人。”

裴行妄似笑非笑地看裴博文，眸色很冷：“再冰冷那也是我妈买给我的，有我妈陪着我，我不是一个人。”

“你妈你妈，张嘴闭嘴就是你妈！”裴博文终于发飙了，“你只记得死去的妈，却不看看在你身边的爸爸。”

裴行妄鼓着掌，口气懒散：“终于生气了啊？我还以为今天这场父慈子孝要演下去呢。”

裴博文瞪着他，重重地坐到椅子上：“裴行妄，老子今天是来通知你的，我跟伊伊已经领证了，以后伊伊就是我明媒正娶的裴太太。”

“还有，”裴博文眸色深了深，抬起下巴，“你阿姨怀了我儿子，以后你有弟弟了。”

周传伊摸着肚子，眯起眼睛朝裴行妄笑了笑。

裴行妄瞳孔一缩。随即，他反应过来，扯唇笑了笑。

“我说，裴董，”裴行妄俯下身，笑得蔫儿坏，一字一顿的，“您这么大年纪了，就不担心这女的给你戴绿帽子？”

裴博文气绝，使劲拍了拍桌子，正欲狠狠训斥一番这个不知天高地厚的小子，可裴行妄随手将风衣搭在肩膀上就走了。

裴博文和周传伊年龄差三十岁，周传伊素来水性杨花，这也不是没可能。

裴行妄摁开车锁。

周传伊突然出现在他面前：“裴行妄，我给过你机会，希望你不要后悔。”

“别跟老子废话了，”裴行妄冷冷睨她，嗤笑，“进去伺候老头子吧。”

周传伊脸色一凝，盯了他几秒，进屋去了。

裴行妄发动了车子，突然想起上次在酒吧见到周传伊，她说会用一些手段。

原来，这就是她的手段，怀孕，和裴博文结婚，成为名副其实的裴太太。

周传伊熬了两年，终于等到了这个结果。

裴行妄将车速开到最快，车窗没关，任由冷风灌进来，冷得让人彻骨。

从裴母去世后，裴博文身边就没断过女人，周传伊是跟得最久的一个。但裴博文从没公开过任何女人，他一向是精致的利己主义者。为了维持大公司董事长的形象，在电视台做了不少工作，一直演绎着对亡妻的念念不忘。

裴行妄看不上他的表里不一，可有些时候也觉得挺好。

裴母是多么单纯的女人啊，裴博文为她做一点事，她就感动得不行。既然裴博文愿意在电视上对她说一些话，她在天上也应该没那么难受吧?

而且，裴太太的身份也一直是裴母的。

不出意外，以后也没人能打破这个平衡。

裴博文之前也说过，有一个儿子就够了。根据周传伊说过的细枝末节，裴行妄也了解到裴博文压根没打算跟她生孩子，也因此，周传伊才总想着拉裴行妄下水。

可如今，都变了。

周传伊是有野心的女人。裴行妄觉得，她的目标肯定不只是要裴太太的身份那么简单。

他必须守住裴氏集团，这是他母亲创立的。

开学之后，日子又回到了正轨。

南嘉这学期的课少了很多，轻松不少。裴行妄大四了，理应去实习，可他现在签了约，忙着搞乐队，就还是一直住在学校里。

安湖大学对于实习不做强制要求，因此乐队三人都留校排练乐队，只有江源外出实习了。江源是乐队的吉他手，他很小就开始练习乐器了，比沈念余他们技巧丰富许多，因此去实习也没什么大的影响。

江源入职了一家互联网公司，每天“996”，还要排练，几个人里头就他最累。

裴行妄不外出实习，南嘉倒是开心。他们见面的机会更多了，也偶尔会在学校碰面。

南嘉隐隐觉得，从开学以来，裴行妄都不太开心，眉宇之间都笼罩着郁气，她猜测要么是乐队的事情不顺，要么就是家庭因素，不过她没敢问过，当初苏桃欣多管闲事被分手的情况还历历在目。

开学第一周，志愿者部所有管理层开会，南嘉欢欣地过去，却没在会场碰到裴行妄，他明明是副部长。

下面也有人在谈论着。

“副部长怎么没来啊？”

“听说副部长想进娱乐圈了，以后火了我们岂不是更见不到了啊？”

两个女生窃窃私语，又转过头去，将眼神投向了南嘉。

散会之后，南嘉拿起笔记本正要走，两个女生拦住了她：“南嘉，你好。我们想问问你，你知道裴学长为什么没来开会吗？”

南嘉有点诧异：“他挺忙的，上学期不是也经常不来嘛，挺正常的吧。”

戴着粉色发卡的女生看向同伴，两人交换了一下眼神：“不是，每次开学第一个月，他每个会议都会参与的，因为要定好一学期的工作方向，他不来不行。”

戴粉色发卡女生又说“除非他真的有要紧的事情才不来。据我了解，这三年里，他开学第一个月都没缺席过。”

“南嘉，你不是他女朋友吗？裴学长不会连自己的行踪都没告诉你吧？”另一个女生的眼神有点鄙夷，没等南嘉回话，两人就走了，边走还边说着。

“看到了吧，裴学长对待爱情还是老样子，我还以为改邪归正了呢。”

“怎么可能改邪归正，就是南嘉挺乖的，也管不住裴学长。”

“话说，裴学长这种颜值，我也想谈，南嘉不就是倒贴的嘛。我估计裴学长就是觉得她漂亮，肯定不用心。”

南嘉回去之后给裴行妄发了微信：妄哥，你今天怎么没来开会啊？

裴行妄应该在看手机，秒回：有点事。

看着这条消息，南嘉心里有点凉。

他不想将真实原因告诉她。

南嘉眼眶酸酸涩涩的，又等了一会儿，裴行妄没再发别的消息。

她晚上也没心情吃饭，躺在床上看了两个小时的书，直接把一本书看完了。

许唯一笑容满面地推门进来，一看就是刚约会完回来：“嘉嘉，你没跟裴行妄出去玩啊？”

南嘉情绪也不太好，随口答道：“他应该忙。”

“不应该啊，”许唯一挠了挠头，“我今天跟沈念余在外头玩了一天，今天他们乐队都没什么事。”

或许意识到了南嘉的情绪，许唯一语气也小心翼翼起来：“不过裴行妄可能真挺忙的，他毕竟是队长，还签约了公司。”

八点钟，南嘉昏昏欲睡，许唯一将她敲醒，她眼神有点涣散：“怎么了？”

“今天要选选修课啊，你快点吧，我叫了你半天了。现在好过的课都被抢了很多了……”许唯一见她醒来，便回到自己的位置上，鼓捣着手机。

南嘉这才想起自己差点忘了正事。

打开手机。

裴行妄的微信消息发了过来。

我今天在弄新歌的谱子。

还不回我消息？

真要晾着你男朋友吗？

只要裴行妄愿意，他随便说几句话就能将她哄好。

南嘉看着他的消息发了会儿呆，许唯一的声音将她拉回了现实：“嘉嘉，选好了吗？”

简单的课都被选完了。只剩下几个比较奇怪的课，南嘉没心思研究，随手点了个营销选修课，这才将选课页面关闭，一心一意跟裴行妄聊起天来。

选课在匆匆忙忙中进行，上课也在匆匆忙忙中进行。第一节营销课，老师就布置了一项变态的作业，让她们在某个视频直播平台介绍一款产品，还要求每次播够一小时。

见大家都叫苦不迭，老师说：“想要当一个合格的营销人，脸皮要厚，如果这点苦头都不愿意吃，将来如何在社会上立足？”

南嘉身后的女生嘟囔：“我们又不是营销专业的。”

老师看了她一眼，没再说话。

南嘉这天回去之后就开始琢磨这个事了。她没有直播的经验，却必须上场，舍友又都没选这个课。想到这，她见到裴行妄就开始吐槽：“这可都怪你啊，要不是你给我发消息影响我思路，我都能和唯一一起上课了。”

裴行妄穿了件黑色的卫衣，里头也没有毛衣，虽然已经立春，但天气也没变暖多少。他头发照旧剃得很短，眸子幽深地看着她，将她圈到了怀抱里：“那你想怎么罚我，嗯？”

男人凑近她的双眸，低下头，鼻子几乎要触碰到了她的鼻头。

二人呼吸相闻。

南嘉迎上他的眸子，有点撒娇的意味："我还能怎么罚你。"

裴行妄眯了眯眼，很享受小姑娘对他撒娇，抬手，在她脸颊上摸了摸。

南嘉挑了挑眉："你最近是不是在写新歌？"

他淡笑着："嗯。"

"你现在签约公司了，新歌发布肯定不能免费了吧？"

"没，"裴行妄说，"六月份乐队会有一个小型演唱会，从那之后再正式收费，这几个月我还可以继续发布新歌巩固人气。"

他最近创作了几首歌，都觉得还不错，也都经过了南岸娱乐老师的指点，其中几首打算演唱会的时候才正式公布，也有一些零散的作品会发布在免费平台上。

"那行，"南嘉笑容温软，"我就罚你，新歌发布三天之内必须登上排行榜第一名。"

毕竟裴行妄之前没想着往圈内发展，因此现场的视频都是"粉丝"自发发到网上的，音质肯定会受影响。

但是基本上爱听歌的朋友都知道有一支很棒的乐队：野莓乐队。

南嘉也不太清楚他在音乐方面的实绩，只大概知道，她喜欢的人很厉害。

也不知道这个要求是不是过分了，她小心翼翼地观察着裴行妄的神色。

裴行妄笑了声，低头蹭了蹭她的嘴角，嗓音懒洋洋的："行啊，宝贝儿都提要求了，可不得答应？"

裴行妄继续笑着，就是不松开南嘉，将她揽在自己怀中，这样亲密无间地走着。

"对了，裴行妄，你上次送我那项链很贵，还有过年那红包，你怎么那么多钱啊？"

过年的时候，裴行妄不光给她转了账，还给她买了礼物，不过放在传达室了。程姨拿快递没看到，直到开学前几天南嘉才意外收到。

南嘉跟着南母长大，对各类奢侈品牌也耳濡目染。她看到那个项链品牌惊讶到了，到网上查了查价格更是瞠目结舌。学生才不会送这么贵的礼物，就算裴行妄再有钱，也不能这么浪费。

裴行妄挑了挑眉："这还没嫁进来，就开始为我考虑了？"

他总是说一些很让人羞涩的话题。

"妄哥……"

裴行妄松开她，高大的身躯往下压了压，他身上有浅浅的烟草气味，并不让人觉得烦，她反而很喜欢。

南嘉继续正经地说着这个话题："我知道你驻唱费用很高，还有那个平台上很多'粉丝'打赏，但是你也不要浪费。"

他优哉游哉地摸了摸她的头，吊儿郎当道："现在驻唱没工资了。"

南嘉张开嘴："啊。"

没工资的话，她就更不该要了。

裴行妄静静地看着她的反应，愉悦地掀起嘴角。

"因为——"他一字一顿，"Freedom 是我的了。"

裴行妄挑了挑眉，拉长尾音，口气依旧不正经："驻唱没工资，可酒吧所有的营收都是我的。"

裴行妄最近就忙着这件事。他在 Freedom 驻唱多年，早就对这里产生了深厚的感情，签约之后，步入正轨，他来Freedom的机会肯定越来越少，他也舍不得离开。

正好这个酒吧老板要去其他城市发展，裴行妄调查了一下酒吧的收支记录，其实如果能买下这个酒吧，利润可观到可怕。

南嘉还没从这件事中反应过来。

一道漫不经心又略带清冷的嗓音传了过来："虽然不知道未来会怎么样，但是——"

裴行妄插着兜，点了支烟，好整以暇地看着她，口气慢悠悠的，却很勾人："养个小姑娘还是没问题的。"

南嘉嘴角的弧度扬了起来，脸色迅速发烫，正想说话，裴行妄摸了摸她的头，深邃的眸子一动不动地打量着她："嘉嘉，你刚才说错了。"

男人言简意赅说了两个字："值得。"

裴行妄两颊微凹，吐了口烟雾出来，语气莫名的正经，这才将刚才的话补充完整："你值得，买什么都值得。"

南嘉没回宿舍，裴行妄将她带到了他家里，他买了一堆吃的喝的，让她一个人玩，然后将自己关在书房里写歌。

最近裴行妄事业心越来越强了。看似平静的表面之下，似乎压制着什么见不得光的东西。

下午五点钟，裴行妄终于打开书房门，点了一堆吃的喝的，烧烤、炸串、火锅、烤肉全上齐了，又打电话将乐队的那几个兄弟喊来了。

大家高高兴兴地吃了一顿，更是喝得东倒西歪。

估计这几人今晚就在这里睡下了，南嘉惦记着晚上还有一节课，简单收拾了一下，穿上外套就出去了。想起今天裴行妄说的话，她有点羞赧。

差点儿就迟到了，她迈开大步走到教室外，猫着腰从后门往座位走。

许唯一帮她占好了位置，朝她招手："你怎么才来啊？"

南嘉一直对待学习很认真，几乎没迟到过。

南嘉低声说："我去妄哥那里了，吃饭耽误点时间。"

许唯一摸着下巴若有所思："嘉嘉，你说你，前几天难过得那么厉害，这又幸福得像个小女人，你说，你谈这么个人值得吗？”

之前许唯一还不这么说，后来她也谈恋爱了，更加追求平稳的幸福，经常说平平淡淡细水长流才是幸福。

到下课，南嘉才给出答案，她视线平直，声音缓慢：“值得，他是我唯一一个想爱的人，哪怕分手了，我也不会后悔，又不是所有的喜欢都能有好结果。”

南嘉是在放学的路上接到了一通陌生电话。

来电显示是在檀城，她以为是家里出了什么事，一接通就是南父略显急促的声音：“嘉嘉，你现在在上课吗？”

“有事？”南嘉口气非常冷淡。

她之前已经将南父拉黑了，南父居然又用一个新的号码打过来。

“你姐姐，小雨她今天去你们学校了。她分的那个宿舍楼有点高，你能不能去帮她搬一搬行李啊？”

南父明明是求人帮忙，却丝毫没有该有的态度，反而有点理所应当。似乎南珂雨是南嘉的亲姐姐，她们感情很好一样。

南嘉直接将电话挂断了，顺便将这个号码拉黑。

后来，南嘉也碰到过南珂雨几次。学校很大，理论上碰到的机会不会很多，可南珂雨是交换生，对这边的一切充满了新鲜感，喜欢到处乱转。

其中有一次，是在奶茶店。

南嘉和许唯一排着队，后面女生在小声交谈着。

“还是你男朋友最帅，那么高大上的职业，别人都比不了。”

“我也觉得。”女生娇嗔笑着，“反正我认识他之后，我是不会多看别人一眼了。”

南嘉莫名觉得后面女生的嗓音有点耳熟，转头一看，恰巧与南珂雨的视线碰上了。南珂雨穿了件白色流苏外套，戴着一只珍珠发卡，皮肤莹润白皙，睫毛刷得又翘又长，看着就像贵气的小姐。看到是南嘉，她也愣了一下，随即移开了视线。

两个人谁都不想理谁。

南嘉收回目光，再等两个人就到她了。

身后有声音传来。

“咱们不排这家了，我听说还有一家更好喝的。”

南珂雨拉着那个女生离开了。

两人后来也碰见了几次，都没说话，连目光都没多停留过一秒，各走各的路。

转眼间，营销选修课已经上了一个月了，大家都还没开始做老师布置的直播作业。这天上课，老师大发雷霆，说他们都太骄傲，要是不把选修课当课，就把平时分都给他们扣干净，到时候让他们也没处说理。

南嘉胆小，趁着周六就开始直播了。

不就是厚脸皮嘛。

不过她也不想弄得太过尴尬，到底选择什么产品直播呢？现在出去再挑选购买产品显然有点来不及。南嘉将目光定位在自己的橱柜和桌子上，她东西不算多，但也一样一样斟酌起来。

有了。

南嘉从柜子里拿出来一瓶宝宝霜，这款宝宝霜南嘉用了很多年了，还是南母在超市凑单随手买的。恰好南嘉那段时间脸上发红爆皮，用了之后奇迹般恢复了。

后来，南嘉就养成了使用这款宝宝霜的习惯，每次去超市都会买一些回来。她慢慢长大了，南母给她买的都是国际大牌护肤品，说女孩子一定要精致。

南嘉将大牌都收起来，还在偷偷用这款宝宝霜，一直用到现在，都成为习惯了。

宿舍没人，南嘉将窗帘拉开，充溢的光影漫灌进来。南嘉将手机立在支架上，打开直播平台，最开始还有点结巴："大家好呀，不知道有没有人在看。"

"我今天是第一次直播，很开心能认识大家。"

直播间源源不断进人，稳定在二十几个观众，但是没人和南嘉互动，估计都是平台送的机器人。

直播里的自己还挺漂亮，粉白色的宽松毛衣，微微加了一层美颜，肌肤如瓷，唇红齿白，长发散落着，眼里像是落满了星星。

她自顾自地介绍着，没人也无所谓，勉强算完成一项作业。

屏幕上突然出现了一行字——

用户 6754 送出了一只穿星游艇。

南嘉不知道是什么，愣了愣，继续介绍着宝宝霜："这个宝宝霜敏感肌肤可以放心用的，有效修复屏障损坏。如果你的脸经常泛红，皮肤层薄，换季的时候脸干，那么这个非常适合，我一直在用……"

用户 6754 送出了两只穿星游艇。

用户 6754 送出了四只穿星游艇。

南嘉第一反应是平台出现故障了。她又没有观众，怎么可能有人送她礼物，而且这个穿星游艇似乎是平台最贵的礼物。

她干脆将宝宝霜放下了，点了一下直播后台，居然莫名其妙有了几千块钱收入……

南嘉不知道如何是好，很想问问这个叫 6754 的大哥是不是脑子不太好，或者是不是一个不懂事的小学生。她还想把这个钱退了，表情呆呆的。

手机屏幕突然跳出了一条微信消息：我给你刷游艇看不到？

原来是裴行妄。

她刚刚在心里骂他什么来着？

脑子不太好。

南嘉有点赧然，退出微信页面，对着屏幕笑着说："感谢这位大哥的穿星游艇。"

直播间一直没什么人。南嘉索性也偷起懒来，一边懒洋洋地直播，一边给裴行妄发消息：妄哥，我前几天跟唯一去了一家特别棒的餐厅，我想请你吃饭，你有时间吗？

裴行妄：教学楼，老师喊我帮忙。

南嘉：那你大概几点忙完？

裴行妄：五点之前。

南嘉：那我五点到你教学楼下等你。

裴行妄：行。

南嘉又撑了一会儿，总算结束了。她录好了屏，也截好图，晚上整理一下就可以发到作业群了。她揉了揉酸痛的腰背，换了身衣服往楼下走。

五点，正好是很多班放学的时间。

教学楼前学生鱼贯而出，南嘉找了个僻静地方，戴着耳机等裴行妄。

她又看到了南珂雨。

南珂雨与三四个女生走在一起，都穿着同款漂亮的黑裙子，栗色的大波浪散下来，脸上化着浓妆。有经过的男生吹着口哨，拦住她们发出邀请。

南珂雨看也不看，拉着同伴就走了。

她有个同伴转头说："别打我们小雨的主意哦，小雨的男朋友是顶级大律师，压根看不上你们的。"

五点十五了，裴行妄还没下来，南嘉跺跺脚，正思考要不要发个消息催催时，倒是下来了裴行妄班的团支书。团支书经过南嘉那里，停住了："你在等妄哥？"

"对。"

团支书表情闪现出几分慌张："妄哥在医院呢！"

听见这话，南嘉差点儿没站稳，整个人摇摇欲坠："什么？"

看到南嘉这么大反应，那团支书才反应过来："啊，我太着急了，不是妄哥，是江源，就野莓乐队的吉他手。裴行妄刚刚也跟着救护车走了，也就五分钟的事，可能还没来得及通知你。"

一进医院，南嘉就看到了裴行妄。

裴行妄穿了件灰色的外套，坐在沙发上，手肘撑着床边的护栏，正低头跟江源说着什么。

外面天冷，南嘉关紧了房门，看到江源躺在病床上，插着管子，好像也没那么虚弱。南嘉担心地问："情况现在怎么样了？"

“还行，”江源张嘴想说话，裴行妄替他回答，“暂时没大碍，但是日后需要静养，不能过于劳累，也不能出现大的情绪波动。”

裴行妄拍了拍南嘉的肩膀，同她一起出去了。

“江源生了什么病啊？”好端端的人突然就这样了，南嘉觉得奇怪：“这么突然。”

“心脏病，”裴行妄靠在墙上，情绪也不太好，“他一直偷偷玩乐队，他家里人都不知道，这不是加上实习期，累倒就病发了。”

“挺对不住江源的。”

裴行妄垂下头，冷白清瘦的手搭在黑色长裤两侧，指节修长，若有似无的悲伤气息袭来：“身为队长，我对他的情况也不是很了解。”

南嘉安慰道：“妄哥，这也不能怪你。江源也没提前告诉你，他找实习公司也有错。”

江源这个特殊的身体情况，就应该第一时间告知裴行妄，这样的话，他们会酌情安排排练时间，不至于让他累倒。他也应该提前告诉公司，可若是告诉的话，或许就没有哪个公司愿意用他了，社会很残酷。

“妄哥，别难过了，事情也没到最糟糕的那一步，江源他不告知你们，或许也是不想失去这个演出的机会。”南嘉不太懂安慰别人，只好将自己的头靠在裴行妄胸口。

后来江源似乎有话想单独对裴行妄说，将父母还有其他亲戚都支开了。南嘉也不想打扰他们，主动坐在走廊长凳上等着。

“妄哥，你给我转的钱我收到了，钱太多了，我不能收。”江源的力气恢复了不少，“我一直资历平平，也隐瞒着自己生病的事。我实在太喜欢玩音乐了，好不容易遇上靠谱的队友……可我毕竟没做什么贡献，那些钱太多了，我真不能要。”

足足好几十万。

这钱对一个平常的家庭来说太多了。野莓乐队在酒吧驻唱，老板之前都是按照整个乐队发工资，至于怎么分看裴行妄。

大家都知道，这个乐队的歌曲都是裴行妄所作，天赋最高的也是裴行妄，其他人说到底就是陪衬。

裴行妄摇摇头，目光笃定：“跟了我这些年也不容易，这都是你应得的。”

“我……”

眼下正是用钱的时候，可若是收下了，江源又良心难安。

“别磨磨叽叽的，”裴行妄眼睫抬起，“老子最烦推来推去了。”

江源不再推托了：“妄哥，我这个情况，可能要退出乐队了。可我们歌曲都弄好了，演唱会六月就要举办，我这是拖咱们乐队后腿啊。”

他垂头，一脸自责。

裴行妄拉了把椅子坐下了，修长的手指敲击着茶几，嘴角勾了勾："你安心养病比什么都强。"

"可是乐队怎么办啊？马上就到演唱会了……"江源满脸担忧之色。

他实习这一个月来，明明很忙，但是乐队的排练几乎没缺席过，他是真的发自内心热爱摇滚，热爱音乐。

也因此，才会酿造此祸。

裴行妄淡笑着："再找人呗。"

他似乎总是这样玩世不恭，笑吟吟的，仿佛天塌下来也不是事，凡事都有他顶着。但是每一个音乐人都明白，他们是一个乐队，是一个团体，三年多的默契度不是白培养的，少了任何一个都不行。

还不知道要费多少周折。

江源皱着眉，还想说点什么，裴行妄摆了摆手，堵住了他的话："找个替补，野莓乐队的吉他手永远是江源。"

裴行妄这话说得铿锵有力。

夜晚的医院要安静许多，病人的喜怒哀乐都是静悄悄的，若不是亮着的一盏一盏孤灯，都会让人以为医院里没人。

其实每一间病房都是满的。

天气有所转暖，但毕竟夜深露重，南嘉站了会儿觉得肩膀有点瑟缩，便找到停车位，开了车锁。

"南嘉？"

一道陌生又好听的声线传来，南嘉转过身："你是？"

夜色太深，他们站在背光的地方，南嘉看不清楚男生的长相，只觉得男生高高瘦瘦的，气质挺不错。

"我也是安湖大学的，我在学校论坛经常看见你，觉得你挺漂亮的……想要你的联系方式可以吗？"

既然经常在论坛看见她，就应该知道她已经有男朋友了，何况这种没什么诚意的她并不需要。南嘉口气正经地说："谢谢，但是我男朋友会吃醋。"

男生似乎觉得可笑："你是说裴行妄吗？他之前谈过那么多，肯定不会认真对待你的，还不如多了解了解我呢。"

南嘉不太愿意理他，多说也无益，干脆下了逐客令，联系方式更不可能给，那男生就识趣地离开了。

突然，一道力度传来，修长有力的手臂攥住她的手腕，将她往一边带。

南嘉跌进了一个温暖的怀抱，像是穿越了所有的寒冬冰雪，呼吸间的凛冽与淡淡的烟草气息浅浅传来。她对上男人幽深的视线，如坠入深不见底的湖，男人举手投足之间都有种难以掩饰的桀骜，嗓音也总是吊儿郎当的。

“行啊，我们嘉嘉出息了，比哥哥的桃花都多。”

南嘉回宿舍之后思考了很久裴行妄的这句话。

“嘉嘉出息了，比哥哥的桃花都多。”

这句话似乎是调侃，似乎是玩笑。南嘉又想起那个陌生男生的话，还有论坛唱衰的帖子，大胆的猜测浮上心头，难道裴行妄真的没那么喜欢她吗?

如果喜欢她，好歹关心一下情敌吧。

可她又实实在在觉得，两人热情相拥的时候，裴行妄那颗热络的心脏当真为她而跳。

南嘉使劲摇了摇头，她怎么能怀疑他们的感情？如果连她都不坚定了，这段爱情要如何走下去？裴行妄对她很好，很疼爱她，她不该因为别人而胡乱怀疑他。

三月底，乐坛发布了新歌《绮梦》，野莓乐队一直是某个音乐App的入驻歌手，也是玩免费音乐中人气最高的选手。这首歌是在为之后正式演出推出的新歌造势，同为一个系列。

歌曲当天下午六点发布。

晚上九点登上免费音乐榜第一名。

下面的评论区都是吹彩虹屁的。

九点，南嘉收到了裴行妄的微信：哥哥做到了啊。

后面跟着一张第一名的截图。

其实南嘉也一直观察着，她第一时间就捕捉到了，只是没想到裴行妄还记着他们的约定。她当时故意放松要求，说三天内登上第一名就可以。

可他只用了三个小时。

南嘉更想不到，这晚居然在微博上看到了“野莓乐队”几个字，她揉了揉眼睛，还以为自己出现幻觉了。

裴行妄说等六月份的演唱会之后，才真正推出裴行妄这个歌手。

可如今她点开这个热搜，很显然是买的。

里头有各种营销号造势，大意是说，这是南岸娱乐最新签约的歌手，人气很高，这支乐队实力很强，还附送了新歌的链接以及录制的他们在酒吧演出的场景。

网友都很反感买营销的行为，再加上野莓乐队只在小众的音乐圈有人气，微博上冲浪的年轻人都不知道他们，最开始都在骂骂咧咧不太开心。

搞什么啊，一个乐队也买热搜。

就烦这种，不把心思用在正道上，光想着一夜爆红。

楼上，你们听听，这个歌似乎真不错。

有那么点意思，感觉这个录音设备没那么专业，但是他们的音色好棒啊！！

我现在听着这个乐队名也不错，对不起，我顶锅逃走了。

也就几分钟的工夫，评论区发生了翻天覆地的变化。南嘉看着忍不住笑出声，将评论区截图给裴行妄，哪想到裴行妄就没再回复消息。等到第二天来她宿舍楼下给她送早餐，他也没提昨晚没回消息那事。

南嘉心里却不太舒服。

其实如果真的忙的话，不回复也没事，起码说一声。

而且她昨晚分享截图也是因为自己觉得有趣，本来想跟他一起聊一聊，哪想到对话框就这么没有回音了。

南嘉接过去早餐，笑了笑："谢了啊。"

她不敢将真实的情绪表露出来。

裴行妄插兜，眉眼懒散，笑声懒洋洋的："这就走了？不给点报酬？"

太阳升了起来，校园里金灿灿的，南嘉轻轻踮脚，在他脸上印了一吻。她不知道怎么亲，就很随意地点了点，本以来他会顺势回吻她，把握接吻的主动权，没想到他岿然不动，表情吊儿郎当，任她吻了一下就结束了。

她表情有点不自在。

"嘉嘉。"

每次裴行妄叫她名字的时候，都能听出一股缱绻的味道，南嘉的心尖痒痒的，浑身像过了电流一样。

"嗯？"

裴行妄俯身，揉了揉她的长发："等忙完了乐队的事，我带你出去旅游。"

后来，有一次南嘉正巧下楼去食堂，碰到了沈念余。沈念余将两大袋子东西给了她："南嘉，这是我和妄哥买给你和小唯的。乐队还有点事，我就不送过去了，你看你能提得动吗？"

南嘉掂了掂，好在还可以。

沈念余要走的时候，南嘉犹豫着叫住了他："沈念余，你们乐队上热搜那个事……"

她没探听到裴行妄的反应，总觉得不太放心。

沈念余反应了一下，才想起来是什么事："哦，你说微博热搜啊，那是南岸娱乐买的，妄哥不知情。谁知道公司见我们登了榜首，就给买了。那天晚上妄哥很不高兴，他给那个魏总打了电话，魏总安抚了他半天的情绪。

"妄哥倒是能接受那边给的理由，毕竟是为了造势嘛，可是不提前商量就过分了。不过那边的目的已经达到了，也说以后这种事会提前通知我们。"

回去的一路，南嘉情绪都不太对。

裴行妄的情绪发生这么大的波动，她居然什么都不知道，而且裴行妄第二天给她送早餐，也没提这个事。

再看看她自己，生活上哪怕发生了芝麻大点的事情都会忍不住分享给裴行妄，因为太喜欢一个人了，总是想把全部的自己分享给他。

安湖的春天已经很暖和了，南嘉穿了件薄衫，被暖融融的风吹着。她脚步虚浮，脸色也不太好看，回去就倒在宿舍床上大睡一觉。

醒来的时候，程天艾她们正一边扒着塑料袋里的零食和水果，一边感慨着："嘉嘉，你男朋友对你真好！羡慕死了，我男朋友就没那么贴心。哎呀，还有草莓奶糖，好多呀，我也爱吃这个！"

南嘉笑了笑，没说话。

南嘉默默消化掉情绪，既然喜欢了这样一个人，就要接受他的全部，他可能真的不太会爱，没关系，她有的是时间。

她本想着找个时间和裴行妄沟通，可这段时间裴行妄情绪并不好，南嘉也不想拿感情的事情打扰他。

裴行妄不太开心，还是因为乐队的事情。

从江源病倒之后，他们就一直积极寻找着吉他手，然而合适的人选太难找了，压根找不到。这几天乐队三人都在工作室睡的，没回学校。

裴行妄洗完澡，一脸疲惫地倒在沙发上，他只穿了件浴袍，因为坐下的动作，领口扯开了些，露出肌理分明的肌肉。

沈念余"啧"了一声："妄哥，你这身材够带劲的啊。"

裴行妄揉了揉眉心，疲惫感从心底攀升："哪儿凉快哪儿待着去。"

现在已经进入四月，距离演出只剩下两个月，每个人都紧张得不行。裴行妄没把乐队少了一个人的事情告诉南岸娱乐，原本以集体的方式演唱，就是南岸做出的让步，如果让他们知道了，很可能沈念余他们就没了这个机会。

或许对裴行妄来说没什么，可对沈念余这样的素人来说，正式登台，举办一次自己的演唱会可以说是梦想。

哪怕为着病倒的江源，裴行妄队长的担子也得担起来。

他们必须要在观众面前以乐队集体的方式出现——这是他们的信仰。

"话说，"沈念余说，"妄哥，你这段时间跟嫂子的约会次数少了很多，你就不怕嫂子跑了吗？

"我前几天去图书馆接小唯的时候，看到一个男生拦住了嫂子要联系方式。"

裴行妄嗤笑一声，他想起去医院看江源那天，还有一个凛冽的冬日夜晚，他在图书馆也看到了一个男生要南嘉的联系方式。

小姑娘越长大越漂亮，像一朵永不枯萎的红玫瑰，喜欢她的人自然越来越多。

记得医院那个男生瘦得像个竹竿，见到他就躲了，连正面交锋的勇气都没有，对这种人，他一向不屑一顾。

裴行妄掀了掀眼皮，嗤笑一声：“也配撬老子墙脚？”

过了会儿，沈念余说：“妄哥，我倒是想到一个合适的吉他手人选。”

“谁？”

“就那个张明楷，”沈念余说，“他是真的热爱音乐，那小子也有基础，何况还不像之前那几个……人品太差了……”

这段时间陆陆续续来了不少应聘的。

野莓乐队在网上已经打出了名声，为了避免有些人心怀不轨蹭热度，他们放出招募队友的通告，但没说明是哪个乐队，挂了好几天也没人过来。后来沈念余加上了野莓乐队的标签，打电话过来咨询的络绎不绝，也遇到几个合适的，可惜要么想着喧宾夺主，要么想跟着蹭热度，还没起飞就想单飞。

想找个技艺合格，性格又淡泊的吉他手太难了。

裴行妄摸着下巴，脑海中也浮现出张明楷的模样。

张明楷是后期想加入他们的，其实那时已经不缺人了。可他还是万般祈求，裴行妄就给了他一个面试机会。张明楷性子很安静，为了进乐队奋力争取，说乐队也可以有两个吉他手，一个节奏吉他手，一个主音吉他手。

其实两个吉他手倒是也可以，但是张明楷这人弹奏吉他总是有点风格过于强烈，不太照顾整个乐队的感觉，他们是一个乐队，必须要保持相同的风格，最后便没要他。

裴行妄沉思片刻：“行，你问问吧。”

张明楷收到消息之后，立刻就过来面试了。他这次低调了许多。沈念余他们都挺满意，觉得这两年过去他精进许多，只有裴行妄有点犹豫。

可惜时间不等人，他也只能拍板同意。

乐队的事情解决之后，生活似乎雨过天晴了。南嘉和裴行妄约会的次数也稍微多了些，南嘉没课的时间就经常背着包到他那里看书。

裴行妄懒洋洋地跷着腿打游戏，心思却不全在游戏上，时不时凑过去亲吻南嘉。南嘉被他弄得心神不宁，都不太能用心学习了。

男人的亲吻能力越来越强了，好几次都把持不住。可南嘉仍然守着最后一道防线，裴行妄等着她同意。

这事儿也不能强来。

Chapter11. 我们分手吧

裴行妄磨得南嘉也心痒，反正自己也长大了，他又是自己喜欢了好多年的人，自己的身体自己做主，行乐为先。

正当她马上就要点头的时候，微信提示音响了，是志愿者部发来的消息，要求他们快速集合，今天下午要进行一场交换生和留学生的考试，要求他们协助监考。

南嘉有了正当理由，旖旎念头也消失不见："妄哥，我得去监考。"

裴行妄仍不放手，凑近了些，男人的呼吸落在她耳畔，漆黑的瞳孔里映照着她的身影，嗓音低哑："再亲一会儿。"

"可是，真的来不及了……"南嘉使劲推他，"妄哥，你不用去吗？"

裴行妄笑着揉她的脸："听话，你上司让你不用去。"

他正在兴头上，眼神幽深，使出来无数个招数对付她。南嘉脸颊通红，又看到他眯着桃花眼开了口："陪我，嗯？"

趁他不注意，南嘉从他身上爬起来，跳了出去。她用凉水洗了把脸，充血的脸蛋总算恢复了原样，收拾好东西，又梳好头发，在玄关处换鞋。

裴行妄放下手机，冲她慢悠悠一笑。

按照约定的时间，小组长们开了一个简短的考务会，目的是肃清考试纪律，要求一定要秉公监考，南嘉拿着试卷就出发了。

她监考的教室就在她上课的教学楼对面，这次考试只针对交换生和留学生，因此每个教室只坐了十个人，一共七个考场，每个考场配备两名监考人员。

南嘉负责监考一部分交换生，推开教室门，她一眼就看到了一个熟悉的身影。

南柯雨坐在最前排中间的位置，口红很重，皮肤白得要发光，穿了件杏黄色针织衫，露出大片敞开的胸口，姣好的身材挡不住，脚上有双绑带的水蓝色细高跟鞋。

南嘉跟她视线一对视，立马移开了。

时间到了，南嘉下发试卷，然后搬了张凳子坐在讲台上，时不时下来走动走动。

安湖大学是全国首屈一指的大学，能来这里交换的学生也都来自好学校，打作弊主意的少之又少。

跟南嘉一起监考的是个男生，男生站了一会儿说自己肚子疼，捂着肚子跑走了。

教室里只剩下南嘉了。

南珂雨就是这时候开始行动的，她明目张胆握着手机，抵在桌洞旁边，低头抄了起来。

她似乎笃定南嘉看不见她，或者南嘉看见她了也不会抓她，才这么肆无忌惮。

教室里有监控，南嘉也不能坐视不管，敲了敲桌子："大家注意下考试纪律哈，一旦有作弊行为就会记入档案，我是不会帮着你隐瞒的。"

说完，她用眼神警告南珂雨。

南珂雨老实了一会儿，对着卷子发呆，没一会儿又故技重施了。

南嘉走下台，准备站到南珂雨旁边警告她，就不信她还能装傻。没想到右后面有个女生招了招手，南嘉走过去："怎么了？"

看似娇弱的女孩嗓音一点儿也不娇弱，附耳说："第一排有个明目张胆作弊的，你就不管管吗？"

女孩的话点醒了她。

她若是不管，怎么维护考场的公平？

南嘉闭了闭眼，朝南珂雨的方向走过去，将南珂雨的卷子抢了过来。

至于后果怎样，都是南珂雨自己该承担的。

南嘉强硬地收走南珂雨的卷子之后，南珂雨脸色憋红，也没狡辩几句，只用那双凶巴巴的眼睛盯着她。

等到这场考试结束之后，南嘉拿着所有同学的卷子出门。

南珂雨正躲在楼梯拐角处，拦住她，气呼呼地说："南嘉，我以为我是你姐姐，你会放我一马。我现在明白了，你故意的，你恨我夺走了父亲的宠爱，所以想伺机报复对不对？"

南嘉只觉得南珂雨可笑至极，活到二十岁，一码归一码的道理都不懂。她抿了抿唇，眸色冷清地说："我可从没说我有个姐姐。"

她不留情面地将南珂雨推到一边，下了楼。

南珂雨跺脚大喊："你以为这样就能难倒我吗？我要不是有万全之策怎么会敢有这个举动？！"

南嘉笑了笑，没说话，搞不明白怎么作弊还能这么理直气壮。

几天后，公告栏公布了考试违纪的学生名单，如南嘉所料，没有南珂雨的名字，不知道她背地里使出了什么招数。

但是这件事之后也有了后遗症，南珂雨见到南嘉之后不会无视了，总会冷嘲热讽几句再离开。南珂雨也想办法加入了志愿者部，也跟南嘉一样，成为了小组长，每次开例会都会带一堆高级点心，所有人都发，就是不给南嘉。

南珂雨的心机都写在脸上，南嘉无语，南珂雨似乎交了个有权有势的男朋友，经常各种秀，大家也乐意吹捧她，南珂雨的尾巴翘得更高了。

"我妈妈在璀璨路开了个新的酒吧，你们只要报咱们部加我的名字，给你们免单！”

几个爱在酒吧玩的女生激动了：“哇，真的吗？这也太棒了吧……我可是敢点最贵的酒哦。”

南珂雨朝女生抛了个媚眼：“你敢点我就敢免单。”

“啊，小雨太棒啦！”

南珂雨来到志愿者部不到一个月，几乎就收买了所有人的心。

南嘉倒是不在意这个，不过妄哥的 Freedom 也在璀璨路，这不就成了竞争对手吗？

南嘉那本小说定稿了，编辑说大概年底就能顺利出版，她也拿到了一笔预付款，高兴得不行，请裴行妄他们吃饭。

野莓乐队成员都很忙，好像是跟新来的吉他手磨合起来比较困难。这个吉他手特立独行，总喜欢搞独立，跟整个乐队的风格不太搭。后来裴行妄将这个吉他手训斥了一顿，将录制好的四人演奏放给他，这个吉他手听出来不对劲，才算是有所收敛。

但是调教起来实在太麻烦了。

“妄哥，我都怕了你了，”沈念余装出瑟瑟发抖的模样，“你说你对人家张明楷这么严格，万一人家想不开可怎么办啊？”

裴行妄跷着大长腿，淡淡吐出三个字：“没办法。”

“啧啧啧，瞅瞅你，你对人家那么狠，小心人家逆反了。”

说起来，沈念余真没见过裴行妄对谁那么狠。

张明楷现在认输了，倒是跟着裴行妄认真练习了，只不过欠下的太多。反正裴行妄对他一点儿也不客气，哪里有问题就指出来，语气也冷厉。

“我只对我姑娘怜香惜玉，懂吗？”裴行妄口气一如既往地欠。

“又开始秀恩爱了。”一个脸生的男生问，“话说，妄哥，你谈了那么多女朋友，都发展到哪一步了啊？”

南嘉和许唯一到的时候，还在小声交流着。

许唯一在璀璨路转角看到了一个新装修好开始营业的酒吧“沉醉”，“啊”了一声，嘟囔：“竟然敢在这里开酒吧，这是眼红裴行妄的生意，想公然抢啊。”

南嘉抿了抿唇。

估计这就是南珂雨妈妈开的酒吧，朋克风格，炫目辉煌，但是缺乏自己的风格。反正南嘉对裴行妄充满信心，哪怕这个新开的酒吧倒闭，Freedom 也倒不了。

南嘉正想说一说南珂雨的事情，突然闭嘴了。

这群男生貌似在讨论……

沈念余接过话茬：“这个问题我可以替妄哥回答啊，妄哥纯属柏拉图式恋爱！”

南嘉轻咳一声，裴行妄略带戏谑的视线对上了她的。男人穿了件黑色短袖，肌肉线条随着他的手部动作浮现，指节修长，朝着沈念余说了声："一边去。"又张开手臂对上南嘉，口气温和许多，"来，坐哥哥这边。"

讲话过分的男生有点不好意思，见两个女生过来，也没自讨没趣，自己先走了。

现在包间里只剩下自己人了。

"你俩怎么来这么慢啊？"沈念余问。

南嘉回道："忘带包了，又回去取。你们不是不知道，我们宿舍在七楼，可比不得你们一楼。"

沈念余笑呵呵的，裴行妄也若有所思。

有一次南嘉送他什么东西，非要上楼取，一上一下赶时间，脸蛋憋红，撑着膝盖气喘吁吁。还有几次约会她差点迟到，也是因为这个宿舍楼太高。

南嘉从隔壁烧烤店叫了不少烧烤，裴行妄让服务员上了不少啤酒，大家举杯庆祝，一个个说着"开心""不醉不归"。

沈念余揉了揉发晕的脑袋："话说，咱们今天庆祝什么来着？"

许唯一不客气地揍他一拳："白天不是跟你说了，我们嘉嘉的小说快出版了，刚定稿，她拿到稿费了，开心，请我们吃饭。"

沈念余笑得有点傻："你再打就把我打傻了。"

许唯一豪气地揽着他："我养你啊。"

江万涛是这些人中最文艺的一个，对南嘉的小说比较感兴趣："南嘉，你笔名叫什么啊？到时候我也买一本看看。"

南嘉笑了笑："就是爱情故事，上不了什么台面，就不说笔名了。"

江万涛不想放弃，又变着法问，弄得南嘉有点不知所措了。其实也不是不能说，主要是写的暗恋小说，还是不好的结局，就怕裴行妄看了多想，这样的话对他们感情也没好处。

南嘉犹豫着要不要说。

裴行妄喝了点酒，眼角熏上一抹红，懒散地坐在沙发上，结实有力的手臂搂住了她，青色的血管脉络明显，手臂和手背都充满了男人味。

"涛子，你行了啊。"嗓音虽然淡，却具有威慑力。

江万涛果然不再问了。

南嘉随便吃了点烤串就饱了。沈念余喝醉了，倒在沙发上休息。江万涛和另外一个男生在聊天，趁这个机会，南嘉小声问："妄哥，你会好奇我写的什么吗？"

裴行妄捏了捏她的脸蛋，扯扯嘴角："不好奇。"

她又问："要是哪天我想告诉哥哥呢？"

"那哥哥……"裴行妄意味不明地哂笑，慢悠悠地回答，"洗耳恭听。"

男人神态照样散漫张扬。

南嘉有点害羞，耳根爬上一抹红，小声说：“我只能告诉你，是暗恋小说，别的就不说了。”

在别人看不到的角落，南嘉的手臂被右后方的裴行妄抓住。男人从后面抱着她，胸膛贴近她，一步一步将她往自己怀里带。

裴行妄握着她的手，不轻不重地捏着。他掌心有点粗粝，比不得她那么细腻，裴行妄喜欢没事的时候玩她的手，若只玩手也就罢了，又一步步沿着她的胳膊，往上攀升。

包厢内放着别具一格的音乐，朋克乐队，重金属风格，声音也很响，让人耳朵发麻，南嘉嗓音又低，不知道裴行妄听没听到。

南嘉只看到裴行妄笑了，似乎在品味着什么。

也不知道是谁提了建议：“既然大家嗨了这么久精神头还这么好，不如玩个真心话大冒险吧。”

大家都赞同。

游戏规则很简单，转酒瓶，瓶口转到谁那里谁选择，真心话大冒险都可以，大冒险就是随便抽签，真心话的话就由上家出题。

第一局转到了裴行妄。

他坐姿随意散漫，一副任杀任剐的模样。

沈念余这会儿也清醒了些，问道：“真心话还是大冒险？”

“大冒险吧。”

“看样子咱妄哥是不是有南嘉不知道的小秘密啊，居然还不敢真心话了。”

裴行妄嗤笑：“少废话，把签拿过来。”

南嘉移开视线，将那只白皙的小手放进抽签盒子，拿了张字条出来。

——拿出你口袋里的东西。

裴行妄挑眉：“就这个啊。”

他一样一样拿出来。

先是打火机。

再是烟。

还有包纸巾。

最后拿出来几块草莓奶糖。

沈念余问：“妄哥，你啥时候变得像女生一样的，吃这玩意儿？”

裴行妄漫不经心地看了南嘉一眼，偷偷牵着小姑娘的手，传过去一阵阵热乎乎的温度，让南嘉熨帖到心底。

男人嗓音莫名有点儿沙哑，还有点撩人的意味：“哄小姑娘的。”

至于小姑娘是谁，不言而喻。

大家都吹着口哨起哄，南嘉紧紧挽着裴行妄的手臂，脸色红透了。

聚餐结束之后，乐队几个人回工作室，南嘉和许唯一一起回去。走到路上，南嘉回味着和裴行妄恋爱的细节与经历，突然来了灵感。

莫名的灵感。

许唯一在旁边不停地跟她聊天影响思路，她就让许唯一先走，自己慢慢地踱步，然后坐到路边的长椅上默默写完了一首歌，是表达暗恋的歌词，最后取了个名字《寂寞沙洲》。

暗恋不一定都是悲苦的，这首暗恋的歌曲表达了一份昂扬积极的少女心境，与《像你的人》气质恰好相反，却又奇怪的和谐。

南嘉写完之后，简单地改了改就发给了编辑。

编辑觉得很惊艳：我们把这首歌找歌手唱出来，放到你的书里当赠品吧？

南嘉其实本意是将这个歌词附在实体书里，没想到编辑提出的想法更加有趣。

这本小说已经签了出版，具体怎么宣传都是出版社的自由了。

南嘉将手机放回包里，背着包往宿舍的方向走。她揉揉眼睛，惊觉路灯竟然已经亮了。

虽然她的夜盲症比较轻微，但也多少有点影响，这学期裴行妄比之前忙很多，因此他们夜晚在一起的时间越来越少了。

南嘉只偶尔有几节晚课，其他时间都不走夜路，居然没发现，不知道什么时候开始，宿舍楼这一路的路灯修好了。

因为只坏了她们女生宿舍这附近的路灯，再加上学生们都好说话，维修人员都很懈怠。

这灯估计换了新的，比图书馆那边的亮多了，也舒服多了。

编辑那边安排得很快，对接了一个不太红的歌手，歌声温暾慢热，细腻传情，很适合暗恋小说的基调。

录制完毕后，歌手就将这首歌传到了自己的微博。

又引起了小范围的狂欢，也随之有更多人去打卡南嘉的小说。

太好看了啊啊啊！

我宣布这是年度最佳！！

编辑看着热度爆发，赶紧让南嘉开通了微博。小读者们纷纷搜索关注她，没多久，南嘉的微博“粉丝”就破万了，还有不少人看着她歌词写得好，提出以一行一千元的价格找她约稿。

南嘉没接。

这个歌词也是她一时兴起之作，强行写反而没有真情实感了。

不过编辑倒觉得她未来可期。

棣忘啊，比起小说，你的歌词更惊艳我呢。说实话，我们这边策划图书从没给小说做过主题曲，其中的过程很麻烦，也会增加不少预算，但是你的歌词，我毫不犹豫就去申请了。

现在的情况我也很满意，更多人知道这篇小说了。

棣忘，答应我，如果有机会，一定要在作词界好好发展！你会大放异彩的。当然，小说事业也别放弃哦！！

南嘉又跟编辑聊了聊，觉得编辑其实说得很有道理。她小学和初中的时候就经常在报刊上发表文章，那时候很多老师也说她有天分，不过她没想着往这个方向发展，写暗恋小说走红也是意外。

不过她现在就读汉语言文学专业，将来有机会真可以往作词家方向发展。

五月中旬，志愿者部门有一场活动——打扫敬老院。这个活动比较辛苦，部门提议自愿报名。南嘉报了名，没想到的是，恰好和南珂雨分到了一组。

南嘉没想到，南珂雨和南嘉到达分配好的地点之后，南珂雨淡淡地环视一圈，大小姐高高昂着头，什么都没说就走了。

南嘉原本还以为南珂雨只是出去买点东西或者上厕所，当她干了半个小时，累得气喘吁吁，南珂雨的身影还没出现。她知道，南珂雨跑了。

南珂雨彻底不干了，把所有工作都留给她。

南嘉叹了口气，本想着打电话给部长，后来又觉得没意义，反正是来做好人好事的，她能干多少干多少。

直到日暮西山，南嘉总算将所有的工作做完了，累得腰酸背痛。

她捏捏脖子，揉了揉肩膀，眼睛向远处眺望了好一会儿，才勉强有所好转。

南嘉坐在回程的公交车里，差点睡了过去。

裴行安的微信消息发了过来，让昏昏欲睡的她迅速清醒：来玩吗？

大家在我家玩牌呢。

想你了。

南嘉抿起唇，发自内心地一笑，疲惫似乎一扫而空。

我在回去的路上，晚点过去找你。

南嘉先回了趟学校，到志愿部签了名字。回去的路上正好在楼道口碰到了南珂雨。南珂雨看着比她有精神多了，穿着打扮像个小公主。

南嘉皱眉：“南珂雨，你是不是太过分了，你凭什么报了名却不干？”

两人剑拔弩张，谁也不屑隐藏什么。

“实话跟你说吧，我就是故意报名不干的，反正我也无所谓，大不了就退部呗。”南珂雨脸上的笑容扩大，张狂又讨厌，口气轻慢，“你如果非问我为什么，那我也不怕告诉你，就是因为你上次的行为。”

“还有，”她一字一顿地说，“你霸占我的爸爸十八年，我想从你手中拿走点东西，这不是理所应当的吗？”

“随便你吧。”南嘉觉得跟她多讲一分钟都是浪费光阴。

南嘉用轻蔑的眼神看她一眼，转身要走。

“南嘉，你有什么傲的呢？你那个男朋友也是你舔来的，人家根本不会真心喜欢你的。”

“你在说什么？”

南珂雨嗤笑：“你们谈恋爱那个事，不就是因为你倒贴吗？人家裴行妄看你不开心，好心帮你实现愿望，应该没想到，被你这么个弄不掉的牛皮糖黏上吧。”

“谁告诉你的？”

告白的细节论坛无人说过，知道这件事的人不多，大家都不会往外传。

南嘉其实一直很回避那件事，大家夸她一腔孤勇的同时，其实也知道，这场告白并不是出自于裴行妄真正的喜欢。

当时，裴行妄脸上的笑也一如既往是漫不经心的，他说了句“行啊”，而不是“南嘉，我也喜欢你”。

后来他们在一起之后，谁也没提过告白的事情。

经常有人胡猜，但也没人证实，一直云里雾里，如今，南珂雨却知道事情究竟是怎么回事。

南珂雨笑着：“当然是我们伟大的副部长说的了。”

南嘉没说话。

她只想着千万别被南珂雨影响，南珂雨这段时间很显然在针对她，诡计多端，她不能上当，不管发生任何事她都得亲耳听听裴行妄的解释。她拉扯出一个笑，似乎在昭示着她不会相信南珂雨的鬼话。

“站住，南嘉，”南珂雨抱着手臂笑着，“你可别告诉我，你现在还在做百年好合的美梦，没多久裴行妄玩腻了肯定不会要你了。”

南嘉咬着嘴唇，一字一顿地说：“妄哥很爱我，用不着你操心，也跟你没关系。”

“你知道什么是真的爱吗？我也有男朋友，我比你懂。裴行妄对你表白过吗？应该没说过一句我喜欢你吧？”南珂雨嗤笑着。

“你给我住嘴！”

“那你有没有想过一个问题，这段时间我在志愿者部一直为难你，这可是裴行妄的地盘，为什么他不来帮你教训我呢？

“理论上说，他可是副部长，哪怕最近他不在这里，可这里总有他的眼线吧？”南珂雨笑着，“说到底，还是不在乎你罢了。”

南嘉骑着共享电动车往裴行妄家的方向走。

五月的天，路灯凝成一抹暗色的小点，南嘉恍然意识到一个问题——恋爱这么久，裴行妄从未向她表达过心意。

南嘉心中莫名惶惶然，情绪复杂，像一只断了线的风筝。恋爱半年以来，她一直给自己妄哥很喜欢她的心理暗示，他对她很好、很贴心，什么都为她考虑，会给她精心准备生日惊喜，会赶到她家见她，会在零点发生日祝福，会耐心哄她开心，给她买很多好吃的东西，也会在她的直播间刷游艇……

可他们没在一起之前，他对她也很好。

把她当成妹妹一样照顾。

如今除了更加亲密，似乎也没别的变化了。

南珂雨的话不能全信，可那些话也有几分道理。

恋爱这么久，裴行妄从未说过一句表达心意的话，她倒经常倒在他的怀里，搂紧了他的脖子，红着脸害羞地表白：“妄哥，我好喜欢好喜欢你。”

感情的天平的确不对等，她一直揣着明白装糊涂，祈求着天平不要有失衡的那一天。

南嘉将情绪憋在心里，一遍一遍告诉自己，马上就见到妄哥了，不要胡思乱想。

不久就到了澜海路别墅。

南嘉犹豫着按开密码，换了鞋，客厅很大，她站着也没人发现。一群男生在偏厅一处喝酒玩牌，嬉笑打闹。

南嘉一眼就看到坐在中间的男人，她爱了那么多年的人。

从最初见面，他带着她玩了一下午，她就将那个好看温柔的他记挂在心底。后来又意外在路上相遇，少年好心提醒，笑容狂妄不羁，宛若神明降临，震得她胸腔里的蝴蝶翩跹飞舞，从此再也没法忘怀。

裴行妄的一颦一笑还是那么勾人。

只有偏厅一处开了小灯。

遮光窗帘拉着，院子的灯光透不进来，裴行妄脸庞英俊，看牌的时候眼角微挑，像是天生带了王者气质，坐姿随意，长腿搭下来，下巴弧度有点凌厉，有种混不吝的禁欲感。

南嘉没走过去。

呆呆地打量着他。

她如今只在思考一个问题——裴行妄究竟对她有没有真正的喜欢？

南嘉正想走过去，黄发男生开了口：“话说，妄哥，志愿者部有个女的欺负你女朋友，你知道吗？”

裴行妄蹙眉，漫不经心道：“嘉嘉才不会被欺负。”

“你是不是出老千？”裴行妄显然没把这个话题放心上，出了张牌，将沈念余压制得死死的。

黄毛又开了口："万一是真的呢？"

裴行妄扬了扬眉毛，好整以暇地说："放心，她能解决。"

南嘉的心仿佛绑了小石块，无限下坠，眼神也有点飘忽不定，手中提着的包差点就要掉下去了。

她想往前迈几步，找裴行妄问问什么意思，到底是不是在开玩笑……

手机振动了。

南嘉闪身退了出去，无声无息的，似乎她从没到过这里。

是南母的来电，接通的那一刻，南母气势汹汹，气愤的嗓音几乎从话筒里溢了出来："南嘉，你居然背着妈妈又和那个男人在一起了？现在买票给我回家！快去找你们老师请假，否则我就去学校找你！"

南嘉匆匆忙忙请了假往家赶。

回去的路上，她坐在靠窗的位置，静静思考着。

这一趟下来，打车，到车站，检票，入站，她清醒了许多，不会像刚才那么不理智。

她会亲口问问裴行妄对她到底有什么想法，如果真的不喜欢她，为什么总喜欢撩她？

只是有一件事想不明白。

当别人说起她被欺负的时候，裴行妄为什么一副无所谓的态度？这个态度是不是真的可以说明一些问题？

她从小受到的教育就是耳听为虚，眼见为实，所以南珂雨的话不能全信，那么她刚刚亲耳听到、亲眼看到的，可不可以当成真相？

还有之前裴行妄莫名其妙失约。

还有之前莫名其妙没回她消息。

种种细节如今串联在一起，她没办法不多想。

高铁很快就到站了，南嘉没提行李箱，换洗的衣物家里都有，正好明天是周五，和周末赶在一起，她也不用请太久的假期让老师为难。

下车的旅客很多，熙熙攘攘，南嘉的手机响了，是裴行妄。

她闭了闭眼，深吸一口气后才将电话接起来，用听起来很平常的语气说："妄哥。"

"等你半天了，怎么还没来啊？"裴行妄哼笑一声，语气吊儿郎当的。

"我家里有点事，我在高铁上呢，"南嘉说，"有点着急，所以就没去你那边。"

裴行妄"嗯"了一声："是你妈妈找你？"

裴行妄知道她妈妈的性格，南嘉生怕他担心自己，也害怕他冲动，赶紧说道："不是，是我姥姥啦，没什么事，我过两天就回去了。"

"成，"裴行妄笑了声，"要有事记得告诉哥哥。"

口气一如既往地张狂，却也透着淡淡的宠溺。

跟之前没什么不一样。

今天的南嘉神经格外敏感脆弱，挂断电话之前，她很小声地说：“妄哥。”

裴行妄笑了：“怎么？”

“我想问，你喜不喜欢我呀？”南嘉不想让他看出她的犹疑和摇摆，将这话说得轻之又轻，似乎什么都没发生过，只是一次最寻常最普通的闲聊。

风声仿佛静止。

她掌心黏腻，全是因为紧张而滋生的汗水。

男人哼笑着：“怎么突然这么问啊？”

“你回答我嘛。”

“嗯，”裴行妄口气照样不怎么正经，“喜欢啊。”

得到肯定的答案，南嘉柔声笑了，正想多跟他聊几句，却听到裴行妄电话那头有喊他继续打牌的声音，还说别打电话了，跟兄弟们玩才是正事。

“挂了。”裴行妄说。

裴行妄也没想过他们这么能玩，本来也没计划来这么多人，谁知道他们班一个同学非要跟来，这一跟来不要紧，还带来了几个不太正经的家伙。

结束的时候已经凌晨一点了，几个男生东倒西歪在沙发上、地毯上，裴行妄也没管这事。

他懒得收拾，脑袋昏昏沉沉的，准备回房间休息。他刚站起来，突然想起一事，看向唯一一个处于清醒状态的江万涛：“廖凡云今天说的是真的吗？”

廖凡云就是那个黄毛。

江万涛愣了愣：“什么事？”

“他说嘉嘉在志愿者部被欺负。”

裴行妄皱皱眉，明显不太相信。

南嘉性格乖软，但也绝不会任人欺负，何况部门里就那些人，没见过哪个人爱挑事。

江万涛想了想：“没听过。”

“也没人跟我说。涛子，你帮我查一下吧，看看到底有这回事没。”

第二天江万涛就调查完了，大致说了下情况，连带“沉醉”酒吧的事儿。

这天，裴行妄熬夜制订了计划。

其实沉醉敢跟 Freedom 开在同一条街也是胆子够大，安湖谁不知道 Freedom 是营收最高的酒吧，主要还是因为服务好，再加上有一支最牛的乐队驻唱。“沉醉”敢开在这里，或许并不是为了抢裴行妄的生意，只是想借一点这里的客源，形成酒吧商业链。

开一间酒吧投资起码大几百万。

“沉醉”最近刚开业，装修投资很大，为了吸引顾客，每天都搞活动，从最初的全场酒水饮料五折、六六折，到现在的七七折，生意越来越好，门庭若市，客人络绎不绝。

裴行妄一直没想着用任何计谋，毕竟“沉醉”只是一时得意，不用当回事，“沉醉”这样做利润率很低，也撑不了太久。何况尽管对方这么努力地搞低价，可裴行妄看了下 Freedom 的流水，并没有太明显的波动。

他们的客源都是老顾客了，除非对方搞出来石破天惊的惊爆价，不然不会轻易挪动位置。

现阶段来看，想要提升 Freedom 的装修档次显然不太可能，时间太短了，酒水服务他们做的价格一直都很合适，也不好伤了老顾客的心，服务水平基本也是业界顶尖水平，酒吧也很安全，无人闹事，基本就是平稳运行着，提升空间很小。

只有一个最简单的快速提升流量的方式，那就是以他们的优势来攻击对方。

这个优势指的就是野莓乐队，这么久以来都是每周安排乐队驻唱一次，现在他们在排练新歌，准备演唱会，时间比之前还不充裕，最多也就提升到两次。

可这样的提升空间也不是很大。

裴行妄身为队长，认识业内不少小有名气的乐队组合，大家都私底下保持着很好的关系，比如已经出道的飞鸟尽乐队，队长陈飞鱼是裴行妄很好的朋友。裴行妄打电话给他，跟他商量能不能来他们酒吧一次。

“陈飞鱼，怎么样，来吗？”裴行妄坐在高脚凳上，晃荡着酒杯，懒洋洋地笑着。

“你这求人也没个求人的态度啊？”

裴行妄语气漫不经心：“这是跟你商量啊。”

“不是我说，咱野莓乐队队长啥时候干过求人的事啊。你那酒吧也不大，干吗非得让我去？”

“这不是谈了恋爱，为了媳妇儿嘛。”裴行妄口气一如既往有点酷，慢悠悠地抬了抬眼，“你就说来不来吧，我能给你市场价格的十倍。”

陈飞鱼跟他关系没得说，其实不给钱也会来，就这么一口说定了。

裴行妄又叫了另外几个朋友，之后一个月的演唱全部安排了，又买了营销通稿——他们酒吧会请来业内有名的几十位歌手轮番坐镇。

所有人都很好奇，究竟是怎样神奇的酒吧才能请来这么多歌手?

听演唱全部免费，但是仅限会员，充值一万元就能成为会员。这个要求不算高，毕竟常驻酒吧的都是一些高消费人员，一万块钱能听这么多演唱，本来也很值了。大家都抢着充值，营销三天，Freedom 的营收值已经达到了有史以来的最高。

“沉醉”彻底坐不住了，好不容易情况好转，没想到 Freedom 又出来了新活动，南珂雨的妈妈孙茜着急得不行，可要比起人脉来，她必然比不上 Freedom。

酒吧消费不像吃饭、喝水是人的基本需求，市场蛋糕就那么大，Freedom 几乎将未来半年的营收全部吸收了，那么“沉醉”又该怎么办呢?

孙茜想要见 Freedom 老板一面，知己知彼，百战不殆，可这个背后的老板格外神秘，接连好几次都将她拒之门外。

裴行妄马上要进娱乐圈了，酒吧老板的身份不打算公布，可孙茜屡次想见，他只好托人给她带了句话：管好自己家的狗。

至于能不能领悟，就看孙茜自己的能力了。

一周多的时间里，裴行妄除了排练，就是搞商业竞争。他擦了下下唇，不免觉得有点好笑，跟着裴博文长大，商场上那些烂招学了不少。他平素光明磊落，为人也佛系，若有人想欺负他的人，就休怪他不客气了。

也是这时候，裴行妄惊觉，居然这么久没和南嘉联系了。

他这段时间忙就算了，小姑娘居然也能狠下心不联系他。

“妄哥，您为嫂子做这么多，要不要告诉她，给她个惊喜？”

裴行妄盯着手机，皱了皱眉：“商场上乱七八糟的事情别跟她说了。”

裴行妄发了消息问南嘉什么时候回来。

南嘉回来那天是五月二十七日，照样是个晴天。本来这天裴行妄安排了一天的排练，可张明楷的吉他和弦还是不够出彩。

在乐队主推的歌曲中，吉他手的地位非常重要，需要分解和弦，为乐队的和声做好铺垫，吉他手就像乐队的血液一样重要，有时候还需要加一些出彩的东西，可张明楷现在连基本的流畅度都做不到。

裴行妄自幼学习吉他，对这方面倒是比较精通，这又指导了张明楷一个小时。原本还要继续排练，可他突然换了身衣服，在玄关处换鞋，欲离开工作室，笑容中有止不住的得意。

“妄哥今天走这么早？”

“你们继续，”他笑得有点欠，“我得陪嘉嘉去。”

南嘉走的时候没拉行李箱，回来的时候却拉着行李箱。仅仅一周的工夫，街景明明没发生任何变化，可南嘉却莫名觉得陌生起来，或许是心境变了。

她从小就经常来安湖，这里就像是她的第二故乡，再多割舍不下的东西，也终究是要割舍。

南嘉刚出站，想着打个车回学校，一眼就看到了裴行妄的车。

车身流畅，张扬的品牌，典型的富家公子哥标配。

裴行妄不好停车便没下车，一眼就看到了温软乖巧的小姑娘，朝她按了按喇叭。

南嘉穿了条白色连衣裙，到膝盖中央，露出半截玉砌的长腿，她腿型特别好看，骨肉匀称，脚踝瘦削，一双玉足细腻漂亮，脚上那双凉鞋上有一只振翅欲飞的蝴蝶。

裴行妄舔了舔唇，喉咙有点痒。

南嘉上了车。

“想哥哥了没？”裴行妄吊儿郎当地哼笑着。

南嘉坐在副驾驶上，用余光看向裴行妄，他坐姿笔直挺拔，手握方向盘，指骨修长，照样还是那个骨子里勾人的男妖精。

“想了，”南嘉抿唇一笑，“那你想我了吗？”

“我日思夜想。”裴行妄目光灼灼地看她，眼睫微微垂下，在眼下拓出小片的阴影，他口吻不正经，用漆黑的眸子打量着她。

“那你怎么没给我发消息啊？”

南嘉依旧眉眼弯弯，问出这话的模样也极其自然，多想任何一秒似乎都是对她单纯模样的亵渎。

裴行妄颀长的身躯倚在椅背上，他穿着一身黑，模样桀骜不驯，眯了眯眼睛，有一瞬间的慌乱。

好在南嘉率先转移了视线。

裴行妄的确忙，乐队加上酒吧一起让他忧心，可酒吧竞争的事他也不想多说，南嘉心善，或许又得一顿说教，说他这样竞争不够正当云云，他也舍不得让小姑娘担心。

他笑了笑，唇瓣轻扬，摸了下她的头：“下个月中旬就开演唱会了，公司统筹安排这事。生气了啊？”

裴行妄不由分说地停下车，眉梢轻扬着。南嘉还没反应过来怎么回事，只见他猝不及防使了劲，将她抱在怀中，这个姿势暧昧又亲昵，车内空间不小，他们偏要严丝合缝地叠在一起。南嘉闻到熟悉的烟草气味，脸蛋烧红一片，方寸之间，她呼吸大乱。

过了会儿，男人松开她一点，慢条斯理地碰了碰她的脸颊，从喉咙里溢出轻而慢的笑声：“那哥哥哄哄你，你理我，行吗？”

裴行妄漫不经心地笑着，神情散漫张扬，尾音含着淡淡的戏谑。

也不知道他从哪里变出来一杯西柚果茶，将它塞到南嘉手里。

熟悉的品牌，熟悉的包装，炎炎夏日，坐了一路车，好不容易触及到一片凉爽，她迫不及待想喝口东西，来得正是时候。

南嘉想起高中那会儿，苏桃欣找她麻烦，裴行妄给全班买了奶茶只为向她赔罪，她的那杯最特殊，也是西柚果茶，他还亲手写了字。

这人招人恨，却更招人爱。

沁人心脾的果香缓缓入喉，一阵一阵的清凉让南嘉浑身舒爽，将全身的燥热都散了去。裴行妄瞭起眼皮，痞笑着：“小姑娘开心了？”

男人嗓音有点低，宛若春雷轰炸，她心跳加速，仿佛要跳出胸腔。

南嘉浅浅地笑："嗯。"

她总是这样好哄，一杯果茶就能哄好。

车子平稳运行着，南嘉倚在窗前，昏昏欲睡，嘴唇微微张开，太阳一晒，皮肤上的绒毛清晰可见，像一朵朵小小的蒲公英。她脑海中莫名响起了与南母的对话，从梦中惊醒，脸色惨白如纸。

她有她的心思，有她的为难，有她的窘迫，她多么想将内心隐藏的心事跟裴行妄分享，让他帮着出出主意……

南嘉张了张嘴，看向裴行妄。

到底没开口。

这天，南嘉上完课下了楼，就看到男人插兜等着她。裴行妄剪了头发，显得更加利落，一身黑色狂妄不羁。傍晚五点钟的光景，夕阳浓稠如蜜，不少人吹着口哨看向二人，一脸的揶揄笑意。

裴行妄挑着眉似笑非笑地看她，上前一步牵上她的手："去我家吧？"

裴行妄开车带她过去。

路上两人还在讨论吃什么东西，裴行妄的电话响了，他戴着耳机接起来，表情冷厉，下颌线绷紧，似乎发生了什么很严重的事情。

不过电话那头似乎很镇定，说将最好的律师约好了，到时候肯定能将事情办好，让他别担心。

裴行妄似乎在隐忍着情绪："嘉嘉，我把你送到家。我晚点回来，你想吃什么？我给你带。"

"妄哥，你那边出事了？"

裴行妄不太愿意多说，双眸锐利："一点小事，我先去处理一下。"

"那你在这里把我放下吧，我骑电动车回学校就行，这段时间也没见唯一了，她得想我了。"

南嘉温柔地笑着，在裴行妄身边似乎充当着解语花的角色，每次都是如此，他不多说，那她就不问，怕问多了惹人厌烦，怕他生气。

可是爱情真是这样的吗？难道不应该分享全部的自己给对方？

这样的她真的快乐吗？

裴行妄说："我晚点有东西给你，你就住我这边吧。"

南嘉也没再推托，到达后按开密码回到熟悉的客厅，开了灯，透过窗户看到裴行妄的车辆提速，扬长而去。

打电话给裴行妄的是裴氏的一个股东，也是裴行妄在公司的眼线。

裴行妄早就知道周传伊的心思没那么简单，怀孕只是第一步，侵吞裴氏家业才是她的真实目的。

她现在怀了孕，得到了裴太太的身份。也不知道她用了什么办法，老头子竟然将名下的部分股份转让给周传伊和那个未出生的孩子，实在是太疯狂了。

裴氏最初是裴行妄的母亲建立的，裴博文起的也只是副手的作用，裴行妄必须守护住母亲最后的东西。

好在事情有转机，那名股东意外有了发现。他怀疑周传伊怀的并不是裴博文的孩子。他亲眼看到过周传伊和公司另一名高层外出开房，次数还不少，之后，周传伊便怀了孕。

时间节点未免过于巧合了些。

何况裴博文年事已高，裴行妄也早就听过关于父亲身体不行的传言，周传伊又恰好是个水性杨花的女人。

纷纷乱乱的事情缠绕在一起，打成一个死结。裴行妄的心从未这么乱过，好在那个股东给他介绍了一个知名的律师。

这人年轻有为，经手的官司就没失败过。

裴行妄将车停好，推门进了约好的咖啡馆。

咖啡馆装修富丽堂皇，流淌着动听的音乐声。沈旭东已经在那里等着了，男人西装革履，面容清隽，旁边还坐着个打扮精致的年轻女孩。

“你好。今天本来在跟我女朋友约会，她一直跟着，不过她不会影响我们，你不介意吧？”

裴行妄摇摇头。

那女孩长得很漂亮，大抵和沈旭东很恩爱，两人时刻都挽着手。

沈旭东提前点好了咖啡，问：“我看你有些脸熟，你是安湖大学的吗？”

裴行妄点点头。

沈旭东说：“我女朋友在安湖大学当交换生。”

年轻女孩依偎在男人的肩头，娇滴滴地笑着。

随后沈旭东说：“小雨，你先去逛逛商场，卡给你，想买什么随便刷。”

两人没寒暄太多，便进入正题。

裴行妄将基本情况跟他说了，沈旭东提出了建议：“你父亲将股份转移给妻子没什么问题，你想追回其实没什么好办法。我建议你最好从这个女人身上入手，找到切实证据，然后找你父亲来协商。

“像你们这种家庭，如果明面上打官司我觉得也不太好，最好还是自己私下解决，相信你父亲知道真相之后，能有办法处理。现在你应该去搜集你后妈出轨的真相，最好能直接证明这个孩子的身份。”

两人交换了微信号，裴行妄道谢之后离开。

找到周传伊出轨的证据，其实并不难。他们已经掌握了一些，他再找人去偷拍就是了。

裴行妄这些行动都是偷偷进行的，他不想让周传伊知道他偷偷调查，以免打草惊蛇。

接近九点，裴行妄才回到家。

一身疲惫。

南嘉盘着腿在客厅里看电视，看到裴行妄的身影，她坐直了些："妄哥。"

小姑娘穿着一身白色睡衣，洗过了澡，长发打着卷儿，散在肩头，皮肤白得像牛奶，神色平淡温和。

裴行妄今天心情很烦闷，本来身上就一摊子事，又遇上这么个糟心事，浑身都散发着戾气。他在车里抽了好几支烟才下来，不想让自己的坏情绪影响到南嘉。

他没想到的是，自己一身反骨在看到南嘉的这一刻起，竟然悉数化成了绕指柔。

就好像穿越了茫茫凛冬，你以为自己孑然一身，其实背后有人在等你。

这种感觉太过奇妙了。

裴行妄身姿挺拔，灯光将他的五官照得立体分明，他懒洋洋地笑了声，坐了过去："嘉嘉。"

南嘉张了张嘴，还没开口，男人就将她搂在了怀里。

裴行妄吻着她的脖颈，动作很轻很慢，莫名的，南嘉觉得他在寻找一处庇佑。

他一边亲着，一只手有意无意地擦过她的胸部轮廓，眼神散漫又轻佻。虽然以前也有过类似的接触……可今天，南嘉格外抗拒。

她抗拒他的接触，说没有芥蒂是不可能的。

那些发生过的小事串联在一起，在南嘉的脑中上演着，她反反复复纠结，还与南母的那些话交织在一起，最终，南嘉推开了他："妄哥……我不想这样。"

事情没搞清楚之前，她只想冷静。

裴行妄也不生气，像抱着玩具似的将她抱在怀里，亲吻着她的耳垂，嗓音还带着点微哑："行，哥哥等你。"

两人又看了会儿电视，南嘉才想起正经事："妄哥，你吃饭了没？"

裴行妄挑了挑眉："没呢。"

"我去给你温一下，我晚上随便煮了点面条。"

裴行妄敞着腿坐在沙发上，静静地看着在厨房里忙活的小姑娘。厨房灯光很亮，月色寂静，女孩长发散落，越发衬得脖颈那块肌肤莹白如玉。其实她个子挺高，但是身体太瘦，显得形销骨立。他其实很注意让她多吃，家里也给她买了好些吃的，也不知道补哪里去了。

南嘉这晚留宿这里，她睡在之前的房间，裴行妄请的阿姨每天都为她的房间熏香，无论什么时候进来，都有舒服宜人的味道，床垫也买了最舒服的款式，像沉睡在云朵之上。

她想起跟裴行妄告白那天，她压抑不住内心的激动，高兴得仿佛得到了全世界，可现在想想，这场恋爱到底幸福吗?

南嘉没办法给出真正否定的答案。

开心过，难过过，得到了全世界，也在某些事情中丢失了自己。

裴行妄更多时候给她的感觉都像一团迷雾，她很想穿过去，想看看雾的尽头是什么，但他吝啬给她这样一个机会。

或许南母说得没错。

可南嘉真的不忍心就这样分手。

她悄悄地下了楼，想碰碰运气裴行妄在不在，楼下亮了一盏微弱的灯，裴行妄人不在，手机倒是在那里。

白天发生的一幕又重新在脑海里放映——

其实南嘉也去了咖啡馆。

她听到了他们约定的具体位置，因为实在是太担心裴行妄，就打车过去了。

南嘉怎么也想不到，与裴行妄见面的人里竟然有南珂雨。

倒不是怀疑出轨，裴行妄最基本的道德不可能缺失，何况咖啡馆里不止有南珂雨，还有个年轻男人。

隔着一层玻璃，他们聊得很开心，她才是那个局外人。

南嘉突然觉得那样担心他的自己仿佛一个笑话，她担心得要命，像个贼一样鬼鬼祟祟，可人家有自己的生活，只是不屑跟她说罢了。

她又想起那天，在这间别墅里，那个黄发青年问裴行妄，知不知道南珂雨欺负她的事情，裴行妄淡淡地笑着，说她自己能解决。

所以他就可以肆无忌惮跟南珂雨联系?

那么她正牌女友的身份，又被他怎样安置呢?

南母威胁她一周之内分手，她一遍一遍求南母也无济于事，千方百计替裴行妄说话。

裴行妄在这时候推门进来了。

南嘉只能看到他淡淡地笑着，却在看到她的那一刻，收敛了笑容。

南嘉决定给他最后一个机会："妄哥，你能告诉我最近发生了什么吗?"

"我看你很不开心……"

"嘉嘉，有些事不该问那么多。"裴行妄漆黑的眉眼仿佛压抑着戾气，她明显感觉到了他的冰冷和不耐烦。

这话一点儿都不客气，还带着个人情绪。

南嘉突然觉得自己很可笑，她明明没别的意思，只是想离他更近一点，为什么连这么点事都不能分享呢?

她眼睛晦涩，要不是强行憋着，眼泪早就一串一串落了下来。或许对面这人是真的从没喜欢过她，她不需要自我欺骗了。

暗恋多年，终究是她一个人的独角戏。

是她单纯可笑，是她仍有贪心。

两人之间的氛围有点尴尬。

南嘉忍住翻涌而来的情绪，草草说了句："对不起。"

她想马上回房间去，想要离开这个是非之地。她还想立刻回学校去，但自尊心作祟，还不想让裴行妄看出来她其实很生气的事实。

正当她迈开脚步要走时，裴行妄伸出修长的手臂，一把扯住她，力度逐渐收紧，将她圈在自己的怀里："我有东西给你。"

南嘉没心情跟他玩笑，摇摇头，干巴巴地说了声："不要了，我得睡觉去。"

"手心。"裴行妄言简意赅。

南嘉的手正被他牢牢攥着，她抬起头怔然看他，看到他线条清晰的下颌线，嘴角抿起来，笑得有点浪荡。他扬了扬眉毛，嗓音有点懒散，似乎完全没被刚才的事情影响："还不快看看?"

她撑开手掌。

躺着一枚小小的蓝钻，六角形，切割完美，闪着粼粼的光。

是一只蓝钻打造成的耳钻。

南嘉攥紧手心，说了声"谢谢"就匆匆往楼上走。

第二天早上，裴行妄照例买好了早点。昨晚南嘉情绪不对劲，他能感觉得到，所以今天特地早起买了她最喜欢的那家的早点，几乎把人家早餐店都搬空了。

他满意地摆了一桌子，想着小姑娘得消气了吧。

裴行妄等到八点多，楼上还没动静。

南嘉没有睡懒觉的习惯，如果真的要睡，也会提前告诉他一声，这样他可以先吃早餐。

裴行妄逐渐收敛了笑意，迈起长腿往楼上走。

床铺叠得整整齐齐，窗帘拉开了，大片的阳光肆无忌惮灌进来，南嘉已经走了，房间里空无一人，只剩下淡淡的熏香气味。

桌上只留了一张字条，小姑娘干净秀气的笔迹他最熟悉。

裴行妄瞳孔骤缩，看清楚了上面的一行字——

我们分手吧。

南嘉回到宿舍就开始收拾东西。

其实之前也收拾得差不多了，这次又彻彻底底地收拾了一次，不需要带太多东西，她只收拾了常穿的衣服，一边收拾，一边忍不住掉眼泪。南嘉好不容易整理好情绪，往卫生间的方向看了一眼，喊道："唯一。"

许唯一闻言赶紧出来了，注意到南嘉情绪不太对劲，赶紧问道："嘉嘉你怎么了？"

"没什么，我想跟你说，我要出国留学了。"

南嘉眼神也很平静，就是太平静了，才让许唯一觉得格外可怕，就像一潭无波的死水，不该出现在一个十八岁女孩的眼睛里。

"什么？出国留学？"

南嘉请了一个小长假，回来之后就魂不守舍，许唯一一直想抽时间问问到底发生了什么，还没找到合适的时机，却想不到南嘉居然要离开了。

"你去哪里啊？"她眼睛瞪大，充满了不可置信。

"我之前那个歌曲不是小火了一把吗？我妈妈也知道了，她觉得我有这个天分不能浪费，让我去美国学习作曲，以后可以往这个方向发展。"

许唯一静坐着，思考了好久才说："其实也挺好的，出国深造当然是好事。只是你这也太突然了，既然你家有让你出国的打算，那你为什么没高中一毕业就出国啊？"

"因为我喜欢裴行妄，我想跟他念同一所大学，是我一意孤行。"南嘉垂下眸，叹了口气。

"可你现在出国，你俩这个感情怎么办啊？"

许唯一是他们感情的见证者，也最清楚南嘉有多么喜欢裴行妄，喜欢到痴狂，可以丢失自己。如果这样热恋的情侣要分开的话，岂不是在剜南嘉的心？

南嘉用只有她们听得到的声音说："我们分手了。"

"什么？"许唯一彻底崩溃了，按着南嘉的肩膀，"嘉嘉，你那么喜欢裴行妄，你怎么舍得分手啊？！不行不行，真的不行。"

许唯一喋喋不休，想要劝说她再理性思考一下。

"唯一，你看，你说的是我那么喜欢裴行妄，而不是裴行妄那么喜欢我。其实大家都很清楚，裴行妄并没有那么喜欢我，及时止损也好。"

南嘉这一夜思考了很多，从他们在一起的第一天想到现在，恋爱接近一年，比起裴行妄之前的每一段恋情，其实已经算得上很长了，事情发展到这个地步并不意外，最初是她趁机告白，也算用了点小聪明。她鸠占了不属于自己的巢穴，也终究要回到自己原本的地方去。

做什么事都可以用小聪明，唯独感情不行。

"坦白说，我以为分手了我会很难受，可我现在只有一点难受，更多的是释然。"

南嘉笑了笑，“可能最近发生的事情太多了，很多事情我也是才想明白。”

“不过没关系，就算我不提分手，迟早有天他也会提，”南嘉整理着衣服，嘴角笑容飘忽，“这样还挺好，至少，我是第一个甩了裴行妄的人，也挺骄傲。”

虽然她口吻轻松，但是许唯一比谁都清楚，南嘉的心肯定像被扎了一样疼。

南嘉的手机此时也亮了，裴行妄发来好多条消息，她一条都没回。

下来。

给我说清楚。

不然硬闯你宿舍。

许唯一说：“嘉嘉下去吧，有些事要说清楚，成年人了，分手也要分得漂亮。”

南嘉跑到阳台上，偷偷看了一眼。

大清早的，不少学生从宿舍楼鱼贯而出，往教学楼或者食堂的方向走，裴行妄就站在楼下，一动也不动，脸色阴沉。

男人下颌线紧绷着，身影显得清寒孤冷。

只从微信说分手确实不太地道，裴行妄这人也执拗，她若不说明白，他肯定不会放过她。

何况裴行妄乐队还有一堆事，纵使分手，南嘉也不希望影响他的事业。她没化妆，也没换什么漂亮衣服，素着一张脸就下去了。

南嘉看起来非常清醒，静静地看着他。如果是之前，她一定会撒娇地往他怀里躲，语气娇嗔地问他有没有想她。南嘉变了，真的变了，也让裴行妄非常清晰地认识到一个事实——她铁了心跟他分手。

南嘉做事情一向理智，不会像他之前那些女朋友，分手只是讨他喜欢的一种方式。

她说分手就是真的分手。

裴行妄第一次对女孩产生了一种恐慌的情绪，从心底散发的无力感一点一滴弥漫到四肢百骸。五月底的高温里，他感觉到彻骨的寒冷。

他不想分手，特别不想。

裴行妄率先打破了沉默，尝试跟南嘉沟通，微哑的嗓音听起来低沉又性感：“嘉嘉，分手的事情是跟我开玩笑吗？”

南嘉咬了咬唇，索性开诚布公：“妄哥，我做这个决定已经很久了，我非常认真，我们俩并不合适，我想你最近也很累。”

裴行妄攥住她的手，低下头，嗓音有点低哑：“昨天我不该那样对你说话，是最近发生了太多事情，我自己也很乱，我不知道怎么跟你解释……嘉嘉，原谅哥哥行不行？”

南嘉睁大了眼睛。

她怎么也没想到竟然能从裴行妄的嘴里说出这样的话。

男人眉眼有几分溃败，声音低哑至极。

周围看热闹的人越来越多，他们这样下去也没个结果。南嘉不喜欢别人看他们的热闹，她一向讨厌自己的私生活成为别人饭后的谈资，便提建议：“我们去咖啡馆吧，那里有单间。”

两人在咖啡馆二楼找了个单间。

南嘉点了两杯咖啡，有些事情需要交代明白。

南嘉也不想留下遗憾。

“我昨天看到你们了，看到你和南珂雨，还有一个男人在咖啡馆，你们很开心地吃东西。”

“妄哥，你知道我和南珂雨的关系吗？你知道南珂雨很讨厌我吗？她巴不得我去死，她觉得我抢走了她的爸爸……我很委屈，真的，可是你从来都不知道。我理解你忙，但是我们这样的关系是畸形的。”

裴行妄惊讶：“我昨天是出去谈公事，我并不知道她是南珂雨……”

他出去是为了见律师，哪能料想到律师还带了个女朋友，而且沈旭东也没介绍南珂雨的名字。他从来没见过南珂雨，关于南珂雨的消息都是江万涛帮他调查的。

“如果你知道呢？”南嘉口气有点咄咄逼人，“那你还会去见面吗？”

过了几秒钟。

裴行妄沉默半晌，才说：“会。嘉嘉，我过去是为了谈公事。我见的不是南珂雨，你不要把这两件事搅和在一起。”

南嘉要裴行妄在恰当的时候哄哄她，而不是要他用理智跟她讲道理。

南嘉需要的是唯一的、不含杂质的喜欢。

是坦坦荡荡，双向奔赴。

是舍弃全世界，也舍弃不了她。

“我们俩性格真的不太合适，可惜我试错这么久才发现，不过也好，及时止损。”南嘉感觉到热泪掉下来，“何况，我马上要出国了，你也要进娱乐圈了，我们本来就是两条不相交的平行线，反正迟早也会分手。”

裴行妄猛然抬头，咬牙切齿，一字一顿：“南嘉，你是不是早就想分手了？你凭什么觉得，我就没想过要跟你白头到老？”

“我昨天送你的耳钻，那是我妈妈留给我的，一只给你，另外一只留给我自己，我打算每次演出都戴着。”男人的黑眸在她脸上一寸一寸掠过，眼角染上猩红，“南嘉，我对你的心天地可鉴。”

南嘉摇摇头：“这段感情，你永远高高在上，你主导一切，但是爱情不应该是这样的，不是你哄哄我我就应该过来和好。”

“可能你习惯了这种感情模式，什么事情你都一个人藏着掖着，不跟我分享，但我没办法习惯。”

“那天期末考完，我被妈妈强行带走，你知道我有多难受吗？明明约好了，你却不来，我回家之后天天眼巴巴等你消息，行，你忙活乐队的事情，你有理由。还有后来，你莫名其妙不回我消息，要不是我问沈念余，都不知道发生了什么……”

她眼角无声地滑落一行泪，情绪几乎要崩溃了，仍旧坚强道：“所谓理由是说给想听你谎言的人。我们的感情平时还好，你哄哄就过去了，你没发现吗？现在事情一多，我们的矛盾也变多了……可能这点喜欢经不起折腾吧。”

喜欢他的感受像溺水，她如今只想呼吸新鲜空气。蚍蜉撼树、以卵击石的感情始终不长久，哪怕她能坚持，可南母呢，南母会放过他们吗？

裴行妄怔然看着南嘉，心像被细丝线密密麻麻地缠绕着，勒得他生疼，喘不过气来。他真的有这么过分吗？

她站起身，正欲往外走，却被一股力气紧紧攥住。

裴行妄的力气大得惊人，他死死地将她按在怀里，怎么都不肯放她走。南嘉被他钳制住，动弹不得。她依旧在流泪，胸腔微微抖动着。

裴行妄眉眼染着漆黑的戾气，喉结滚动着，嘴角绷直，嗓音微颤：“除非你真的不爱我了，不然我不放手。”

直到现在，这个瞬间，这一秒钟，她还是喜欢他的。

喜欢他英姿勃发的模样，喜欢他在台上大放异彩，喜欢他闭着眼睛唱出撩人的歌曲，喜欢他天赋异禀对什么都自信，也喜欢他好看的外表和玩味的笑。喜欢他所有的好，也因为他的不好而疲惫至极。

红尘男女，恋爱一遭，何必连自己都丢弃。

或许在很久之前，就应该给彼此一段时间冷静思考。

窗外的风灌进来，将她轻柔的嗓音吹散了些。她捶着他的肩膀，脑海中南母的嗓音在回响，南嘉故意说了狠话，一字一顿道：“裴行妄，我不会再喜欢你了。”

“求你放我自由吧。”

从这天起，南嘉再没见过裴行妄。

她买好了机票，上完最后几天课，准备出发。

似乎没什么舍弃不掉的。

裴行妄的生活也如常进行着，他冷静地找到了周传伊出轨的证据，也呈到了裴博文面前。裴博文大发雷霆，毅然与周传伊离婚。至于股份，就不需要裴行妄操心了，让恶人与恶人去斗。

周传伊成为丧家之犬，大着肚子来找过裴行妄一次。

裴行妄不见她。

当年周传伊轰轰烈烈追他，他未曾有半分感情，也不知道谁传出去的，说他喜欢她，周传伊错把谣言当成真相，误会了好些年，他是懒得解释了。

野莓乐队继续排练着，演唱会已经在网上放出了预热，大家都对这个潜力无限的歌手与乐队充满了期待，票一售而空。同时也有一些竞争对手看到了裴行妄的能力，开始搞事情，编造一些亲妈都不认识的东西。裴行妄不在意，安心排练着。

只是裴行妄眼底不再有笑意，更没有期待，他变得像个机器人。

几个成员都不敢大声说话，也不太敢侃大山，私下里，江万涛和沈念余谈起：“妄哥这就变了个人了，还记得那天嫂子回来，他那么开心，怎么就是这个结果呢？”

“可能妄哥伤害了女人心。”

谁也不敢在裴行妄面前提南嘉的名字，正如没人敢在南嘉面前提裴行妄的名字一样。

裴行妄背着书包往家走。

骄阳似火，烈日炎炎，梧桐树叶在璀璨的阳光下呈现出细碎的亮色，被夏日的热浪席卷着，点点光斑像是无数只小蚂蚁在爬。

有几个女生在小声议论着。

“你们听过南嘉和裴行妄分手了吗？”

“都在传这件事。”

“真分了啊，我就知道得分。”

“不过我还是挺羡慕南嘉的，她是跟裴行妄谈得最久的一个了吧。”

“话说有件事还挺奇怪，我那天看到南嘉和那个南珂雨吵架……她俩在那个志愿者部不和大家都知道，我听到南珂雨不停地提起裴行妄，不会是第三者插足吧？”

“不可能啊，南珂雨那个男朋友不比裴行妄差……顶级律师呢。”

裴行妄的脚步突然停住。

脑海中的念头飞逝而过，快到抓不住。

这些天来，他总觉得自己仿佛错过了什么，却又抓不住源头。女孩的话好像一记闷棍，将他硬生生敲醒了。裴行妄快步走到几个女孩面前，脸色冰冷得骇人，他揪住女孩的衣领，像徒步行走沙漠的人找到了一片绿洲，脸上不再是吊儿郎当的坦荡，失去了表情管理能力：“把刚才的话再说一遍！”

裴行妄调完监控才知道具体怎么回事。

他心里有无限懊悔，泛滥着细细密密的疼痛。

南珂雨的话别有用心，这些坏他好事的人，他之后再处理。他现在需要立刻赶到南嘉面前，他迫不及待想要告诉她真相。

裴行妄对南嘉是认真的，他真的有想过以后。

他的确事先不知道她在社团被欺负的事情，如果他知道，早就帮她报复回去了——他得知真相后，确实也这么做了。

不表白不是不喜欢，是因为自己不爱说肉麻的话，如果她真的想听，那么他愿意每天都说一次。

只要她肯回来。

只要她愿意。

裴行妄打电话给了许唯一：“南嘉在宿舍吗？”

距离南嘉登机还有一个小时，足够了。裴行妄开车踩油门在高速上狂飙，额头青筋暴起，死死地望着前方，想着无论如何都要将南嘉追回来。

她跟之前那些女朋友都不一样。

他从没有想过这么认真地对待一个人。

他要将他的宝贝追回来。

裴行妄手机突然响了，他蹙眉接起来，沈念余的嗓音又惊又怕：“妄哥，你在哪里！快回来，张明楷不行了，他自杀了……”

手机哐当落地。

南嘉登了机。

她即将赶往波士顿音乐学院，度过未来美好的三年。飞机徐徐升空，几万英尺的高空之上，她望向窗外镶着金边的云朵，视线定格在这座埋葬她全部爱恨的城市，越缩越小，最后变成了模糊的一片。

耳机里放着悲伤的歌声，南嘉的眼泪没由来地落下。

她想起在家的那一周时间，南母咄咄逼人，逼迫她分手，并且帮她找好了波士顿音乐学院，让她立刻就读。

南母笃定裴行妄不适合南嘉，如果南嘉执意不分手，那么她就将裴行妄的家事全部曝光在网络，让他不能顺利出道。她还说不同意就是不同意，小小年纪哪有什么真正的喜欢。

裴行妄的家庭一直是他的不可提及，南嘉不敢触碰他的逆鳞。南母以家事威胁，南嘉没办法不就范。

何况，她在这段感情中也确确实实受了伤，她原本也打算分手，却没想过分手的情况如此惨烈。

登机之前，南嘉含泪给南母发了条短信。

妈妈，从小到大被您逼迫着成长，我累了，从现在起我要独立，我要拥有自己的生活，无论我爱谁、恨谁，都跟您无关。请您不要联系我，我也不会跟您伸手要一分钱。

而后，她将南母全部的联系方式删掉。

南嘉想要开怀地拥抱这个世界，坦坦荡荡地用自己的方式。她要大声地笑，肆意地爱人，不再躲躲藏藏。她这么年轻，未来还很长很远。

飞机遇上强气流，一阵颠簸。

南嘉又想起了那个笑得痞坏的少年，薄唇高鼻，桃花眼缱绻多情，总喜欢低头懒散地打游戏，喜欢挑着眉将她勾在他怀里亲。就单单凭那张脸，不知道让多少少女心碎。

可事到如今，她也从没后悔过遇到他。

那些情投意合是真的，付出的感情与喜欢也是真的，眼中的光芒和笑意是真的……可眼泪也是真的。

她爱过一个人，从茫茫人海走向他，如今又将他好好地归还人海。相思赋予谁，说不清是谁欠了谁。世间事，归根到底，也是求而不得。

从这时起，埋葬滚滚红尘，无论悲喜与爱恨，泯去恩仇。

愿两两相忘。

Chapter12. 好久不见

三年留学生活转瞬即逝。

南嘉很喜欢这座古老静谧、底蕴深厚的城市，因此，她打算毕业后继续留在这里。

她习惯了这里的生活，也习惯了四季分明的气候，她最喜欢波士顿的秋天，浪漫得像绮梦，热烈奔放，树梢上结了层薄薄的霜，风不算冷，她喜欢坐在长椅上，慢慢地等落日给天地宇宙描摹上一层蜂蜜般的色泽。

南嘉时常觉得自己活在诗里。

从《寂寞沙洲》开始，编辑和南母都看出了她的作词潜力，然而她这首歌之所以红起来，其实运气成分占了一大半。

如果直接把自己作好的词发给音乐制作人或者音乐公司，其实很难被采用，所以南嘉才打算学习作曲。

她倒也不是没有音乐基础，什么都懂一点，但是不够精通，所以她到了美国之后没有立刻就读，先是申请了另外一个音乐学院的预科班，预科半年之后才正式就读。

那半年时间里，南嘉是班里最辛苦的学生。

本来这边的大学跟国内就不太一样，课程都集中安排在中午十一点多到下午两点，南嘉习惯睡午觉，为了好好学习将这个习惯都改掉了，经常晚饭、午饭一起吃，时间久了，她铁打的胃也受不了。

胃疼得厉害的时候，她就捂着胃，流着冷汗也要躺在床上学习各类乐理和乐器。

不过这三年读下来，倒是比较顺利，她成绩都在上游，对于非艺术生来说，已经很优秀了。

中国的新年这天，几个中国留学生还在上课，晚上大家聚在一起包水饺，还做了一桌子年夜饭。

江秋迪剪了一些窗花和对联，贴在他们租住的房子里。

赶上期中考试非常忙碌，但是该有的仪式一点也不能少，电视上放着春晚的录播，喜气洋洋。

南嘉今天胃口难得地好，吃了一大盘水饺，还喝了两瓶啤酒。她早就不是当年那个喝一口酒还要问问男朋友意见的乖巧女孩了。

今天玩了好多局桌游，南嘉运气不错，赢了好几把。玩完了之后，大家也不想睡觉，仍旧精神奕奕，不知道是谁谈起了感情问题，越说越上瘾。江秋迪小心翼翼地问：“南嘉，我们其实都很好奇你的感情经历……”

“你不要告诉我，你从没谈过恋爱！”

南嘉长得漂亮，在国外追求者照样络绎不绝，有金发碧眼的帅哥缠着她，请她到鹿儿岛看日出。

天空先是蟹壳青的颜色，接着，大片大片的橙红色铺满大地，鱼鳞似的云层浩荡涌动。

那人还带领她追风，嗅着海水与岩石的味道，不过人家很识趣，追了几次发现没可能就放弃了。

还有个中国留学生也喜欢她，巧合的是，也是安湖人，那人倒是聪明，先打着老乡的名号接近她，像是春雨润物细无声一样用温柔滋养着她，然而每次谈到感情问题，这人就避讳过去。

有一次，南嘉忍不住了：“你是不是喜欢我？”

那人笑得坦诚：“所以，南嘉，你要跟我试试吗？”

南嘉喝多了，脸颊坨红，对面的男人挑着眉梢，歪头笑着的模样充满少年气，恍然间与一人重叠。

她觉得这人不错，也温柔体贴，异国他乡，总需要抱团取暖。

可真谈了几天，那人主动提了分手：“南嘉，你不喜欢我，这不是我要的爱情。”

然后就到了现在。

南嘉若有所思：“当然谈过了。”

“不能算那次谈了几天的啊。”江秋迪说。

南嘉笑吟吟：“嗯。”

江秋迪惊讶了：“我看着你纯纯的，也不喜欢跟我们出去玩，还真的以为你没谈过呢。”

当然谈过了。

只是，他俩完全就不是一个世界的人。

南嘉毕业之后留在了波士顿。

她作曲，也填词，入职了一家世界排名前五的游戏公司，EB，专攻游戏主题曲，在网游界名声比较响亮，还获得了年度游戏音频奖。

其实身为一个华人，南嘉背后也没资源，不太好混。

南嘉很努力，从刚到这里就读就开始为自己铺路。因为波士顿距离纽约较近，可以获得一些纽约的音乐资源。一有比赛，南嘉就会主动参加，哪怕拿不到奖项也不放弃。

终于有一次，她无意间进入了一个网站。

网站上发布了一个 demo，邀请大家填词，但是没有任何酬劳，那天南嘉闲得没什么事，就写了几段留了言。

不料被一个唱片公司的经纪人看上了，给了她一些机会，兴许是这馅饼太大，她也把握不住，丧失了好几个机会。熬了两三年，她的作词作曲之门才算是打开。

上班的第二年，南嘉谈恋爱了，对方是她的上司，也是一个华人，叫阮一舟。

阮一舟比她年长几岁，容貌俊朗，风度翩翩，气质成熟，身边的追求者就没断过。

南嘉亲眼见过他拒绝一个身材性感的吉卜赛女郎，用低沉性感的英语开口：“对不起，我有喜欢的男人。”

南嘉躲在后面差点笑出声，谁也没想到，阮一舟这朵高岭之花竟然被南嘉摘下了。

这年公司年会，阮一舟带领的项目小组在公司拿到了业绩第一名，他多喝了几杯，醉醺醺的，南嘉扶着他往外走，叫了代驾。

阮一舟平时做什么事情都妥帖斯文，似乎没什么事情会是他处理不周到的，但是他一旦醉了酒就像变了个人，话很多，抱着南嘉的脖子，絮絮叨叨。

喝得太醉了，南嘉也听不清楚他在说什么，只隐隐约约听到几句“好喜欢你”“怎样才能得到你”。

有热乎乎的东西掉到了她手上。

是透明的。

南嘉的手机响了。

南嘉怕影响阮一舟休息，连忙躲去了卧室接电话。是许唯一打来的，许唯一和沈念余毕业之后留在了安湖。许唯一在一家跨国企业工作，工作两年，还当上了部门的小领导，而沈念余负责管理 Freedom，两人感情依旧。

“嘉嘉，我想你啦。”

南嘉温柔地笑笑，壁炉火旺，她脱掉外套，里头一件白色的薄衫，皮肤白皙晶莹，时光走过了五年，没在她脸上留下任何痕迹，她经常到昆西市场和海边码头散步，会被遇上的渔民错认成高中生。

“我也想你。”

“你上次说你回国的事情，考虑好了吗？”

身为朋友，许唯一自然非常希望南嘉回国，但她也知道，南嘉的心情会非常复杂，国内有太多不好的记忆，一旦与旧人相逢……不过，重逢的概率太小了，裴行妄这几年都没在安湖常待，连她都没怎么见过裴行妄。

那年，张明楷自杀，谁也想不到，竟然波及到了裴行妄。

不知道是谁曝光了几段录像，里头都是裴行妄跟张明楷的互动。视频经过了剪辑，很多处都专门呈现裴行妄很凶的一面，他要求过于严格，明显让人朝着一个方向想——是因为裴行妄对张明楷要求过高，张明楷才想不开自杀的。

不用多说也知道，这是南岸娱乐对家公司的阴谋。

裴行妄还没出道，就遭到全网围攻，那也是他人生最黑暗的一段时间。他不出门，不再唱歌，每日躲在家里，等来了南岸娱乐与他解约。裴行妄打开微博，里头全都是各种骂他的。

只因为这件小事，他从神坛落下，变成了云泥中最普通的一人。

持续了半年多，谣言才被澄清。

后来，张明楷的家人出面澄清，其实张明楷得了重度抑郁症，在加入乐队之前就有过自杀行为，后来自杀也跟乐队没关系，家人找到了他的日记本，悔不当初。张明楷因为父亲家暴的缘故，留下了很深的童年阴影，一生都在自我疗愈。相反，他非常敬重裴行妄。

澄清之后，网友又纷纷到裴行妄的微博道歉。

但是从那之后，裴行妄在大众视线中消失了。南岸娱乐想重新签约他，他拒绝了，连酒吧驻唱都不去了。

野莓乐队彻底成为一个传说。

不过就在去年，裴行妄也不知怎么想的，重新签约了另一家娱乐公司，上了两期音乐类综艺节目预热，获得了当季音乐比赛冠军，也顺利开了演唱会，座无虚席，短短几分钟内全票售空。

裴行妄目前是全国炙手可热的歌手，打开娱乐新闻，时时刻刻都在推送他的消息。

南嘉目前也在音乐领域，还真的未必不会遇到。

“阮一舟也要回国了，我俩也就这几天提离职吧。”

“那太好了！！”许唯一显然激动起来，“其实我超级想让你回来，因为我要和沈念余订婚了……想邀请你来，但是又觉得吧，一个小小的订婚宴不值得，你说你跑这么老远还得请假，挺麻烦的。”

南嘉身边那么多情侣，谈到现在的也就剩下许唯一和沈念余了，南嘉是由衷地为他们开心：“恭喜你们啊，我一定会参加的。”

但是南嘉回国，并不是因为阮一舟。

南母病了。

前两年她心脏出了问题，做了手术之后，身体也不能劳累了。南母一个人管理一间大公司，不劳累显然不太可能。

南嘉这几年没和南母联系过，南母变态的控制欲令她窒息，她其实也狠不下心这么对南母，但是有些事情如果不狠心，她很害怕自己的未来就这么被断送了。

南母来这边看过南嘉几次，南嘉态度冰冷，一声妈妈也没喊。

南母最开始跟她吵架，她不理会。再后来，南母再过来，态度谦和了许多，明显是想主动和好。

但是南嘉不想这么轻易同意，南母控制了她一辈子，肯定不会这么轻易改变。

南嘉从没想过真跟南母断绝关系，只是想等一个契机让南母改变。但如今，南母患病，躺在病床上，南嘉只能跟南母恢复了联系。医生都打电话催过好几次，甚至说南母的病情跟思念她过度有关系，她身为唯一的女儿，怎么能忍心不回去?

何况她这几年来，也作了不少中文歌曲，在国内广泛传唱，在华语乐坛占有一席之地，不过用的都是“楝忘”这个笔名。音乐圈的人都知道，楝忘的词曲捧红了不少歌手，可谓是创作界的鬼才。

这个笔名从最初跟着她，直到现在，南嘉也舍不得换。

南嘉喜欢中文，喜欢方块字，喜欢用中文写歌曲，喜欢一切古老的方式，觉得这样更能传达出自己的感情。

所以，她迟早要回去。

南母的病情只是催促她提前回去而已。

也许是因为跟许唯一打电话的缘故，南嘉这晚久违地梦到了裴行妄。除了刚来这里的那一段时间，后来她很少想起他。南嘉为了忘记他，还改变了跟随自己多年的习惯，将包里时常装着的草莓奶糖全部丢掉了。她不再吃任何糖，戒糖的过程就像戒掉情爱的瘾症。

是真的不喜欢了。

也是真的释怀了。

南嘉来波士顿在一个大晴天，离开这里也是一个大晴天。

温柔的风徐来，她回看这片充满文艺气息的土地，百感交集。

登机的广播响了起来，南嘉闭了闭眼——

中国，我回来了。

阮一舟还有别的事情要忙，要回老家，告别了南嘉。

南母将公司迁到了安湖，未来也将会长期在安湖生活，她现在正在安湖的疗养院养病。

南嘉提前租好了房子。

南母住的疗养院在城郊。这间疗养院设施很好，南母一向懂得享受生活，吃穿用度都是最好的。院内有一座座假山，还有养鱼池，走廊很长，设置了很多观景座位。

南嘉没提前知会南母，先去前台问了小护士，找到病房后敲了敲门。

听到敲门声，南母淡淡地说道：“请进。”

南嘉穿着黑色的风衣，里面是一件珍珠白的高领毛衣，五官纯净精致，皮肤白皙，黑发披散开，口红用的是最低调的豆沙色，多了一些知性与优雅的气质。

看到南嘉，南母惊喜地笑了："嘉嘉，回来了啊！"

许是大病一场的原因，南母瘦了很多，身上穿着医院的病号服，也因此削减了不少盛气凌人的气质，不过一个人的性格底色改变不了："其实妈妈早就想让你回来了，但是你现在又不听妈妈的。"

"这几年，我一直都在思考，我是管你管得严了，什么都想替你决定，你恨妈妈也是应该的。"

南母眉眼间有显而易见的惆怅，南嘉张了张嘴，心里有点过意不去。

她也不想用这么极端的方式，可若不这样，南母照样不会改变。

南嘉还这么年轻，她不想一辈子活在南母的掌控之下。

她唤了声："妈妈……"

"以后啊，你的事情不管了，只要不是那个裴行妄……"南母说这话没想太多，无意间看到女儿沉下去的脸色，想着好不容易才恢复一点母女关系，赶紧说，"算了，你现在还小，找男朋友的事我也不管你了，只希望你找个安安稳稳的。"

年纪大了才懂得，那些风花雪月都是虚的。

南嘉垂下眼睫，小声说："妈妈，我现在有男朋友了，您就别管我感情上的事情了。"

"什么？"

除了生病时候的必要联系，这几年南嘉自己的生活都没跟南母分享过，南母自然不清楚她跟阮一舟确立关系的事情。

"你给我说说，他是做什么工作的？多大了？"

南嘉简单介绍了一下阮一舟，南母安下心来，笑着拍她的肩膀："你在国外这几年，真是成长了，你如果当初也找这样的男朋友，妈妈还至于跟你吵架吗？"

那也未必。

南母叹着气，母女相见，她回忆起过去，眉眼间有点悲悯情怀。

"嘉嘉，我那天身体不舒服，医生说可能是恶性肿瘤。那一刻我真以为自己快死了，也是那时我才想明白，我这辈子做了很多错事。人活一辈子，不能什么事都计较，我就是计较得太多了。那时候我就想，如果我能侥幸活下来，我一定好好生活，所以妈妈想跟你道歉。"

高高在上一辈子的南母跟女儿分别五年，终于想明白了人生的真谛。

"那时候我让你们分手，错在方式不对。我拿那孩子的前途威胁你，这本质就是小人行为……"

南母捂着额头，一脸悔悟的状态，眼角湿了。

她知道南嘉有多喜欢那孩子。当初她逼迫南嘉回家，逼迫他们分手，南嘉跪下来求她可不可以不分手。

或许原本南母的心还没那么坚定，但看到南嘉愿意下跪的那一刻，南母的心理防线彻底坍塌，自己辛辛苦苦养这么大的孩子，竟然愿意为了个男人下跪，这男人究竟喂了她什么迷魂汤？南母崩溃了，彻底崩溃了。

南母现在得了心脏疾病，要避免情绪波动，南嘉抱住南母，安抚着她的情绪，轻声说：“妈妈，都过去了，别再提了，那时候我本来也会分手的。”

南母握住南嘉的手，摸了摸她的头：“嘉嘉，你还走吗？”

“不走了，总不能给美国人打工一辈子吧。”她俏皮一笑。

夕阳西沉，橙红色的光线从窗外洒进来，也是这时候南嘉才发现，南母真的老了很多，纵使花那么多钱保养，脸上还是不可避免长了一些斑，眼角的细纹越发明显了，一笑起来，褶子格外明显。她有点心疼，突然觉得自己这几年太过狠心。

“嘉嘉，妈妈过段时间就出院了，你回妈妈那边住吧，妈妈在安湖买了新的别墅。”

南嘉摇头：“我已经租好房子了。”

空气静默片刻。

“你还是恨妈妈吗？”

“不是，你知道我得写歌词，需要找灵感，对周围环境要求很高……而且我现在也习惯一个人住了。妈妈，你要是有什么事情，给我打电话就行。”

其实要说没点芥蒂也不可能，是南母亲自将南嘉人生的第一次心动掐灭。当初的分手的确有各种原因，但是南母也占了一半推波助澜的作用。

告别南母之后，南嘉回家收拾了一下。

南嘉租的小公寓临海，一居室，客厅宽敞，装修简单舒服，带一个温馨的小厨房。她刚回国，没太多时间找房子，暂时先租住在这里。

晚上，南嘉刚洗完澡，电话就响了，打电话来的是她的经纪人王姐。

“南嘉啊，我帮你接了一个活，酬劳比之前多了十倍！”王姐嗓门大，口气有点得意，“还不快夸夸我？”

南嘉回国之前，就安排好了自己的工作，跟一家文化传媒公司签了约，经纪人是王姐，这家文化传媒公司主要负责歌词写作以及编曲。

南嘉刚刚回国，她一个作词人直接跟娱乐公司对接也不现实，一直都是王姐帮她接活，她则进行创作。

“十倍？这么高啊？”

南嘉的词在业内出名，但是由于她过于年轻，资历不深，虽然被称为歌词界鬼才，价格比起那些老前辈，也没有高到离谱。

十倍的价格，南嘉难以想象。

“而且那歌手很有名，现在排行榜第一名。你去看看就知道了，人家才出道了一年，老牛了……”

南嘉原本还有点心不在焉，闻言神经都支棱起来了，一个显而易见的猜测浮上心头，她皱皱眉：“不接。”

“我还没说是谁呢，你就不接，是裴行妄啊！很有名的，也没什么绯闻，是音乐圈难得一见的天才歌手了。他这不是制作了一个专辑吗？想跟你合作四首歌，你只需要填词，十倍啊，也就裴行妄的公司肯出这个价格了，主要还是你的创作风格跟他的新专辑风格吻合……”

“那我也不接。”

五年不见，南嘉对裴行妄早就没感觉了，甚至她现在想起当年的狂热，都觉得幼稚可笑。倒不是怕自己重新喜欢他，只是觉得，过去的人没必要再见面了。

王姐没想到南嘉这么倔：“南嘉，公司愿意给你这个机会是相信你，我们这边已经答应人家了，你要是不签约的话，我们是需要赔钱的！”

“赔多少？”

“酬劳的两倍。”

南嘉呼吸一滞。

她在国外这几年倒是存下了一些钱，但如果真因为这么件事全赔进去了，她也觉得憋屈。

南嘉放软语气：“王姐，你帮我想想办法呗？我真不想接，你能不能找别人？或者公司帮我推一下，找什么理由都行，说我结婚生孩子去了也可以。”

“这么点事至于吗？”南嘉的配合度一直都很高，为了拒绝不惜撒谎还是第一次，王姐也警惕起来，“南嘉，你别告诉我你认识那个裴行妄。”

顿了顿，王姐眉头一皱：“你也是安湖大学的，裴行妄也是，你们不会真的认识吧？”

南嘉跟王姐关系很好，咬咬牙都实话实说了。

好在王姐很理解她的感情：“这确实还挺尴尬，不过你不用担心，现在裴行妄不在安湖，他这次专辑制作要得急，还差几首新歌，你也不需要跟他对接，到时候安排你跟他的制作人联系。

“南嘉，接了吧。你想想，这是你正式签约我们公司的第一个任务，也是领导对你信任。如果你不愿意，到时候印象也不好是吧？”

南嘉有点犹豫了。

她当然也明白，工作和感情不能掺杂在一起，何况这感情也是陈芝麻烂谷子的事了。裴行妄这种情场浪子，估计早把她忘干净了。

王姐见她犹豫，适时又说：“反正也不用见面，他只知道你是楝忘，不会知道你的真名。”

“真不会见面？”

“当然。”王姐说，“裴行妄现在在海城录制一期综艺呢。要不你去网上查查他的行程？”

挂断电话后，南嘉放空脑袋想了想。

她初回国，肯定想让自己的事业发展更上一层楼，其实面前就是一次很好的机会。这几年她没特别关注过裴行妄。裴行妄沉寂了四年，去年才真正出道，但已经做到了业内第一名，他是当之无愧的实力派。

国内的音乐形势她很清楚，裴行妄的优秀程度史无前例，他的单曲付费已经做到了内地第一名。他长着一张偶像派的脸，却一直走实力派路线，不卖人设，走得很稳，“粉丝”内部还团结，而且他一般都是自己编曲作词，不假以人手。

这次她能参与进去，其实是老天掉的馅饼了。裴行妄的专辑卖得好，会连带着楝忘这个笔名大红。

到时候，南嘉的事业也彻底发展起来了。

南嘉决定赌一把。

王姐帮南嘉约好了见面时间，就定在本周六下午两点。

跟裴行妄的制作人李先生见面。

南嘉再三确定，裴行妄的确不在安湖，他正参加一期音乐综艺《歌王最狂》，在一千公里之外的海城录制，这个节目采用的是直播模式，是一次大规格的音乐比赛，基本上年轻的、有姓名的歌手都参加了。

从最开始的一百位歌手，到现在淘汰到只剩下十位。

她随手打开电视，番茄卫视正播着回放。

南嘉没关注过这个节目，但也知道因为节目热度过高，本来只有晚上一场直播，却又临时加了白天的回放。

她就没见过热度这么高的音乐综艺。

微博热搜前三名也都是这个节目，不是买的，而是纯粹的“自来水”顶上去的。

裴行妄从正式发行第一首歌开始，走的就不是偶像路线，然而有万千少女就把他当成偶像，一口一个老公叫，可那些“大粉”格外团结，将那些疯狂“粉丝”挨个转化，于是就有了现在冷静理智的“粉丝”团。

巧合的是，南嘉刚开始看这个节目，裴行妄就上了台。

舞台灯光格外昏暗，裴行妄刚上台的那一刻，台下几乎就要炸掉了，整场演播厅里全部都是女孩们撕心裂肺的叫喊声。

裴行妄笑了声：“大家好。我是，裴行妄。”

他嗓音低哑撩人，少女们的心情更难以平复，一声接一声地叫他名字，声势浩大，犹如排山倒海。

男人低着头，从南嘉的角度，只能看到他棱角分明的下巴。

裴行妄一只手抬起来，在他做出这个动作的时候，台下的观众在三秒钟之内全部噤声了，默契程度堪称可怕。

一束白光打在他身上，干冰机在旁边工作着，将舞台效果打造得如一场朦胧的幻境，裴行妄脸上妆容很淡，五官英俊深刻，蓝色耳钻戴在他左耳，熠熠生光。

六角星的形状，切割完美，蓝得纯粹彻底。

居然还被他戴着。

他勾起唇，第一个音符从喉间泻出来。

男人站姿松松散散，修长好看的手拿着话筒，神情有些散漫不羁，时光在他脸上几乎没留下任何痕迹，照例还是那个耀眼张狂的少年。

他身材也好得过分，白衬衫只有一半塞到腰里，随着他的歌声越来越嗨，舞台上灯光也迅速地亮起来，映出他宽肩窄臀的好身材，肌肉轮廓逐渐浮现。

一曲完毕。

裴行妄朝着观众摆摆手，唇边牵着勾人的笑，深深鞠躬，而后退场。

从专业角度来看，他的确优秀得过分，通俗点说就是老天爷赏饭吃，其他选手比他差了不是一点半点。

果然，这一局投票他又是第一名。

毫无悬念。

给这么个人写歌，这不是天上掉馅饼的大好事？裴行妄又不知道“楝忘”是她。

当年热恋期，如果不是南嘉写的那篇小说结局“BE”，她肯定告诉裴行妄笔名了。所以裴行妄到目前为止都不知道她的笔名，既然如此，这么好的机会她为什么不把握?

即使她的歌词发挥水平一般，也可能因为裴行妄的好声音，助力她冲个奖。

南嘉初来国内，肯定是想要多拿点奖的。

很快就到了周六下午，南嘉打车去了鲸鱼娱乐，前台小姐那边都有预约，将南嘉带到了一间休息室里。

安湖是国内大都市，娱乐行业发展得很好，裴行妄签约这里的公司倒也不奇怪。

前台小姐给南嘉端来一份果盘，还有咖啡，就退了出去。大概五分钟后，一个穿着西装的男人就来见她了，那男人大概三十几岁，容貌秀气，戴着金丝边眼镜，不过笑起来的模样也严谨。

“你好，楝忘小姐，我是负责裴行妄专辑的制作人，我姓李。”

裴行妄之前那些歌曲，作词、作曲、编曲以及后期制作全部都是一个人完成，但是他最近通告比较多，再加上制作专辑方面没经验，所以交给了专业的音乐制作人打理。

南嘉与制作人握了握手。

李先生笑得随和了些：“没想到您居然这么年轻。”

“可能因为我入行比较早一点。”

南嘉的长相是时下比较流行的幼态脸，头身比优越，肤白貌美，眸色沉静，笑起来的时候眉眼弯弯，总是给人一种年纪不大的感觉。

可她的自信与卓绝是从骨子里渗透出来的，更确切点说，是岁月给了她更多的从容。

“我们这次的专辑名为《鼓点》，主要歌曲的风格为躁动青春，歌声比较激昂一些，表达少年人的张狂与呐喊，不知道您之前有没有听过裴老师的歌？”

南嘉点头：“听过。”

“听过的话还好，其中《梦远方》和《享梦一天》你了解吗？这两首歌会收录到专辑里面，我希望您这边创作的歌曲最好跟这两首歌为同一系列。裴老师已经将曲子写好了，demo 就在这个 U 盘里，尽量快一些可以吗，一个月之内写完？”

南嘉没意见。

虽然写歌要看灵感，但是一个月的时间也不算短了，毕竟专辑制作宣发后期还有很多流程。南嘉如果往后拖的话，就等于不负责任。合同上怎么规定，她就怎么来。

李先生看着不像是话多的人，本来谈话到这里就差不多可以结束了，然而李先生又问了她几个似是而非的问题，比如她怎么入行的，入行几年了，有什么体会。

问题一板一眼，有点儿莫名其妙。

但这位李先生笑容恭谨，也不像是那种脑回路不正常的人。南嘉也没多想，反正她接下来也没事了，就陪着多说了一会儿。

有人敲了敲门，三下。

而后响起一个吊儿郎当的男声，懒洋洋的：“李哥，在里面？”

南嘉的心“咚”地一击，她的手下意识蜷缩起来。

李先生连忙站起来，脸上莫名有种松了口气的感觉，打开门：“裴老师，您怎么来了啊？”

门打开的那一刻，南嘉率先看到那双修长的手。

骨节分明，青筋凸起，腕间有块银色的手表，表盘上的图案她看不清楚，好像是一片嶙峋的荒山，很符合他的气质。

裴行妄插着兜慢悠悠走了进来。凛冽的冬日，他始终穿得很少，外套领口立起来，将他的下颌线条修饰得冷峻又立体，头发理得很短，显得格外干练。

许是前几天刚在电视上看过他的缘故，南嘉觉得他好看的眉眼莫名熟悉，一颦一笑间，似乎什么都没变。

离近了看，南嘉感觉他大概比五年前成熟了些，眉骨更加硬挺，五官更加深刻，不苟言笑的模样多了几分春寒料峭的气质，不过骨子里依旧是混不吝，改不掉的。

裴行妄与南嘉对视，二人都没说话。

南嘉又怎么会想到，这才刚到安湖，怎么就重逢了呢?

许唯一在安湖待了五年，也才见了裴行妄几次。

她运气可真好，一次就中招了。

李先生赶紧介绍：“裴老师，这位是楝忘老师，您的作词人。”

就不需要向南嘉介绍裴行妄了，毕竟这个活跃在乐坛的家伙又酷又牛，没人不认识。

南嘉笑了笑，笑容真诚，主动跟裴行妄握手：“裴老师，您好。”

李先生说：“其实本来今天也应该是你们交流，我来也没意思，正好眼下这个机会多好啊，你们聊一聊吧。裴老师，你对歌词有什么要求都可以跟楝忘老师讲。”

“哎……”南嘉刚要叫住他，可人家已经闪身不见了。

门关得严严实实。

事实上，南嘉对歌词创作没有任何疑惑了，她现在只想回去，也不觉得跟裴行妄还有什么话要讲。她收回视线，口吻也淡淡的：“裴老师，刚才我跟李先生已经讲得差不多了，你们的要求我大概也懂了，我还有点事，先走一步。”

裴行妄双腿交叠坐在沙发上，“啧”一声笑了：“裴老师？”

男人摇着头，一边把玩着打火机，一边品味着这个名字，好整以暇地笑着：“嘉嘉，你从前不这么叫我。”

嘉嘉……

南嘉闭了闭眼，心中涌起难耐的情绪。

男人目光灼灼地看她。

她从前叫他什么来着?

甜甜地叫他妄哥，还处处依赖他，嗓音里都像掺了蜜。

南嘉皱了皱眉，都多久的事儿了。

她没跟他叙旧的想法，脸上的笑容也早就收敛了，迈步就要走，一个有力的手臂扯住她的手腕，挡住她的去路。

也不知道裴行妄什么时候站起来的。

南嘉眼底闪过一丝讶异，从她的角度，可以看到他漆黑凌厉的眉眼，紧收的下巴，眼底翻涌着毫不掩饰的欲望，他俯下身与她平视，减去几分距离感。曾经，他们是最亲密无间的爱侣，无数次缱绻相依，一旦气息相闻，不可避免激荡出以前的记忆。

南嘉下意识往后退，呼吸微微停滞。男人居高临下，深邃的眸子锁住她，淡淡地发问：“这么多年没见，就没想过我？”

说真的，除了刚开始分手那几个月，南嘉后来就没想过他了。

喜欢得快，忘得也快。

他就像风，风不会围着人转，更不会为任何人停留。

她不想他，却不代表看不到他。裴行妄始终有热度，先是因为他即将出道，南岸娱乐做了几番预热，他的微博就涨了百万“粉丝”，再是因为张明楷的死，让他如同行在刀尖上，到处被人骂，再后来他正式出道，终于成为了人气偶像。

换句话说，只要南嘉上网，就不可能逃得开他，不过除了唏嘘一番，也没别的念头了。

看他现在这个样子，像是不肯轻易让开。

房间特别安静，除了他们的呼吸声就没别的声音了。南嘉昂起头，面容如常的温软，可嗓音里多了一层坚定：“想啊。”

裴行妄挑了挑眉，笑得轻佻放浪。

南嘉笑吟吟道：“想你死没死。”

裴行妄嗤笑一声，抚摸着她的脸蛋。他手上有一层薄茧，磨得她肌肤有点疼，男人的喉结滚动着：“不好意思，让你失望了。”

也是这时候，男人眉眼放松，南嘉趁机摆脱桎梏，从他手臂下面穿过去，跟他拉开了点距离，才算安下心来。她没打算继续跟他聊，也觉得他们之间没什么好聊的，正准备再告别一次，哪想到裴行妄扯了扯嘴角，看出了她的心思：“这么不想见我？”

裴行妄直直地盯着她：“楝忘小姐，您这是心虚啊。”

“见不见你都无所谓，”南嘉口吻平和，目光坚定，没掺杂任何个人情绪，“我对我们的合作没有异议，只是觉得该说的都说完了。如果再重复的话，那就是浪费口舌，我相信裴老师也不喜欢干浪费口舌的事情吧。”

她倒是轻松，将话题推到了他身上。

裴行妄意味不明地哂笑了声，慢悠悠道：“但是——”

“你那些话都是跟李哥说的，他啊，脑子不太好使，可能没说清楚我的要求，”男人笑得又欠又嚣张，“所以还得劳烦你再听我说一遍。”

南嘉不想再跟他牵扯，更不想多说一句话，可现在人家是甲方，她身为乙方不好好配合，真闹出去公司颜面也不好看。于是她咽了咽口水，面无表情地看他一眼，拎着包干脆地拉出来一张椅子坐下了。

真挺倒霉的。

没想到这种时候还能掉马。既然被裴行妄知道了她的身份，这事肯定不会那么容易掀过去，还不如坦坦荡荡面对。

合作结束了，两人就彻底没交集了。

反正裴行妄这种谈了多任女友的男人，身边又有无数美女环绕，怎么会为了她停留？

可能只是经年重逢，好奇心使然，跟她多说几句罢了。

裴行妄双腿交叠，说起这次专辑的计划，以及每首歌的创作风格，也是公事公办的态度，听着也不像是想跟她聊过去。

南嘉的心渐渐放松下来。

最后他说："把你手机号码给我。"

"南嘉，"裴行妄将嘴里咬着的烟拿下来，掐灭了，"我没别的意思，既然合作，也得有点合作的态度吧。"

Chapter13. 连朋友也不是

南嘉到底跟裴行妄交换了联系方式，她匆匆下了楼，深吸一口新鲜空气。

临近年关，街道上的小商小贩们肆意做生意，摆了长长的地摊，各种春联窗花、零食日用品，火红的一片。

回到家，南嘉随便煮了点水饺，躺在沙发上看了会儿电视。

手机页面依旧停留在新保存的联系人上：裴行妄。

当年，她不需要保存他的联系方式，因为她早就倒背如流了。

如今，再看到这串熟稔的数字，心中仍旧熨帖着一种奇怪的情绪。没想到，这么多年过去，他始终没换联系方式。

他的性格像风，千变万化，摸不透猜不对，能这么多年不换手机号也是挺令人意外。

南嘉打开微信页面，微信立刻跳出来一个黑色的头像，微信名和头像都没变，是裴行妄，五年来，连个头像都不换。

南嘉不想加他，但是本着工作关系，其实加上微信也是应该的。如果不加，不知道裴行妄又会说什么。

她朝着屏幕点了一下。

然后，南嘉傻眼了。

不是裴行妄加她的吗?

怎么成了她发去了好友验证，等待他通过?

南嘉这才想到，是因为通讯录有了新的联系人，微信会自动跳出来。

这就尴尬了，裴行妄还没加她，倒显得她迫不及待了。

她只能哀求着裴行妄千万别通过。

千般万般的焦急中，南嘉心上一计。

她从百度上搜了一些治脚气的图片，给自己换上当头像，她皱着眉头也不想接受这个头像，有点儿犯恶心，可也没办法了。头像是一张膏药，下面写了一行黑字：专治脚气顽疾，一贴见效。于是她又将微信名改成“专业治脚气”。

这样的话，裴行妄会把她当成垃圾广告号，肯定不会同意了吧?

南嘉迅速摇摇头，裴行妄这人长得好，也不排除真有脚气啊。

她之前就看过一个黑料，说裴行妄有脚气，虽然显然是胡编乱造。

又觉得脚气侮辱性不够强，南嘉心一横，换了头像和网名，变成了一个看男科的骗子医生。

偏偏这个时候，裴行妄通过了她的好友请求。

两人添加成功后，都沉寂了一分钟。南嘉不停地想着把他删了的办法，但是如果不聊天直接删又不行，会让人怀疑，便主动给他发了条消息：亲，您好，请问您有哪个方面的男科疾病呢？

裴行妄：我要不发张图给你？

南嘉赶紧说：亲，不用呢。您可以口述症状，我开个药就能根治呢。

过了三秒钟。

裴行妄：古人都讲究望闻问切，望排在第一位，你这医生不行啊！

我还是发张图吧。

结合图片判断症状更有利于病情是吧？

他这语气还挺得意?

南嘉忍着脾气敲字。

南嘉：真不用呢，您说一下症状吧。

裴行妄：我发过去了啊。

三。

二。

南嘉气急，绝望地闭上眼睛，没等他倒计时结束：裴行妄，你变态吗？是不是你见个女的就发这种图？！

那边立刻消停了。

想象中的变态图片也没发来。

倒是发了条语音。

裴行妄嗓音云淡风轻，慢悠悠的，仿佛有闲情逸致逗弄她玩似的。

行啊，嘉嘉，一会儿治脚气，一会儿看男科，我倒是好奇，你还有什么不会的？

原来这男人一直将她的表演看在眼里？那怎么就不说呢?

南嘉冷静下来思考，裴行妄又不是变态，怎么可能见到一个江湖骗子就发自己的隐私图，何况哪有人发个图还搞个预告?

南嘉：既然你知道是我了，还不如直接说。

裴行妄：这不是陪你玩嘛。

裴行妄：不然怎么对得起你主动加我的一番苦心。

——主动，加我。

南嘉无语，她的尴尬果然还是被他记住了。这个小气的记仇男人，却也不能直接删掉，于是赶紧将自己的头像、简介换了回来。

南嘉：不管你信不信，我就是手滑添加的。我以为是你加的我，想着就勉勉强强同意吧。

裴行妄发了条语音过来："先是来我公司跟我合作，这又主动加我……啧啧，南嘉，不如你问问自己的良心啊。"

南嘉懒得跟他废话，直接删掉处理。

不是不信吗?

删了表示决心，就该信了吧?

南嘉心底感叹着，这么多年过去，这人还真的一点都没变，又狂又傲，可能人家"粉丝"多，天天被吹捧，自信随着年龄的增加而增加吧。

这时候，阮一舟打了电话过来，打断了她的思路："南嘉，我过几天也要去安湖了。"

"怎么这么突然?"

阮一舟默了默："我父母身体都很好，暂时不需要我担心，但是她不在这里，我也待不下去，她在安湖工作，我想我得努力一把。"

"是啊，这么多年的遗憾，总要弥补了。你来吧，安湖欢迎你！"南嘉笑着，眉眼弯弯。

其实最开始，南嘉之所以跟阮一舟确立关系，是因为南嘉受到了某个上司的猛烈追求。上司为人开放，经常整出来一些奇奇怪怪让人尴尬的追求办法，正好阮一舟也被一些女人缠烦了，主动跟南嘉建议两人假扮男女朋友。

他们租的房子本来就离得近，于是谋划着租了个三居室，两人合租，便宜不说，中国人在一起还能相互照应。

阮一舟也有个喜欢的女孩，不过他和那个女孩的关系比较敏感，纠葛颇深，两人的故事南嘉也简单听过一些，只感慨造化弄人。

"南嘉，你帮我找个房子吧，我打听了一下，她现在在胜景花园那边，你知道那附近有什么合适的房子吗?"

真是巧了，胜景花园距南嘉现在住的地方只有一千米，她对这一块格外熟悉。

"行，最近我倒是有时间，你打算什么时候搬来?"

"大年初二之后吧，越快越好，我一刻也不想等了。"

挂断电话之后，南嘉才看到裴行妄又给她发来了好友验证。

南嘉直接忽视。

过了五分钟又发了过来。

以此重复。

南嘉被搞得心烦了，便点了通过。

本以为到这里就结束了，没想到裴行妄依旧不依不饶，发来一条语音："南嘉，故意的吧?"

南嘉的心颤了颤。

裴行妄慢悠悠地说："把我删除，而不是加黑名单，这不是故意让我加你吗？"

这什么歪理？

每个人都有自己的习惯，南嘉不习惯点击拉黑，总觉得多点几下有点麻烦，一直都是直接删除处理，反正删除之后大家就都明白怎么回事了，也没人像裴行妄这么不依不饶啊。

"行，既然你想让我主动哄哄你，那我就哄呗，反正我脸皮厚。"

脸皮厚还挺骄傲？

他讲话这口气还是跟当年一样，一点儿变化都没有。时光已经过去五年了，明明都应该有了新的生活，可他对她还是这个样子。

南嘉不会觉得这是因为他情深似海，对她情意不变。

裴行妄不是这样的人，如果他能做到对哪个女孩念念不忘，也就轮不到和她谈恋爱了。他大概只是觉得多年未见，多了点新鲜感，再加上前女友的禁忌关系，想随便撩撩她。

自从南嘉走后，裴行妄待在休息室没有马上出去。

男人跷着二郎腿，不停摆弄着手机，视线始终停留在微信页面。

裴行妄腹诽：不错啊，南嘉，五年过去，脾气倒是涨了不少。

见对方没有再和他聊天的意思，裴行妄起身往外走。李先生就在外面，他拍了拍李先生的肩膀，笑着说："谢了。"

"不客气。"李先生问，"对了，刚才节目组打来电话，说你突然就不参加决赛了？你现在赶紧回去，还来得及。"

裴行妄毫不在意地笑了笑："不比了，没意思。"

"哎，你这样可不行啊。虽然大家都知道冠军肯定是你了，但是说不比就不比，也不太好吧？我们也是签了约的。"

裴行妄继续往外走着，李先生被他弄得头都大了，可人家照样是那个散漫张狂的态度，偏偏是公司求着他签约的，给了他最宽松的条款，不能奈他如何。

"违约金，我赔。"裴行妄淡淡地留下这么句话。

李先生无奈。

裴行妄又转过身，挑了挑眉："监控室在哪儿？"

"你东西丢了？你想查什么东西？"

"怎么能说是东西呢……"裴行妄勾了勾唇，"不说拉倒，我自己找去。"

裴行妄很快就找到了监控室，电脑都开着，他快速找到刚才南嘉待过的休息室，将那一时间段的监控拷贝到手机上。

男人将视频归档到一个文件夹里，有各种照片，还有其他视频。

全部都关乎一个人。

裴行妄嘴角轻浮的笑容沉下来，有多久没这么近距离看过她了？

南嘉乌发红唇，温柔的眉眼，好看的脸蛋，只是气场更加淡定从容了些，她终究成长了。

只是可惜啊，那双依然干净纯粹的眸子里，再也没了他驻扎的位置。她看向他的眼神始终冷淡，没有任何探求的欲望，仿佛在看一个陌生人，还有动作之间掩饰不住的排斥与拒绝。

终究是过去了。

裴行妄叹了口气，将手机放在胸口的位置，眼底流淌着化不开的浓郁情绪，薄唇一张一合。

小没良心的，他忘不了她啊。

南嘉在家休息了几天，暂时还没找到灵感。

因为猝然重逢的缘故，她的心不免乱了些，莫名有一股气堵在胸口，何况要创作的歌曲是关于青春的，一提到她的青春，就不可避免提到一个名字。

南嘉非常后悔接这个工作。

她算了下时间，如果她最近抓紧一点，那么年后就能完成，这样的话，就可以早点跟裴行妄说再见，以后也没见面的必要了。

南嘉迅速帮阮一舟找到了房子，就在南嘉的小区，设施、房型比她的高档一些，毕竟阮一舟经济基础比她好很多。

阮一舟搬来那天，南嘉去超市买了很多生活用品看他。她左手拎着一个袋子，右手也拎着一个，走路摇摇晃晃，像只小企鹅。

这边环境清幽，设施一应俱全，其实地板什么的都很干净了，可阮一舟有点洁癖，非得重新弄一遍。南嘉敲门的时候，他正在拖地。男人上身穿着白衬衫，下身西装裤，微微弯下腰，勾勒出宽肩窄腰的好身材。他常年健身，身材非常优越。

男人微微错愕：“女朋友，你怎么来了？”

南嘉扑哧一声笑出来：“这又不是国外了，你还表演呢？”

阮一舟抿抿唇：“习惯了。”

阮一舟将扫帚什么的拿到外面，洗干净手，坐到沙发上跟南嘉聊天：“在国外那些时间，谢谢你了啊，我有好几次生病都是你照顾我。”

“客气什么，你也帮了我不少。”

要不是阮一舟，南嘉都不知道怎么摆脱那个疯狂的上司。

南嘉进入了正题：“你打算立刻就开始追她吗？”

阮一舟的故事其实三言两语也能说明白，他父母在他初中时候离了婚，他被判给了父亲，后来父亲再婚，后妈带来了一个小女孩。

他最开始对后妈和女孩很憎恨，想将她们赶出去，做了很多错事，可女孩温柔可爱，一直不跟他计较。阮一舟高中时候突然意识到自己的心意，然而一家人其乐融融，他便硬生生将他表白的想法收了回去。

平心而论，后妈对他很好，爸爸也终于得到了幸福，如果他这时候表白，可能好不容易组成的家庭会再度分崩离析。

阮一舟将心思保留在心底，可当他看到那个女孩和其他男孩走得近的时候，便会嫉妒到发狂。

最狠的一次，他拿啤酒瓶砸了一个男生，然后他父亲毅然将他送出了国。

出国之前，他向女孩表白了，女孩将他拒绝，并说未来也不可能在一起，让他死心。

可真正深爱的人怎么能死心?

到现在，阮一舟还是没能释怀。

阮一舟默了默："慢慢来，毕竟这么多年的心结，也不是那么容易就能解开的。而且，我现在有个打算，"男人抬眸看她，唇线微微抿着，神情中有掩饰不住的谨慎和小心，"南嘉，我们能不能不这么快分手？"

其实离开了公司，两人就应该自动分手的。

上次在医院，南嘉之所以向南母介绍阮一舟，也是因为怕南母催她找别的男朋友，想着阮一舟的外形、条件都很不错，先搪塞过去。

"为什么这么说？"

"她这个人吧，性格跟别人不太一样，有时候需要激一激，所以我觉得我如果找了新的女朋友，可能更容易调动她的情绪。"阮一舟嗓音不徐不疾，"当然，我不会让你参与进去，只要让她知道我有女朋友就行。"

"这样的话，可能对你不太公平，不知道你能接受吗？"

南嘉不假思索地点点头："没事的，反正我暂时也不打算谈恋爱。"

其实这几天南嘉也有这个想法，她想继续让阮一舟扮演她的男朋友。

如果她身边有人了，可能裴行妄会收敛一点。

"太好了，谢谢你，南嘉。"阮一舟勾起一个真挚的笑，"你要有什么需要我帮忙的，也随时跟我说。"

南嘉又去看了一趟南母，买了点南母爱吃的水果。

最近她不忙，其实身为女儿，应该每天都去看的。

"嘉嘉，你怎么不带你那个男朋友过来啊？"

"他工作忙。"南嘉随口说。

安湖一家有名的公司开出高出同行五倍的薪酬聘用阮一舟，让他年后入职。这段时间阮一舟很闲，收拾收拾家，出去遛遛狗，也提出过看望南母，被南嘉拒绝了。

见南嘉有点不太情愿，南母也就没继续问下去。母女俩刚聊了会儿别的，有小护士敲了敲门："这是刚刚送来的外卖。"

南嘉疑惑道："我没叫外卖呀。"

等她接了过去，南母笑吟吟看着她："这是妈妈给你准备的，我记得你最爱吃咱家阿姨做的点心了，我叫了外卖员帮你送过来。"

打开之后，南嘉就闻到了一股香甜软糯的味道。

典型的中式点心，甜度稍微超标。

在国外这几年，南嘉的饮食习惯变了不少，却没想到南母一直记着她的口味，虽然她没那么爱吃了，但心里还是涌起一阵一阵的感动，每样都吃了几口。

"嘉嘉，这几天我无聊看电视，看了个唱歌比赛的综艺，其中就有那个裴行妄……"南母脸色如常，"不得不说，他唱得确实挺好的，但是这个人太不负责了吧，马上就到最后的关卡了，突然不比了。"

南母提起来他不是为了提南嘉的初恋，而只是觉得好不容易遇到个喜欢的节目，这么戛然而止，很生气。

南嘉吃东西的动作慢了慢。

最后那块海盐玫瑰蛋糕也没吃完，放回了盒子里。

"不比了那就不看了呗，场上还有别的选手。"

南母拍了拍床，语气有点不满："可是全场也就两个厉害的选手，他这么一走，另外一个肯定就是总冠军了，就没意思了。"

裴行妄的业务能力出众，哪怕南母一直对他有意见，也很难说他唱歌水平不高。

南嘉笑得有点尴尬："那就换个节目看吧。"

也是这时候，南嘉突然感觉到什么地方有点怪。

裴行妄不参加综艺，看似很符合他狂妄嚣张的作风，可仔细思考一下，并不是这样。

裴行妄做事很有责任感，他要么压根不做，要么就认真做完。

这个综艺陆陆续续已经录制了半个多月了，可裴行妄偏偏这个节骨眼不参加了，此时，南嘉偏偏就碰上他了。

南嘉心底有点发毛，却又不敢直接肯定这个猜测。

从那天裴行妄莫名其妙来到休息室开始，她就感觉奇怪了，却又找不到证据。

南嘉索性跟南母换了个话题："妈妈，你说，以后我爱上你不喜欢的男生，你还会那么反对吗？"

"你不是有男朋友了？"

南嘉随意笑了笑："现在的年轻人，你又不是不知道，谁敢保证走一辈子。"

南母仔细端详南嘉。

她还是那么漂亮，小脸白皙精致，五官都好看到无可挑剔，集合了南母和南父所有的优点，淡淡的光芒打进来，她的脸静谧得像一幅惊艳的油画。可她变了，她以前恋爱的时候，跪在南母面前苦苦哀求，仿佛一辈子认定了一人，可现在，她明明有男朋友，却询问未来换个伴侣。

南母的心坠了坠。

“我不喜欢的男生？”南母思忖着，“得看有多不喜欢。”

“如果对方是裴行妄呢？”南嘉感觉南母再讨厌别人也超过不了裴行妄，直接借用了他的名字，“比如我非要跟裴行妄这类人在一起，你还会那么生气吗？”

南母脸色一沉，面容严肃了些：“嘉嘉，你别告诉妈妈你对他余情未了。”

南嘉摇头：“不会的，我就是假设一下。”

南母最后也没给出答案，南嘉起身剥了两个核桃，亲自喂给南母吃，眼看着时间差不多了，就告别了南母。

她背起包，拍了拍自己的头，自己刚才的问题确实挺奇怪，明明都分手好几年了，怎么还做这么无聊的假设?

只是南嘉觉得，她虽然不再喜欢裴行妄，可未来或许还会为这类危险又痞气的男人沉沦，她需要南母的答案。

将来好及时抽身。

南嘉刚带上门，就感觉到一股强硬而逼仄的气息，那人扯着她的手往旁边楼道里拉，楼道并不远，男人步子很大，三步并作两步。

她的鼻息被一股熟悉而清淡的香味包裹着，还带着淡淡的烟味，隐约有点撩人。

裴行妄撑着手臂挡住南嘉，将她压制得死死的。这次他专门注意自己手臂下方的位置，生怕这狡猾的“小狐狸”偷偷溜走。

他今天过来看一个朋友，刚出来，就看到一个外卖员给护士台送外卖：“有个南嘉的外卖，帮忙送一下，谢谢。”

裴行妄跟了过去。

还真是南嘉。

今天的意外收获。

男人挑了挑眉，喉结轻滚着，“啧”了一声捏起她的下巴：“想跟我复合啊？”

南嘉皱起眉头，思维逐渐游离。

关于裴行妄为什么突然出现在这里，还问了个这么莫名其妙的问题，她恍然意识到，可能裴行妄听到了她跟南母的后半段对话。男人这么自恋，不误会才怪。

“没有，我就是假设一下，毕竟你这种男人还挺招女孩喜欢的。”听到这话的裴行妄下巴抬了抬，有说不出的得意表情，南嘉又说，“你知道我妈妈最不喜欢你，所以我想，如果她连你都能接受，那么就没什么人不能接受的了。”

裴行妄的脸色肉眼可见地阴沉下来：“南嘉，你玩我呢？”

他是真的被激怒了。

南嘉抿了抿唇，继续说：“没有玩你，是你自己偷听的。你还误会了，我不得解释一下自证清白？”

“不过我妈妈确实不能接受你这种，参加个节目都中途退赛，非常不负责，想想在未来的情感中可能也是这个态度，算了。”

说完，她云淡风轻地一笑。

一阵无力感传来，裴行妄脸色沉了沉，觉得南嘉可能是真的不在乎自己了。

男人眉眼凌厉，突然想到了什么，视线落在她的红唇上，露出了一个痞坏的笑容，清淡低磁的声音传来：“我倒是有个问题很好奇，你的笔名为什么叫楝忘？”

南嘉心中一震。

裴行妄胜券在握，仿佛抓住了南嘉的把柄。何况南嘉这个笔名的含义，的确就是恋慕裴行妄。

男人钳制住她的下巴，逼迫她看他，见她在犹豫，嘴角的笑容弧度更是大了些，一字一顿道：“给我解释解释？”

“有什么好解释的？如果你稍微做点功课就知道，这个笔名是我跟你还没分手的时候用的。我那时候写了一首歌，这个笔名红了一把，总不能因为我们分手了，我连笔名都要换吧？”南嘉嗤笑一声，“裴行妄，你不用高看自己，成年人谁没分过手？分了之后，谁又会念念不忘？大家都不是小孩子了。”

如此轻飘飘的解释。

裴行妄手背青筋凸起，一直以来克制的情绪终于因为她的一席话而崩溃。望着她明灿灿的眸子，他手指抵在她的下巴上，突然很想随心所欲。

于是，下一秒。

男人的气息铺天盖地席卷而来，一个带着侵略意味的吻扫下来，裴行妄死死禁锢着她，不让她离开他圈禁出的方寸之地。

南嘉曾经偷偷睁开眼看过他接吻的模样，带着点漫不经心，却让人欲罢不能。

此刻完全不是这样。

裴行妄吻她的模样理智全无，带着狂野的攻击性。

南嘉皱皱眉，手撑在他的胸口，没打消将他推开的念头。见男人重重喘息着，她趁机咬住他的舌头，随之感觉到一股血腥味才松开。裴行妄的理智似乎也复苏了，但也只清明了一瞬，他俯下身想再次吻上来。

南嘉将头转到一边：“裴先生，您请自重，我有男朋友了。”

她太阳穴突突地跳，不跟阮一舟分手还真是正确的决定，关键时候可以救命。裴行妄那么骄傲轻狂，应该不屑纠缠一个有男朋友的女人。

裴行妄嗤笑一声，完全不相信她的话。男人嘴角有一道咬痕，比较浅，微红的一抹，有血液即将渗透出来，应该是她咬的。

他毫不在意地将血蹭掉，慢悠悠地将手搭在南嘉的肩膀上，看她的眼神仿佛在看猎物，不屑地“啧”了一声，嗓音中含着说不出的轻佻和放荡：“南嘉，又找借口骗我。”

裴行妄还是那个裴行妄。

南嘉遇到过狂热的追求者，可那些人的狂热跟裴行妄不一样，那些人虽然行为大胆狂热，频频示爱，但是南嘉倒不会手足无措，可裴行妄动不动说一些大胆过分的话，让她难以招架。

南嘉狠狠瞪了他一眼：“他比你帅，比你好。”

哪怕心中有点紧张，也佯装淡定，想灭一灭他嚣张的气焰。

“我真的有男朋友了，不信你看我的手表，还有墨镜，这都是情侣款的。”

南嘉撸起袖子来让裴行妄看，百达翡丽的情侣手表，她戴着玫瑰金的那款，中间有一只衔着树枝的飞鸟。

裴行妄钳制她的动作岿然不动。

他们在一起的那年，都没几样情侣款的东西。

裴行妄总觉得那些东西“娘气”，不陪着她玩这些浪漫。可这些年下来，她身边有了别人，他不愿意做的事情，别人心甘情愿去做。

每每想到这些，想到有另外一个人可以拥有她，做他们做过的事情，裴行妄的心就酸涩得发疼。

南嘉又拿出来情侣墨镜自证，最后还从包里掏出手机，从相册里调出几张照片，都是她和阮一舟的合照。

虽然照片中两人没有过度亲密，但南嘉笑得格外开心，眉眼之间都漾着幸福。

两人住在一起很久，是最亲密的朋友，合照还是有不少的。她一张一张展示给裴行妄看，未曾发觉，男人的眼角已经发红了。

裴行妄指尖颤了颤，眸中也酝酿着汹涌的情绪，他嗓音沙哑，像是被烟草一遍一遍浸泡过：“南嘉，你要敢骗我……饶不了你。”

“裴行妄，你就是我的甲方，还能怎么饶不了我？”南嘉淡淡开口，“咱们现在谁也不怕谁，你也别想着拿工作的事情压我。大不了我毁约，无所谓，这点钱，我男朋友还是出得起的。”

她这话说得底气十足，显而易见在和他拉开距离。

裴行妄垂下头，掩住情绪，姿态放低了。

南嘉回到家之后，匆匆洗漱叫了份外卖。兴许是频频和裴行妄相见的缘故，她这一觉睡得很沉，等到第二天醒来已经是下午了。

她揉了揉眼睛，大脑依旧疲乏，似乎还没睡够。

南嘉这才看到许唯一发了一堆消息，大意就是控诉南嘉都回国好几天了怎么还不去找她玩儿。

宝儿，回国这么久了，来找我呗！！

我这天天想你想的，你这自由职业者还没我自由，再不出来咱俩就绝交吧！

南嘉知道许唯一就是故意讲狠话，她好脾气地回复：我马上去，哪里，你定。

许唯一直接甩了个定位：Freedom。

南嘉一阵恍惚。

这是她最熟悉的、去过次数最多的酒吧，可如今想起来满是唏嘘。曾经在那个酒吧里，她人生中第一次告白侥幸成功，那种紧张和悸动如今想起，手心仍会微颤，还有无数次，她被人抱在腿上，以最亲近的距离接吻。

那些都已经遥远得像是上辈子的事情了。

南嘉没拒绝。

原因很简单，酒吧虽然是裴行妄的，但是裴行妄基本不会到那里去。他主业还是歌手，Freedom 明面上的经营者是沈念余，以前那些朋友没事的时候也经常过去坐坐。

许唯一挂断电话后，欢快地坐在吧台上哼起歌来，还涂抹着指甲油，“心情好”三个字就差写在脸上了。

沈念余身为老板，不需要时时刻刻出来，大多数时候都是坐办公室，做点决策工作，或者主持大局。不过只要许唯一在这里，沈念余必定会到内场来，陪老婆。

“发生什么事了？这么开心。”沈念余乐呵呵地揽住许唯一的肩膀，凑过去亲了她的脸蛋一口。

“嘉嘉一会儿过来玩，她回国也好几天了，也不知道天天忙什么，都约不出来。”

虽然她们每天都有微信聊天，但是网上聊天哪里比得上真人面对面啊。

沈念余将许唯一揽在怀中，勾了勾她的鼻梁：“你开心我就开心。”

没一会儿，沈念余就去忙活其他的事情了，许唯一则坐在吧台上等南嘉。她要了杯马天尼，一边喝一边往后张望，看着时间南嘉也该到了。

说曹操，曹操到。

南嘉穿着件白色的呢子外套，将头发扎低，头发丰盈蓬松，长相清甜，小脸白皙得不像话，有种小家碧玉的气质，清纯又乖巧，与吵闹的酒吧格格不入。

此刻也才傍晚，可酒吧的位置就已经都被占干净了，生意一直很好。

许唯一给南嘉端来一杯低度数的鸡尾酒，南嘉感叹道：“你们这里生意还不错啊。”

“老板经营理念好。”

许唯一下意识这么说，说完之后捂住了嘴巴，对上南嘉清凌凌的双眸。本以为南嘉脸上会出现意外或者伤感的神色，她都准备好道歉了，没想到南嘉善意一笑，仿佛一点儿都不在意。

在舞台上演奏的乐队成员南嘉都不眼熟，估计是没什么名气的小歌手，年纪不大，大学生模样，想当年，野莓乐队的成员也这么大，转眼间这么多年都过去了。

酒吧内灯光昏暗，歌手低眉唱歌，唱的是忧伤缱绻的歌曲，氛围感拉得很足。

虽然对比裴行妄差多了，但也有后起之秀的感觉。

“话说，”南嘉换了个话题，“那个‘沉醉’呢？我怎么没看到？”

她记得“沉醉”是南珂雨妈妈开的酒吧，当时她看着装修不错，还担心会不会威胁裴行妄的生意。刚才一路走来，她还以为自己眼睛花了，“沉醉”的位置变成了一家足疗店。

一听到南嘉的话，许唯一愣了几秒才反应过来：“哦，你说南珂雨妈妈开的那个酒吧？五年前就倒闭了啊，谁知道南珂雨妈妈现在干什么去了。”

她语气不徐不疾的，南嘉心里却像有一阵飓风刮过：五年前……那么他们还没分手？南珂雨妈妈的酒吧没了她都不知道？

“怎么倒闭的？”

“这事儿我也是后来才知道的，那个南珂雨不是欺负你吗？就那谁……他觉得吧，对女生用手段有点下三烂，于是就想办法把她妈妈的酒吧干倒闭了。你知道的，那谁认识的朋友多，那些歌手们来捧捧场，南珂雨的妈妈就没生意做了。”

原来是这么回事。

裴行妄到底是为她报仇了。

可惜啊，等她发完了脾气说了分手，再报仇有什么用？反正他们的感情回不到过去了，那些事情他又想做给谁看呢？

许唯一眉峰扬了扬：“还有那个南珂雨，她是不是还惹过你啊？”

南嘉想起楼梯间南珂雨说过的那些挑拨她和裴行妄关系的话。

见她点点头，许唯一喃喃道：“自从你走之后，我只能跟你网上联系。我们谁都不敢在那谁面前提起你，但是那谁似乎恨极了南珂雨，从没见过他那样对待一个女生，不过也怪她咎由自取。”

南嘉出国之后，除了不经意在网络上看到裴行妄的消息，其他的她都没关注，只是因为她怕自己忍不住。经年累月的喜欢积攒下来，喜欢裴行妄早就成了一个习惯。

她怕自己忍不住，怕自己不够狠心。

“什么啊？”

“南珂雨其实是靠关系才交换过来的，她提交的那些论文是代写的。更可恶的是，她还找黑客入侵了教务系统，给自己改了成绩，不然她那个水平压根到不了我们这里。”

闻言，南嘉张大了嘴巴。

虽然听起来有些诧异，但是仔细品味一下也在意料之内。一次小小的考试，南珂雨都不肯放弃作弊机会，这种人又能有什么真才实学？

许唯一继续说："所以那谁一气之下将这些都揪出来了，南珂雨被赶回了原来的学校。原来的学校也不肯要她，把她开除了。不过她家里有钱，好像又送她出国了。"

"不过那时候裴行妄不是被全网黑吗？那么多人骂他，他还有时间处理这些事情？"

"所以这就是我们跟他比不了的地方啊，这人是时间管理专家吧！"

南嘉没再说什么，想起裴行妄被全网黑的那段时间，她自己都崩溃了。虽然两人分了手，之后再无瓜葛，但她更希望裴行妄能在自己的道路上发光发热，永远走在开满鲜花的小路上。

可那些黑子的话不堪入目，让人想起来都胆战心惊。那段时间，只要搜索"裴行妄"三个字，广场上就全是肮脏的字眼。对家公司找了水军下场，不惜大面积带节奏。

哪怕警察的调查结果还没出来，可全网都笃定了他就是那个杀人凶手。

南嘉想不明白，裴行妄是如何做到一边忍受着骂名，一边又有心力将南珂雨驱逐出去的。

难道网上那些话对他产生不了影响？

外面落了雨，淅淅沥沥的，丝丝的寒意伴随着窗外的潮湿渗透进了南嘉的骨髓。

南嘉说："你别称呼他那谁了，我俩也是和平分手。没什么提不得的，我现在也不喜欢他了。"

她讲这话的时候平平静静，笑容也不温暾，大大方方的。

许唯一都诧异，面前的小姑娘真的变了，她不会再因为那人伤心难过，也不会因为他而让自己有任何情绪上的波动，长达四年的暗恋结束了。

"你说你要是再见到他……"

南嘉接住话头："我已经见了。"

许唯一诧异："啊？"

南嘉这才回国几天啊，这就见了面了？

南嘉晃荡着酒杯里的红色液体，淡定道："是的，我跟裴行妄已经见过面了，还不止一次。"

一片巨大的阴影罩在南嘉面前，带了点压迫感，气氛莫名紧张起来。

她皱起眉，闻到一股烟味，丝丝缕缕的熟悉气味将她包裹住。

酒吧光线昏沉，影影绰绰。

南嘉转过头，再次捕捉到一个熟悉的轮廓。

裴行妄单手插兜静静凝视着她，深眸张扬，浪荡气质浮现在他的眼角眉梢，讲话也不怎么客气："不是有男朋友了？还在背后议论别的男人。南嘉，你说你早把我忘了，我不信啊。"

沈念余这几天都没联系上裴行妄。

微信不上，手机关机，也不知道这人在干什么。

后来好不容易打通了，男人似乎刚醒来，浓重的不悦情绪：“什么事？”

“没啥事啊，”沈念余说，“你不是不参加那个综艺了嘛，好不容易有时间了，过来聚聚呗。”

裴行妄冷嗤一声：“不去。”然后就把电话挂断了。

沈念余放心不下，抽时间找了一趟裴行妄。裴行妄依旧住在那栋别墅里，密码他也记住了，不就是南嘉的生日嘛。

沈念余惊讶地发现，裴行妄居然就躺在沙发上睡觉。

大大咧咧的，也没换睡衣。

烟头、啤酒瓶掉了一地。

要多颓废有多颓废。

沈念余皱眉，当年裴行妄跟南嘉分了手，又赶上张明楷自杀，强装出来的镇定与无所谓彻底崩盘，也过了好一段这样颓废的生活，每天除了抽烟就是喝酒，过去很久才振作起来。

没想到悲剧又重演了。

理论上裴行妄的事业如日中天，“粉丝”也越来越多，酒吧生意也好，妄哥简直就是人生赢家，突然这样子了……他不禁思考起来。

——这个节骨眼，南嘉回来了。

南嘉一直是不能提的名字。

沈念余记得非常清楚，在他们分手还不到一年的时候，网上那些乌烟瘴气的流言也澄清得差不多了，事情正朝着好的方向发展。那天他们几个去喝酒，在沈念余的眼中，其实裴行妄已经完全恢复了，至少他没再继续颓废下去。

那次恰好有个朋友带着女朋友一起过来。那个男生说，其实大学毕业他们就偷偷领证了，过段时间举行婚礼，让他们都记得过来。

裴行妄举杯恭喜他们，一杯接一杯地喝，压根没有停下来的意思。

别人以为裴行妄是开心，可只有沈念余看到，裴行妄眼角红了。

裴行妄跟别人不一样。他私人情绪从不外露，总是表现出什么都无所谓的态度，看似散漫，其实什么都写在心里——他非常在乎南嘉。

裴行妄喝醉了也沉默，什么都不说，脸色也不红，看着跟平时没区别。沈念余叫了车送他回去。

在路上，沈念余听到裴行妄沙哑着嗓子说：“我也想等她毕业就结婚的。”

“可老子现在这样，连找她的资格都没有。”

男人肩膀微微颤抖，是那样的崩溃、无奈。

那时候的裴行妄从神坛坠落，事业还没开始就宣告结束，跟父亲关系不和，手下就一个规模一般的酒吧。

沈念余默默叹气，求求老天成全一对有心人吧。

眼下，裴行妄睡得正香。沈念余叹了口气，也没打扰他。毕竟妄哥压抑了这些年的感情，在看到南嘉的时候彻底绷不住了。

要命的是，南嘉还有了男朋友。

估计得比杀了妄哥还难受吧。

沈念余拿了条毯子帮他盖上，默默退了出去。

重新回到酒吧，沈念余恰好听到许唯一无意间说起一会儿南嘉过来。那一刻他也不知道自己怎么想的，穿上外套开上车又跑到裴行妄家去了。

裴行妄仍旧在睡觉，他毫不客气地将裴行妄叫醒，告诉裴行妄，一会儿南嘉就去 Freedom 了。

神奇的事情发生了——

蹙眉的裴行妄懒洋洋地爬起来，眼皮依然耷拉着，可已经慢条斯理将衬衫扣子扣好了，穿上了拖鞋，准备去浴室洗澡换身衣服。

他收拾好自己的着装，看着呆愣愣的沈念余："不走？"

然后，就碰到了许唯一和南嘉讨论他的那一幕。

南嘉站起来，口气有点儿生硬："裴行妄，你怎么在这儿？"

裴行妄目光灼灼地看她，裹挟着淡淡的压迫感，嗤笑一声："自己的酒吧，不能出现？还不解释解释，刚才议论我什么？"

酒吧内光芒炫目，喧嚣繁华，舞池中又是另一个吵闹的世界，只有吧台这边可以窥见一抹僻静。

裴行妄穿了件黑衬衫，依旧是不正经的气质，今日莫名多了点冷冽与禁欲，兴许是外形太过优秀的缘故，他能将两种风马牛不相及的气质结合起来。

偏偏这时候又换了重金属风格的乐队上场，弄得气氛更加热闹了，仿佛虚空之中有一把小锤子不停歇地砸着南嘉的心口，震得人耳膜发疼。

许唯一率先抢答："是我问的嘉嘉，我还没问她是否见过你，她就回答了。"

沈念余适时打圆场："妄哥，你还想怎么样啊？南嘉要是不回答问题才说明心里有鬼，你没看到人家坦坦荡荡的吗？"

裴行妄一记眼刀飞过去，吓得沈念余不敢开口了。

裴行妄也在这儿坐下了。

"话说涛子得多久没来了啊？这家伙结了婚就不来见兄弟们了。"说着，裴行妄兀自笑了声。

南嘉只偶尔跟许唯一讲几句，说到什么好笑的，两个女孩就开怀地笑。没人理会裴行妄，裴行妄沉默着喝酒，一杯接着一杯。

许唯一偷偷将手伸到下边，狠狠捏了一把沈念余的大腿，表情也凶巴巴的，在示意他：看吧，这就是你带来的人。

沈念余一脸冤枉，一肚子委屈也没法诉说。

没一会儿，南嘉起身："我去趟洗手间，等会儿回来。"

南嘉先走到洗手间洗了把脸，脑子清醒了很多。

从跟裴行妄重逢到现在，频频相遇，要说裴行妄没存着别的心思她自己都不信。

她现在生活得很好，有喜欢的工作，有知心的朋友，住在舒心的小房子里，不为日子皱眉头，也不会被爱情伤害，更不会觉得孤单。

南嘉对着镜子重新涂了口红，抿出漂亮的唇形，这才顺着走廊往外走。

对面几个醉酒的男人从包间里出来，满面红光，大腹便便。南嘉皱皱眉头，想绕道避开他们。

中间的黄毛男人没看她，自顾自说："这女人吧，还是性感点的带劲。"

另外一个染着红毛的男人说："我喜欢纯一点的，越乖越好，我喜欢那个调教的过程，一点一点变成……啧啧啧，这才带劲。"

"看不出来啊，你还喜欢玩调教。"黄毛往周围看了一圈，看向了南嘉的方向，笑得轻浮，"你看那个妹妹，是不是很纯，身材还好，是不是你喜欢的款？那小腰一看就带劲啊，欲拒还迎的。"

"腰挺细的，哈哈哈。"

两人还议论着，南嘉低下头，脚步快了些，不想让自己的脸被这种人渣议论。

她还没反应过来，就看到一个高大的身影笼罩在她面前，一记闷拳打了过去，那个红毛男人趔趄了几步，倒在地上。

本来还晕乎乎的黄毛瞬间清醒了，将红毛扶起来，指着裴行妄，气呼呼地质问道："你谁啊你，凭什么打人？"

光怪陆离的灯光打过来，映照在裴行妄英俊凌厉的脸上，男人气势骇人，眉宇之间虽然仍旧漫不经心，却不怒自威。

他皱起眉头，嘴角却慢慢地勾起一个蔫儿坏的笑容，一看就非等闲之辈。

黄毛扶着颤巍巍的同伴爬起来，吓得不轻，开始叫酒吧安保。

可没人回应他。

裴行妄向前走几步，俯下身，揪住红毛的衣领："你也配惦记她？"

男人吓得脸色惨白，抓住同伴的腿颤抖着说："安保安保，快叫安保，这还无法无天了……"

裴行妄读书那会儿遇到事情绝不憋屈，打过不少架，也因此气质中藏了不少不好惹的成分。

"酒吧老板在你面前呢，知道吗？"

果然，安保迟迟没来。

孤立无援的两个男人吓得屁滚尿流，慌里慌张逃走了。

南嘉不怕这种醉鬼。酒吧里安保做得很好，而且这附近就有警局，谁也不敢在这里撒野，这几个男人一看就是玩完了，马上就要走的，只是借着酒气说点荤话。

空气陡然安静下来，南嘉看了裴行妄一眼，没说什么。她正欲离开，男人伸手挡在她面前，单手钳制住她，眼底一片郁色："就不对我说声谢谢？"

裴行妄指腹有薄茧，微微蹭了下她的下巴。南嘉皱紧眉头，像是碰到了什么脏东西似的，一点都不想被他触碰。

南嘉重新回到吧台，许唯一见她脸色不太好，问她发生了什么，她摇摇头，将那杯鸡尾酒一饮而尽。

裴行妄却没回来。

南嘉也在往那处张望。

过了一会儿，喧闹的酒吧陡然安静下来，像是凭空诡异地消音了，所有人的视线都凝聚在酒吧门口的方向。

几个警察从门口走进来了，还有那两个小流氓。

"警官，就是这里，就是他们几个人，仗势欺人，你看我这个嘴巴，哟，疼死了。"那红毛似乎酒醒了，脸上挂着彩，拉着警察往裴行妄的方向走。

裴行妄单手插兜，狂妄地笑着，冷峻的脸上神情散漫不羁。

他几步走过去，嗤笑着看了红毛一眼："行，跟你们走。"

南嘉见状，心里一慌，也跟了过去。

裴行妄漆黑的眸子锁住她，淡声说："跟你没关系，你回去。"

南嘉看向警察，简单地交代事情经过："是这样的，这两位对我出言不逊，说了很难听的话，然后这位先生路见不平，好心帮了我。"

警察疑惑了，怎么跟红毛交代的不一样？不过这红毛满身酒气，面前的姑娘清丽大方，讲话温柔，谁的话可信度高一看便知。

一路到了警局。

酒吧人员将监控送来，警察一看就知道到底怎么个情况。不过这个红毛在酒吧那么尿，到了警局，兴许觉得有警察当盾牌，可以肆无忌惮了，非得让裴行妄道歉。

警察也给了裴行妄一个眼神，意思是让他道个歉得了，毕竟这两人只是语言攻击，可他却实打实让人家脸上受伤了。

裴行妄嗤笑一声："你得先跟她道个歉吧。"

红毛一哽。

警察也顺着说："是啊，这个事是你出言不逊在先，你得先跟这个姑娘道歉。"

黄毛眼观六路，低下头，扯了扯红毛的手，然后二人说：“对不起，我俩喝醉了，说了点难听的话，但是我们绝对不敢做过激行为。不信你们去查查，我们长这么大这还是第一次进警局。因为小学老师说，遇到困难要找警察叔叔。”

裴行妄的下巴扬得老高。

黄毛说：“我们道歉了，该你了。”

明亮的灯光打在裴行妄脸上，他扬起眉梢，笑得痞坏。

“骗骗小孩罢了。”裴行妄扯了扯领口，黑眸如沉默的礁石，冷声说，“我的律师快到了，有什么事你跟他谈吧。”

说完，裴行妄插着兜走远了。

他的一番操作让南嘉傻眼，这人还真是……不走寻常路。

不过南嘉觉得，裴行妄动手还是控制好了力度的，何况本来就是这两人出言不逊，闹大了反而让全世界都知道他们是猥琐怪。

南嘉也不希望裴行妄道歉。

这时候，一个穿着黑色西装的男人到了：“你们好，我是裴先生的律师，剩下的事情我来解决，我们谈谈接下来的诉求吧。”

裴行妄走到门口，朝着南嘉扬了扬下巴，示意她过去。

雨已停，天色也黑透了，星星显得格外明亮。裴行妄站在明暗的交界处，眼睫微垂，斑驳的树影打在他身上。冷风灌过来时，他闲散地笑了一下，漫不经心又勾人。

裴行妄看了眼手表，嗓音莫名温柔了些：“饿了吗？要不要吃点？”

“不去了，”南嘉口吻平淡，“大晚上的，我男朋友会吃醋。”

裴行妄闭了闭眼，显得疲惫至极：“南嘉，再怎么今天也是我帮了你，万一你真遇上坏人了怎么办？不说谢谢也就算了，还故意气我？”

对上他赤诚直白的眼睛，南嘉脸上没有多余的情绪。

“我很相信 Freedom 的安保，我相信我在酒吧不会出事。你刚才说的话都是假设了，假设没有意义。”南嘉笑了笑，“你要是真那么需要我的感谢，那我就说——”

她垂下头，真诚道：“谢谢你。”

女孩脸颊干净漂亮，鼻子小巧精致，脸上没上底妆，仅有一点口红，肌肤清透干净，笑容也乖乖纯纯，正是因为太乖太纯了……裴行妄的眸子黯淡下来，以前的南嘉不会这样对他讲话，她是有情绪的，会撒娇，脸上藏不住爱意。

“但是我也得多说一句，你现在身份特殊，别仗着有律师就可以为所欲为，而且我们现在什么关系都不是了……我自己的事情我能管好，现在是法治社会，我相信警察，我也相信我自己。就像今天这件事情，其实我不理会你不理会，我们就没必要来警局的。还有以后，我不希望跟你还有任何交集，希望你少管我的事情。”

二人都沉默下来，见裴行妄没有再开口的意思，南嘉三步并作两步下了台阶，拦了一辆车就走了。

裴行妄仍旧停留在原地。

他的衣领被落下的雨滴打湿了些，本就穿着一身黑色，雨水将衣服的颜色晕染得更加深沉了。他眉眼之间荡漾着颓然和无奈，漆黑的睫毛垂下，打下一小片阴影，唇边的笑容逐渐僵住。

南嘉最后那番话仿佛在他脑中回响。

——我们现在什么关系都不是了。

——我不希望跟你产生任何交集。

风声飒飒，所有的人流车辆都仿佛远去。天地广阔，裴行妄仿佛被隔绝在一个密闭且荒芜的空间，全世界只剩下他一个人了。

又或者说，是他丢失了他的全世界。

男人一身孤绝，站在光与暗、风与雨的交界处，自嘲般说道：“连朋友也不是了吗？”

Chapter14. 想你到无可救药

南嘉本来打算除夕也不回家的。

她一心想快点将歌词写完，虽然这种靠灵感的事情也急不得，但是只有写完了，裴行妄才不至于频频找她，到时候哪怕不见面也有借口。

可在除夕前一天，南母打来了电话，口气有点卑微。

南嘉解释了好一番自己工作的特殊性，但是南母压根理解不了，南嘉也只能妥协。

南嘉打电话问阮一舟：“你打算怎么过年？”

阮一舟轻叹一口气：“还能怎么过，我喜欢的人又不喜欢我，孤家寡人一个。”

他这么一说，南嘉本着人文关怀精神，将自己和好的面还有饺子馅拿了一部分，准备带到阮一舟那里。

阮一舟毕竟是男人，心眼儿粗，很多东西可能都想不起来买，但他动手能力强，什么都会做。

南嘉跟阮一舟住得近，下楼之后，只需要走几步就到了。

她提了一个方便袋，里头是装着包饺子材料的盒子。

总觉得背后有窸窸窣窣的动静，仿佛有人跟踪，南嘉往后一看，可什么都没看到。阴云低垂，萧索的树枝在狂风中瑟瑟摇摆着，一幢幢高楼遮天蔽日，看不清远处的太阳。天气预报说最近有雪，看这架势，可能真要下雪了。

她裹紧了衣领，手被风吹得麻木。

又走了几步，她还是不太放心，装出没防备心的模样，身体舒展开来，哼唱着愉快的小调，然后走到拐角处飞快转身，终于看到了一个黑色的身影。

身形孤峭寒立。

很像一个人。

不过已经到阮一舟的楼号了，南嘉也没多想，直接按开电梯上去了。

阮一舟家的大门密码她知道，但出于礼节，她每次过来都会自觉敲门。

这个事被阮一舟说了无数次，叫她不要这么客气，但她还是坚持。

“我把水饺馅和水饺皮都带来了，”南嘉熟门熟路地把东西放到冰箱里，随口说着，“我本来打算自己包的，还准备给你送点现成的，可惜我得回去，你尝不到我的手艺了。”

放好东西之后，南嘉坐在沙发上。

阮一舟洗了点水果过来，她丢了一颗葡萄在嘴里，余光看到桌上放了个包装精美的手提袋，里头是个蓝色丝绒盒子。

阮一舟笑了声，用下巴示意了下："新年礼物。"

"居然有礼物啊！"

南嘉把盒子捧在手里看，没拆开，惊喜总要留到家再看。两人在一起两年，每个节日阮一舟都会给南嘉准备礼物，让南嘉很不好意思。

阮一舟的嗓音充满磁性，有种理所应当的意味："别人的男朋友都送，我就不能送吗？"

南嘉不解："我们是假的，其实没必要……"

阮一舟摇头，笑起来格外温和儒雅："再假也是男朋友啊，何况我一个人也孤孤单单的，送礼物能让我心情变好。"

如此正经刻板的人说出这样的话真不容易。

以前南嘉拗不过他，也就接受了，只是没想到居然回了国他还会继续送。

不过她也可以理解，一来阮一舟不缺钱，这点东西对他来说不是什么负担；二来这段时间搬家什么的，她帮了不少忙，这也是他表达谢意的一种方式。

"在这儿住得怎么样？"

"安静，舒服。"阮一舟笑起来眼角有点细纹，不显老，反而有温柔落在里面，"你打算在这里住多久？"

"其实本来想着房子太小，过段时间就搬的，"南嘉讲话实诚，"不过感觉这边交通很便利，距离公司也近，我想着到期了再续签。"

阮一舟接话道："那我也继续住着。"

南嘉收下了礼物，想着也不能白拿人家的，主动提议道："今天晚上你有时间吗？我们要不去外面吃，你是想看电影还是听音乐会？"

"音乐会吧。"

之前在国外的时候，他们也经常一起听音乐会。阮一舟虽然不懂音乐，但是每次都很乐意陪南嘉去听。他每次听得全神贯注，不打哈欠，还非常耐心地听南嘉讲音乐。也因为如此，他们才会成为很多人眼中不折不扣的恩爱情侣。

今晚有场南嘉喜欢的管弦乐团的音乐会，在艺术中心举办。

南嘉订好票，阮一舟开车带她出发。

艺术中心距离这边有点远，接近一个小时才到达。取票之后又排队验票，提前半个小时入场，两人不想进去太早，就在外面的长凳上坐着聊天。

音乐的门槛比电影高很多，排队的人不是很多，大多都是年轻的男女。

阮一舟长相英俊，穿着件黑色大衣，身材颀长，吸引了不少人的目光。

两人正说说笑笑，南嘉身后的女孩突然拉了拉她：“你好，我跟我男朋友买奶茶买重了，想送给你和你男朋友，可以吗？”

南嘉接了过去：“谢谢啊，但是——”

但是我们不是情侣。

当她看到阮一舟嘴角噙着的淡淡笑意，仿佛并不在意被误解，她干脆将后面的话咽了下去，反正只是陌生人，误会与否也没什么。

他有心上人都不在乎，她心里又没人，更没什么需要在意的了。

女孩说：“你跟你男朋友真般配，颜值都很高啊，将来肯定能生个超级可爱的宝宝，祝你们永远幸福啊！”

女孩戴着毛茸茸的大围巾，可爱的小脸藏在里面，只露出漂亮晶莹的眸子，讲话的声音热情又活泼。

阮一舟笑着：“谢谢你啊。”

女孩还想跟他们说些什么，但是她男朋友已经买好票，远远朝着她招手，女孩便跟他们挥手再见，蹦蹦跳跳地走了。

时间差不多了，南嘉和阮一舟也排队入场。

南嘉好奇地问：“你怎么不解释啊？”

阮一舟垂眸看她，嗓音淡淡的：“有你这么漂亮的女朋友我骄傲都来不及，还怎么舍得解释？”

关系仿佛有些变味了，南嘉还没来得及琢磨心中奇异的感觉，前面排队的几个女孩突然脱离了队伍，场面混乱起来。

一个女孩兴奋地大声喊叫着：“我的天！裴行妄！”

“啊，真的是裴行妄！”一个鬈发女孩几乎疯狂，音乐会也不看了，迈起大步子往外追，“天啊！我的偶像啊啊啊！！”

南嘉的呼吸也停滞了，裴行妄怎么会来这里?

他一个公众人物，怎么会出现在人流聚集的这里？会不会认错了?

心中涌起巨大的好奇心，她转头往后看去。

只看到了男人轮廓分明的侧脸，以及身影。

有些人的五官与每一个细节，早刻在了脑海里，哪怕你无数次想要忘记，哪怕你以为自己早就忘记，可看到他身影的那一刻，万般悲伤难过涌上心口，情绪溃不成军。

怀揣着莫名的心绪，南嘉听完了整场音乐会。

从艺术角度看，这场音乐会非常精彩，细腻娴熟，有热情也有张力，演奏的也都是耳熟能详的经典曲目，关于爱情的甜蜜和忧伤都被悉数展现出来——理论上，南嘉该很喜欢。

但很可惜，她一点儿都没听进去，满脑子都是裴行妄的背影和眼神。

在那些狂热的“粉丝”没追上他之前，他们遥遥对视了一眼，男人的眸中有妥协与茫然，有克制与崩溃，还有淡淡的无奈，仿佛最后一抹微光也即将熄灭。

那眼神仿佛受了伤，满目的窒息感——他渴望并等候着她的垂怜。

太多复杂的情绪积蓄在南嘉心头，伤感冲击着她的心脏。

窗外月明依旧，疏星像是受了伤。

南嘉这两天都在南母那边，可能是分别了五年的缘故，南母的话格外多，同南嘉越发亲密，拉着她没完没了地聊天，聊公司的那些事，聊家长里短，也聊南嘉的工作和爱情，两人连春晚都没看进去。

也因此，南嘉很晚才得以回家。

南嘉将东西放下，坐到沙发上，思绪逐渐放空。

一直陪着南母说话，南嘉身心都有点累，南母基本聊不了几句就会问起阮一舟，她被问住好几次。

她今天思考着找个机会，告诉南母实情吧。

南嘉复盘今天的一切，越发觉得自己仿佛忽略了什么。

回来的路上下了雪，白色的雪絮从穹顶飘飘落下，在点点灯光的映照下，夜晚更显黑暗和深邃。她的夜盲症早就好了，走夜路不是问题，不过大晚上的，她一个人走在空旷的路上，还是不免有点害怕。

转身的时候，她似乎又看到了一个熟悉的身影。

南嘉越琢磨越不对劲，索性趿拉着拖鞋，走到了阳台上。她住得比较高，再加上路灯坏了几盏，夜风中罩了一层雾气，看下面不太清楚。

雪花依然纷纷扬扬地落下，有越下越大的趋势。

可她还是看到了一个身影。

那个身影清绝修长，被夜晚染得一身漆黑，指尖一抹猩红，轻轻地吐纳着烟雾。也不知道他站了多久，似要变成永不挪动的雕像，等到地老天荒。

南嘉想起那天给阮一舟送水饺，看到的也是这样的身影。

还有前天的音乐会。

这都几次了?

南嘉披上外套就下楼去了。

“裴行妄，你没事在我楼下干什么？”

冰冷的雪花砸下来，男人眉眼显得更加冷戾，脚下散落着满地烟头。裴行妄缓慢地抬起头看南嘉，将烟捻灭了，一秒钟的动作如一个世纪般漫长。

南嘉这才感觉到浓重的烟酒味道，他应该喝了很多酒。男人头发有点湿了，眼神晦暗不明。

雪下得越来越大，刺骨的寒凉渗透骨髓，南嘉才站了这么一会儿，身体就有点瑟缩，她难以想象，裴行妄是如何坚持了这么久的。

裴行妄轻轻呼吸着，嗓音淡淡的：“与你无关。”

确实跟她没关系，他自发的行为，又是在楼下等她，又是在音乐会偶遇她，他什么都不说，却仿佛无孔不入。有些人强势到哪怕一句话也不说，却让人难以忽视他的存在。

南嘉这么晚才发现他，还不知道他站了有多久了，呼吸之间全部都是酒气，觉得这人大概疯了，才会这么不爱惜身体。南嘉语气不好，还凶巴巴的：“这么冷的天，你好歹回车里坐着啊。裴行妄，你就是冻死在路上也跟我无关，但是请你别在我家楼下行吗？”

裴行妄掀起眸子，静静地看她。

应该没人想到吧，全网人气最高、被称为鬼才的歌手，竟然如此卑微地等在一个女人楼下。他不敢上楼打扰，生怕她赶他走，此后再不见他。

裴行妄缓慢地抬起了手，那双手冻得骨节泛白。南嘉看得有点心酸，她生怕自己心软，强硬地将视线挪开。

凛冽的寒风中，雪花纷飞，男人低笑了声，微微弯下腰，将头靠在她的肩膀上。他好像只是想找个依靠，并未将全部的力气压在她身上。南嘉出来还没多久，身上的衣服有点余温，暖融融的温度似乎要熨帖到心底，裴行妄闭上眸子，颓然地笑着。

南嘉感觉到男人僵硬的身体。

“我想你，每天都想。”男人嗓音压得很低，似乎所有的情绪都含在这句话里了，“你就不想我吗？”

南嘉口气中带着凉意：“不想，真的没想过。”

南嘉后退一步，彻底和裴行妄拉开了距离。

失去了支撑，裴行妄并未趔趄，似乎一切都在他的预料之中。

在南嘉耐心耗尽上楼之前，男人攥住了她的手腕，仿佛要用尽全部的力气才能支撑他把话说完。

苦闷、难以消解的痛楚、嫉妒、烦躁一同涌上他的胸腔，烧得他的心生疼。

“南嘉……”他哑着嗓子唤她的名字，而后，似乎也琢磨着怎样继续说下去，“我看到你男朋友了。”

看到是应该的。那天在艺术中心，她跟阮一舟排队进场，相谈甚欢，裴行妄一定全部都看到了。误会了也好，她得偿所愿。

南嘉静静地看着他，男人肩宽腿长，身材比例优越，那张脸更是上帝最得意之作——下颌线流畅分明，薄唇挺鼻，眼睛也深邃好看。

长相无可挑剔，甚至五年过去，沉淀得更加深沉了些。

四目相对，两人一时都没说话。

哀恸与无力感积压在心头。裴行妄冻得嘴唇发白，漆黑的瞳孔注视着她，自嘲一笑。

“你跟他分手，重新回到我身边，行吗？”裴行妄嗓音低哑，苦涩地勾起嘴角，“或者……当第三者，我也愿意。”

光线很暗，男人喉结滚动着，铺天盖地席卷而来的，都是裴行妄的气息。

南嘉傻眼了。

在她眼中，裴行妄永远是高傲的，世界上没有什么事能难倒他，所以他人生的这一路也顺风顺水，他的爱漫不经心，也永远不会为任何人低头。

可现在，风雪寥落，冰天雪地。

她听错了吗？南嘉怔怔地看着英俊的男人，男人面容惨白，有颓然也有衰败。一阵风吹来，她的意识恍然清晰：裴行妄大概是醉了，说了胡话。

怎么能相信一个醉酒男人的话呢？

实话说，她刚才心软了，还有一瞬间的心疼闪过。

南嘉内心挣扎，苦笑了下。

她到底不够狠心，当年裴行妄的确伤她很深，导致她很长一段时间里都怀疑自己是不是有什么问题，是不是活该一辈子只能仰视别人，像是关在笼子里的金丝雀，主人爱招呼她就招呼她，不爱招呼她，就是她活该。

每个人都是自由的个体，都值得被爱。

南嘉看着裴行妄，似乎难以呼吸。

心跳的速度快到无以复加，她自以为成熟的内心也乱成一团麻。

南嘉摇摇头，声音无比坚定：“裴行妄，你喝醉了，你回家吧。我明天还有事情，不能跟你闲聊了，我得上去睡觉。”

仿佛虚空中有一双手扼住了裴行妄的喉咙，他掀眸，嗓音哑得出奇：“你跟你男朋友回家？”

南嘉佩服他的想象力，这都能联想到。即使她真的和阮一舟是男女朋友，也不会在过年时候去对方家里。

可她含混地“嗯”了一声。

裴行妄爱误会就误会吧。

“我喜欢你，”男人低头苦笑，“喜欢得快要疯了。”

不会有人理解他的那种近乎疯魔的喜欢，在看到她的那一刻，迫切想要占有，想要拥有，策划起恒久的未来。

几乎病态。

南嘉不知道该跟他说什么。他已经喝醉了，酒气很重，估计喝了很多很多。哪怕她费尽力气讲完了一通道理，明早人家就不记得了。

现在这样就是浪费时间。

寒风凛冽，与雪交织在一起，像刀片刮在脸上，南嘉这次真的要走了。

可她才迈出去步子，就被男人紧紧箍住了。裴行妄死死将她拥在怀中，一点儿挣扎的机会都不留给她。在南嘉还未反应过来的时候，一个铺天盖地的、带着酒气的吻袭来。

南嘉心中恐慌，却只能被迫去承受。

南嘉伸出腿毫不客气地踢他，想要将侵略者赶走。可男人仿佛练就了一身铜墙铁壁，任她如何动作，他都岿然不动。

南嘉的胸腔剧烈起伏着，血腥味在唇齿之间蔓延。也不知道过了多久，裴行妄满足了，擦了下嘴角，眼中的神采亮了些，才将她松开。

南嘉死死瞪着他，眼中写满恨意。

大雪肆无忌惮地落下，纯白的一片又一片，似乎要洗清世界的污秽。

可是，真的能洗清吗?

“裴行妄，你就这么饥不择食吗？”南嘉眼角泛红，边缘处溢出眼泪，她是真的生气，这还没见几面，已经被强吻第二次了，“连个不要你的前女友都要强迫？”

她说得很难听——

她说他饥不择食。

她说是她不要他。

裴行妄那么轻狂骄傲，一定忍不了她将他的自尊踩在脚下，一定不会容忍她将那么难听的话甩在他脸上。凭借南嘉对他的理解，他现在应该转身就走。

可裴行妄脸色没有丝毫改变，甚至是纵容的、宠溺的。

男人深深看她一眼，认错一般低下头：“随你怎么说。”

南嘉愣住了。

裴行妄踱步到她面前，长臂伸开，将她拥在怀中，抱得并不紧，不像宣泄情绪，而只是想要一个温柔的拥抱。

南嘉往后退，皱着眉头：“你是不是有病？”

男人嗓音低沉，带着热切的恳求与期待：“我就是想你想到无可救药。”

风雪潇潇。

雪和眼泪不一样，雪落在手心是凉的，可眼泪落在脖颈是热的。

南嘉感觉到脖颈上一阵温热传来。

她无法形容那一刻的感觉，强装出来的平静干脆全部崩盘。她回味着裴行妄的话，眼泪先一步落了下来。她不想让裴行妄看到自己落泪了，趁他不注意赶紧从他的怀抱中退了出去。

最后她落荒而逃了。

裴行妄真的变了很多。

南嘉回到家，抵上门，将手背在身后，热泪一阵一阵汹涌而来，她开始幻想——

如果他们当年没在一起，如果她和现在的裴行妄恋爱，一定不会那么容易分手，不会让彼此都难堪。

可惜啊，哪有什么如果。

南嘉突然想到一件事。

她又偷偷站在阳台旁，生怕男人看到自己的身影，只敢躲到窗帘旁边，让厚重的窗帘遮挡住自己的身影。

裴行妄喝了那么多酒。

她害怕他真疯了自己开车回去，她不想他出事。

南嘉静静凝视着。

裴行妄依旧站在原地，身影孤单寥落。没一会儿，来了一个穿着蓝色工装的男人，接过了他递过去的车钥匙。

应该是叫的代驾。

南嘉这才彻底放心，浑身像是脱了力一样，跌坐在地上。

年后，南嘉尝试了好几次，都没写出来合适的歌词。

其中有一首的主题是初恋，这本应该是她最擅长的题材，眼下也不知道怎么了，脑子乱作一团，都过去一周了，她还是频频想起那个孤单的身影。

说没心软不可能。可她又觉得明明自己是受害者，为什么还这么容易心疼别人？谁又会心疼当年的她呢？

南嘉冲了澡，又重新回到卧室里。

首先，这是一首叙事类的歌词，需要时间、地点、人物关系，还有时间线。她得在大脑中勾勒出一个简单的故事和剧情，有了这些小点之后，在心中酝酿情绪，开始作词。

她大概想到了一个故事。

但是写出来之后，怎么看怎么粗糙。

大年初七这天，按照原定计划，她现在至少已经写完两首歌了，可现在一行都没憋出来，严重拖慢了进度。

她都想着要不就给王姐说一声，宁愿赔违约金。

王姐循循善诱道：“你以前可不这样啊，以前不都是灵感如泉涌吗？”

“我也不知道怎么回事，反正最近心很浮躁，坐半天写出来的东西自己都看不过去。我最近都考虑着如果音乐界容不下我，那我就回去写小说。”

南嘉的那本暗恋小说现在还被奉为暗恋界的经典作品，加印无数次，成为畅销书，很多出版社找南嘉约稿。不过因为她有本职工作，一直也没考虑过。

王姐那边顿了顿，一语点醒了她：“南嘉，你有没有想过，你之所以写不出来，不是因为你水平不行，而是因为你没把自己乙方的位置摆正。我跟你说过很多次，干我们这一行，首先，心要静。”

南嘉承认王姐的话很正确。尽管她经常跟自己说，自己是乙方，仅仅是和裴行妄共同制作一张专辑，这是双方互利共赢的好机会，她应该拿出百分百热忱的态度去完成。

可他们每一次见面，她就会自动将自己的身份转变成了前女友，矛盾又尖锐，自己时常都觉得自己陌生。

他们之前纠缠太深，她鬼迷心窍爱他多年，最好的青春年华也跟他绑定在一起。她跟他合作，压根就没办法将自己完全抽离开。

“是，我写的时候也很羞耻，比如这首歌主题是初恋，那么我如果写，肯定会写我们之间的故事，这样的话，我还尴尬。可是抛开我自己，我写出来的东西又没灵魂了。”

王姐叹了口气：“那你觉得这样你还能写吗？”

有时候上天赏饭吃，人却抓不住机会，虽然很可惜，可南嘉只能妥协：“赔违约金其实可以，我手头上的钱也够。王姐，你帮我问问那边吧。”

“其实这钱用不着你赔，公司这边会处理，”王姐笑了笑，“之前因为怕你打退堂鼓才故意那么说。既然你努力过了还是做不到，没关系，我帮你问问。”

跟王姐聊完之后，南嘉思绪放空。

她的心轻松下来，可空气沉默着，又忍不住思考另外一种可能性——这真的是个很好很好的机会。她这么年轻，能跟裴行妄这样的鬼才歌手合作就是天上掉馅饼了，裴行妄的歌必然火爆，她到底舍不得这个好机会。

电话突然响了。

南嘉心里紧张起来，一边期待，一边又害怕希望落空，还以为是王姐打来的，没想到那头传来一道低沉好听的男声：“你如果有什么要求，直接跟我说就行。”

可真快啊，王姐已经跟那边联系过了，尴尬的是，裴行妄还知道了。

南嘉本以为王姐会跟裴行妄那边的制作人沟通。

“这种小事就不用麻烦你了，如果是具体的歌词方面的问题，我会跟你联系。”她声音温和清淡，却也官方，没有多余的情愫。

裴行妄想起久远的曾经，南嘉喜欢直接打视频电话。

她那张可爱的小脸跃动在手机屏幕上，皮肤洁净，眼睛格外漂亮，清凌凌的，双眼皮褶皱深，形状好看，是整容都难以复刻的款式，眼神也纯粹干净。

每当她睁着那双无辜的大眼睛对他撒娇，裴行妄都难以抵挡。他想，就是要了他的命也值得。

可惜，南嘉照样会撒娇，却再也不是对他了。

“你如今非要跟我这么客气吗？”裴行妄闭了闭眼，黑睫颤抖着，喉咙一阵酸涩。

南嘉心口一颤，默了默，她也不是分不清，既然裴行妄没有为难她的意思，那么她也得将自己的小心思收起来，认认真真完成工作。

“我也不会太晚，再多给我半个月时间，我会认真完成的。”南嘉说完又觉得不太好意思，生怕耽误了他那边的进度，“如果你公司那边确实很急，找别人也行，我们这边也愿意付违约金。”

夜色如此宁静。

电话那头传来一声“啪”，是打火机盖的声音。男人吸了口烟，恢复往日漫不经心的模样，富有磁性的哂笑声缓缓传来：“我只要你。”

裴行妄那边做了让步，南嘉彻底打消了打退堂鼓的念头。

有什么尴尬的？不就是写自己的初恋吗？她写就是了。

反正她笔名已经暴露了，裴行妄稍微上网查一查就会知道她创作的那本暗恋小说，以及为暗恋小说制作的主题曲。

南嘉在家枯坐两天也没找到灵感，于是跟许唯一发消息：你知道安湖哪些地方是比较富有青春感的吗？

许唯一：你想干什么？

南嘉：写个关于青春的歌词，没感觉，推荐我几个地方吧。

许唯一：要不你去安湖大学呗？

许唯一：全是大学生，多青春啊。

南嘉的心重重一跳。

其实她早就想到了这个地方，只是不敢面对，她需要别人点醒她——

安湖大学是她最不敢面对的地方，记忆会如藤蔓牢牢将她的脚踝拴住，时隔数年卷土重来，甜蜜或苦涩的过去如海潮一般永无止息。

如今光阴堆积成尘，蜡炬成灰，她还是不敢轻易推开记忆的闸门。

她逃避又害怕，大学不再是大学，而是变成了最危险的天堑和深渊，稍不留神便会粉身碎骨。

可南嘉还是去了。

她想要找回青春的感觉，找回初恋的感觉。如果她没办法面对过去的自己，就写不出来满意的歌词。

天空灰蒙蒙的，笼罩着旷远广袤的大地。安湖大学开学很早，现在已经有不少学生到了学校，篮球场上有很多衣着单薄的打球少年，篮球与地面碰撞的声音徐徐传来，少年们肆意挥洒着青春和汗水。

南嘉只觉得眼前有些朦胧，仿佛有些记忆隔山越海与她重逢。

裴行妄很喜欢打篮球，一直是篮球队里的领军人物，他脑子聪明，会谋划，在他的带领下，他们队每次都能赢。

或许她年少时喜欢的人太惊艳，以至于她面对身边的追求者都无感。其他人对比起裴行妄，实在是太平庸了。

南嘉没再回忆下去，她往宿舍楼的方向走。

她很怀念在安湖大学的时光，也怀念当初的宿舍和朋友。

南嘉不知不觉就走到了自己曾住过的那幢宿舍楼前，时隔五年，宿舍楼还是旧时的模样。

她们那幢楼比较特别，外观看着倒是没什么特殊，却足足有八层高，谁分到这个楼都会喊一声“倒霉”。

当初南嘉住在七楼，也差点把她折磨死，爬了一年楼下来，腿上都长肌肉了。当时她还跟许唯一开玩笑说，估计四年下来，小腿的肌肉得相当难看，没想到，她仅仅在这里念了一年。

下次见到许唯一，得看看她的腿怎么样了。

宿舍楼不需要刷卡，南嘉犹豫了下，想去之前的宿舍看一看。

刚一进去，她就傻眼了。

宿舍里居然安装了电梯?

学生们从电梯出来，轻轻松松，欢声笑语。

南嘉其实从高中开始关注安湖大学，原因无他，裴行妄在这里就读，她就不可能去往别处。她关注了安湖大学的表白墙还有生活墙，最经常提到的话题之一就是这幢特殊的最高层为八楼的宿舍楼。

学生们日思夜想学校能不能安装电梯。

显然不可能，这幢楼比较新，设施环境都很不错，如果真的想装电梯，早就装好了。

南嘉有点惊讶，摇着头失笑，没再去楼上。

安装了电梯，就不再是当年的她的宿舍，时光推着所有人往前走。

“南嘉？”一个熟悉又温和的嗓音叫住了她。

南嘉刚要跨出门去，宿管阿姨从小小的房间里走出来：“真的是你啊，你居然回母校来了。”

她没想到宿管阿姨居然记得她。

“阿姨好，我回来逛一逛。”

宿管阿姨人挺不错的。晚上十一点关门，但是南嘉读书的时候有两次迟到了，阿姨也起来开门了，还叮嘱她不要出去玩那么晚，女孩子不安全。

五年过去了，阿姨头顶多了不少白发，可笑起来还是一样温柔：“我记得你，咱们这个楼里的小姑娘就数你最漂亮了，也就数你的男朋友最拉风。”

闻言，南嘉抿唇一笑的动作倏然顿下来，愣了愣。

她还奇怪阿姨怎么会记住平平淡淡的她，原来是因为裴行妄啊。当时裴行妄在楼下等她，会有不少小姑娘盯着她看，再加上他本来就是校园风云人物，阿姨能记住也不奇怪。

兴许注意到她的脸色，阿姨捂住嘴：“哎呀，我忘了，你俩当初就分手了。”

“都好多年前的事情了，没事的，过去了。”

阿姨见南嘉并没有很介意，舒了口气，中年妇女的“八卦之魂”爆发：“南嘉，其实吧，这个小伙子我挺了解的。他之前谈的女朋友，也有个曾经住我们这个宿舍楼，不过谈了也没几天，裴行妄从没到楼下等那个姑娘，都是那个姑娘找他。后来两个人分手，那个姑娘天天求复合……”

南嘉嘴角抽了抽，心想这不就是苏桃欣的故事嘛。

她承认，裴行妄对她是有那么一点特别，但那点儿特别，也不足以说明裴行妄深爱着他。

他偶尔也会愿意施舍几分真心，可都是她要来的。

“南嘉，我是说，你俩还有可能吗？我看那小伙子是真的喜欢你啊，不可能五年都没找你吧？”

南嘉看向阿姨，平静地接住了她的话茬，眸色带了点凉意：“嗯，没找过。”

“啊？咱们这栋楼的电梯就是他为你装的啊！”

听完阿姨的话后，南嘉许久没回过神来。

“我记得你是六月份离开的吧？我是管物业的，这个应该记不错。当年四月的时候，本来电梯公司想走一个什么公益项目，似乎能省不少钱，说是流程慢点，一年完工。后来到了五月，裴行妄又突然加了钱，说要尽快完成。也不知道发生什么了，他就突然改变主意了。

“这可不是一笔小的费用。大家知道他有钱，还是歌手，但还是好心提醒了，你猜怎么着？”

“他说已经联系好物业了，定金也交了，还说以后的维修费他会定期打款，让我们不用为他担心。学校这边当然高兴了，省了一大笔钱。当时我就好奇原因了，你知道他怎么说的吗？”

阿姨的话一字一字传到南嘉的耳朵里，仿佛有了画面感。

她想象到裴行妄挑着眉吊儿郎当的模样，整个人透着股懒散与得意：“为了哄我的姑娘开心。”

“阿姨，您可得帮我瞒着点。我跟施工队谈好了，暑假就能弄好，等她开了学就可以坐电梯了。”

迷离的灯光肆无忌惮地扫射着，映照出一张张疲惫不堪的面孔。酒吧是最适宜的放松地方，环境喧闹，音乐声震耳欲聋，想做什么就做什么。

裴行妄默不作声地抽着烟，一支接着一支，烟灰缸都要满溢出来。

男人面无表情，莫名显出几分禁欲感来。他身份特殊，只敢待在僻静的角落，明明暗暗的灯光扫射不到他的地带。

可有些人光是背影就很勾人。

不少女人盯着他挺拔性感的背影蠢蠢欲动，却被沈念余挡住了。沈念余有模有样地说："我这兄弟啊，不会对任何人动心。"

裴行妄"啧"了一声，也不说什么。

这几年裴行妄当真活得像个苦行僧，没有异性朋友，更不会和任何女人来往，就算送上门的再漂亮的女人，他都会面无表情打发走，整个一异性绝缘体。

沈念余都快怀疑他是不是真对女人没兴趣了，直到南嘉回国，沈念余才知道妄哥藏得有多深。

裴行妄手里的烟即将燃尽，正要再点一支时，沈念余直接将他的打火机收走了。

男人皱皱眉，将那杯烈酒一饮而尽。

沈念余陪着他也没意思，他又不说话，闷葫芦似的，这个月好几次了，想也不用想，肯定是在南嘉那儿碰壁了。

可惜两个人已经分手了，看南嘉的意思也不想跟妄哥有往来，沈念余也不好贸然牵线，免得这群人连朋友都做不成。

"妄哥，你别光喝啊。人家有男朋友了，你就别想着人家了。"

裴行妄淡淡瞪他一眼。

沈念余将剩下的话憋了回去："当年那个事还没查清楚呢。"

裴行妄不愁，可沈念余替他发愁，死活咽不下那口气。

裴行妄恃才傲物，为人轻狂，网上很多事他都懒得理会，比如当年张明楷自杀，那些指向他的监控是谁泄露出去的呢?

很显然是熟人作案，不然也接近不了他们，更拿不到监控。监控图像不太清晰，声音像是处理过，尤其裴行妄的声音最为清楚，地点大多是在酒吧，那段时间他们经常在酒吧的音乐厅排练。

裴行妄怀疑过是酒吧的工作人员泄露给南岸娱乐的对家，但苦于没有证据，而且出事之后，没有工作人员突然离职，这几年人员的流动都很正常。

查了很久也没查到，裴行妄似乎也不在意这个事，就放弃了。他只是单纯喜欢音乐，进不进娱乐圈无所谓，何况张明楷的父母已经出面做证，还了他清白。

这些年过去，更是难找证据了。

但沈念余一直琢磨这件事。

"妄哥，我一直有个猜测，你说是涛子吗？"沈念余小心翼翼抬眼看裴行妄，"出事之后半年，涛子就结婚去了。谁不知道涛子没钱买房子，一直拖着没结，怎么突然有钱了？"

这件事太突兀了，沈念余很难不怀疑："而且这几年，涛子跟我们联系也变少了……”

兴许是觉得有些热，裴行妄扯了扯领口：“这事就别提了。”

暗流涌动间，裴行妄淡淡开腔，口气里透着冷淡：“我再不信自己兄弟，还剩下什么了？”

沈念余默默闭嘴。

这些年下来，妄哥失去了很多，失去了事业，失去了喜欢的女人，也失去了自己的父亲……他甚至差点连真正的自己都失去了。

而且江万涛是妄哥亲自选中的，两人交情很深，又住在一起，江万涛的人品确实没问题，只是突然买房的事情确实存疑。这个节骨眼，他还是别胡乱猜测了。

过了好一会儿，裴行妄又重新开了口。

“我不追究，不是我愿意咽下这口气，”裴行妄低眉，漆黑的眉眼顿困又疲惫，嗓音低了低，“我现在有比这更为难更紧急的事情。”

裴行妄戴好口罩，起身往外走了。

“妄哥，您突然干什么去啊？”

裴行妄没回头，只是背对着他挥了挥手，什么都没说。

沈念余一拍脑门想起来了。

今天是三月一号。

每个月的一号，裴行妄都要回安湖大学一次。

因为南嘉在五年前的六月一号坐飞机离开了安湖，从此，裴行妄就养成了每个月初回母校的习惯。

南嘉知道裴行妄为什么突然改变主意了。

那一年的四月份，她在宿舍烤了点简易的小点心，想在约会时拿给裴行妄尝尝。然而下了楼她发现自己忘带了，又赶忙爬上去拿。

连续两次爬楼，她有点吃不消，抚着膝盖小声抱怨了几句。

她忘了自己说过什么了，只记得裴行妄当时沉默了下，似乎在思考什么。

如今才明白，原来从那时候起，裴行妄就记在心里，想好了要为她安装整栋楼的电梯了。至于为什么五月突然改变主意，要求工程加快，她想她也知道。

当年五月份她的小说定稿。她心情好，请这些朋友到 Freedom 小聚。她点了很多烧烤，还叫了烤肉。当时她迟到了会儿，正碰上裴行妄和那些朋友说不正经的话。

解释起迟到原因，她说：“我们住七楼，可比不得你们一楼。”

说者无心，听者有意。

这也是为数不多的两次抱怨，裴行妄全部听了进去。

然后，他默默地用简单直白的方式解决问题。

可惜，那为了她而建造的电梯她一次都没用上。

南嘉能想象到，开学那时候，得有多少同学因为电梯而欢笑，那么裴行妄呢？他是不是非常难过？

南嘉想到这儿，竟然带入到裴行妄的视角。当初两人分手，裴行妄放弃了自己的骄傲，苦苦哀求过，她没同意。

她不由得开始思索，这段感情中自己是不是也有做得不对的地方？

是不是自己太狠心了？

还有前段时间的那个晚上，裴行妄醉酒了来找她，她也是说了很多难听的话。

南嘉恍惚着走出了宿舍楼的门。她本意是过来找灵感，没想到自己的心反而更乱了。她打算换个地方，又往图书馆的方向走。

云烟萧索，天气虽然晴朗，但因为太冷的原因，始终蒙了层雾气。学生不多，一路上都没什么人。

南嘉低头走着，脚步很慢，边走边思考问题。

与一个人撞上了。

南嘉脱口而出："对不起。"

那股淡淡的味道随着风送入鼻息，她感觉那味道格外熟悉。果不其然，抬起头对上了一张熟悉而英俊的脸，吊儿郎当的，弥漫着不正经的气息。

裴行妄挑了挑眉梢："聊聊？"

男人肩宽腿长，戴着黑色口罩，流畅性感的下颌线挡不住，一双凌厉深邃的眸子淡淡地看着她。

裴行妄怕南嘉冷，本意是和她一起去学校旁边的咖啡馆，南嘉不太想去。

那家咖啡馆她再熟悉不过，他们以前经常去那里约会，分手那天也是去了那里。太多不美好的记忆包围着她，她只想远离。

南嘉不冷，大衣里面穿了两件保暖衣，毛茸茸的围巾罩住下巴，杏眼圆圆的很可爱，她没有跟他寒暄太久的念头，因为不想去太舒服的地方，便选择了操场上的看台。

他们坐在看台最高的位置上。

裴行妄插着裤兜，慢悠悠地哼笑了一声。

南嘉转头看他，眸中有几分疑惑："我们怎么又碰面了？"

"缘分？"

南嘉不相信什么缘分，她更相信人定胜天。

"你心里清楚。"她只干巴巴地留下这么句话。

裴行妄气极反笑："你觉得我跟踪你？"

南嘉笑了一声，腹诽：难道不是吗？都好几次了。

最开始她感觉身后有人跟踪，还看到了他的身影，她都没当回事。直到听音乐会那天，她确实看到了他，才知道裴行妄居然会跟踪她。

轻狂骄傲、眼高于顶的歌手居然跟踪她。

虽然觉得不可思议，但确实是事实。

“之前跟踪过我不否认，这次是巧合，”裴行妄下颌线紧绷，黑漆漆的眸子锁住她，“我每月初都会回这里坐坐，不信你去问沈念余。”

裴行妄也确实没有撒谎的必要，没做过的事情就是没做过。

南嘉却不明白了，每个月初都要回这里坐坐？为什么？

她疑惑地看向他。

裴行妄吊儿郎当地笑了：“想问我？直接问呗，没什么不能说的。”

南嘉默默收回视线，没再问了。

“那你呢，你来这边是为什么？”

“我啊，”南嘉想编个理由，发现编什么理由都有漏洞，索性说道，“我想写点东西，寻找点青春的灵感，就来这边了。”

裴行妄点点头，眼睛直视着她：“你的青春就是安湖大学？”

“不是，我觉得这边学生比较多，来寻找点青春朝气。”

裴行妄“哦”了一声：“还没正式开学，你说这里有青春朝气？还不如说你的青春就是我可信度高一点。”

南嘉经常因为他太过不要脸而不知道接下来说什么，干脆转移了话题。

“我知道电梯的事情了。宿舍阿姨跟我说的，谢谢你为学生们做的贡献，也谢谢你那时候其实还想着我……”

南嘉的恋爱经验不多，但也知道裴行妄的意思，可她不想再回头了。

裴行妄自嘲地勾勾唇：“我上次夜里说的话是真的。”

他说了太多，南嘉一时间没反应过来他指的什么。

他真的忘不了她。

五年来，没有一天忘记过。如果不是那天张明楷自杀，后来他陷入了“被黑”风波，他早就将她追回来了，哪还有她现在那个男朋友什么事？

晚了就是晚了。

也有无数次他克制不了内心的冲动，无数次到美国找她。他不敢靠近，只能远远看几眼，硬生生克制着想将她拥在怀里的欲望，想听她甜甜地叫自己“妄哥”，想把她亲哭。

他爱她爱到骨子里，爱到觉得自己不配。

他失去了引以为傲的事业，体会了一把“全网黑”的感觉，后来父亲去世，还要被迫接管乱成一团糟的公司。

重新追回来又能怎样呢？他给不了她幸福。

裴行妄用了两年时间将公司打理好，交给职业经理人，重新进入娱乐圈，追逐自己的事业。他想，是时候重新追求了，他们彼此都变得更好更成熟。

可是南嘉告诉他，她有男朋友了。

此刻，南嘉听完他的话，又气又恼，原本还以为这只是他那时候的醉话，当不得真，哪里想到这个不要脸的竟然在清醒状态下又说了一遍。

“你这是什么三观？”

裴行妄掀起眼皮懒散地看她，痞笑着：“三观是什么？我有这玩意儿？”

是啊，她知道，裴行妄没什么三观，只要是他想做的，法律允许的，他都敢做。

南嘉有点慌乱，碰到那么多追求者，就是没见过这么不要脸的。

裴行妄站起来，居高临下地看她，懒洋洋地笑着：“何况你这男朋友人品也不行啊，这么冷的天，放着你一个人出来？”

“我又不冷。”

裴行妄漆黑的眉眼凝视她，淡淡地笑着：“有一种冷叫男朋友觉得你冷。”

裴行妄将自己的外套脱下来，上前一步，不由分说给她披上了。

南嘉有点儿无语，她其实穿得比裴行妄厚多了，裴行妄那儿就是个薄外套，聊胜于无，没了外套之后，里头就是个黑色卫衣，不知道他穿没穿毛衣，他现在那样子，南嘉看着都冷。

她想将衣服还给他，男人骨节分明的手将她按住了，眸色深了深：“乖乖穿着。”

南嘉也就没再推托，反正也聊不了几分钟了。

正在这时候，电话响了，是阮一舟打来的。

开工之后，阮一舟就被派去德国出差了，谈一个大项目：“南嘉，我给你寄了点东西，可能一会儿就送到家了。你如果在家的话就取一下。”

南嘉失笑：“你不是下个月就回来了吗？怎么还寄东西？”

“我记得你最喜欢这个品牌，想让你快点拿到。”

“好吧，谢谢你，我马上就回家了。”

挂断之后，她对上裴行妄沉下去的眼神，知道他又误会了。

“男朋友？”

“嗯。”

裴行妄又重新坐下，敞着腿大大咧咧的，压抑着风雨欲来的情绪：“南嘉，我看完了你写的小说，看了整整五遍。”

南嘉的心重重一跳，她暴露了笔名，只要裴行妄有心，就能在网上查到她的那本暗恋“BE”文。只要他对她产生好奇，那么他就一定会将那本书看完。

她想象过这个可能，可她没想到裴行妄居然看了五遍。

那本小说有部分虚构，进行了艺术加工。南嘉写的时候完全是按照自己暗恋裴行妄的心路历程来写的——那本小说的女主角从十四岁就开始暗恋男主角了。

她现在非常紧张，不想让裴行妄知道，她其实那么早就开始喜欢他了。

没等裴行妄继续说下去，南嘉深吸一口气：“那个小说是我写着玩的，都是瞎编的，你不用当真。当时我暑假太无聊了，才想着写这个玩意赚点钱，没想到歪打正着了。”

她笑得眉眼弯弯，佯装出很认真正经的模样：“所以当时我没告诉你们笔名，就是怕你们当真，不然我就太尴尬了。”

男人漆黑的眸子宁静，嗓音有些颓丧：“我还以为那小说里的情感是真的。”

“小说小说，肯定是虚构。”

“结局为什么那么惨？”

南嘉语气低缓：“因为有些爱情始终是一个人的独角戏。”

生怕他不相信，她又多解释了几句：“你不用带入我们，跟我们不一样。那本小说的角度就是单恋，女主角始终单恋男主角，而我们是在一起之后不合适分的手。”

“当年，我知道南珂雨对你说的那些话了。那天我了解完情况就去追你了，开车很快，差点出意外。”说到这里，裴行妄语气一顿，望着阴沉的天空，“后来，我接到电话，队里兄弟自杀了。”

“裴行妄，这些我知道，唯一告诉我了，我不怨你。”南嘉简单的一句话脱口而出，不动声色地拉开两人的距离，暧昧与遗憾似乎在她眼里通通不存在。

每个人都有自己的难处。

裴行妄想挽回，也是他们没这个缘分。如今错过了五年，更是没这个必要了。

篮球比赛又结束了一场，男生们擦了擦额角的汗珠，有个高个子男生刚刚下场，一个穿着粉色外套的女孩过去给他送水。女孩眉眼弯弯，搂着男生的腰往上蹭。男生似乎说了句什么，大概是觉得自己身上脏，想让女孩远离，可女孩抱得更紧了。

裴行妄笑容苦涩。

他宁可南嘉恨他，宁可南嘉表现出无法掩饰的绝望和恨意，他也宁可下跪认错，就是不喜欢她现在情绪淡淡的反应。没有情绪，那就只能说明没有爱了。

恨是爱的对立面，他宁愿她恨他。

裴行妄心中有种说不出来的无力感，颓废又难过，想使点劲，但是全身力气都不知道往哪里使。

男人故作轻松地笑了笑。

“南嘉，我永远是你妄哥。”

“要是难过了就找我说，我这么仗义，当你朋友也不亏吧？”裴行妄单手插着兜，吐了一口灰白的烟雾，“就当给我个将功补过的机会呗。”

Chapter15. 蓝色耳钻

在学校待得差不多了，南嘉跟裴行妄告别，哪想到他也站了起来："我也走。"

"你才刚来就要走？"南嘉奇怪，"你来学校不办事吗？"

她还以为他来学校有正经事要办，没想到两个人叙叙旧，竟然同时回去。

又想起刚才裴行妄说自己每个月初都来这里坐坐，南嘉抿了抿唇。

裴行妄叫了车，车还没到，两人就站在路口等着。

路口往里拐，有一条商业街。那年还在这里读书的时候，吃腻了食堂，南嘉就会和许唯一买点小吃解解馋。

他们几个经常在这条街吃烧烤，哪个店的老板更厚道，哪个店的羊肉更新鲜，南嘉到现在还记得。

她往里看了看，那些熟悉的店都不在了，转眼便是物是人非。

车到了，两人都坐在后面。

司机是个健谈的大叔。一遇到红灯，大叔就忍不住往后看，最后实在忍不了了，大叔笑着说："小伙子，你长得很像电视里那个唱歌的明星啊！"

平时裴行妄在舞台上或者开演唱会，脸上都带妆，何况舞台上穿的衣服跟平时也不是一个风格。大叔年纪大了，认不出来也很正常。

南嘉憋着笑，接过了话茬："哪个明星呀？"

裴行妄看了眼恶趣味的南嘉，皱皱眉。

大叔乐呵呵的："就那个叫裴什么的，唱歌很好听，人还帅。我女儿天天说要嫁给他，笑死我了，足足差了十几岁呢。"

"您回去告诉您女儿，"裴行妄撩起眼皮，慢悠悠地开了口，"那个明星有心上人，不打算恋爱呢。"

"你怎么知道这么多呀？"

见大叔奇怪地看向他们，南嘉心道不好，这不是露马脚嘛。

她紧张地坐直身体。裴行妄的手移了过来，不轻不重地扯了下她，唇边挂着淡笑，似乎在告诉她不要着急。

下一刻，大叔点着头自问自答："我知道了，你们是年轻人，知道的小道消息比较多。哈哈哈，我老了啊。"

不知不觉就到了南嘉住的小区，她不由得一愣，车是裴行妄打的，他居然定位了她的住址。

她下了车，裴行妄也跟着下车了。

“你下来做什么？”

“等等我。”

然后，男人就进了旁边一家便利店，大概过去五分钟，买来了一兜东西。他一只手拎着袋子，另一只手插兜。

南嘉莫名想起了大学时光。

坦白地说，除了最后一段时光，其他时候裴行妄对她都很不错。有时间就会陪着她，如果真没时间了，也会买一堆东西赔罪。

这个人性格散漫又奇怪，经常单单给她发两个字“下来”，南嘉用最快的速度梳洗打扮好，匆匆下了楼，男人在楼下拎着一堆东西等着她。

南嘉皱了皱眉：“怎么好几袋草莓奶糖？”

瞧见她的神色，裴行妄也是一愣：“你不爱吃了？”

“五年都没吃过了，以前喜欢的我现在都不喜欢了，”她口气清淡，像是叙述着最平常的事情，用平淡的语气给他插刀子，“人长大了，口味会变的。”

裴行妄眼皮掀了掀，声音压低，有点儿沙哑：“连选男人的眼光也变了？”

他见过她那个男朋友，西装革履，正派又英俊，跟他完全不是一个类型。

南嘉点点头，神情自然，许是吹了风的缘故，不少碎发从头上滑落下来，更显得她脸小，眸子亮晶晶的。太阳快落山了，大片的橙红色笼罩大地，她皮肤白，沾上点微红，像旧时的女星。

她接过了东西，说了声“谢谢”，往小区走去了，没有丝毫留恋。

裴行妄在原地站了很久很久，仿佛要站成一棵树。

天色渐晚，越来越冷。

他感觉自己浑身的血液都仿佛冻结了，指骨也变得僵硬无比。裴行妄摸了摸自己的口袋，里面还有几块草莓奶糖。

这几年，不管他去哪儿，都会带着草莓奶糖，想着万一遇见她了呢？万一她想吃呢？

他想当个最合格的男朋友。

可如今，她不要了，连同那些他珍藏的过往一同抛弃掉。

五年来，她都没吃过一块草莓奶糖，那么是不是代表着也没想起他一次？

难挨的思念在每一个深夜淹没了他。他辗转反侧难以入眠，眉眼间的郁结渐深，仿佛无形之中有一双大手扼住了他的咽喉，将他的心也紧紧缠绕住，而后，一点一点切割，血肉模糊。

他只能跪下来，将切碎的心一点一点拼接好。

这就是他的宿命，他心甘情愿。

南嘉本以为安湖大学一日游对她的写作没帮助。

没想到回去之后，灵感爆发，一鼓作气完成了两首歌，还剩下另外两首就简单了。

南嘉将这两首歌直接发给了李先生。李先生接收之后，她的心更加忐忑了。

再怎么说她也小有名气，写出来的词捧红了好几个小歌手，怎么合作方成了裴行妄，她就紧张到小心翼翼了？

南嘉用凉水冲了澡，勉强缓解了焦躁的情绪。第二天下午，李先生那边给了她回复，不用修改，很满意。

只剩下两首了，过不了太久，她和裴行妄的合作就可以结束了。

元宵节那天，许唯一来南嘉家里找她玩。

许唯一想吃火锅，来的时候买了一堆火锅食材。两人弄了个小锅，番茄锅底的香味弥漫了整个房间。

"话说，裴行妄最近是不是在追你？"

夜色浓稠，弯月如钩。

两人靠窗坐着，番茄卫视正在播出元宵晚会，热热闹闹的，但是谁的注意力都没在电视上，她们专注地聊着天。

是追吗？好像算不上。

南嘉摇摇头："他想复合，但是我不想再进入同一条河流了，总不能在一个人身上频繁摔跟头吧！我现在过得挺开心的，就这么一直一个人下去，挺好的。"

"裴行妄这人行事这么嚣张。我不太明白，怎么这次追求你这么低调？"

"这还不简单？"南嘉勾唇笑笑，"裴行妄现在以为我真的有了男朋友，他这人再浑，也不至于强行拆散我们。"

许唯一摸摸嘴巴："哦，是我忘了，可万一暴露了怎么办？"纸总归包不住火。

南嘉低头夹了一块冻豆腐，慢条斯理地咀嚼着："再说吧。"

裴行妄做事情一向没耐心，或许现在也只是一时新鲜，过不了太久就觉得没意思了，到那个时候，哪怕知道了她是骗他的也无感了。

想到这里，南嘉的心莫名坠了坠。

她也想不清楚，这股莫名的痛从何而来。

南嘉喝了口凉水，将内心那股奇怪的情绪压了下去。

许唯一突然叫她的名字："嘉嘉！看电视！"

舞台之上，赫然出现了那道熟悉的身影。

蓝色的灯光打下来，台下全部都是震天动地的尖叫声。裴行妄的装束与平时不太一样，穿了白衬衫和西装裤，收起了往日的散漫，白衬衫的袖子往上卷了卷，露出劲瘦有力的小臂，正经得不行，正拿着话筒在台上唱自己的成名曲。

他深情款款，嗓音动人，眉眼之间有点懒散，下颌弧线凌厉。

“借我怦然心动与勇敢，借我一座孤岛栖落在远山。总在人群中仿佛置身于沙漠，到底失去了什么，得到了什么……”

男人音色好听，长相绝佳，轻而易举就带动了全场的气氛，尖叫声几乎掀翻屋顶。他站在那里，仿佛发光体。

裴行妄今天脸上没妆，穿衣风格也一改往日，什么都变了，没变的就只有他耳边那颗蓝色钻石。

南嘉动了动唇，没说话。

“我这是第一次看到裴行妄穿得这么正经，还挺帅啊，长得好看真的什么都能驾驭。”许唯一一直挺崇拜裴行妄，激动道，“为什么他每次演出都要戴那个蓝色耳钻啊？”

南嘉没说话。

她该怎么回答？她说不出口——

分手之前，裴行妄将其中一颗耳钻给了她，这是他母亲的遗物。他说以后每次公开演唱都会戴着这颗耳钻，这是他们之间的定情之物。

南嘉收下了那颗耳钻。分手那天，耳钻本来应该和那张字条一起留下的，她鬼使神差地带走了。这么多年，她没敢拿出来看，只将它藏在箱底。

她没想到，哪怕分了手，裴行妄依旧履行诺言，每次演出都戴着。

南嘉走神了。

“嘉嘉，裴行妄这样真的好帅啊！”

南嘉觑她一眼，调笑着：“小心沈念余会吃醋。”

“我才不怕，我这是正经追星……”许唯一转头看向南嘉，“你不会生气吧，我居然花痴你前男友。”

南嘉一板一眼地回答：“你追的是明星裴行妄，不是我的前男友，而且他还是你男朋友最好的朋友，我不会干涉自己的好朋友的。”

“嘉嘉，裴行妄这人看起来漫不经心，但是该做的他都做了，他也是真心喜欢你的，可能只是不喜欢到处说吧！”许唯一正经地看着她，“我真的觉得，他比现在那些男人强多了，你们俩其实说白了就是缺乏沟通。

“还有件事。”

“什么？”

“就咱们宿舍那条路，路灯坏了，一直没人修，后来突然就好了，你记得吧？”

“当然记得。”

“那个路灯也是裴行妄找人修的。他知道你有夜盲症后立刻就去找人了……学校后勤不给力，但是你找了个给力的男朋友。”

原来，裴行妄在背后默默做了这么多。

南嘉惆怅地叹了口气。

男人看似散漫，玩世不恭，其实也在她看不见的地方默默爱着她，他只是不爱多说罢了。

许唯一舒了口气，目光灼灼地看着南嘉，小心翼翼地期盼着她的回答："如果，我是说如果，你俩还有机会，你会愿意重来吗？"

南嘉静默半晌。

就在许唯一以为她不会再回答的时候，南嘉的声音低低地响了起来："我的心很乱，我也不知道。"

许唯一走后，南嘉将行李箱从柜子上面拿下来，最深层藏了个小盒子，盒子里装着那颗裴行妄给她的蓝色耳钻。

她思绪万千，把耳钻放在手里摩挲着，钻石很亮，色泽纯粹。

看了好一会儿，南嘉低低地叹了口气，才将耳钻重新收起来。

手机突然响了起来。

裴行妄发来的消息：看了没？

只发来这三个字，南嘉盯着屏幕半晌，没等来他接下来的话，她不打算回复。其实她心里明白，裴行妄指的是今晚的元宵晚会。

或许看她太久没回，裴行妄的消息又发过来了。

裴行妄：晚会。

裴行妄：我怎么样？

南嘉不由得笑了一声，什么叫他怎么样，他好与不好自有观众来评价，关她什么事?

南嘉：挺好的。

生怕他再说什么，南嘉没有跟他聊下去的兴趣，赶紧又发了一句：没时间闲聊啊。我正在写歌呢，早点睡觉，晚安。

裴行妄发了条语音过来。

南嘉调大了声音，夜色格外宁静，衬得他的嗓音格外清晰，慢悠悠的，带着点磁性和低沉，依旧是吊儿郎当的语调。

"你不是换口味了嘛，我也改变风格了。你觉得我怎么样？"

南嘉脑子里一团糨糊，换风格了？换什么风格了？

她想了半天才想起来，原来裴行妄指的是上次见面的事情，他给她买了好多东西，她不想要。于是他调侃她口味变了，连选男人的眼光也变了。

裴行妄在艺术中心远远见了阮一舟一眼。

那天阮一舟穿了身西装，所以裴行妄今天也穿了西装。

原来是因为这个。这人真的很幼稚啊。

她失笑，本来不想回复他了，犹豫再三还是敲了一行字发过去，不动声色地避开所有的暧昧：挺好的，但是我没兴趣。

裴行妄没再发消息过来。南嘉松了口气，她现在压根就没灵感去写歌，简单地洗了个澡，换上干净睡衣，将头发吹干之后，躺在床上，放空思绪。

窗外繁星闪烁，她胸口有些窒闷，躺了一会儿仍旧没有睡意，干脆打开了微博。

她微博大号叫楝忘，这个也是她当初为了配合图书出版而开的作者号。后来又进入了音乐界，不少歌手关注了她。再后来，她的歌词捧红了一些小歌手。还获得了国外一些奖项，一些音乐制作人也关注了她。

现在有十几万“粉丝”。

南嘉打开之后，消息堆了很多还没看。

有“老粉”催她写小说。

这些“粉丝”很长情，那么多年过去了，还没放弃她这个低产出作者。不过，她很大可能不会再写了。

还有一些娱乐公司朝她递出橄榄枝，开出丰厚的条件，想要加微信详谈。南嘉礼貌回绝了，说她如今已签约公司，如果有合作需要，联系公司即可。

她回复了一些重要消息之后，切换了微博账号。

南嘉还有个微博小号，高中时候就建立了，那时候年纪小，经常发一些伤春悲秋的东西。

她出国之后，将小号内容清空了。她本来不打算继续用这个号了，哪知随之而来的是，裴行妄因为张明楷自杀事件陷入低谷，“粉丝”凝聚能力空前减弱，甚至开始内讧，怀疑裴行妄的人品。

眼看着“粉丝”内部即将倒塌，南嘉这个号再次派上用场，改了微博名：妄哥的小迷妹。

五年过去了，今天是她第一次登录。

堆满了未查看的私信——

不知道怎么称呼你，干脆就按照你微博名叫你吧！小迷妹你好，我想通了，妄哥是什么人我们“粉丝”肯定最清楚的，不能因为那个监控录像就不相信他，我也差点被对家公司带了节奏，谢谢你小姐姐！

嗯嗯，我也是这么想的，我们妄哥能有你这么好的“粉丝”真的荣幸。

我们必须陪伴着他，等妄哥度过低谷期，必然光芒万丈！

妄哥的小迷妹，你喜欢妄哥几年了呀？感觉你真的很喜欢妄哥，我之前一直觉得我很喜欢他。但是出了事之后，我开始怀疑开始动摇，谢谢你的微博内容，妄哥有你这样的“粉丝”真的荣幸。

南嘉继续往下翻着——

最近几天还有人给她留言。

小姐姐，妄哥现在很红啦，再也没人把脏水泼他身上了，你怎么不在了呀？好想念你，当初还是你将我点醒的，不然我就错过这么一个优质偶像了。

小姐姐，你还在吗？你还会继续喜欢妄哥吗？

没想到这么多年过去了，还有那么多人记着她。

南嘉闭了闭眼，心中涌起海潮般的感动。

她继续往下翻，翻了很久很久，翻到了五年之前，她和裴行妄的对话框——

那时候，她每天都给裴行妄留不同的内容，鼓励他，让他振作起来，重新开启事业。

南嘉似乎将裴行妄当成了树洞，换了个他不知道的身份安慰他。

那时候他们已经分手，又得知裴行妄出了事，她没办法用南嘉的身份下场，就只能拾起这个许久没用过的小号。

她发了长微博，整理出裴行妄的资料，一件一件地列举出裴行妄的所作所为，想告诉“粉丝”，不要被“黑粉”的言论影响，也不要被视频内容误导，裴行妄是什么样的人，我们最清楚。这个节骨眼，大家不要吵架，要全心全意相信他会走出来的。

她日复一日鼓励裴行妄，坚持发私信，鼓励了半年。

依照她对他的了解，裴行妄压根不玩微博。

哪想到，裴行妄居然回复她了——

简简单单的两个字：谢谢。

时间，五年前。

南嘉怔怔地看了这条回复好半晌，心仿佛跳到了嗓子眼。

裴行妄的人气一直不低，居然能从茫茫人海中看完她的私信。这个概率几乎和买彩票也差不多了。原来在他最低落的一年里，自己也真真切切陪伴过他一程。

她心中弥漫着感动的情绪。

南嘉复盘着最近一段时间发生的事情，越发觉得自己有种热切和渴望，可她不敢继续想下去。

她干脆用小号刷了会儿微博，刚好刷到了一个话题博主。

这个博主每天晚上十二点都会发出来“粉丝”的私信，有的是情感困惑，还有的是工作难题，有关两性的话题也不少。

抱着试试看的态度，南嘉也给这个博主投了稿。

博主你好，我现在也有个困惑，我是女生，很久之前谈了一场恋爱，我以前觉得那个男生不爱我，再加上我自己这边也发生了一些意外，两个人就分手了。现在我们又重逢了，他还是想追我，我发现很多事情不是我想象的那样，其实他对我很好了，有很多事情也被当年的我忽略了，或许因为那时候我们太小，不懂得表达。

我又有点心动了……很想重新试试，但是又很害怕悲剧重演，现在不知道怎么办了，有没有类似经历的姑娘给我出出主意？

一鼓作气打了很多字，南嘉把手机放到一边，心控制不住突突直跳。

自从那次回安湖大学之后，她就频繁想起裴行妄来。再加上今晚许唯一告诉她的话，她越发觉得自己仿佛错怪裴行妄了。

年少时还能多成熟?

当初分手像夏季的骤雨，快而突然，很多事情都没彻底搞清楚。

分手事件的导火线是因为裴行妄在那些朋友面前无所谓地说南珂雨不会欺负她。即使欺负了，也让她自己解决。

那话其实不过是随口一说。那一晚裴行妄搞明白了事情真相，就开始着手解决了。

裴行妄这人性格就是这样，心口不一，她应该亲口问问他的。后来时间太匆忙，她也没弄太明白。

南嘉有点后悔。

如今南母也变好了。

其实事情都朝着好的方向发展。

这种状态已经很久没有过了，像被一团温柔的茧重重包裹住，拧巴又奇怪。

说重新爱上裴行妄也不确切，当然也谈不上爱，只能说有点好感，也不再想与他为敌，甚至下意识思考重新跟他在一起的可行性。

晚上十一点。

南嘉那条留言果真发出去了。

十分钟过去，就积累了不少评论，有建议她在一起的，有说向来只劝分的，还有的嫌弃她犹豫，不由分说把她骂了一顿。

也有人真诚提建议：博主，这种事情其实我也遇到过。我遇到的那个男生性格属于坏坏的那种，有时候让我觉得他很遥远，仿佛摸不到他的心，他恋爱经验也比我丰富，我姑且将他称之为浪子吧。后来我们也重逢了，他追我我还是答应了。别笑我，试问又有哪个女孩能抵挡会撩的男生的诱惑呢？再后来，我单身了，总而言之，浪子会有多不可信。

南嘉将这条评论看了好几次，揉揉眼睛，是有人在她身上装了监控吗?

她迅速将这个不理智的想法压了下去。

第二天醒来，她自己都觉得可笑。

三月底，天气回暖，天空呈现出澄澈的湛蓝。南嘉歌词创作也格外顺利，将稿子都交上了。

李先生那边很满意，裴行妄对此也没异议。

合作正式完成，南嘉终于松了口气。

交完稿的第三个工作日，在她去完超市回家的路上，收到了裴行妄那边付的报酬。她数了数那上面的几个零，开心坏了。

接下来就等着裴行妄的专辑制作完成上市了。

希望他再给力一点。

这段时间，裴行妄没再打扰她，只是偶尔在微信上跟她聊聊天。

三月中旬，南嘉又接了几个作词作曲的工作。公司那边要全体人员都过去开会，开完会之后，王姐又找南嘉签了两个合同。

下班后，南嘉推开办公室的门往外走。

她跟许唯一约好了去Freedom，轻车熟路到了酒吧。

两人坐到卡座上，服务员上了两杯低度数的酒水，光怪陆离的灯光打过来，交错纷乱，笼罩住这一片相对私密的空间。

不知名的乐队演唱着低沉的歌声，莫名使得酒吧染上了一种凄凄恻恻的氛围，不远处的舞池中有男女纵情地接吻，放肆扭动着身躯。

南嘉往周围看了一圈。

“看什么呢？”

“随便看看。”

“别告诉我你在找裴行妄？”生怕被人听到这个名字，许唯一刻意压低了声音。

“怎么可能。”

南嘉没好意思承认，其实她就是在寻找裴行妄，倒没有私心，只是上次在酒吧里背后谈论人家被抓包的事情还心有余悸，所以来到裴行妄的地盘，她下意识想找找他。

生怕许唯一再问下去，南嘉又想起一件事：“唯一，我刚才来的时候感觉好像有人在跟踪我，但是我一转身就什么都没看到，总觉得怕怕的，有点儿发毛。”

“不可能吧？”许唯一说，“你又没跟人结仇，会不会是你的错觉？”

南嘉挠挠头：“也有可能。”

两人聊了会儿天，又出去随便吃了点东西，然后在酒吧门口分别了。许唯一还得去酒吧等着沈念余下班，南嘉打了辆车，站在路口等，准备回去。

突然一道阴影笼罩住她，全然陌生的一张脸。

是那次酒吧出事，被裴行妄带到酒吧，交给律师处理的混混。这个混混找她干什么？

红毛笑得很坏，捂住南嘉的嘴，不让她发出一点声音。南嘉伸出腿使劲踢他，可这个红发男人力大惊人：“我非得好好教训你一顿。”

南嘉奋力挣扎着，发出“呜呜呜”的声音，可惜这条街灯光比较暗，他们又在一条小巷子里，压根没有人能看到他们。

上次酒吧那个事，裴行妄的律师处理后续。南嘉本以为跟自己没关系了，哪想到还会摊上事。她怕得不行，还不知道被带走了又会发生什么可怕的事情，索性不再挣扎，寻找生机。

红毛见她不再挣扎，力度松开了一些。

南嘉趁其不备，狠狠咬了他的手一口，然后一边大声呼叫着救命，一边逃跑。

眼看着红毛马上就要追上来，南嘉也隐隐觉得今天必定倒霉了，突然听到了红毛因为疼痛而哀号的声音。

南嘉的脚步停下来，扶着膝盖弯着腰喘大气。

三米之外，暗沉浓稠的夜色中，裴行妄将红毛一脚踹翻在地，不考虑后果。

红毛痛得不行，连连求饶："求求您了，我愿意去警局，我愿意赔礼道歉，嗯……疼。"

裴行妄却没有停下的意思，脸色阴沉，额角青筋浮现，拎起他的衣领，嗓音似乎染上了寒霜："为什么伤害她？"

"你们上次那个事闹得我和我兄弟工作都丢了，都怪这女的，就想吓吓她。你放心，我们没那个胆子犯罪，就打算恐吓一下，捞点钱。"

"你要是报复我，还敬你是条汉子。"

红毛哭着："你是明星，有后台，惹不起。我要是敢搞你，我这辈子也不用混了。"

裴行妄踩在红毛的肚子上，眸色寒冷如冰，有嗜血的杀意。

"别闹出人命来……"一道细弱的声音传过来，才勉强将裴行妄的理智拉回来。他愣了愣，又踹了红毛一脚，才算放开。

南嘉刚才报了警，裴行妄也叫来了律师，酒吧附近有监控，这次绝对不能轻饶。

处理完这事之后，南嘉惊魂未定，裴行妄负责开车将她送回家。

原来，她的直觉都是正确的，的确有人在跟踪她。

这次裴行妄将车停到了地下车库，他架着南嘉的胳膊，扶着她进了电梯。南嘉的脚始终是软的。她无法想象，如果裴行妄不出现，会不会真的发生可怕的事情。

两人一同进了家门。南嘉摁开客厅的吊灯，暖融融的灯光倾泻了一地。

南嘉突然想到这么晚两人共处一室不太好，正想说声"谢谢"，然后找个机会下逐客令，却一眼发现裴行妄脖子上有几处伤痕。

应该是刚才搏斗时候弄上的，人家也受了伤，她将赶他走的话硬生生咽了下去。

裴行妄挑了挑眉梢，望着玄关处："没拖鞋？"

南嘉轻咳一声，意识恢复了些，清了清嗓子说："大晚上的，我这儿也不方便，我想你也待不了太久吧。"

裴行妄听出她的意思，往柜子最下面睨了一眼："那不是拖鞋？"

“我男朋友的。”

裴行妄打量着她，嗤笑一声。

南嘉往卧室方向走，边走边说：“我去给你拿创可贴，你在客厅等我一下。”

这是他第一次来到南嘉的房子。

房间不大，陈设简单，麻雀虽小，五脏俱全，格外温馨。

裴行妄扯了扯领口，疼死他了。

今天那红毛不能打，一点伤口都没给他留下，他又怕找不到借口来南嘉家里，趁着南嘉不注意自己偷偷弄出了几个伤口，这追个人可好，下血本了。

南嘉从橱柜里找到了创可贴和碘酒，正往外走着，听到一声细碎的动静。

她“啊”了一声，这是什么情况?

裴行妄单手解开了衬衫扣子，一把将衬衫脱了下来，露出肌理分明的上半身，整整齐齐八块腹肌，人鱼线向下延伸，小腹紧实性感，诱人又欲气满满。

明亮的灯光洒落下来，勾勒出男人高挺的鼻梁和凌厉的下颌线条，他身材的剪影仿佛一张绝美的油画。

南嘉怒了：“你变态吗？”

从哪里养成的在别人家随手脱衣服的习惯?

南嘉捂住眼睛，将身体背过去。

裴行妄笑得嚣张放浪：“不是你让我上药的吗？上药可不得脱衣服？”

“……你伤的是脖子。”

裴行妄“啧”了一声：“不止脖子啊。”

南嘉慢吞吞地转了身，睁大眼睛，好不容易才从他左手臂上方找到了一个不怎么明显的伤口，这也至于脱衣服?

她冷冷道：“你故意的。”

“纯属为了方便上药，再者说，”裴行妄眯了眯眸子，眸中是明目张胆的勾引，嘴角淡扯着，“我身上哪块地方你没见过？嗯？”

南嘉赶紧帮他贴好了创可贴，让他将衣服穿上。

裴行妄看着小姑娘红润的脸蛋，发出愉悦的笑声：“好歹受伤了，不给我倒杯水？”

南嘉心有不甘，也只能照做。她倒了杯温水往外走，门铃响了，是拎着一袋东西的阮一舟。

阮一舟也没预料到南嘉家里有别的男人，怔住了。

南嘉也尴尬得不行。好在裴行妄已经穿好衣服，不至于让人误会，坏处是他扣子还没扣好，再加上脖子上的创可贴，看着就暧昧不清，让人遐想连篇。

阮一舟干巴巴地开了口：“南嘉，我给你带了点烧烤。”

裴行妄的视线全盯在阮一舟身上，上下打量着，而后慢条斯理地朝她走过去，眼角微挑，发出意味不明的哂笑声。

正牌男友在场，失去三观的裴行妄一点也不尴尬，没事人似的，插着口袋，散漫张扬。

裴行妄俯下身，将热气呵在南嘉的耳畔，仿佛只要再靠近几毫米，两人就肌肤相贴了。

南嘉没理他，用眼神狠狠剜他一眼。

裴行妄伤口也涂好药了。她现在非常想下逐客令，可阮一舟在场，她也不太好意思。南嘉倒是不害怕暴露，阮一舟的人品她还是信得过的。

两个男人在场，走任何一个都可以。

南嘉就不指望裴行妄了，至于阮一舟……他过来送烧烤，按照往日来说，应该送完了就离开的。他今天也很反常，竟然直接在沙发上坐下了，还顺便将那杯南嘉倒好的水喝掉了。

求求你们二位，倒是走一个啊。

南嘉干巴巴地介绍完二人身份之后，干脆也坐下来，跟阮一舟说："谢谢。"

阮一舟淡淡点头，直接站起来，跑去厨房轻车熟路拿了个盘子过来，将烧烤放到了盘子里。

别说，他买得还不少，三个人都够吃。

裴行妄往前走了几步，双手撑在沙发上，对阮一舟笑得有点儿嚣张："大晚上的买烧烤？不好消化知道吗？"

男人侧颜曲线硬朗，眼瞳黑入深渊，淡淡的嗓音发出来，有种高高在上指点江山的意味。

虽然阮一舟不太想理会，但觉得他说的似乎有点道理。

"啊，不好意思，我光记得南嘉白天说想吃，下班回来看到就打包了。"

裴行妄冷飕飕地笑："她胃不好你不知道？"

阮一舟被噎住了，南嘉也愣了。

她的胃在国内一直很好，出国之后饮食习惯大变，后来胃功能就紊乱了，不过一直在积极调整，目前状态还好，她比之前注意多了。

裴行妄又是如何知道的？

阮一舟沉默。

南嘉主动缓和气氛："没事儿，我是真想吃。你放好，我一会儿就吃。"

说完，她明目张胆挑衅似的看了裴行妄一眼。

裴行妄"啧"了一声，笑得又欠又嚣张，像是完全不把任何人放在眼里："不许吃。"

"或者，"男人挑起嘴角，掀眸淡淡打量着阮一舟，"让他带走。"

阮一舟也看不惯裴行妄散漫嚣张的态度，坐直了些，脸色沉了沉："这位先生，我想你没资格管我女朋友吧。我女朋友想吃就让她吃，请你放心，我会照顾好她。”

裴行妄嗤笑一声，眼神带着点警告意味：“啧，不懂得关心对方，也配有女朋友？”

他黑眸如深渊，仿佛极为不屑。

“还有，”裴行妄跷着二郎腿，扬了扬眉，用下巴点了点南嘉的方向，“你对她了解多少？”

“她不喜欢男人头发太长。这位阮先生，你的头发该剪一剪了。”

阮一舟尴尬地笑了笑，下意识摸了摸自己的头发。

裴行妄继续道：“她洗澡的水温偏低，三十二度，你知道吗？以及……内衣材质她只喜欢冰丝。”

男人揉了揉眉心，嗓音依旧懒散，一点儿也不因此害臊。

南嘉忍着暴打裴行妄一顿的冲动。

这才刚对他有改观没多久，他讲话就这么过分。

裴行妄淡定地睨了南嘉一眼，不知想到了什么不健康的东西，眸色偏暗，骨子里的蔫坏挡都挡不住。

南嘉咽咽口水，她要忍，等阮一舟走了再好好算账。

阮一舟坦荡地迎接裴行妄的目光，无所谓笑了笑，像是隔空与他宣战：“这位裴先生，我没有观察女孩子隐私的习惯，你说的这些我的确不知道。”

裴行妄的脸肉眼可见地暗沉下去。

南嘉抿嘴笑起来。

这还没完，阮一舟笑得温和有礼，慢悠悠道：“还有一点，我女朋友她非常讨厌吃草莓奶糖。您上次送她的那些还在柜子里扔着，您如果喜欢，今天将它们带走吧。”

裴行妄走之后，南嘉如释重负，倒在沙发上舒了口气。

阮一舟有点不好意思：“南嘉，我忘了你胃不太好了，贸然买这些……”

“没事儿，”南嘉捞起一个串吃起来，“我今天正好没吃饱，还得多谢谢你呢。”

“如果今晚我讲话有不对的地方，我先跟你道个歉。”阮一舟永远都这么斯文有礼，“你这个前男友太嚣张了。你一个人孤立无援，我特地留下来想帮帮你。”

“下次如果他还来骚扰你，你给我打电话就行，我们离得近。”阮一舟眸色透着坚定。

南嘉格外抱歉。

刚才她还想着让阮一舟先走了也行，只想着结束那个尴尬的局面。可人家阮一舟也是实打实地为她好，是她的想法太自私。

“话说，你怎么看出来他是我前男友的？”

在国外，她也只提过寥寥几句前男友的信息，没有提过名字。

阮一舟摸了摸她的头：“你说过他是歌手，为人张狂，我就知道肯定不是一般人了。嘉嘉这么优秀，喜欢的肯定不会是普通人。”

南嘉的心跳了跳，阮一舟居然叫她“嘉嘉”，有点儿不习惯。

两个人都比较有分寸，从未突破过朋友的边界。

他客观地评价：“这家伙虽然性格不讨喜，但是有一说一，业务能力还是很强的。

“不过我看着他有点危险，我怕他对你有什么不利。南嘉，你要不要考虑搬家？”

南嘉摇头：“他没那么坏的。”

南嘉不太喜欢在别人面前提起裴行妄，而且阮一舟对南嘉的工作了解也不多，因此南嘉并未将他们已经合作的事情告诉阮一舟。

裴行妄不坏，他们当年分开存在误会，南嘉也没说。

今晚的事情要不要告诉阮一舟，是裴行妄及时出现救了她？她考虑再三，到底没说，免得阮一舟为她担心。

两人吃了点烧烤，还剩下不少。南嘉本想再吃几串，阮一舟怎么都不让她吃了，好像真把裴行妄的话听到心里去了。

分别之前，阮一舟犹豫了下，有点紧张：“南嘉，你不喜欢头发长的男人？”

南嘉哭笑不得：“阮一舟，你这头发不算长。我说我不喜欢头发长的，指的是那种扎小辫的男人。”

阮一舟这才放心，温柔地笑了笑，与她告别了。

不过下次再见面，南嘉眼尖地发现，阮一舟居然理发了。

他将头发剃短，两侧露出发青的鬓角，轮廓更加硬朗，多了几分男人味。

其实他原本头发真的不长，不过南嘉也懒得对别人的打扮指手画脚，就没多说什么。

从这之后，南嘉开始隐隐觉得不太对劲。

没过几天，南嘉独自看了场电影，从电影院出来，恰好收到阮一舟发来的消息。他给她发了两张照片，分别是两串不同风格的项链。

阮一舟：哪个好看？

南嘉对首饰什么的不感兴趣，看了一眼，觉得下面那个蓝色宝石的更漂亮一些，干脆回复道：第二个吧。

南嘉要了一杯奶茶，找了个位置坐下来，继续发消息：第一个更清纯俏皮，第二个相对来说更性感活泼，你之前不是说她比较大胆性感吗？第二个应该更适合吧。

这个项链一看就不便宜，再加上阮一舟说自己要追那个女孩，所以南嘉直接代入了那个女孩的角度。

阮一舟：我没说要送她。

阮一舟：我是想送你。

南嘉疑惑，他之前送的一些小礼物她愿意接受，反正不贵，她找个时间还了就是了。可这个项链实在是太贵了，超过了普通朋友的范畴。

南嘉：我不要，这太贵了。

阮一舟：已经买好了。

南嘉：那你要不就送她？

她本来就对钻石珠宝没兴趣，也真的不想再收阮一舟的东西了。

阮一舟：我后来想了想，那天晚上，我似乎讲话也不太有礼貌，想着买个东西赔罪。南嘉，别有任何心理负担地收下吧。

阮一舟又发来一条消息：你放心，我也给她买了，不过不是这两款。

到最后，南嘉还是死活没同意。

跟阮一舟见面之后，她打了这个珠宝店的电话，非得退了。

这件事才终于结束。

不过，南嘉总觉得哪里不太对劲，似乎有些事情的发展走势已经超过了她的想象。

月底，是许唯一和沈念余的订婚宴。两家都是安湖人，按照安湖的习俗来办。

订婚宴流程比较简单，也没请太多人，只有双方最近的亲人，还有双方的朋友，林林总总加起来也就几十人。

这天，南嘉一大早就去许唯一家里了，还请了个化妆师，给许唯一化了个美美的妆容。许唯一紧张地握着南嘉的手："嘉嘉，我怎么觉得我有种要当新娘子的感觉啊！"

许唯一脸上化了淡妆，娇俏可爱，脸颊红扑扑的。

"明年才是真正的新娘子。"

闺蜜俩双手交叠，坐在卧室里等着沈念余来接。

这些年，他们感情最为稳定，五年恋爱长跑，再加上沈念余如今已经二十七岁了，双方父母催得急，他们才决定订婚。

沈念余对许唯一百依百顺，二人感情蜜里调油，许唯一说她永远不会遇到比沈念余对她更好的人了。

"嘉嘉，"许唯一笑得很甜，"你也要谈场恋爱呀。"

这一刻，南嘉有点恍惚。时光仿佛拉回六年前，自己跳级念高三，许唯一是第一个接纳自己的人。她喋喋不休，南嘉还误会她是情敌。

她们蹦蹦跳跳一起成长，体育课坐在台阶前聊天，放了学一起排队买奶茶。

南嘉将自己的少女心事分享给许唯一，许唯一负责出谋划策。

一转眼，小姑娘长成了大姑娘，都快出嫁了。

南嘉低眸“嗯”了一声，微笑地眨眨眼睛，又看到许唯一扯了扯领口：“哎呀，沈念余马上就来了，那个裴行妄应该跟他一起来吧？”

“不会的，”南嘉立刻说，“他今天在海城有见面会，时间排得很紧，赶不过来的。”

许唯一“呀”了一声，警惕道：“嘉嘉，你变了啊，你怎么对裴行妄的行程那么了解？”

南嘉不知道怎么解释了。

只是因为她前段时间重新拾起了那个微博账号。

那个账号都关乎裴行妄，有好多裴行妄的“老粉”，她随便刷新一下就能看到裴行妄的行程，然后就记住了。

至于为什么要重新使用那个账号，南嘉自己也不知道。

还没来得及解释，外面一阵喧闹声传来。双方家长说说笑笑，放鞭炮的动静震天响。大概五分钟之后，卧室门被敲响了。

按照安湖的习俗，许唯一应该端一杯甜茶给自己的未婚夫。

许唯一清了清嗓子：“请进。”

沈念余穿着正经的西装，容光焕发，还打了领带，跟平时很不一样。许唯一这是第一次看到他正儿八经的模样，捂着嘴笑了。

许唯一红着脸为他奉上一杯甜茶。

沈念余一口气喝掉，将害羞的女孩揽在怀中，低头亲了一口。

送完了聘礼，接完了未婚妻，几辆车一同到了酒店，接下来就是订婚的正式程序了。沈念余请来一个司仪，进行简单的主持。南嘉在台下鼓着掌，热泪盈眶地看着沈念余单膝下跪给许唯一戴上戒指。

等明年他们结婚，她也会成为伴娘。

不知为何，南嘉有点羡慕。

如今是快节奏的社会，走不到最后的情侣太多了，这样始终如一、顺顺利利、双向奔赴的爱情又有多少呢？

南嘉在心里说，唯一，你要幸福啊，一定一定要永远永远幸福下去。

订婚流程走完之后，就到了吃席环节。大家笑着闹着，南嘉跟别的朋友聊着天，沈念余与许唯一挨个桌子敬酒，氛围热闹。

南嘉手机响了。

一看是阮一舟的电话，她二话不说就出去接了。

刚接通，还没说话，阮一舟焦急的声音传过来：“南嘉，你现在有时间吗？”

“有。”

虽然南嘉现在在参加订婚宴，但是她胃口不大，吃得也差不多了。即使她中途离开，许唯一那边也不会在意。阮一舟对她一直很不错，她更愿意选择帮助他。

“沈安若现在出了点事。”

沈安若就是阮一舟喜欢的女孩，也就是他后妈带来的女儿。

阮一舟长话短说：“她跟一个男生谈恋爱，好几年了。这回两人吵架，但是她刚查出来怀孕，今天就突然决定去打胎。她性格一向冲动，你能不能帮我拦住她？”

沈安若的男朋友出差了，阮一舟也出差了，正在赶回来的路上。他生怕来不及，先让南嘉过去挡一挡。

这件事还是沈安若一个最亲密的网友告诉她男朋友的，然后男朋友又拜托了阮一舟。

南嘉一口答应下来：“我可以帮你，你告诉我哪个医院。”

这件事十万火急。挂断电话之后，南嘉什么都没说，回了宴会厅拿着包就快步离开，在路上用手机打了车。

裴行妄来到订婚宴现场，大家都吃得差不多了，正说说笑笑。

沈念余喝得满脸通红：“哟，兄弟，你居然赶来了？”

裴行妄单手插兜，漫不经心道：“南嘉呢？”

男人下颌线条优越，或许也不止下颌，他身体的处处线条都好看到过分。他漆黑的眸子环视了周围一圈，单身的女孩看到他，害羞地低下头，还以为他在看她们。

“你来参加兄弟的订婚宴，二话不说就问别人？”

裴行妄掀了掀薄薄的眼皮，“啧”一声。

沈念余站起来，往四周看着：“咦，刚才还在呢，怎么不见了？”

没人知道南嘉去了哪里。

这时候，一个男方家亲戚带来的小女孩小声说：“我刚才去厕所，碰到南嘉姐姐了。她接了个电话，去医院了。”

裴行妄皱了下眉：“医院？”

“南嘉姐姐好像说怀孕了……”

这一句话如惊雷落地。

裴行妄脸色肉眼可见地变得阴沉，如乌云压顶一般窒闷下来。

裴行妄手握成拳，显露出青筋，二话不说就往外跑去。

Chapter16. 喜欢一个姑娘好多年

阮一舟告诉了南嘉医院的地点，是某个知名的妇科医院。南嘉赶过去之后，问了病人的名字，得知沈安若只是预约了流产手术，下午四点才做。此时沈安若正在做妇科检查。

她长舒一口气，总算放松了一点，然后一步一步往妇科门诊走去。

先前阮一舟给南嘉看过沈安若的照片，南嘉远远地看到一个穿着棕色连衣裙，散着长发的女孩，一眼就认了出来。

南嘉坐了过去，微笑着同沈安若打招呼：“你好，安若。”

沈安若兴许经历过情绪的爆发，此刻脸色发白，她手里紧紧捏着一张化验单，嘴唇颤了颤：“你好，你是？”

“我是你哥哥阮一舟的……”犹豫了一下，南嘉说，“好朋友。”

虽然之前阮一舟说过，想让南嘉继续假扮他的女朋友，想逼一逼沈安若承认自己的心意，可眼下这个情况，似乎并不是这样。沈安若都为另一个男人怀了孕，心里怎么可能还能有阮一舟的位置？

刚才时间比较紧急，眼下南嘉稍微放松了些，莫名感觉事情并不像阮一舟说的那样。

她不禁怀疑，阮一舟对沈安若真的是爱情吗？

“这儿不太方便谈话，安若，你能陪我出去聊聊天吗？”

医院候诊厅熙熙攘攘，南嘉相信沈安若肯定不愿意在这儿多说，但她只是阮一舟的好朋友，而沈安若和阮一舟联系也不够多，不知道沈安若愿不愿意相信她。

沈安若犹豫了一下：“行。”

两人到了附近的一家咖啡馆，点了两杯蓝山。南嘉想到沈安若还怀着孕，给她换了杯热牛奶。

服务员将她们的餐点端上来的时候，沈安若摇晃着那杯热牛奶，笑着说：“反正这个孩子马上就跟我分离了，喝什么都无所谓。”

南嘉张了张嘴，正欲说话，沈安若看着她，突然笑了：“南嘉，我知道我哥找你来是为什么，你们不想让我打掉这个胎儿，对吗？”

“你们觉得我太冲动了，是不是？”沈安若轻轻叹气，“在我哥心中，我应该是很冲动的人吧。”

“我也不妨告诉你，”沈安若摸着肚子，笑容很温柔笃定，“这个孩子我绝对不会要。”

南嘉想起之前阮一舟说过，沈安若性格倔强，谁也勉强不了她。

可今日南嘉见了她才感觉到，沈安若的倔强并不是冲动的倔，她只是太有自己的想法了。

“我知道，我如果不跟你说清楚，你肯定会拉着我。就像现在，你也是拖延时间对吗？”沈安若瞳孔晶亮，仿佛望到了南嘉的眼底，令南嘉的心重重一跳。

沈安若说：“我感觉你也比较聪慧，可是你也是女孩，我想你应该更加理解我。我记得我从小就听过一句话——如果你对对方有一点犹豫、徘徊、迷茫、怀疑，那么千万不要踏入婚姻的殿堂。”

“我赞同。”南嘉也始终觉得婚姻不是儿戏，“我听你哥哥的意思是，你别冲动，这个孩子是无辜的，或许你应该先听一听你男朋友的解释。”

“孩子是无辜的，可我也是无辜的呀，我压根没想过会怀孕。其实这段时间我一直犹豫着分手的事情，”沈安若说，“他爱我我知道，但是很多细节伤我的心。这个人是我主动追来的，我从高中毕业跟他在一起到现在，沉没了太多成本，导致我现在缩手缩脚，可我不能犹豫了，否则赔的将是我的一生。”

南嘉听着沈安若的话，眼睫颤了颤。她本来不想说太多自己的事情，但是目前看来，如果她的经历能给沈安若一点经验，她那些苦也算没白受了。

“你有跟对方沟通过吗？”南嘉定定地看着沈安若，“既然你确定对方爱你，那么你有跟他认真交谈过你想要什么吗？”

“交谈过。”

“谈过多少？”南嘉继续说，“有事无巨细地谈吗？男女思维不同，有可能对方只是为了你好，但是无意间却伤害了你。”

她讲这话时嗓音有点沉。

沈安若突然抬眸：“南嘉，你经历过？”

南嘉笑容有点苦涩：“我可太经历过了。”

她将自己的经历丝毫没掩藏地告诉了沈安若。

沈安若听完之后大吃一惊：“你们的故事也太可惜了，现在呢？你们在一起了吗？”

南嘉摇头：“实话说，我现在已经没有十八岁的勇气了。当年那样深爱，却换不来好结局，就不想再重新尝试了。”

“你应该给你们一个机会。”

南嘉苦笑：“我来，是为了劝说你。”

沈安若跟她聊得比较开心，加了她的微信后，小声说：“我总算明白他为什么那么喜欢你了。”

南嘉正低头给沈安若改备注，一时没听清楚说的什么，抬头问：“什么？”

“没什么。”

南嘉也就没多问，不过沈安若愿意给她个面子，等阮一舟以及男朋友到了再做决定。不过沈安若也说了，她的男朋友比起裴行妄来差远了，即使给他机会解释也还是这个结局。

就在这时候，南嘉手机响了，是阮一舟发来的微信：南嘉，我马上就到了。

“你哥哥马上就到了。”

沈安若眉眼弯弯地笑了：“我哥哥这个人啊，就是太爱操心了。我妈妈都懒得管我，他非得管，真的烦死了。”

“他那是疼你。”

兴许是想到了好玩的事情，沈安若笑了一声：“还记得我妈妈和继父刚在一起时，我很害怕我哥哥会抢走我妈妈，那时候我做了很多蠢事排挤我哥。后来……哎，我跟我哥表白了，幸好他有理智，我俩压根就不合适。”

南嘉猛地抬起头来：怎么跟她听过的版本不太一样?

沈安若喝了口牛奶：“算了，过去的事情就不提了，估计我哥也不喜欢我讲这些乱七八糟的东西。南嘉，时间差不多了，我们回医院吧？”

南嘉耸耸肩：“不应该回家坐下来好好谈谈吗？”

“你放心，我答应过你会好好考虑，不会食言的。我还有几份报告没取，取了再回去。”

两人说说笑笑往前面走。

这一路上，沈安若挂断了十几个电话，还看着微信页面直叹气。

南嘉猜测，肯定是她的男朋友。

“他说这个孩子要不要随便我，但是，他不会同意分手，什么都愿意改变。”

本来沈安若还以为是男朋友想要这个孩子，才不同意打胎。

女孩抿唇笑了，笑声有点娇嗔。

南嘉在咖啡馆就看出来了，其实沈安若还是愿意给男朋友一个机会的。

两人到楼上拿到了检查报告。医生交代了沈安若几句，沈安若稍微有点贫血，如果想要让宝宝健康，需要补补身体，来做一个更加详细的检查。

沈安若想去厕所，于是将自己的包和检查报告都交给了南嘉保管。

南嘉拿着检查报告，一字一句地看着。

刚走到楼下，南嘉没注意，一道熟悉的身影逼近了她。与此同时，阮一舟也到了，阮一舟也没注意到站在旁边的裴行妄，主动过去找了南嘉，声音有些急切：“南嘉，没事了吧？检查报告呢？”

南嘉将检查报告给了阮一舟。

阮一舟刚接过去，还没来得及看，就迎接了身后男人的一拳。

裴行妄看了南嘉一眼，很快移开视线，眸色黑如深潭，薄唇紧抿着，二话不说就拎着阮一舟的衣领往墙边走。他步步逼近，阮一舟节节败退。

裴行妄脸色沉如阴云，动作又凶又狠，拎着阮一舟的领子往墙壁上撞："混不混账？我舍不得碰的女人，就让你这么糟蹋？"

周围安静得连风声都听得见，南嘉心惊肉跳，思绪乱成一锅粥。

不是。

阮一舟凭什么被裴行妄揍？

阮一舟的妹妹怀孕了关裴行妄什么事？

裴行妄的黑色外套穿得松松垮垮，莫名就有些寂寥之感。

过了几秒钟，南嘉反应过来怎么回事了，她大声喊道："裴行妄，你别冲动，怀孕的不是我，是阮一舟的妹妹！"

理智终于回笼，裴行妄这才慢慢松开了阮一舟。

裴行妄下颌紧绷着，对阮一舟说："怀孕的到底是谁？"

阮一舟紧紧抿着唇，将头转到一边，一言不发。

"阮一舟，你告诉他，我们俩不是男女朋友关系！"

阮一舟擦了下嘴角的血渍，嗤笑一声，目光深深地看了南嘉一眼，依旧不开口。

南嘉着急死了，干脆将检查报告塞到了裴行妄手里："你自己看吧，上头压根没有我的名字。"

医院的后院人来人往，但是院子实在空旷，因此并没有什么声音，三个人的修罗场面没持续太久。

阮一舟陪着沈安若先回去了，只剩下了裴行妄和南嘉。

裴行妄目光没聚焦，嗓音沉了沉："南嘉，骗我就这么有意思？"

南嘉害怕了这么久的事情终于发生了。

她不知道怎样形容自己的心情，有亏欠，同时也有解脱。

裴行妄上前一步，追问她："告诉我，为什么骗我？"

见他的模样有点吓人，南嘉心中有点慌，干脆将视线看向了别处："这还用问吗？从我们重逢那天起你就很不正经，我不想再跟你纠缠了。"

今天又打了阮一舟，南嘉更生气了。

顿了顿，南嘉口气和善了些："裴行妄，最后一次了，你能不能把你冲动的毛病改一改？你性格一向这样，现在你都快三十岁的人了，怎么还这么幼稚？你的身份又特殊，如果你在圈内也这么冲动，万一哪次真做错了事，就真的万劫不复了。"

就像当年张明楷出事，他被解约，被全网黑，明明有辩驳的机会。可他一句话也不讲，拒绝采访，拒绝发布会，拒绝发微博，网友们更是认准了他心虚。若不是后来张明楷家人澄清，可能裴行妄的事业就真的完了。

风灌过来，裴行妄皱着眉，沉默在两人之间蔓延着。

裴行妄眼睫低垂，下颌线紧绷，胸腔中的痛楚翻涌着，搅在了一起，他一字一顿，缓慢地开口，嗓音沙哑："南嘉，你错了。我没那么冲动，只是遇到你的事情，我做不到理智。"

听到这话，南嘉将头转到一边，感觉难以呼吸，一滴泪突然落了下来。

她的心跳声像鼓点一样急促，飘飘忽忽，敲击着耳膜，南嘉的心成了一团乱麻。

可是这又能怎样呢?

裴行妄眼睑懒散地耷拉着，喉结滚了滚，喉咙中像是集聚了尘埃，似经历了光阴的沉淀，才将这句话讲出来："我跟你道歉。"

"刚才是我冲动了，我也会向那男人道歉。"

南嘉没见过裴行妄道歉。

他这人嚣张狂妄，骨子里高傲自大，什么事都看不上。让他给情敌道歉，这是她做梦都不敢想的事情，今天裴行妄却主动说道歉。

南嘉"嗯"了一声。

一支烟快要燃尽，灼烫了男人的手指，痛到了骨子里。裴行妄将烟头丢掉，掀起眸子，深深地看她，嗓音嘶哑难耐："南嘉，真不能再给个机会了?"

裴行妄不是一个长情的人，不可能对哪个女孩念念不忘。

可重逢至今，他的每一个举动都在昭示着他真的对她念念不忘。

如今他卸下一身傲骨，主动来爱她。南嘉并非草木，不是没有心动，可她已经没了十八岁那年主动告白的勇气，她习惯龟缩在安静的壳内，过平淡稳定的生活，不愿也没有精力再去经历颠沛流离。

"我早就告诉过你了，你既然清楚，又何必再来问我?"

那些年有意或无意给她的伤害，终究加倍奉还到他自己身上，爱而不得的感觉可真难受啊。

裴行妄转过身，风将男人的身影吹得寥落。

南嘉将过往留在了安湖的夏天，留在了永远的十八岁。

可是他呢?他能吗?

他不能。

他眼里、心里想着的全部都是那个娇嗔着奔向他怀抱的女孩，恐怕这辈子都忘不掉。

告别了裴行妄，南嘉去超市买了些东西，还买了一些创伤膏，准备晚点去看看阮一舟。

坦白说，她对裴行妄已经动摇了。

南嘉已经在努力地控制自己了。

南嘉突然想起大学时候发生的一件小事。

那天她如常到裴行妄的楼下等她，夕阳普照，她穿着新买的百褶裙，小心翼翼提着裙角，害羞又忐忑，在看到楼门处出现那道熟悉身影的时候，她勾起的嘴角耷拉下来。

裴行妄身后还跟了个女生。

那一刻，南嘉也不知道怎么想的，下意识躲到了树后面。

那个女孩很漂亮，皮肤白皙清透，扎着双马尾，青春又俏皮，看起来应该也是大一的新生。

裴行妄大概没看到南嘉，下了台阶就停了下来。

女孩用撒娇的语气说："学长，给我个联系方式呗。"

裴行妄单手插着兜，口气如常，慢悠悠的，还有点懒散和倦怠："你学长有家室了，不太方便。"

女孩胆子也大，丝毫没有因此退缩，反而笑容灿烂，清了清嗓子："学长，我也不是有什么想法，就是觉得咱们一个专业的。我如果有不会的问题可以找你咨询。而且他们都说你谈恋爱谈不过三个月。"

那时候南嘉和裴行妄已经谈了三个月了。

虽然南嘉总是告诉自己不要太在乎别人的话，可看到漂亮女孩大大咧咧地唱衰他们的感情，还是有点不太舒服。她的脚往后缩了缩，莫名想着干脆逃掉算了，就当她没来过这里。

裴行妄挑了挑眉，"啧"一声笑了，做了个噤声的手势："让我家姑娘听见了，你学长的膝盖就不保了。"

那女生一脸蒙，同样蒙的还有准备逃跑的南嘉。

原来她已经被发现了。

裴行妄插着口袋大步走向她，朝她伸出手臂，嗓音中夹杂着笑意："走了，哥哥带嘉嘉吃好吃的。"

南嘉傻傻地牵上他的手，心中像打翻了一坛蜂蜜那样甜，她后知后觉地问："什么叫膝盖不保了？"

男人口气坦坦荡荡："我跟别的女生暧昧，不得跪搓衣板？"

南嘉有点赧然，小声地说："我哪有那么狠心？"

裴行妄"啧"一声笑了，淡淡地撩起眼皮。

不知道为什么，这一幕南嘉记了很久很久，每每想起都觉得心动。

南嘉没回家，直接提着东西到了阮一舟那里。阮一舟打开门的时候，正好还在接电话，挂断之后，他说：“安若那边没事了，她跟男朋友和好了。”

南嘉笑笑：“我就知道会这样。”

南嘉将东西放下，望着阮一舟的脸。阮一舟长相英俊斯文，此刻嘴角一片乌青，微微发肿，应该还没处理伤口。

她心中越发觉得不好意思。

阮一舟一眼看到她买来的棉签和药膏，垂下眼睑：“南嘉，帮我上药可以吗？”

南嘉丝毫没犹豫：“当然可以。”

南嘉拿出来新的棉签，蘸了点碘酒，离阮一舟近了些。阮一舟皮肤很干净，他在男人中皮肤本来就偏白，也没毛孔，看着格外舒服。

她放轻力道，细细地涂抹着，每个角落都不放过。

也是这时候，南嘉发现阮一舟的唇形很好看，很薄，是淡淡的粉色，嘴角微微上翘。

她突然明白为什么那么多小姑娘追求阮一舟了。

阮一舟长得很好看，是稳妥的那种帅，温柔透进骨子里，似乎嫁给他，就能体会到岁月静好的爱情。裴行妄不一样，他像一阵风暴，你永远也找不到旋涡中心。

“疼不疼？”

阮一舟笑了笑：“不疼。”

其实多少也得有点疼吧，只是阮一舟格外能忍罢了。

南嘉想起多年前，有一次裴行妄打篮球受了点轻伤，也是伤在脸上，都没流血，她都觉得不需要处理，可裴行妄非得让她上药。才刚涂上去一点点药膏，他就喊疼，她信以为真，停下了手中的动作，可下一秒，男人直接亲上她的脸，蜻蜓点水般的一吻，伴随着吊儿郎当的笑声：“亲一亲就不疼了。”

南嘉下意识笑了笑。

阮一舟一眼就瞧出了她的神态变化，眸色沉了沉，虽然他仍旧在笑，可眼里还是仿佛藏了什么东西。

南嘉突然开口：“阮一舟，我替裴行妄跟你道歉。”

阮一舟挑眉，在她发顶揉了揉：“南嘉，你跟他什么关系都没有，你不需要替他道歉。”

南嘉想到今天的情况，又说：“你当时应该早点说出来，这样的话，那几拳也不用挨了。”

阮一舟懒散地勾起嘴角，什么都没说。

又过了一会儿，阮一舟说：“南嘉，其实我不打算追安若了。”

南嘉点头：“我知道。”

沈安若和男朋友感情很好，连她一个只见过一面的人都感觉到了，阮一舟身为哥哥，肯定更加清楚。这一路上，南嘉也思考了很多她和阮一舟的关系，将线索理了又理。阮一舟一直对她很好，又一直拿着沈安若当挡箭牌，再加上阮一舟进退有礼，她就一直没往那个方面考虑。

现在将所有的线索集合在一起，她也大概明白究竟是怎么回事了。

沈安若和阮一舟讲给她的故事版本不同，很显然，沈安若讲的才是符合事实的。

只是她习惯了和阮一舟的朋友关系，不想打破这份平衡，更不想因为感情问题，而失去一个值得深交的朋友。

阮一舟敛眉："对不起，南嘉，我没第一时间告诉你，"男人嘴角动了动，眸中似乎藏了些更加深沉的东西，"其实我……"

南嘉故作轻松地笑了笑，弯弯的笑眼仍旧有光："没关系，再好的朋友也要保留一些私人空间。"

她那张小脸照样白皙、明透，笑容真诚大方，一点儿也没有责怪阮一舟的意思。

可阮一舟的眸色终于黯淡下来，这么久了，他们终究只是朋友啊。

南嘉很珍惜阮一舟。她心底朋友的位置，永远给他留了重要的一角，暂且还是当作不知道了吧。

她这才想起自己一整天都没看手机了。

打开微博，还是"妄哥的小迷妹"那个号，她现在上热搜不会特意关注裴行妄的消息，但是今天一反常态，竟然收到了很多很多私信。

之前裴行妄出事那次，她这个号带动了很多人，也因此具备很强的号召力。

哪怕过去好多年，一旦裴行妄有什么重要的事情发生，"粉丝"也会来给她通风报信。

啊啊啊小迷妹，你知道吗？妄哥有喜欢的人了，呜呜呜。

难以想象，被妄哥喜欢的人该有多么优秀啊。

羡慕哭了，我们一起失恋吧，祝福妄哥早点追到嫂子。

南嘉一头雾水，也就一天没看手机，究竟发生了什么翻天覆地的变化。

她打开"粉丝"给她发过来的一段采访画面。

今天是裴行妄的一场"粉丝"见面会，热热闹闹，一切都挺好，见面会之后会有一场简单的采访。

裴行妄歌唱得好，颜值还高。不少"粉丝"因为他的颜值入坑，成为当之无愧的"颜粉"。大众也好奇他的私生活，采访时总不可避免被问到这种问题，一般来说，他可以直接略过去。

可这次没有。

"我啊……"男人对着镜头笑得痞气，缓缓敛起不正经的神色，嗓音带了几分郑重和低沉，"心里有人了，喜欢一个姑娘好多年。"

记者傻眼了，愣了几秒钟，才继续问道："啊，那裴老师接下来有什么打算？"

“我年龄也不小了，是时候成家了，”裴行妄慢悠悠地开口，“我打算追她。”

男人肩膀宽阔挺拔，插兜站着，姿态漫不经心，却也侵略感十足，他自顾自说着，完全不在意台下“粉丝”如海潮般的呼喊声。

而后，裴行妄对着镜头打了个响指，笑得嚣张狂妄不可一世：“听到了吗？我要追你。”

南嘉的心如同被箭击中了一般，缓慢涌起撕心裂肺一般的痛楚。

她之前一直站在自己的角度思考问题，此刻她尝试着站在裴行妄的角度。

裴行妄决定好好追她，并且在全国观众面前立下誓。

裴行妄从进圈开始走的就是实力派歌手路线，可毕竟他也实实在在有着一批狂热的“颜粉”，这些“颜粉”往往也是最支持他的“粉丝”，他如今这般坦诚，无疑会损失掉大批“粉丝”。

可裴行妄不在乎。

他爱人也要坦坦荡荡、堂堂正正，和喜欢的人光明正大走到阳光下。

今天是裴行妄的见面会，见面会在远在千里之外的城市，来回赶本来就麻烦，他为了参加订婚宴，急急忙忙赶了回来，却又因为她不在那里，赶着去医院找她。

然后，他误会了。

这一天裴行妄都在奔波，在飞机上，在汽车上，前面还意气风发地宣告，后面就发生了如此不愉快的事情。她觉得委屈，裴行妄又何尝不委屈？

南嘉看了眼微博热搜，果不其然，全网都在讨论这件事。

不过没有南嘉想像的那般腥风血雨，大多数“粉丝”比较理智，说裴行妄只是一个优秀的歌手，大家也没资格阻挡人家恋爱结婚。

自从经历过裴行妄“全网黑”的事情，南嘉特别害怕噩梦重演。

南嘉犹豫了下，打开裴行妄的微信对话框，想说点什么，却不知道怎么开口。

她已经拒绝裴行妄了，也明确说了不想跟他有交集，现在看到采访之后，说什么都显得尴尬。

日子就这么平平淡淡地过了一段时间。

南嘉总会时不时想起裴行妄，也会有意无意地关注起裴行妄的消息。

她这个微博号又活跃起来，时不时为裴行妄应援，那些之前跟她聊过的“粉丝”都特别开心：啊啊啊，小迷妹居然回来了！我要奔走相告。

南嘉也想不到，这么多年过去，她居然还能有这样的号召力。

不过她只负责转发一些新的物料，帮着剪辑一些裴行妄以前的演出视频。其实南嘉犹豫过，这个微博名要不要改一下。

主要是担心未来哪天被裴行妄看到她这个微博号，岂不是尴尬。

南嘉迅速压制了自己的这个想法，怎么会呢？她如今跟裴行妄像两条永远不会相交的平行线，以后恐怕都不会有交集了。

她到底没改名，原因很简单，舍不得改。

南嘉也喜欢舞台上的裴行妄，从某种意义上来说，她的确算得上裴行妄的小迷妹。

裴行妄跟江万涛见了一面。

江万涛结婚之后一直在黎城工作，跟乐队其他几个人联系越来越少，不过他倒是经常跟裴行妄联系。这次一见到裴行妄，他就汇报了一个好消息。

“妄哥，当年的事情我查清楚了，泄密的人我已经抓住了。”

裴行妄皱起眉，这才反应过来江万涛指的什么事。

“这几年你一直查这个事？”

“是啊，当年你受那么大挫折。这锅从天而降，不查清楚还算什么兄弟？！”

裴行妄垂下漆黑的眼睫，沉默了好一会儿。

上次沈念余说起当年的事，还怀疑过幕后黑手是江万涛，他果断否决了。不管什么时候，他都不会怀疑自己的亲兄弟。

果然，江万涛没让他失望。他什么都没说，黑眸紧紧注视着江万涛，默不作声喝下一杯酒，而后拍了拍江万涛的肩膀。

大家都是男人，江万涛很懂裴行妄，也知道妄哥这人什么都很好，就是不会表达，他看出了藏在裴行妄心头的感动。

江万涛的脸红了红：“妄哥，其实你也不用这么感动。当年我发现了嫌疑人，就是咱酒吧一个酒保，但是我又不敢确定。他后面去了黎城，正好我媳妇儿也想去那边发展，我就想着顺道查查这个事。”

江万涛生怕裴行妄过意不去，反复强调着：“真的啊，妄哥，只是顺道。”

“我在那边这几年，一直尽力跟他套近乎，所以也不敢跟你们联系，就是为了营造出我跟咱们乐队闹掰的错觉。最后，那小子总算信任我了。”

江万涛喝了口酒：“前段时间，我俩一起喝酒，他酒后吐真言。他说出了当年被娱乐公司收买的事情，就是这小子偷走了咱们酒吧的监控，将这些东西交给了对家公司，做了剪辑。”

“工作室怎么回事？”

他们除了在酒吧排练，也经常会在工作室里。

疑点就在这里。

如果说酒吧的监控被泄漏，还可能是内鬼，但是工作室又怎么说呢？

“他有咱们工作室的钥匙，之前余子不是丢了把钥匙吗？就是被这小子捡走了。一旦有了钥匙自由进出，这可就简单了。”

裴行妄低眉思索着，全都对上了：“你拿到证据了？”

江万涛有点儿得意：“这小子也害怕被那个娱乐公司出卖，什么东西都留了备份。他酒后吐真言之后，我立刻将证据搜集过来了。接下来我们交给警察，警察会处理这件事，包括那个乐侠娱乐，警察都给他们端了，这垃圾公司。”

相比较江万涛，裴行妄显得沉静很多。他静默地听着，拍了拍江万涛的肩膀：“这事挺冒险的，辛苦你了。”

裴行妄一直清楚，这必然是对家公司的一场阴谋，但是没什么事情能影响到他，他这不已经重新爬起来了吗？

江万涛不好意思地挠挠头：“我结婚那房子，要不是你偷偷给了我一笔钱，我才买得起，不然我老婆家里都不同意我俩结婚。”

“妄哥，你对兄弟这么好，兄弟我赴汤蹈火也在所不惜啊。”

裴行妄笑了声，又默不作声地喝了杯酒。

江万涛本以为裴行妄今天会非常开心，毕竟当年的幕后黑手抓到了。可裴行妄半分开心的情绪都没有，眉宇之间笼罩着阴云。

这情况有点熟悉。

他拍着脑袋一想，这不正是嫂子五年前离开这里的情况吗？

江万涛很少直接跟裴行妄见面，只是时不时微信联系，因为怕打草惊蛇。

年前，南嘉回国，裴行妄高兴坏了，给江万涛发了好多消息，好像马上要追妻成功似的。

再往后，两人依旧聊天，可裴行妄提到南嘉的次数越来越少，江万涛也就想明白了怎么回事了：“妄哥，嫂子还不愿意跟你复合吗？”

裴行妄苦笑一声。

其实南嘉在酒吧门口被红毛报复那天，裴行妄就得知了真相——阮一舟不是南嘉的男朋友。

对于这点，他一直存疑。他知道南嘉谈起恋爱什么样，可南嘉跟阮一舟就是缺乏那股子亲密劲。

他请人调查，果然，两人的情侣关系是假的。

包括三人撞在一起的“修罗场”，他一直胜券在握。

这几年他很少冲动做事，可南嘉就是他的死穴，关心则乱才会误会。

裴行妄自己都想不清楚，他明明已经知道阮一舟压根不是南嘉的男朋友，为什么听到怀孕的消息，他还是觉得阮一舟欺负了南嘉呢？

大概就是太喜欢了，连一点点的可能都不肯放过。

江万涛想起五年前，也是这样的晚上，他们一起喝酒，他清晰地听到裴行妄口气卑微地呢喃：“就不能给个机会吗？”

裴行妄从未放下。

江万涛低头看裴行妄。

江万涛从未见过这样的他，他被全网骂的时候，依旧张扬骄傲，不屑一顾，他被周传伊设计夺去股份的时候，照样意气风发。他不该被任何事情压垮，可高高在上的他却因为一个女人如此心碎。

男人眼角猩红，卸掉骄傲，浑身颓然。

接到江万涛电话的时候，南嘉正盘着腿窝在沙发上看电视。

看到那个熟悉的号码，她愣了下："江万涛，有什么事情吗？"

江万涛咽了咽口水，有点不太好意思："这么晚打扰你。抱歉啊，但是妄哥喝醉了，你能过来帮忙照顾一下他吗？煮点醒酒茶之类的……"

"我马上过去。"留下这么一句简短的话，南嘉就挂断了电话。

江万涛直接愣住了。他本来还准备了好多劝说的话，没想到南嘉这么干脆，这是不是说明妄哥还有救？

裴行妄歪倒在沙发上，姿态懒散，略微蹙眉，半睡着，酒瓶散落一地。

江万涛笑了声，用气音说："妄哥，南嘉要来啦，兄弟我撤了。"

江万涛本打算将裴行妄背到卧室，一想到南嘉要过来，还是尽可能为他们创造相处空间吧。他什么都没做，赶紧退了出去。

江万涛将地址发给了南嘉。

裴行妄工作繁忙，时常全国各地跑，偶尔在安湖落脚，便在安湖买了一间市中心的单身公寓。

江万涛告诉南嘉，密码跟之前一样——她的生日。

行程不远，南嘉打了车，行走在春日的夜晚。

按下密码的那一刻，她没办法形容那种奇特的感受。

像是隔着时空与另外一个自己交错重逢，淋了一场温和的秋雨，心湖落满涟漪，错落的温柔满溢心间。

如果说，澜海路的别墅密码裴行妄从未改过，是因为懒惰，那么如何解释这间新房子的密码？是懒惰吗？不是。

是习惯使然。南嘉早就成了裴行妄的习惯。

原来，浪子真的会回头。

南嘉将关门的声音放到最轻。

她默不作声地打量着整个房子，不算大，但是比她那间要宽敞很多，装修低调简单，总觉得缺了些生活气息，冷冰冰的。

客厅有个很大的鱼缸，里头没有鱼。即使曾经有，也估计被裴行妄养死了。

她将包放下，拎着袋子到了厨房，开火，为他煮了一杯醒酒茶。

十几分钟后，南嘉端了一杯，又重新回到了客厅里。

裴行妄歪躺在沙发上，睡也没个正形，烟灰缸里堆满了烟头，脚边的地板上也全是错落的啤酒瓶。男人睡觉蹙着眉，十足的懒散与颓废。

一会儿得帮着他打扫干净卫生。

看裴行妄这样子，睡得还挺熟的，南嘉思考着怎么叫他起来。

这几天裴行妄行程赶，眼下一片乌青，格外招人心疼，她有点不忍心。

灯光很亮，照映着男人浓密的黑睫，在眼下投下一小片阴影，扇子似的。南嘉赶紧起身调低灯光亮度，轻手轻脚地走了回来。

她坐了一会儿，裴行妄还是没有醒来的趋势。

南嘉犹豫了下，推了推他，小声说："裴行妄，你醒醒，把这个喝了。"

裴行妄一向浅眠。她推了他几下，男人就缓慢睁开了眼。他很听话很乖，眼神纯净无邪，毫无攻击力，接过去那杯醒酒茶，一饮而尽。

男人将杯子放到了茶几上，缓缓地与南嘉对视，高挺的鼻，锋利的唇，眉头轻轻皱着："嘉嘉？"

南嘉的心猛然一颤。

本以为裴行妄真的醉了，理应分辨不出她的。如果他这时候真清醒了，她又该怎么解释?

一秒之后，南嘉安下心。裴行妄醉了，他倚靠在沙发上，扯了扯松松垮垮的领口，仿佛累极了，又重新闭上眼睛，像是马上要睡过去。

她思考着还是得把他喊醒，让他回卧室睡觉。

在沙发上躺一夜，估计脖子和腰都得疼。

就在这时候，裴行妄紧闭的双眼睁开了，一把扯住她的手腕。在她来不及反应的时候，将她拽到沙发上，男人撑着手臂在她上面，俯视着她。

真够变态的，醉酒了力气还这么大。

酒气在二人之间蔓延着。

裴行妄不假思索低头吻了下去，眼尾沾了点红，多了几分妖冶气质，眼皮微微垂着，疲惫又懒散。

男人撬开了南嘉的唇齿，毫不犹豫将舌头伸了进去，灵活地描摹着她的形状，越发霸道，像是要将她拆骨入腹。

南嘉的心怦怦直跳，用力想将他推开，不料男人却将她紧紧箍住，像是抱紧了稀世的珍宝，生怕丢失了似的。

他一遍一遍唤她名字。

那般缱绻深情。

裴行妄冰凉的手指不时触碰到她脖颈处的肌肤，寒凉的温度似乎浸到骨子里，南嘉瑟缩了下，忍无可忍道："裴行妄，你别碰我！"

她这话嗓音不低。裴行妄似乎清醒了一下，将头抬起来，愣愣地注视着身下的南嘉。

南嘉觉得自己变成了案板上等候发落的一块肉。

即使裴行妄喝醉了，她也不是他的对手。

裴行妄缓慢靠近她，像是要将她脸颊的每一个弧度与轮廓都记住，视线从她秀雅的眉毛一路扫下去，到红润的唇瓣，带着某种灼热的温度，视线变深变沉。

他面容白皙，英俊，有病态的脆弱感，额头泛着几条青筋。

男人呼吸清浅，带着微醺的酒气，漆黑的眸子盯了她半晌，又重新吻了上去，嗓音沉哑，自带一番撩人的温度。

“南嘉，我也只敢在梦里对你胡作非为了。”

不过南嘉确定，裴行妄是真的醉了，于是趁着他不注意，从沙发上爬起来，离他远远的。

裴行妄没再追，视线落在了虚空中的一处，望着自己空落落的怀抱，自嘲地开了口，嗓音低淡：“连梦里，你都不会喜欢我。”

南嘉看着他这副样子，心有点疼。

她重新走了过去，小心翼翼喊着他的名字：“裴行妄，你到床上去睡，在这里小心感冒。”

裴行妄强撑着眼皮醒了过来，眼皮耷拉着，仿佛刚才的亲密只是南柯一梦。男人将手搭在她手上，南嘉搀扶着他，回到了卧室。

这是她第一次打量裴行妄的卧室。

黑白灰色调，清清冷冷，墙壁上有一张简单的挂画，整个房间都透露着他主人的无情。

奇怪的是，里面却有一个很大的书柜。

裴行妄非常不喜欢看书。他活得糙，不喜欢咬文嚼字，书柜放在书房尚且说得过去，怎么卧室里偏偏装了个书柜呢?

南嘉帮裴行妄盖好被子，每个角落都帮他掖好。

裴行妄睡了过去，微微侧着身，抱着被子，缺乏安全感的姿势，褪去了玩世不恭，像个不谙世事的小孩子。

南嘉曾经很喜欢看他的睡姿。

南嘉将客厅打扫干净，酒瓶子归类，垃圾丢掉，又重新将抱枕整理好，看着焕然一新的客厅，她抱着手臂松了口气。

是时候回去了。

可就在这时候，南嘉脑海中想起了裴行妄的书柜，里面似乎有几本书格外眼熟。

她又重新站到了那面与墙壁同等宽阔的书柜面前。

南嘉一本一本地掠过去，最高一层的书都是摆设，大多都是历史图书，连外面的塑封都没拆。她嗤笑着，真是符合裴行妄的性格。

她的视线看向了第二排。

都是青春文学读物，更不符合裴行妄的性格了。

历史至少还符合男生的口味，兴许真无聊了还可能翻一翻，那么他买这么多青春文学读物干什么呢?

南嘉继续往下看。

第三排和第四排也全都是青春文学读物，这都是初高中小女生喜欢的作品。裴行妄虽然有个表妹，但是表妹又不住在这里，那么他买这么多书干什么?

然而巧合的是，这些青春小说全部都是暗恋题材，都是她走那年上市的。

全部都是，无一例外。也就是说，裴行妄将她走那年上市的全部暗恋小说都买了下来。

终于，南嘉找到了自己的作品，那本《像你的人》就藏在这些青春文学之中。她拿了出来，一页一页翻看着。与其他小说不同的是，这本书阅览过的痕迹很深，书页微微发黄，却保存得很好，肯定是被他的主人温柔对待过。

南嘉想起，裴行妄说自己看过这本书，看了五遍。

他还问这本书是不是南嘉的真实经历，他怀疑过南嘉是不是真的暗恋了自己好多年。可那天，她轻飘飘地搪塞过去，裴行妄也没继续问下去。

就在这时候，电话响了。

是江万涛。

生怕吵醒裴行妄，南嘉拿着手机跑到阳台上接听，因为看到这些书的缘故，她多少受了点冲击，嗓音微微颤抖着："喂？"

"妄哥睡了吧？"

"嗯。"

江万涛说："那你应该看到妄哥卧室那些书了吧？"

南嘉压抑着内心的悸动："那些书，怎么回事？"

"当年你没告诉我们你小说的名字，后来你就走了，妄哥放心不下，丝毫你的线索都不愿意放过。他这人又倔又傻，你只告诉我们年底会上市，还说是暗恋题材。妄哥就傻傻地天天蹲书店去买，上一本，他买一本。后来书店老板都认识他了，还以为他脑子有毛病，天天看小女孩看的小说。

"可是，他找了很久，每一本都看了，他说那都不是你写的。"江万涛笑了一声，"我们都觉得这是大海捞针，压根找不到，可他就是有自信，说能读出你的风格。"

南嘉鼻子一酸，落下泪来。

裴行妄买不到的啊。

她跟他们说那本书的出版时间是年底，最后因为流程耽搁，导致第二年年底才上市。

整整晚了一年，怎么可能买到？这人可真傻啊。

“去年，他无意间听了一首歌，就是你写的那首《唯一》，也不知道怎么回事，他听着听着就哭了，也不知道他哪里来的自信，非得说那个歌词是你写的，到处搜集作词人的资料。确定你就是楝忘后，然后买了你的那本暗恋小说。

“再后来，就是想方设法跟你合作。”

裴行妄装作吊儿郎当地靠近，那些小心翼翼下面，全是最卑微的热切与渴望。

“这几年，我虽然没陪在妄哥身边，但是我最清楚他多么爱你。妄哥这人不喜欢表露情绪。我只见他掉过两次泪，两次都是醉酒，也都是因为你。”江万涛叹了口气，“刚才我也进了妄哥卧室，偶然间有个发现，你去看看书柜里的那个小盒子吧。”

南嘉又回到卧室里，屏住呼吸，闭了闭眼，仿佛害怕面对似的，一鼓作气拿出了江万涛口中的小盒子。

裴行妄在熟睡，呼吸声音清浅，微蹙的眉头舒展开，仿佛做了一场酣甜的美梦。

弯月如钩，照映着人间离合。

她轻轻打开，里面全部都是机票，一张叠着一张，保存得很好。

大多都是从安湖到波士顿，从波士顿到安湖。波士顿这个地点跟裴行妄没有一点关系，如今却安安稳稳躺在裴行妄的盒子里。

其中也夹杂了不少其他城市，但是出发点或者终点必然有波士顿。

机票时间都是最近五年。

也就是说，裴行妄经常去看她?

那么她为什么从没遇到过他?

“看到了吧，”江万涛在电话里低声喟叹着，“妄哥他……真的爱惨了你啊。”

“妄哥这个人嚣张狂妄惯了，也懒得表达。他总觉得懂他的人自然会懂，某些时候忽略了你的感受。但是我敢说，妄哥他对你从来都是认真的，我到现在还记得，毕业那时候，妄哥喝醉了，他说他想给你一个家。”

南嘉一张接着一张地往下翻，越往下就越痛心。

这些机票的下面，压着一张照片。

南嘉很熟悉，是大一开学那天，裴行妄以志愿者的身份领着她去宿舍，被偷拍放在论坛的那张。

好多人对她的长相指指点点，裴行妄直接找人将帖子“黑”了，那时候她还误会他。

不知道什么时候，裴行妄将照片洗了出来。

照片中阳光灿烂，恰到好处地弥漫开，照射在少男少女的脸上。

向日葵开得正好，二人站在教学楼前，裴行妄漫不经心地笑着，日光将他的影子拉得很长。男人眼角微挑，笑得温柔宠溺。而她站在他旁边，抿唇轻笑。

那是他们最好的时光，一切还没开始，谁都没有狼狈受伤。

南嘉难以想象裴行妄是什么时候洗好的这张照片，又是怀着怎样的心态将这张照片收藏保留。

她一度以为裴行妄是最狠心的那个，却不承想男人在她看不到的地方默默爱着她。

南嘉的喉咙越发干涩，眼眶中也积蓄着泪意。到后来再也抑制不住，她跑到卫生间，失声痛哭起来。

原来，裴行妄经常去看她。

原来，裴行妄为了买到她的小说，买了所有的小说。

他瞒着所有人默默爱她。

那么那么爱她。

南嘉又想起上次在安湖大学偶遇裴行妄，裴行妄说自己也经常到安湖大学看看，一个巨大的猜测浮现在脑海……也是因为她吗?

因为喜欢她，所以怀念着过去，会去波士顿偷偷看她，也会回安湖大学回忆他们拥有过的短暂幸福时光。

晦涩漫长的时光里，他毫无保留地爱了她好多好多年。

她已经忘掉过去向前看，可他还是卑微又固执地将自己放在过去的那段感情里，将她默默放在心间最重要的位置。

裴行妄囚于情爱，在爱里疯魔。

Chapter17. 他爱惨她了

某种积压在心底的情绪被撕裂开，那些苦苦隐藏的、言不由衷的，在这一刻通通显现出来。南嘉心里翻涌着难过，一波接着一波，眼泪大滴大滴地落下来。

她终于为了裴行妄而流泪。

江万涛最后的那番话还回荡在耳畔，“那年出事之后，妄哥的事业就跌落谷底了，再后来他父亲得了重病，公司起了内讧，差点落入他人手中，妄哥忙得团团转，用了两年时间才将那些做好。”

“他知道自己错了，也知道自己配不上你，所以只敢远远看你一眼。很多事情他也从来没想过告诉你，不想给你造成负担，他要的从来都是你的爱。”

南嘉的心脏疼得难受，像是被一把发钝的刀子反复切磨着，就是不给个痛快。

“南嘉，”江万涛再次叫她的名字，仿佛看穿了什么一般，低笑一声，“你应该也没完全忘记妄哥吧，不然你怎么会这么干脆利落就过来了？给他个机会吧，算我求求你了。”

南嘉的眼泪彻底控制不住了。她咬紧了下唇，咬得通红。

其实她也不知道自己在哭什么。

好像在哭那些过往。

哭自己的青春。

哭那些遗憾。

哭裴行妄原来在她看不见的地方偷偷爱着她。

裴行妄重返乐坛之后，很顺利就站到了最高处，只要上网，随处可见他的新闻。可南嘉逃避似的，不敢看。

因为裴行妄遵守了承诺。

他说过只要他上台演出，就会戴着那颗蓝色耳钻，那是他们的信物——他做到了，即使分手已多年。

南嘉怕自己会心软，会重新心动，会重蹈覆辙爱上他。

裴行妄这种男人实在太令人着迷了，放浪形骸，超脱凡俗，爱上他一点都不奇怪。就像重逢没多久，她并不像草木般无情，又重新动容，硬生生压制住了欲望。

她为了逃避他，为了让自己不再爱他，她为自己设置了很多的障碍，一遍一遍催眠般告诉自己这个男人所有的不好。

可这一刻，她只折服于他的好。

他那么爱她，她也想要他。

他给过她伤害，可她又何尝不是?

她不想再假装了，她也疯狂地喜欢他，曾经忘记过，却在重逢的那一刻理智溃不成军，他们这辈子注定锁在一起。

她宁愿他永远放浪，永远倨傲，永远漫不经心，宁愿冰山永不消融，太阳永不坠落，也不要裴行妄如此卑微地喜欢她。

这个骄傲到不可一世的人，在这五年来，究竟有多少次像现在这样颓废、绝望，在沉默中饮下一杯一杯烈酒，昏睡到天明。

她不想看他为爱情疯魔。

房间光线昏暗，窗帘严丝合缝地拉起来。裴行妄睁开眼睛时已经九点了。他看向窗外，天还没亮似的，好在今天没通告。

裴行妄身体有点沉重，好在头不痛，他想起昨夜做的好梦，他只记得他疯狂亲吻着她。

裴行妄揉了揉眉心，穿上拖鞋，简单洗了个澡，换了身干净衣服，清清爽爽往客厅里走。

餐桌上摆着好几样早餐，白花花的粥还冒着热气，全是家的温馨感觉。裴行妄发出一声轻笑，江万涛这家伙行啊，结了个婚，原本十指不沾阳春水的人居然会做饭了。

还挺像模像样。

不对。

裴行妄猛然想起来，昨晚江万涛说他今早八点的飞机离开。

裴行妄看向厨房，眼神定定地望向厨房里忙碌的身影，眼睛慢慢变红了。

南嘉端着一碟小咸菜走过来，她系着围裙，将长头发绑得很低，脸上未施脂粉，面容白净清透，皮肤白到发光，依旧好看得过分。

“饿了吧?”南嘉笑着看向他，“刚才就想叫你了，看你睡得香，快吃饭吧。”

南嘉一夜未眠。她用了一夜的时间来思考他们的感情，终于得到了一个结果。

裴行妄嘴角的笑容有点僵硬。他慢慢地挪动脚步，找了个位置坐下来。看着南嘉忙前忙后的身影，他心脏的某个角落仿佛被充溢满，也慢慢想起了昨晚的梦境：“昨晚我喝醉了。”

南嘉嘴角上扬：“江万涛打给我的。”

裴行妄点点头，客厅内已经被打扫干净，江万涛那家伙干不了细致的工作。

狂妄了二十几年的裴行妄，第一次胆怯了。

他不敢问南嘉为什么愿意过来照顾她，害怕她说是因为拂不了江万涛的面子，也害怕她只是这会儿好心泛滥，等他吃完这顿饭就会回去。

裴行妄贪婪地看着她，想将时间无限期拉长。

裴行妄饭量不大，今天却吃了很多，尤其是南嘉煮的白粥，他吃了整整三碗。

南嘉笑着说："这几年过去，你饭量居然变大了。"

裴行妄摇摇头，将碗放下："我爱吃你做的饭。"

"……这些都是我在楼下买的，"南嘉看向那份无人问津的小咸菜，冷飕飕地说，"就这个是我做的，你也没吃几口。"

裴行妄似乎也没预料到。

然后，他直接端起这份咸菜，糙得连筷子都不用，直接大口大口往嘴里塞。太咸了，他也不在意，就这么吃着，仿佛要证明什么似的。

南嘉怕他身体遭不住，赶紧夺了回来："你别吃了，吃这么咸不好。"

裴行妄拿了张纸巾擦嘴，痞笑着："不咸，我爱吃。"

南嘉不想理他了，干脆指了指狼藉一片的餐桌："那你先把这里收拾好吧。"

裴行妄抬抬眉梢："遵命。"

裴行妄洗完碗。看到南嘉坐在沙发上，身体一颤一颤的，他快步走过去，发现她正在抽噎。

南嘉低着眉，忍着哭腔，却还是断断续续地发出声音。

她实在是太难受了。昨晚将那个盒子放在了茶几上，今早好不容易遏制住情绪，刚才这么一看，她就又难过起来了。

两个人当年分手，可南嘉也希望他开心起来向前看，两人就是没缘分罢了，没想到裴行妄竟然这么执拗。

她知道，他只是不想给她制造负担。

因为太喜欢了。

裴行妄绕到她身后，抱住她："哭什么？"

南嘉的眼泪扑簌簌落着，像开了闸的水龙头，怎么都停不下来，晶莹的泪珠落下来，讲话声音也断断续续："你……别管我，我就是有点难受。"

也是这时候，裴行妄才看到，南嘉面前摆了个盒子，那盒子里头有照片，还有无数张飞机票。

裴行妄皱皱眉头，这才明白怎么回事："又没死，多大点事，哭什么啊？"

南嘉不为所动。

裴行妄也没有安慰人的经验，可看着她眼睛红通通的又心疼，轻轻拍了拍她的后背帮她顺气，温柔中带着小心翼翼："别哭了，哭花了丑。"

"丑了你娶我。"

仿佛漫天的惊喜在他脑中炸裂开，裴行妄无法相信刚才南嘉讲了什么，他张了张嘴，愣了很久，不知道说什么，满脸都是惊讶和兴奋。

“求之不得，”裴行妄撩起眼皮看她，嗓音低哑，“我的宝贝。”

“裴行妄，我不知道你一直找我，你怎么不告诉我？”如果他将背后默默做的一切全部告诉她，她真的会心软。

男人索性坐下，拿着纸巾帮着她擦脸，眉头微微皱着，两人靠得很近，热气拂耳。

“我其实也没那么好，”南嘉说，“不值得你一直这样。”

裴行妄漆黑的视线紧紧锁住她，口气不容置疑，夹杂着显而易见的痞气：“嘉嘉天下第一好。”

“南嘉，”裴行妄叫她大名，神色温柔几许，“我未来的人生，只想你，也只有你。”

这话说得低沉而郑重。

他伸开长臂，将南嘉搂入怀中，温暖着彼此的身体。裴行妄低沉撩人的嗓音缓慢响起来：“给个赎罪的机会吧？合不合适，好歹让我试试。”

“行，给你机会，看你表现。”

其实南嘉想说，直接在一起吧，反正她也很喜欢他，喜欢这东西藏不住，即使嘴巴上不承认，也会从眼神里跑出来。

可身为女生，也得稍微矜持一点。

“我拼了命也得把我姑娘哄开心，”裴行妄指尖缠绕着一绺她的长发，笑得痞坏，“等着吧。”

南嘉看了眼手机，想从他身边坐起来，试探着说：“我今天还得去公司开会，不能跟你磨叽太久了。”

还可以在这里待一个小时左右。

裴行妄哼笑着：“不干涉你工作，想去就去，反正你人是我的了。”

男人俯下身，将她的手腕禁锢住，长指蹭了下她软嫩的脸蛋，抬起她的下颌，眸色逐渐变深，无可抑制地吻上她的唇，一点一点往上，将她脸上的泪痕舔舐干净。

深情如斯。

天色早已大亮，倦鸟亲吻着天空，璀璨晴朗，来日可期，

裴行妄喉结滚动着，嗓音哑得不像话，缱绻无边：“你回来了，真好。”

南嘉去了趟娱乐公司。

王姐说：“南嘉，张海碧那边想跟你谈个合作。”

张海碧的演唱风格和裴行妄类似，也是唯一一个人气能和裴行妄抗衡的歌手，人品也非常好，入圈十年，从没有一点花边新闻传出去，都说他是唯一一个让“粉丝”有信心永远不会塌方的偶像。

“谈什么合作？”

王姐将一份合同打印好拿过来，神情中有压抑不住的兴奋：“张老师那边看到了你给裴老师写的歌，觉得写得非常棒，想跟你签订长期合同。”

南嘉微微惊讶：“长期？”

“对，他那边想直接跟你签约。先签长约，五年内你这边只给他写歌。当然，报酬非常丰厚，比你现在的收益要可观得多。”

“还能比裴行妄给我的报酬高？”南嘉显然有点不太相信。

王姐笑了：“是的。”

“你这次跟裴老师合作对了。你看，你的才华被更多人看到了，张老师那边非常欣赏你，所以想把你挖走，你要不先看看这个合同？”

南嘉一眼都没看，直接回绝了：“我不会签的，麻烦王姐拒绝一下吧。”

王姐愣住了，把合同拿到南嘉面前，不肯相信她的决定：“你可以看看，真的挺不错，条件很合适。签独家也没什么呀，作词人跟歌手签独家合同不是很正常的事情吗？反正你在这个圈子也想赚钱，张老师人品好，你跟着他写歌不会亏的。”

南嘉格外笃定：“我真的不签。”

也是这个时候，她的心中逐渐有了一个计划。

跟王姐聊完之后，公司的员工又到楼下开了会，老板的话格外多。南嘉中午过去，结束的时候已经下午五点多了。

中途裴行妄跟她发了不少消息。

没什么实质性内容，光是“媳妇儿”三个字就发了五六次。幼稚鬼。

南嘉刚走出公司大楼，就看到了一辆熟悉的车，招摇的蓝色车身，车身流畅，炫酷晃眼。

裴行妄的车，她早就记住了。

车窗徐徐降下，裴行妄戴着墨镜，笑得狂妄张扬，男人骨节修长的手搭在窗口，朝她招了招。

南嘉谨慎地看看四周，确定没有狗仔和记者，才放心地拉开车门，坐了上去：“裴行妄，这么明目张胆啊？”

裴行妄眯了眯眼看她：“我早给‘粉丝’打过预防针了。”

南嘉嘴角抽了抽，这人是低估了自己的人气啊。

裴行妄突然皱起眉头：“裴行妄？”

他闲散地倚在车窗边，玩味地看着南嘉，嗓音有点儿沉，含了点戏谑在里面：“不得换个称呼？”

也不能怪他吹毛求疵，情侣之间直接称呼大名的确实不多，可南嘉一时还有点转变不过来，她曾经以为自己以后再也不会叫他那个称呼了。

可裴行妄性格倔，不达目的不罢休。

南嘉只得清了清嗓子，脸上浮起一片红晕：“妄……妄哥。”

这下总该满意了。

一双漆黑深邃的眸子盯着她，南嘉抿了抿唇，莫名有点心慌。裴行妄揶揄地笑了，俯下身来，男人的气息富有侵略和占有气质，他“啧”了一声：“虽然我也不是特别满意，就先这么着吧。”

“啊？”南嘉不太懂他的意思了，这人到底想干什么？

感知到南嘉疑惑的眼神，裴行妄更加凑近了她一些，漆黑的眸子凝视着她，托住她的下巴，薄唇贴了上去。男人很会接吻，他舔舐着她的唇舌，动作很慢，很磨人。

南嘉不自觉喘着气，身体往后缩，男人更加不放过她，将她禁锢在自己怀中，霸道的唇舌不放过任何一个角落，弄得南嘉像过了电流似的，往全身各处发散。

也不知道过了多久，裴行妄终于亲好了：“我想听你叫老公。”

……原来刚才是这个意思。

不要脸。

简直太不要脸了，这才刚刚算是复合，也没彻底和好，只是暂时给他一个机会，他就妄想登顶？

两人没直接回家，裴行妄开车带着南嘉去了新开的商场，吃了点东西。

吃完之后也没着急回去，这家商场新入驻了不少高级品牌服装，裴行妄便带着她进去购物。

两人先是逛了春装，南嘉挑中了一件绿色的卫衣和外套，还有一件灯芯绒撞色连衣裙，中间有个腰带配饰，腰掐得很细。她皮肤白皙柔软，睫毛黑而长，五官精致，换了身衣服，像是蕴蓄了三月的春风似的。

裴行妄懒洋洋坐在沙发上，他满意地勾唇笑，全部给她买了下来。

这些衣服都很贵，南嘉觉得什么衣服都一样穿，除非遇到非常喜欢的，不然不会买这么贵的，裴行妄二话不说买下来，花了不少钱，她其实有点不太好意思了。

裴行妄拎着四五个大袋子，从店里走出来，他的脚步突然顿住了，面前是一家国际品牌的夏装店。现在还在穿毛衣，可夏装已经摆得满满当当了。

裴行妄拉着她往里走：“进去试试。”

南嘉试衣服有点累了，干脆将选择权交给了裴行妄，她坐在那里等着，裴行妄负责帮她挑选，挑中哪个就试哪个。

这人审美还挺不错，挑中的衣服南嘉试穿着都还不错，有好几件她都很喜欢，但是觉得买那么多也没意思，也就穿一个季度就丢掉了。

她正难以取舍，可裴行妄在门口招了招手，笑道：“走了。”

南嘉这才看到，售货员小姐笑容满面，完全是爆单的那种笑容：“先生，你要的衣服我们会用专车帮你送到家，感谢你的惠顾。”

原来他已经结完账，将南嘉刚才试穿的衣服全部买了下来。

出了门，南嘉不满地说："你没必要买那么多，我本来想挑选两件最满意的。"

裴行妄伸手将她额前的碎发勾到耳后，笑得理所应当："就当是穿给我看的，我喜欢。"

两人往前走了几步，前面刚好有一家内衣店铺，刚开业，在搞开业大酬宾。

裴行妄抬了抬下巴，指向这家内衣店铺："要不要进去挑几件？"

联想到他刚才说的话——就当是穿给我看的。

南嘉的脸瞬间红透了，怎么这么不要脸啊。

买完了衣服，南嘉又进了一家饰品店，兴高采烈地挑了些自己喜欢的小玩意儿。

裴行妄帮她拎着，她这才意识到有点不对劲："妄哥，今天怎么都是给我买东西啊？你没有想要的吗？"

裴行妄双手插兜，脚步停下，瞥了她一眼，漆黑的双眸压了点轻佻散漫："想要的已经得到了。"

"你。"

时间越晚，商场的人越多，因害怕被人发现，两人走了比较私密的电梯。刚下电梯，前面有一片水洼，可能是下雨天渗透的。

南嘉脚上穿的还是布鞋，裴行妄低头看了眼她的脚，不假思索地蹲下身去："上来，我背你过去。"

裴行妄穿着皮鞋。

"不用了吧。"

从前的热恋期，裴行妄也没背过她。南嘉虽然特别喜欢他，可心里还是觉得怪怪的。

"脚湿了会生病，你客气什么？"

南嘉抿唇，也知道自己确实过不去，上前一步，将手搭在了男人肩膀上，身体的力量也轻盈地压到了裴行妄身上。

裴行妄很有力气，背着她蹚过水洼，步伐匀称有力。其实这段路没多长，他却走得很慢很慢，像是走过了漫长的一生。南嘉脑中突然蹿出来一个莫名其妙的想法——希望这路永远走下去。

裴行妄将南嘉送到了楼下，目送她上楼，才启动车子离开小区。

南嘉乘坐电梯往上走，品味这一天的经历，越发觉得奇妙，昨天还打算老死不相往来，怎么今天就如此亲密了呢？

这个转变任何人想都会觉得突兀，可南嘉自己却自然而然。

她嘴角挂着一丝自己都不易察觉的笑容。

出了电梯，阮一舟在她家门口等着她。

家门口灯光常亮。阮一舟拎着一个袋子，对着电梯的方向，像是等待了很久，不过他脸上也没有着急的迹象，阮一舟一向拥有最好的耐心。

南嘉几乎没在他脸上看到过失控的神色。

看到南嘉过来，他温文尔雅地笑了笑。

南嘉手中提了很多东西，脸上幸福的笑容还未收住。

“出去玩了？”

南嘉笑着“嗯”了一声。

阮一舟的视线落在南嘉那只莹白细腻的手腕上，她拎着的那些袋子品牌他也认识。之前他们一起逛商场，南嘉试了件衣服，没舍得买，后来他偷偷买回来送给她，南嘉无奈地收下，但第二个月就还了他一件同样价格的礼物。

纵使知道她亲疏分明，可他还是渴望着对她好一点。

可南嘉此刻拎着好几件高奢品牌的礼袋，兴高采烈的，她自己的工资肯定舍不得买。

一个猜测萦绕心头。

两个人在一起那么久了，何等默契，南嘉一个表情丢过去，阮一舟就能猜到发生了什么。他本不想说的，可有些话在唇间滚了好几圈，犹豫几番，还是问了出来：“你是跟裴行妄在一起了吗？”

南嘉点点头。

失望的神色在他脸上浮现，还没来得及被捕捉，就已经消失不见。阮一舟真诚说道：“恭喜你，得偿所愿。”

“谢谢。”南嘉掏出钥匙，打开门，让他也一起进来，“你等这么久了，怎么不早点给我打个电话？”

“没什么，反正想着你也快回来了。”

南嘉低头在玄关处换上拖鞋，随口问道：“有什么事吗？”

按照常理来说，阮一舟不会莫名其妙过来，每次都会有个小理由，或者带点东西。南嘉之前还笑过他，不带东西也可以上门来玩呀，可这人执拗得很。

阮一舟将袋子放到茶几上，他的脸庞在灯光下显得无比温柔：“我今天回了趟老家，还记得你说过我老家特产好吃，给你带了点过来。”

那时候他们刚住一起不久，还没到交心那一步，阮一舟拿出家中的特产给她尝尝，她随口说了声好吃。从那之后，阮一舟每次回家都会给她带。

她吃不吃无所谓，可阮一舟在某些方面执拗得很。

这次又是如此，看这个袋子里头东西还不少，南嘉都不知道如何处理了。

阮一舟眸中噙着淡淡的笑意：“里头还有个小袋子，装的是我老家一个老字号做的红糖，你不是上次肚子疼吗？”

南嘉很少痛经，也就上个月疼了两天，恰好阮一舟电脑坏了，上门向她借电脑，无意间发现了。这点小事他都记在了心里。

她算了算日期，再过上三天就到生理期了，这红糖水送得真及时。

“还有个热水袋，你要是不舒服也用上吧。我没买那种插电的，不太安全……”

南嘉平静地开了口：“你可以不用这么麻烦，也不用为我做这么多。”

阮一舟摇了摇头，将内心的苦涩一并吞咽下去，男人的眸光照旧温和，像一弯月亮融在他眸中，他笑着说：“对你好一点，我也开心。”

说到这里，他突然意识到什么，艰涩地笑了下，诚恳道：“我不知道你们在一起了，这些东西也不该我买，我以后不会买了。”

他这个态度让南嘉愧疚感爆棚，她似乎成了那个偷偷谈恋爱不告诉朋友的人，于是赶紧说：“没有没有，我就是觉得太麻烦了。我和裴行妄也是今天才打算开始试试的，我想着回来就告诉你的。”

阮一舟没待太久，兴许是觉得不太方便。走之前，他眸色深深地看着南嘉，笑容多了几分感慨，却也是从内心散发出来的：“南嘉，一定要幸福。”

“幸福给所有人看，”阮一舟一字一句说得认真，“才不愧你熬了这么多年。”

南嘉简单地冲了个澡，回头看手机的时候，裴行妄又发了好多条消息过来，她以前怎么没发现裴行妄这么爱玩手机?

南嘉躺在床上翻了个身，今天的经历堪称奇迹，才想起还没跟许唯一分享，赶紧发了个消息过去：如你所愿，我跟裴行妄在一起了。

许唯一发来一个高冷的表情包。

许唯一：早知道了。

许唯一：要等着你来说，黄花菜都凉了。

许唯一怎么知道的？难不成她可以未卜先知?

许唯一甩来两张截图。南嘉看了眼，是一个小群，不过这几张全部都是裴行妄一个人自嗨，群里几个人最开始还愿意搭理他，后来都没人回复了。

裴行妄：各位醒了吗？宣布一个好消息，我有媳妇儿了。

江万涛：恭喜妄哥追妻成功。

沈念余：我孤寡了五年的大兄弟终于得偿所愿了！！！

裴行妄高兴得不行，发了几万块钱的红包。大家领取之后，表示了谢意，群里渐渐没人说话了。毕竟乐队几个人也是最亲密的朋友，他们也早就觉得这二人迟早会复合。

就冲裴行妄那厚脸皮的态度，不成功才怪。

过了一会儿，裴行妄还在群里发消息。

许唯一发过来的截图也都是他的独白。

裴行妄：快来羡慕我。

人家江万涛和沈念余才不羡慕，一个已经结婚好几年，蜜里调油。一个已经订婚，也恩恩爱爱，故此没人理他。

裴行妄：嘉嘉真好啊，早上还给我做饭。

裴行妄：真想立刻娶回家。

沈念余比较狠，直接来了一句：妄哥，你这么闲，是不是南嘉不理你啊？

南嘉躺在床上咯咯咯笑起来，怼得好，这种嚣张老男人就应该被怼。

虽然沈念余他们爱怼裴行妄，可也是真心为他高兴。一周后，选择了个好日子，大家一起去 Freedom 聚餐。

江万涛距离这边很远，也专程带着老婆赶了过来。

毕业之后，大家聚在一起的时间越来越少了，可感情一如既往地深厚。

南嘉这天本来还有个小采访，也推掉了。裴行妄到时间来楼下接她，男人倚车而立，指间一点星火，笑得散漫又宠溺。

两人现在是情侣关系，南嘉不会再单独行动了。

到达 Freedom，将车停在停车场，南嘉下了车，裴行妄自动牵上她的手。

男人微微挑着眉，动作自然，大手包着小手，暖意融融，仿佛有热流一路熨帖到心底。

不知不觉，南嘉脸上浮起一层红晕。

两人上了 VIP 电梯，裴行妄靠在轿厢里，对着她轻笑。南嘉被他的眼神弄得好不自在，男人依旧吊儿郎当地看她，笑着说："写歌词累吗？"

南嘉诚恳道："没灵感的时候还挺累的。有时候想撂挑子不干了，但是我挺热爱这一行的。本来我没什么爱好，还以为要糊里糊涂过一辈子，现在这样还挺快乐的。"

到了楼层，电梯门打开，裴行妄牵着她的手出来。为了照顾她，男人步伐稍微慢了些。他眉骨偏高，挺鼻薄唇，散漫不羁地笑了笑。

南嘉没想到，他们居然成了最晚到的那个。可能因为江万涛离得远，很早就出发了，而沈念余在酒吧上班，人就在这里，至于许唯一，直接请了假。

大家都欢乐得不行。

本来气氛还挺正经，大家又聊起大学时最难忘的一件事，沈念余一个大老爷们突然声泪俱下："我到现在还记得，妄哥的手机相册。"

裴行妄眼风如刀，横扫落叶般无情，可喝醉的人哪里管得了那么多，沈念余照说不误："有一回我们一块儿喝酒，妄哥也不知道想什么，低着头没理我们。我就偷偷走过去，发现妄哥掉泪了，他正盯着一个相册出神。"

"什么相册？"

只有南嘉没问。

虽然她不知道是什么，可她清楚，必然跟她有关系。

裴行妄比她想象的要爱她，这份爱更长久，也更坚固。

“照片里都是嫂子啊，笑着的、吃东西的、看电视的、走路的、排队的、上课的、跑步的……全都是嫂子。”

江万涛也见到过那个相册，他至今都记得裴行妄隐忍着眼泪的模样，本来是天之骄子一样的人，散漫无畏，却爱一个女人爱到了极致。

那一刻，他们都清楚，裴行妄栽了。

裴行妄爱惨了南嘉。

南嘉心中像是被灌入了什么东西似的，流淌着感动又难过的情绪。她经常觉得裴行妄是狠心的那个，实际上她在国外那几年，过得非常快乐，除了最开始那段时间，很少想起裴行妄。

可这个曾经视一切为虚无的男人匍匐在地，卑微到了极致。

南嘉默默地将手伸到桌子下面，与裴行妄十指相扣，对方却将她抓得更紧。

当年酒保胡乱剪辑视频联合娱乐公司造谣裴行妄的事情由公司出面起诉，虽然时间遥远，好在人证物证俱在。

乐侠娱乐目前只是个快要倒闭的皮包公司，但是鲸鱼传媒决意追查到底。这件事在微博上挂了几天，不少人都为裴行妄喊冤。路人还说，自己当年其实就很相信裴行妄，看到沉冤昭雪的这一天特别开心。

当年什么情况南嘉记得清清楚楚，路人都会上来踩一脚，哪有什么人支持裴行妄，就连“粉丝”都要退出了。

她那几天几乎不眠不休，天天发一些裴行妄的正面消息。后来谣言被证实，南嘉考虑过要不要删掉那些消息，她也没舍得。

南嘉也不常去公司，但是一旦出去，裴行妄只要在家就会接她，本来她是拒绝的，可男人非得坚持，南嘉也没什么办法。

她唯一担忧的是，两人这样频繁外出，说不定哪天就被拍到了。

每每想到这里，南嘉都格外恐慌，可她自己也说不清自己在慌什么，本就是自由恋爱，被拍到又如何呢?

可她想不到的是，二人出行没被拍到，裴行妄居然自作主张在节目上公布了恋情进度。

四月底，裴行妄受邀参加一档综艺节目，也算是为新专辑《鼓点》造势。

经纪公司跟节目组都提前沟通过，谈到了很多关于专辑的话题，裴行妄还演唱了自己的成名作。

台下“粉丝”欢呼着，人山人海。

南嘉守在家里，没有外出，默默地看着大放异彩的裴行妄，内心与有荣焉。

很久之前，她从网上听过一个观点——破镜不能重圆，即使重圆之后也回不到当初炙热的喜欢了。可南嘉觉得，现在的他们就是最好的。

他们在不成熟的年华分开，在彼此成长到最好模样的时候重新相聚、相爱。

时光从未让他们改变。

有人一直在原地等着她。

裴行妄唱完歌之后，接受了简单的采访。

主持人先是问了一些关于专辑的问题，也算是打了广告宣传。

“感觉裴老师今天的状态特别好，最近是有什么开心的事情发生吗？”

裴行妄双腿交叠，富有磁性的笑声传来，然后抬起头，神色一贯的吊儿郎当：“有很多。”

这话就是愿意分享的意思了，主持人借着他的回答继续追问：“是跟裴老师之前说的要追求一个姑娘有关吗？”

台下的观众响起“啊啊啊”的声音。

“粉丝”希望他求爱成功。

南嘉的心也提了起来，她的脸莫名就热腾腾的，总觉得浑身都不对劲。裴行妄一向狂妄大胆，她从未想过他居然在综艺节目里大大方方地分享。

她紧紧盯着电视里的裴行妄。

裴行妄看了眼镜头。

莫名的，南嘉的脸更热了，仿佛男人炽热的视线带有形质一般。

裴行妄挑了挑眉：“嗯。”

“这是在告诉我们追到了？”

裴行妄笑了声，毫不掩饰：“追到了。”

台下观众的呼喊声更加热烈了。裴行妄一向是少说多做的类型，典型的实力派，何况他的优秀有目共睹，追一个女孩还能追不到？

可当他真的告诉“粉丝”追到了，“粉丝”为他开心，内心也会有一点点的酸涩。

今天热搜预定了。

南嘉的心慌得不行，又羞耻又激动，她不喜欢被人围观的生活，就好像下一步，裴行妄的“粉丝”要将她看光了一样。可她心里也清楚，她愿意跟裴行妄长长久久地走下去，他是公众人物，他们的恋情必然会受到观众的瞩目。

她打开手机，给裴行妄发了条微信：追到了？

虽然她心里已经决定，此生非裴行妄不可了，可这只是她的心里话，她未曾告诉裴行妄，可裴行妄这人狂妄大胆，敢于在全国观众面前宣告。

就像他们还没在一起，她一直拼命将他往外推的那些日子，他也在接受采访时说自己要追求她。

明明当时一点可能都没有。

消息发出去之后，裴行妄的手机振了一下。电视中，男人眉目英俊，拿出来手机，笑了声。

主持人问："裴老师，您这是？"

瞧他心花怒放的表情，也能猜到对方是心上人，主持人只是借此想引出下一个话题罢了。

只有收到心上人发的消息，脸上才能露出宠溺、会心的笑容。

裴行妄牵了牵嘴角，磁性的嗓音响起来："这小姑娘还挺吹毛求疵。"

"成，"男人懒洋洋地笑着，"我正努力表现呢，争取早点请大家喝喜酒。"

这一晚，热搜第一就：

是#裴行妄 求爱#

#裴行妄 神秘女友#

还有人为他们开通了超话。

南嘉点进去看了看，有不理智的人，但是裴行妄之前也预热过了，大多"粉丝"都以诚恳的态度祝福他。

有没有人知道妄哥的神秘女友是谁？！有知道线索的吗？好想知道这个拯救了银河系的女人是谁，啊啊啊，心痒痒！！

这条微博被顶上了前几名。

点进去话题就是这条微博。

从最开始的几条评论，演变成了几百条，几千条。大家到处搜罗线索，也没找到一点切实的证据。

你们看我主页，我记得之前我拍到过裴行妄和一个女人挺亲密。你们看看，有没有这个可能？

博主将照片放了出来，南嘉也好奇地点了进去。

她从没想过，有一天可以在线吃自己的瓜。

照片拍得有点糊，可知道时间久远，但是熟悉裴行妄的人一眼就能看到背影是他。男人肩宽腿长，男模一样的身材，随手一拍就是一道风景，身旁是个年轻女人，他单手插兜浅浅笑着，笑得温柔，将嚣张都收敛了。

两人坐在一起吃饭，餐厅干净漂亮，阳光正好。两人颜值都高，给人一种无比亲密的感觉。

看背景，是那种比较接地气的餐厅，更像是情侣经常去的地方。

南嘉心中也一凛，这女人看上去身材气质都很不错，不会真的跟裴行妄有什么说不清道不明的关系吧?

她迅速打消了念头，打开微信页面，想给裴行妄发点消息，可想了想，最后也没发，裴行妄估计在忙，为了这点不明真相的事情，她还是不要打扰他工作了。

南嘉又重新回到微博页面。

一向不露面的裴行妄发了条微博。

别乱猜了，不然我家姑娘得找我算账。

简简单单的几个字，足够引爆今晚的互联网。

如果我没记错的话，这是妄哥第一次公开回应谣言？

我的天，光脑补一下就好甜，呜呜呜。

嫂子很强势喽？

裴行妄很少跟“粉丝”互动，没再做出任何回复，可光是看着这条微博，南嘉嘴角情不自禁地上扬，这人还挺懂的。

毕竟看到谣言的第一个瞬间，她的确多想了。

这个谣言也很快得到了“忠粉”的辟谣。

照片中的女人也是裴行妄的“粉丝”，但是女人患了重病，医生也宣告了死刑，女人想在临死之前见一眼裴行妄。

那时候裴行妄失了势，也没在娱乐圈继续混下去，那个女人估计也是为数不多的“真爱粉”了，后来经人联系到裴行妄，裴行妄答应见她一面。

女人没想到的是，所谓的见一面，竟然是裴行妄亲自搭飞机来见她。

在女人的家乡，裴行妄陪着她吃了一顿饭，还为她唱了几首歌。

再后来，女人离世，估计没有遗憾地离开了吧?

于是也因为裴行妄的回复，大家又重新回到那条微博下面打卡。

有知道线索的吗？好想知道这个拯救了银河系的女人是谁，啊啊啊，心痒痒！！

大家惊奇地发现，裴行妄竟然给这条微博评论了：是我拯救了银河系。

南嘉蒙蒙地盯着这条评论，半晌说不出话来。

电话铃声响了，她没看清来电显示就接起来。

对方的嗓音吊儿郎当的：“嘉嘉。”

南嘉抿抿唇，心口莫名一紧。

没想到那个在互联网之上掀起一阵狂欢的人，现在却闲散地跟她打电话。

“妄哥，你还挺善良的啊。”

南嘉一直知道裴行妄骨子里有修养又善良，他做过很多帮助别人的事情，可这时候的裴行妄已经是圈外人了，没想到还是这么不遗余力地帮助别人。

裴行妄笑了声，慢悠悠地开了口：“一直善良。”

也因为“忠粉”的辟谣，吸引来了更多的路人，不少人折服于裴行妄的善良，愿意静下心来听听他的歌声。

从这时候开始，裴行妄的微博“粉丝”激增。

“忠粉”趁热打铁，将裴行妄这些年做过的善事做了一个视频，发布在广场上。

南嘉想到刚才看的那个视频，小声说了句：“嗯，但是这几年你做的善事似乎格外多呢。”

裴行妄没有反驳，发出低低的笑声："这几年，我想着多做点好事，万一哪天感动了神，我家小姑娘就回来找我了呢。"

裴行妄低沉撩人的嗓音随着电流流淌过来，淌到南嘉的心底，她心底软软的。

一个不信神佛的男人，为了万分之一的可能，愿意向神佛祈求。

他爱她爱到了骨子里。

南嘉脸有点红，笑着说："我们总会相遇的。"

裴行妄哼笑着："是啊。"

她用很小声又很别扭的嗓音说："妄哥，我最喜欢你了。"

"喜欢谁？"

"……妄哥。"

那边传来打火机盖被掀开的声音，"啪"一声，男人微扬的声调渡过来："只是妄哥？"

南嘉知道他想听什么。

从他们重新在一起开始，裴行妄就一直是各种暗示，南嘉一直糊弄他，这下好了，两人离得远，气氛又正好，再这么搪塞似乎有点说不过去。

南嘉咬了咬唇，心跳成沸腾的鼓点，胡乱说道："我那还没转正，正努力表现自己的未来老公。"

说到最后两个字，她羞赧极了，心乱如麻。

电话那头静了静。

似乎也没想过她会说得如此干脆，裴行妄愣怔一秒。

"最后两个字，听到了。"男人嘴角笑容绽开的弧度更大了。

五一那天，裴行妄的新专辑《鼓点》在晚上八点正式上线售卖，实体专辑与数字专辑一同发售。

其实现在的市场行情，实体专辑越来越少了，成本太高，不太赚钱，可唱片公司还是决定给裴行妄出实体专辑，一是因为"粉丝"强烈要求，二是因为想出了留个纪念。

从八点开始，南嘉就莫名紧张。

她明明很相信裴行妄的能力，但这一刻还是格外紧张，主要原因是，这次的专辑制作也有她的参与，她平时很有自信，可现在心里还是没有底。

这个时间点，她没办法做什么，只能到了时间自己也抢了一份。

裴行妄最近在开演唱会，要去五个城市巡演，很忙。本来南嘉也想跟着去的，可她最近临到截稿期，得赶紧将工作做完，一旦跟裴行妄混在一起，怕无心工作。

不过裴行妄的事业已经走上了正途，未来开演唱会的机会还有很多，她也不贪图这一次，何况演唱会巡演的最后一站是安湖，南嘉打算亲自去看。

正在这时候，裴行妄发了一条消息过来，是一张截图。

是专辑制作工作群的聊天截图，群里发表了裴行妄这次专辑的销量成绩。

恭喜！！实体专辑打破三年内数据，销量五千万份，而数字专辑更是打破了华语乐坛所有歌手有史以来的记录，达到了一点八亿元。

南嘉高兴极了：妄哥真棒！

微信铃声响了，来电人是裴行妄，南嘉赶紧接了起来，传来那道熟悉好听的男声：“紧张吗？”

南嘉装不知道：“紧张什么？”

裴行妄哼笑一声：“不是想知道数据吗？群里一发，我立刻发给你了。”

南嘉抿嘴笑了笑：“可紧张了。我的手都在抖，很怕卖不好。”

“我都不怕，”裴行妄吊儿郎当地笑了声，“你怕什么？”

“妄哥，你真不怕吗？”南嘉真不信他还能没一点紧张的感觉，毕竟这是第一次做实体专辑，他又是业内鬼才歌手，多少双眼睛盯着，再骄傲的人心底也会有一点点的紧张吧。

“不怕。”裴行妄开起玩笑，“要不你亲自查验一下？话说，卖这么好，你要不要给我点奖励？”

南嘉皱着眉想了想，也没想起来有什么可以送人的好东西，干脆说：“那我奖励你一个亲亲。”

说着，南嘉嘟起嘴巴，想隔着手机亲他一口。

裴行妄打住了，口气懒散：“这种礼物，得送到实处才有意义。”

“可是你得过段时间才回来呀。”

男人好听的声音压着轻佻和戏谑：“推开窗户看看。”

南嘉立刻会意，小跑着冲到阳台上，拉开窗帘往下看。

夜色深浓，飘浮着淡淡的白雾，裴行妄倚在车前，身材颀长，站姿笔直，轮廓被月色渲染得更加深邃好看。

南嘉不敢想象，明明应该还在几千里之外的裴行妄是如何赶到安湖的。

她心底蹿升一股电流，像是流动的液体，往浑身每个角落流去，南嘉忍不住嘴角的笑意，跑到门口，按了电梯。

电梯停在楼上，等了二十多秒还不动。她平日很有耐心，今天也不知道怎么回事，彻底等不下去了，干脆走了楼梯。

南嘉住的楼层不算特别高，可她下到八楼的时候微微喘着粗气，才意识到自己有多么冲动。今天电梯又没坏，再等一等肯定能等到，只是她思念裴行妄心切，过于迫不及待了。

南嘉喘着大气冲出楼梯门，裴行妄看到她急匆匆跑来的模样，伸开双臂，笑着说：“嘉嘉，来哥哥这儿。”

嗓音里充满了温柔宠溺。

南嘉不顾一切冲到了他的怀抱里，贪婪地吮吸着清淡好闻的味道：“妄哥，你来的时候怎么不告诉我一声？”

男人修长的手指挑起她的下巴，懒散笑着：“告诉你还有惊喜吗？想把好消息亲自带给你。”

这世间最难抵抗的就是浪子的温柔。

第二天早上，南嘉裹紧被子，看着身侧熟睡的男人，没敢动。

她不知道第一句话该说点什么，抑或是等着他开口，或者给她一个吻？

被子都在南嘉这边，裴行妄只盖了一半，他身材好，肌理分明，小腹紧实，浑身每一处都好看得要命。

南嘉怕他受凉，将被子分了他一半，谁知，这么微小的动作竟然将他弄醒了。

男人眼神揶揄，精准地攥住她的手腕：“醒了？”

裴行妄不安好心，眯了眯眼，干脆将她圈进怀里。

刚醒来，裴行妄伸手摸着她的长发，他喜欢一遍一遍揉她的头顶，似乎这个动作能给他带来安全感。

裴行妄是结束海城那场演唱会后买了机票就赶回来了。他下一场演唱会在南城，南城距离安湖比较近。他思虑周全，也买好了票。

明天去南城，直接抵达体育馆的化妆间。

也就是今天一天的时间，裴行妄都会陪伴南嘉。

好不容易独处，裴行妄又是公众人物，两人都不舍得出去，干脆拿出投影仪，随便找了部电影。

小情侣在一起，看什么电影不重要，重要的是在一起的点滴时光。

裴行妄亲吻着南嘉的长发，笑声低低的。

电话响了，是阮一舟。

也是这时候，南嘉恍然间意识到，她已经一个多月没跟阮一舟联系了。

这些时间里，她与裴行妄陷入热恋，再加上她工作又忙，压根没时间思考其他事情，也就忽略了阮一舟。

上次见到阮一舟，还是他主动过来给她送红糖。

不知不觉，已经过去这么久了。

她接通了电话，可裴行妄手上的动作还是不停，不是碰这里，就是碰那里。南嘉生怕他下手太重，导致她发出不太礼貌的动静，便狠狠踹了裴行妄一脚，从地毯上坐起来了，专心打电话。

挂断电话之后，南嘉脸色有些紧张，赶紧到卧室换衣服。她没有穿得多漂亮，只是工整干净，背上包就要走。

被忽视已久的男人不乐意了："干什么去？"

南嘉这才意识到还没解释，赶紧说道："阮一舟要回波士顿工作了，我得送送他。"

果然，裴行妄面容沉了沉，任谁也不想让女朋友见情敌，可他也不想留下一个小气的形象，干脆利落地起身，笑着问："用不用我送你？"

"行。"

对比打车，南嘉自然更喜欢裴行妄送她，多方便，速度还快。

她没主动提，也是因为怕裴行妄吃醋，毕竟她跟阮一舟也曾经是名义上的男女朋友。

阮一舟是下午四点的飞机，现在两点半，还有一个小时的时间，南嘉给阮一舟发了消息，阮一舟约她在机场旁边的咖啡馆见面。

"你这次真的走了就不回来了？"

"嗯，EB要开分公司，想让我去当总经理。你也知道，这是个很好的机会，我不忍心错过。"

是很好的机会，很强盛的公司，去当总经理，大概会拥有很美好的未来，这是大家都清楚的事情。可南嘉的视线紧紧盯着阮一舟，却没从他脸上捕获到任何开心的情绪，他似乎什么时候都是淡淡的。

"确实是很好的机会，"南嘉说，"那你这一走，我们可能都见不到了。"

她早就习惯了阮一舟在她身边嘘寒问暖，习惯了有这样一个知心的朋友。

这种感情像春雨，润物细无声。

"阮一舟，加油，好好生活，努力工作，你也会幸福的。"

看着阮一舟寂寥的身影，也不知道怎么的，南嘉眸中氤氲着泪意，她揉着眼睛，看着他一步一步走开。

这次，阮一舟没再回头，只是摆了摆手，步子越迈越大。

此后人生，他们都不会再见面了。

Chapter18. 草莓味心动

五月十五日这天，是裴行妄安湖站演唱会开幕的日子。

地点就在安湖市体育馆，该场馆能容纳六万人左右，票放出去的几分钟之内售罄，售票的 App 还因为卡顿，导致很多人都没买到。

裴行妄提前出发，进行了一些彩排。南嘉没抢到票，可裴行妄早就给她预留好了位置最佳的门票。她原本打算早点出发的，可她又想体会一把普通“粉丝”的感觉，便按照标准时间过来了。

平时鲜有人烟的体育馆热闹无比，外面有不少小摊小贩出售各种周边，还有“粉丝”自行制作的手幅、海报等应援物。

南嘉排着队等待入场。一个女孩走过来，说自己应援物买多了，多了一个荧光棒，还多了一个手幅，想分给她。

南嘉欣然接受。

女孩问：“你喜欢裴行妄多少年了啊？”

南嘉想了想：“很多年了。”

女孩笑着：“我可是‘老粉’了呢，你肯定没我喜欢他的时间久。你知道妄哥之前还在酒吧驻唱的时候吧？那个时候我就很喜欢他了。”

“知道，我也经常去看。”

女孩雀跃着，似乎遇到了灵魂伴侣。

女孩看到南嘉的票，奇怪道：“你这个位置可真好。这种票，就是我再有钱都买不到。话说你是怎么抢到的啊？”

南嘉眉眼弯弯：“别人给我的。”

——裴行妄本人送的。

“那他肯定很喜欢你了，不然这么好的位置……”女孩被人流冲散了，“啊，下次见面再聊，我先过去啦。”

南嘉也入了场，场馆非常大，这也是南嘉第一次到这里来。她左顾右盼，大家都格外兴奋。

裴行妄给她发来消息：看什么呢？找我？

南嘉一惊讶，警戒地往四周看，也没找到裴行妄的身影：你怎么看到我的？还是你躲在哪里？

裴行妄回得很快：后台有监控。

南嘉坐直了，她能想象到，这个男人一边慢条斯理地喝着咖啡，一边看监控的表情，懒散又痞气。

很快，时间指向了晚上八点钟，原本锃亮的大厅突然暗了下来。“粉丝”呼吸一滞，便知道接下来要发生什么了。

大家一起挥舞着荧光棒，将手幅高高举起来，异口同声念出那个让所有人振奋的名字：“裴行妄，裴行妄！”

南嘉也站起来，大声叫着他的名字，她的心飞扬着、鼓舞着，也是第一次，她深切体会到，原来有那么多人跟她一起爱着裴行妄。

她是茫茫“粉丝”中的一员，何其有幸，这颗世界上最耀眼的星甘愿为她沉沦，落入她掌中。

一束强烈而刺眼的光从舞台中心射过来，“粉丝”更加激动，呼唤偶像名字的声音更加激烈了。而场馆西侧的大屏幕上也逐渐显现出一个男人颀长身材的剪影。

出道以来，裴行妄遭遇过诋毁，曾坠落谷底，却也涅槃重生。

灯海连成一片，台上的干冰机在运作，将氛围拉满，裴行妄穿着一身黑衣，站在舞台上，漆黑的眸中呈现着独属于少年的桀骜不驯，肩膀宽阔，强烈的光打在他身上，如神祇。

一众热闹的欢呼声中，裴行妄做了一个狙击的动作，宁静垂眸，沉沉的嗓音响起来：“大家好，我是裴行妄。”

演唱会正式拉开了序幕。

裴行妄唱了很多首歌，有广为传唱的歌曲，有成名曲，也有从未公布过的歌曲，当氛围达到空前热烈的状态时，他甚至演唱了几首野莓乐队曾经演唱过的小众歌曲。

“老粉”们都抹着眼泪，仿佛回到了五年之前。

那时裴行妄还未大火，只是一个小小的乐队主唱，可这些年过去，裴行妄对音乐的热爱与赤诚从未改变。

南嘉也似乎回到了当年，他们只是校园里普通的情侣，她未曾受过伤害，满心满眼都是那个闪耀的男人。好在时光流逝，他们的爱不曾改变。

演唱会结束之后，“粉丝”抹着眼泪散场。南嘉走出体育馆的门，不知为什么，心里莫名有点痛楚，也不懂她这种情绪从何而来，明明是很开心的演唱会。

“嘉嘉。”身后传来一道吊儿郎当、漫不经心的男声。

南嘉小跑到裴行妄面前，他依旧穿着演唱会上的那身衣服，酷酷的，笑容有点欠：“专门在这儿等我？”

她情不自禁地抱紧了裴行妄，贪婪地呼吸着男人身上的味道，清新的沉香味道徐徐飘入鼻腔。一旦与他单独相对，她就情不自禁撒娇：“安哥，你要永远光芒万丈。”

裴行妄摸摸她的长发，漆黑的眉眼含了点轻佻：“喜欢我在舞台上的样子？”

“嗯，”南嘉不假思索，“很喜欢很喜欢。”

犹豫了下，她又说：“我以后，只给你一个人写歌，好不好？”

楝忘这个笔名是为他而设。

那么从此干脆只做他的作词人。

裴行妄亲了亲她的额头，嗓音有点沙哑：“好。”

两人也没在外面待太久，裴行妄就开车带她回去了。可他们都没想过，居然会被拍到，网上引起了热议。

照片中的裴行妄头发很短，眉骨偏高，侧颜英俊，依旧是混不吝的气质。他将一个娇小可爱的女人拥在怀中，格外亲密宠溺，恋爱的感觉几乎从屏幕中溢出来。

嫂子现身啊！

背影杀我！！

一定是美女！！帅哥美女绝配！！

南嘉也没想过会这么快曝光，不过她现在已经见怪不怪了，反正迟早会曝光，一切顺其自然好了，但是南嘉未想过的是，一起被曝光的还有他们大学的恋爱记录。

那时候裴行妄只是素人，又是学校的风云人物，不少人拍他们的照片放在论坛上。他们的爱情当年就备受关注，“粉丝”是何等疯狂的生物，直接考古到裴行妄的校园时代，将照片扒出来，与南嘉的背影做了对比。

竟然是哥哥大学时候的女朋友！！

太长情了啊！

一定是了！！！好甜啊。

我姐姐就是安湖大学的。她跟妄哥是一届的，说妄哥和这个女生谈了很长一段时间，很宠这个女生，当时她们都嗑，但是后来也不知道怎么回事，不过可以证明的是，妄哥也太长情了啊！！

有没有知道因为什么分手的？

大家将这条顶到了最高，也无人应答，是真的无人知道。

南嘉的身份就这么曝光了。

她的生活倒没有受到影响，出行也没遇到过围攻，只是她工作上的一些朋友发现了是她，免不了关心几句，她就实话实说了。

与此同时，安湖大学校园论坛的一个帖子同时浮上水面，是五年前的帖子。

南嘉重新点进去，虽然隔着久远的记忆，可她看到帖子内容，熟悉感扑面而来。

帖子内容是一群无聊吃瓜群众的打赌，那时候裴行妄与南嘉的恋情备受瞩目，大家都打赌他们到底能谈多久。所有人都不看好，南嘉记得很清楚，只有一个用户看好，她当时心底还很感激。

“粉丝”用自己的火眼金睛扒了出来，那个用户就是裴行妄——

我赌一辈子分不了。

南嘉眸中氤氲着泪意。她从未想过，她在那段感情里患得患失，原来裴行妄内心一直是坚定的，从未更改过。从那时候开始，他就做好了一辈子的打算。

看到这条新闻的时候，南嘉刚逛完超市，最近裴行妄一直想让她搬过去跟他一起住，不过她还没考虑清楚。

主要还是她住习惯了这个房子，突然搬走有点不太习惯，在这个房子里，也获得了很多灵感。

南嘉愣愣地站在超市门口，温暖的风吹乱了她的头发，她买的东西多，超市会派人送到她家里，她只提着自己的包，笑容蔓在唇边。

此刻，她只想奔赴裴行妄的怀抱。

有裴行妄的地方才是她的家。

“南嘉？”

一道女声打断了她的思路。不知道什么时候，南嘉面前站了一个女人，女人很美，尽管穿着宽大的外套，也掩饰不住身材性感，眉眼风情，面容稍显憔悴，可仔细看，也像是幸福的女人。

南嘉觉得这女人有点眼熟，比她成熟很多，她没遇到过这个人。

可越想越熟悉。

想起来了。

她念高三那时候，母亲来学校大闹一场。远远的，她看到保安室门口站着一个身姿婀娜的女人。

南嘉隐隐约约觉得，这个人的身份不简单，肯定跟裴行妄存在着某种千丝万缕的关系，所以当周传伊邀请南嘉出去坐坐的时候，南嘉同意了。

两人就近找了家奶茶店，店里安安静静，很适合聊天。

周传伊主动介绍了自己：“你可能不认识我，我叫周传伊，但是首先，我先跟你道歉。当年你妈妈之所以找到学校里去，是我告的密，我跟你道歉。”

她态度倒是很诚恳。

南嘉回忆了一下当年的事情，想起前因后果：“好，我接受你的道歉。不过我想你约我过来，肯定不只是为了道歉吧？”

“其实……”周传伊喝了口咖啡，脸色沉了沉，“当年我喜欢裴行妄，那时候我也才二十岁，比他大一岁。他这样的男人天生具有吸引力，女人都很难抗拒。

我一直自欺欺人地以为他喜欢我，其实现在想想，他从没有一刻喜欢过我。”

“而我，也因为这份喜欢做过很多错事，或许我们原本还有一点机会的。可惜，我也没机会再回头了……”周传伊叹了口气。

其实她从没有对裴博文用过手段。只是因为一点小意外，导致她和裴博文陷入纠缠，也因此，她坠入深渊，再也没有回头的机会。

她原生家庭很差，想着裴博文也就是年纪大点，但是有风度，还有和裴行妄相似的眉眼，跟了裴博文也不亏，至少可以拥有锦衣玉食的生活。

可她越生活越痛苦，再到后来，情不自禁做了错事，连裴博文也不要她了。

想到这里，周传伊掉了几滴泪：“南小姐，从始至终我都知道你的存在，你的福分我羡慕不来。我变得一无所有之后，曾经的贵妇太太都对我避之不及，只有我以前的司机不嫌弃我，他喜欢我，愿意跟我结婚……”

尽管生活不会富足，再也买不起曾经最喜欢的奢侈品，可周传伊获得了精神上的满足。

“曾经做过的事情，我跟你道歉，也请你将我的歉意转达给裴行妄，我对不起他。”

面前的女人诚恳，南嘉心中没有动容是假的，她叹了口气：“现在大家都生活得很好，过去的就让它过去吧。你也不要因此有太多道德枷锁，好好过好接下来的人生才是要紧事。”

两人分别之前，周传伊留下一句话：“南小姐，如果你有时间的话，去一趟岩石路108号吧，或许那里有你想看的东西。”

告别周传伊，南嘉打了车直接去往这个地方。这个地址，她怎么想怎么熟悉，可是又想不起来那到底是什么地方。

大概半个小时的车程，到了地址。

南嘉推门进去，店长正在清理货单，主动热情地招待她：“老板娘！”

南嘉满头雾水，脑袋发蒙。

这是一家西餐厅，名为Regrets（歉意）。多少年过去了，可南嘉永远忘不掉这里，就在这里，她跟裴行妄第一次相遇。

问题是她怎么就成了老板娘了？

店长给南嘉安排了座位，上了这边的招牌牛排，这才解释道：“我在这边已经工作了五年了。这家店的幕后老板就是裴老师，这件事情很少有人知道。我们一般也不往外说，所以你是我们的老板娘呀。”

下午生意并不好，店长就坐下来跟南嘉聊天。她打量着南嘉，眼角间的鱼尾纹看起来也格外温柔：“其实，我之所以知道你是老板娘，并不是因为今天网络的曝光，我很早之前就知道了。”

面对南嘉诧异的眼神，店长说：“看到我们这家店的名字了吗？裴老师买下来这家店就是为了给你赔罪的。”

Regrets，歉意。

店内装修古朴，有点跟不上现在的时代发展，简单复古，跟南嘉第一次来这里的样子别无二致，稀稀落落坐了几桌的顾客。

那时候她还小，裴行妄是个温柔的大哥哥，带给她一下午的快乐。

那是故事的开始。

“有好几次，我看到他对着你的照片出神……后来，裴老师每逢有时间就来这里坐坐。那段时间，他唱不出来歌，也不喜欢唱歌了，我也就听说了你们的故事。刚开始装修这个店的时候，他就说将店名改了，其他都不变。你看，装修真的不太行了，可裴老师买下来这个店不是为了赚钱，他一直贴钱做这个生意。

“看到了吗？店里摆满了黄玫瑰，裴老师一直在诚心跟你道歉。”

南嘉一进门其实就发现了，装修没变化，桌椅摆放也没变化，唯一有变化的就是每张桌子上都摆放了一束黄玫瑰，热烈绽放着。

每一朵嫩黄的花瓣都在诚心致歉，每当风吹进来，花瓣簌簌地扬起来，泛起一阵温柔又沁人心脾的涟漪。

南嘉恍然间记起来，高三的时候，裴行妄也带她到这里吃过饭，她心情雀跃，原本还以为之所以来这里，是因为裴行妄记得他们相遇的地方，可现实让她难过。

他不记得。

可他如今又重新记起，将整个餐厅买下来，是赔罪，也是纪念他们的爱情。

时光匆匆，他们相爱又分离。

空气中暗香浮动，她看着店内的装束，情不自禁落下眼泪。

南嘉一动不动地坐着，感觉一阵哽咽，那种酸涩感瞬间弥漫四肢百骸。

南嘉拨通了裴行妄的电话号码：“妄哥……”

“怎么了？”裴行妄何其聪明，她只出口两个字，他就感觉到了不对劲，“你在哪里？我去接你。”

裴行妄口气担忧起来：“嘉嘉，你怎么了？”

“我在岩石路108号。”

电话立刻挂断了。

南嘉又静坐了一会儿，听到汽车的引擎声，那辆熟悉的汽车停在了西餐厅门口。南嘉本来想等着裴行妄进来，考虑到裴行妄来得急，估计没做什么伪装，南嘉担心被发现身份，赶紧提着包走了出去。

裴行妄正巧推开车门，懒散一笑，帮南嘉打开了车门。

他也不急着走，目光落满柔情，将南嘉搂在自己怀中，吊儿郎当地笑了笑：“怎么想起跑这儿来了？”

南嘉也没隐瞒，将今天遇到周传伊的事情告诉了他。男人不在乎地点点头，脸上也没有多余的情绪。

“妄哥，你什么时候想起这家餐厅是我们初遇的地方的？”

“你走不久。”裴行妄垂下眼睫，诚恳道，“你走之后，我很想你，也想起来很多事情，可是已经晚了。我记得我们曾有一次到这里吃饭，那时候我也没想起来初遇是在这里。

“或许老天是在惩罚我吧，让我们错过这些年。”

南嘉本来想着安慰几句，没想到裴行妄再次抬起头，声音低沉：“还好，我的姑娘到底被我追到手了。”

“你是不是很有自信能重新追到我？”南嘉心口莫名柔软了一下。

裴行妄笑了：“嗯。”

“那你之前还把自己搞得那么悲惨？”南嘉恍然大悟，似乎被这男人骗了。

男人嗓音里荡漾着笑意，眉梢挑了挑：“这不是我们嘉嘉心软嘛。”

南嘉无语，本来想着多“讨伐”他一顿，没想到裴行妄默不作声帮她扣好安全带：“走，去超市买东西，给我们家小朋友做点好吃的。”

裴行妄驱车来到一家会员制超市，来逛这家超市的人非富即贵，也经常有各界名流，也因此，即使有人撞到是裴行妄也不会多说什么。裴行妄在门口推了辆手推车，腾出一只手来牵着南嘉。

超市里放着悦耳的音乐声，非常富有生活气息。两人脚步都不快，慢悠悠地走着。

南嘉做饭水平也还可以，但是只要两个人在一起，都是裴行妄负责下厨，她只需要享受美味。

就像现在，她只负责挑选一些自己喜欢的零食，蔬菜肉类都是裴行妄购买，她乐得做甩手掌柜。

裴行妄停在水产区，挑选了一些青虾。两个人都喜欢吃虾，而且还都喜欢原汁原味的虾，不需要添加过多作料，也不用高温烹炒，水煮出来，调一份简单美味的料汁，美滋滋的。

可当她看着裴行妄又拿了一包馄饨皮，还有一些调味品的时候，她问：“哎，你不做水煮虾吗？”

裴行妄掀眸，轻笑道：“知道我前几天干什么去了吗？”

前几天他没行程，可莫名出去了一天，南嘉还以为他跟朋友聚会，即使恋爱了，也应该拥有私人空间，也没多问。

她摇摇头。

裴行妄口气散漫：“闲来无事，拜了个师。”

“你……你拜什么师啊？”南嘉实在想不通裴行妄这么狂妄自大的人能去找谁拜师。

“张阿姨。”男人淡淡落下两个字。

南嘉愣了愣，她只熟悉做小吃的张阿姨，本本分分烹制美味，这也是南嘉来到安湖最喜欢吃的东西。张阿姨也因为对美食的虔诚，在网上小火了一把，但也一直没涨价，只是排队的时间更久了。

联想到刚才买的青虾和馄饨皮，她终于明白了：“你去找那个做馄饨的张阿姨学艺了？”

张阿姨在短视频平台爆红之后，有不少人登门拜访，想高价学习配方。可张阿姨对此事态度非常坚决，为了保证自家馄饨的口感，一直没有同意收徒，更不答应出售配方。

南嘉不肯相信：“可是张阿姨不肯收徒啊。”

“为了我家宝贝，”裴行妄懒洋洋一笑，垂眸看她，眉眼意气风发，“我这叫心诚则灵。”

南嘉心里一暖。

接下来，南嘉发现，裴行妄买的也都是她爱吃的菜。他挑选了一些新鲜的排骨，做糖醋排骨，还买了一条肥美的鱼。

两人结账的时候，南嘉说：“妄哥，你这都买的我爱吃的啊。”

也是这时候，南嘉恍然意识到，裴行妄所谓的拿手菜，全都是她爱吃的。

裴行妄在为她改变，为她做菜。

裴行妄顺手捞起一个东西丢进购物筐里，然后摸了摸她的长发：“是啊，为了哄你。”

南嘉笑得温柔：“你真好。”

他们走到自动结账机面前，裴行妄将东西一件一件拿出来扫码，漆黑的双眸揶揄地看她，吊儿郎当略微低沉的语气传过来：“你也得给我点奖赏是吧？”

裴行妄将最后一件东西拿出来结账。

南嘉的耳朵烫得厉害，脸颊也羞红。

在路上，南嘉接了一通电话，是南母打来的。

先前她一直跟南母保持着联络，也时常回家看望南母，可这个节骨眼，他们的恋情刚刚被全网曝光，南母也不是不上网，肯定也知道了。

虽然南母现在对南嘉要求没那么高，也说过随便她找男朋友，可南母对裴行妄的敌意似乎一直都在，南母现在还生着病，万一重新回到当年的情况……她不敢想象。

南嘉看了裴行妄一眼，他抬手捏了捏她的鼻子，似乎在给她力量。

“喂。”

南嘉想象了很多画面，有劈头盖脸一顿痛哭，也有漠视与无语，可她没想到，南母在那头依旧是轻柔的语气，没有任何质问她的意思：“最近怎么不来妈妈这边了？”

“最近有点忙。”南嘉觉得不好意思，“我过两天就回家啦。”

南母“嗯”了一声，温柔地笑了：“妈妈不是逼着你来，就是提醒你多注意身体，不要累着自己了。”

挂断之后，南嘉心里很不是滋味。

她如今已经和南母和解，其实在和裴行妄复合那时候起，就应该主动告知南母。

只是她下意识逃避了此事，选择不去思考，当年闹得太不愉快了，想起来还留有心理阴影。她想着逃避一天是一天，却没考虑过南母的感受。

今天网上的事情南母估计也知道了，却没质问，她在给南嘉机会解释。可南嘉就是张不开这个嘴，很害怕当年的噩梦重演。

裴行妄也没多问，就这么安静地到了家。

裴行妄系上围裙，到厨房忙活。南嘉也不想干坐着等饭吃，也主动到厨房里煲汤。

二人口味都淡，做馄饨还剩了不少青虾，她想着做一份拿手的豆腐虾仁汤，裴行妄爱喝。

南嘉将材料倒进锅里，调好料汁，焖锅里煮，有点晃神。她看向在旁边准备鲜虾馄饨馅料的裴行妄，男人眉眼桀骜，错落的灯光之下，却温柔了几许。

时间最温柔的，是随性浪荡的男人收起一身戾气，愿意为你洗手做羹汤。

她无法想象，裴行妄为了这个配方，又是如何说服张阿姨的。

应该很努力吧?

裴行妄愿意为了她努力。

从最开始，他就记住了她最爱吃张阿姨家的馄饨，还是鲜虾馅儿的。

兴许是灯光太过温柔，也或许因为窗户没关，投进来几缕微风，无论因为什么，南嘉的心软了，喉咙一阵发紧。

灶台上鲜美的汤汁冒着泡，鲜香的味道弥漫了整间厨房。

他们不养猫也不养狗，将彼此的爱意奉为至高无上。

只有彼此。

南嘉放下汤勺，上前一步，搂住男人挺拔结实的腰部，她轻轻开了口：“妄哥，今天我在西餐厅，店长姐姐说你当年其实都不想继续唱歌了是吗？”

裴行妄闭了闭眼：“嗯。”

“为什么不想唱了呀？”

他随意散漫地笑了：“遇到那些糟心事，就觉得唱不唱也就那样。”

裴行妄这人天赋极高，做什么都能成功，哪怕转行到另外一个行业，也一样是佼佼者。

南嘉知道当年的事情对裴行妄打击有多大。网上那些流言压根伤害不了他，裴行妄只是自责，张明楷是他的兄弟，说自杀就自杀了，万一……万一真是他的责任呢?

他这人看起来漫不经心，对什么都不在意，其实很要强，总想将一切都包揽到自己身上。可他是人，不是精准无误的机器。

“那为什么后来又回来了？”

裴行妄闷笑一声，转过身来，将围裙解下来，把南嘉拥进怀中，低下头主动蹭她的鼻尖。他偶尔也幼稚得像个小孩子，总喜欢做一些亲密又幼稚的事情。

“后来，你不是也进了这个圈子了嘛，”男人眉骨高，鼻梁挺拔，嘴唇薄，此刻牵着淡淡笑意，“我想着，总能遇到的吧，遇到了好歹也是个机会。”

再后来的事情，南嘉就知道了。

她签下了合作协议，为裴行妄写歌，也是因为那件事，他们才开始有了交集。

“原来……”南嘉一时之间不知道说什么了，嘴唇张着，愣了一会儿才说，“是因为我啊。”

窗外太阳西沉，将天空渐渐渲染成灿烂瑰丽的颜色，云彩大片大片地铺展开，两人的影子被映照得很长很远，像是永远都不会分开。

裴行妄扯扯嘴角，笑得宠溺。

南嘉眼眶中积蓄着泪意，眼眶缓缓变红，她也怕自己矫情，忍着没哭出来，有很多话想说，却不知道从何说起，最后，干巴巴挤出来一句话：“妄哥，我想吃草莓奶糖了。”

裴行妄露出一个不羁的笑容，伸手温柔地帮她揩掉溢出来的几滴热泪。

“还是那个牌子，”男人洒脱地从口袋里摸出来什么东西，用哄小孩的语气说，“哥哥随身带着呢。”

他把一颗糖放到了南嘉手中。

是灼热烫人的温度，一路熨帖到心底。

如果有一天，天不再蓝地不再广，万物星辰碎裂，玫瑰花不再代表爱情，宇宙回归到未分明的原始状态，爱也不会变。

原来，不管心房多么坚固，爱总能破门而入。

从这之后，南嘉就开始陆陆续续收拾自己的东西，准备跟裴行妄搬到一起。裴行妄的这个房子不太大，只适合独居。

裴行妄存款不少，直接说可以买一栋新的她喜欢的地段的房子。不过南嘉拒绝了，主要是这人名下的房子太多了，也不缺新房子。

裴行妄将自己的房本都拿来给南嘉过目。这些年，他赚的钱投资了不少房产，有几套新的还没装修，想着南嘉喜欢什么风格就装修成什么风格。

“住澜海路的临江别墅吧。”

那是故事最开始的地方。

她也愿意回到故事里去。

裴行妄将头靠在她的肩膀上，说了声：“好。”

南嘉心中只有一件烦心事，那就是南母还不知道他们的事情，或许南母多少已经知道了，她得回去交代一下。

可她也拿不准南母到底是个什么态度，犹犹豫豫着，也没跟裴行妄讲，终于决定趁着一个周末回去。

但南嘉不知道，裴行妄已经找过南母了。

裴行妄去见南母那天，是个大晴天。他带了很多东西，登门拜访，穿了身干净板正的衣服，收起了“玩世不恭”。

家里的保姆阿姨将裴行妄带进去的时候，南母一愣，将电视关掉，邀请裴行妄坐到沙发上。

裴行妄其实做好了南母轰他出门的准备，也准备好拿出不曾有过的耐心对待南母，可南母的态度竟然如此平和。

“我还以为嘉嘉会主动过来，没想到反而是你先来了。”南母笑了笑，示意保姆阿姨端茶给他。

裴行妄站起身把茶接过来，格外敬重。

“嘉嘉可能心里有负担，”裴行妄笑得淡定从容，“她肯定也是要过来的，我这边也不知道阿姨您的态度，我想着先过来，我先替她承担一部分。”

不管是风雨还是泥沙，他都要替南嘉承担。

“阿姨，我对嘉嘉是认真的，我们是真的想得到您的认可。”

男人五官英俊，态度格外真诚。

南母看着坦坦荡荡的年轻人，心软了软。她跟裴行妄只见过那一次，也就是下大雨那天。

那天，是裴行妄抱起倒在地上的南嘉，掷地有声地说：“我家小姑娘，你不要，我要。”

南母那时候很讨厌这个抢走自己女儿的男人，骨子里觉得他是个坏男人，可又羡慕这样的爱情。

自己从没有被坚定地选择过，而女儿却遇到了一个愿意坚定选择她的人。

只是南母对他偏见颇深，所以在真的知道他们谈恋爱的时候，还是逼迫着南嘉分手。

后来，南嘉跟她的关系几乎决裂，她才慢慢愿意回顾，愿意去主动了解裴行妄。

慢慢也就发现，这个年轻人身上有很多闪光点，并不是像她想象的那样。

“我知道你们的事情了，看网上的新闻知道的。”南母坐姿优雅大方，“其实只要嘉嘉主动来跟我说，我也不会反对。”

“之前我太极端了，我逼迫你们分手，对不起。”

裴行妄一愣。

逼迫？

什么时候逼迫的？

南母看到裴行妄的表情，疑惑道：“嘉嘉没跟你说过吗？当初我发现了你们俩的事情，我很生气，强迫着嘉嘉回家，逼迫你们俩分手。”

裴行妄只知道，当初他在很多事情上做得不到位，两个人复合之后，也没避讳提以前的事情，可南嘉从未说过。原来分手，她也是被迫的。

他的小姑娘居然默默承受了那么多。

裴行妄张了张嘴，许久没说话。

他只想对她再好一点，更好，好到无止境。

“阿姨，”裴行妄正色道，“或许您以前不够信任我，可我向您保证，我可以用我的生命疼爱嘉嘉。只要我活着一天，就保证没人敢动她，她是我最爱的、愿意付出一生保护的人。”

男人敛起眉眼之间的桀骜，坐姿端正笔挺，像风雨飘摇之中不动的大山，静默，沉稳。

南母有所动容。

谁年轻时还没听过几句甜言蜜语？纵使南父从没爱过她，可多少也说过，只是到头来，竹篮打水一场空罢了。

见南母没说话，裴行妄将一摞文件放在南母面前，诚恳说道：“这些是我名下的房产，还有银行证明，以及公司股份的资料。我接管了我父亲的生意，但一直奔波于娱乐圈，这些都交给职业经理人打理，公司一直平稳运行着。

“我打算将我名下的所有资产全部转给嘉嘉。”

南母也是商场中人，她简单地翻了翻裴行妄的资料，也知道这些都是私密资料，更能看出来这个年轻人掩饰不住的认真。

南母直视着裴行妄，一字一顿问道：“那么如果，嘉嘉让你放弃娱乐圈呢？”

身为长辈，她仍旧是老一辈人的眼光，觉得娱乐圈太过光鲜亮丽，水太深，她女儿生性安静乖巧，生怕女儿以后仍旧受委屈。

这个问题，也只是试探。

裴行妄不假思索，郑重而低沉地说道：“我愿意退出。”

“实不相瞒，经过当年的事情，其实我不想继续待在圈里了，是因为嘉嘉从事了这个行业，我只是想离她更近一点。”

“裴行妄的一切，以及生命，都属于南嘉。”

南母缓慢地站起来，略带苍老的脸有些动容。她抬起手，拍了拍裴行妄的肩膀，轻轻缓缓地说：“好，小伙子，我请你替我继续爱嘉嘉。”

“什么？妄哥已经来过这边了？”

南嘉疑惑得不行，眼睛睁得大大的，这么大的事情裴行妄居然没告诉自己。

南母最近悠闲，心情也好，闲来无事就织毛衣。她垂着眸专注着手中的工作，看了眼南嘉：“他没跟你说？”

南嘉摇头。

“他可能觉得我不会祝福你们，怕你挨骂，主动过来替你挡枪。”南母笑了声，“这小子肯定想不到，妈妈压根不想骂你们。”

看样子南母真的不打算反对了，南嘉压在心中的大石头就这么被解决了，她发自内心地笑了，好半晌才说：“妈妈，可是我回国之后，你还说不允许我们在一起呢。”

南母爱怜地摸摸女儿的头，开玩笑道：“我心中早就接受了，还不许我口是心非啊？中老年人就不要面子的吗？”

南嘉“扑哧”一声笑出来。

家里阿姨端了果盘出来，南母将中间那块最鲜嫩多汁的橙子拿给南嘉，笑得温柔：“嘉嘉，你俩要好好的，妈妈不能陪伴你们太久。日子是你们的，得好好走下去。”

“以前呢，妈妈真的做错了很多事情。妈妈总觉得好不容易将你拉扯大，那么你就是属于妈妈的。其实这个观点错了，你不属于任何人，你首先是你自己。”

“我知道你是个好孩子，好在现在有人照顾你了。”

这话一出，南嘉忍不住掉了几滴泪，扑到南母的怀中，撒娇道：“我要妈妈陪我很久很久，永远永远。”

南嘉搬到澜海路别墅那天，晴空万里。她现在租的房子也没住太久，因此行李不算多，打包了三个行李箱，裴行妄开车将她带到了新房子中。

她挺喜欢这里的，少女时代的她懵懵懂懂，对裴行妄百般试探，故事的发生地都是在这里。

南嘉走进去，将行李箱随手一放。想回到楼上的房间，也是这时候，她发现房子的装饰风格变了。

进来的一瞬间，她还以为进的是别人的家。

曾经的别墅装修风格清冷，透着不近人情的意味。如今变了，变得格外小清新，以雾蓝和豆绿为主要色调，一改往日的黑灰色的沉闷，透出轻奢感，更显得时尚潮流。

裴行妄这人虽然讲究，但是他的审美比较男性化。眼前房子的装修风格显然是女生更喜欢的，清雅温馨，透着淡淡的温柔，充溢着家的味道。

南嘉更迫切期待起住在这里的生活。

裴行妄将三个行李箱带进来，见到小姑娘傻愣愣地盯着房间的模样，宠溺地笑了笑：“喜欢吗？”

南嘉毫不掩饰自己的惊讶：“非常喜欢。”

“你怎么换装修风格了？”

南嘉一边问这个问题，一边在心中盘算着时间。他们是最近一段时间才说起来要搬到一起的，重新装修不太现实，涉及甲醛什么的，裴行妄也不会放心住进来。

裴行妄从身后将南嘉揽入怀中，脸上笑意斐然，透着点浪荡意味：“某个小姑娘不是走了嘛，我做得不够好，就想着找补，哪怕没机会了。”

他将自己能做到的全部都做了。

南嘉亲了亲他的喉结：“妄哥，你真好。”

她诚心诚意地感叹着，湖泊似的眸子颤了颤。

男人捏捏她的下巴，对她主动送上来的吻欲罢不能，将脸埋入她颈窝，回吻回去。

南嘉赶紧躲开了：“我还得去收拾房间呢。”

裴行妄还是默认留给她私人空间，也就是之前楼上的那个房间，南嘉得将一部分东西搬上去。

她伸手去拿行李箱，裴行妄单手插兜，懒洋洋地接了过去：“我帮你收拾。”

晚上，南嘉拿着手机胡乱看起来。

先是处理了一下工作内容，然后刷了几条小视频，觉得无味，又打开微博刷了一会儿。

裴行妄无意间看过来一眼，顿住了：“等一下。”

“什么？”

“你微博。”

“你那个微博……”男人微微皱着眉头，五官陷在昏暗之中，岁月没在他脸上留下任何痕迹，仍旧含着浓浓的英俊少年气。

南嘉陡然心口一颤，将手机送到他面前。

南嘉那个微博叫“妄哥的小迷妹”，这个微博曾经在裴行妄跌落谷底的时候不遗余力地帮助他。

可南嘉也没往心里去。

她想着，支持裴行妄的人那么多，他又怎么会记住这个平平无奇的小迷妹。

可裴行妄真的记住了。

他记住了那个每天说晚安，默默支持鼓励他的人。虽然不知道那头是谁，但是他感觉到对方一定是个温柔善良的好姑娘。

可他从未想过，那头就是他的小姑娘。

他们的爱是双向奔赴，哪怕曾经分崩离析，内心的碰撞却从未缺席过。爱意滔滔滚烫。原来，至死不渝，此生非你不可的爱情，他们早就经历过了。

手机掉落在地上。

没人去捡。

裴行妄更紧地将南嘉搂在怀中。他像个缺乏安全感的孩子，将头枕在南嘉的颈窝处，缓慢地牵动着嘴角，眼底的笑意荡漾开来："宝贝，我不知道是你，我以为你会恨我。"

南嘉享受着他的拥抱，暂时忘却了他刚才的禽兽行为，心软绵绵的，笑着说道："恨是一回事，那只是感情层面的东西，但是我永远相信裴行妄对唱歌的态度。"

他玩乐队的那些年，也是她最喜欢他的几年，他有多么不容易她是最清楚的。

"可能只有你愿意相信我了。"裴行妄叹了口气。

那是他人生中最糟糕的事情，"全网黑"，他从理智上觉得自己没错，可情感上却一遍一遍在心口鞭笞自己，总觉得漏掉了什么。

可有一个善良的小姑娘记着他的好，将他做过的好事，还有那些温柔的细节一个一个记录下来，放在一起，发到网上。

他看到的时候觉得惘然，原来，他曾经是那么好的人啊。小姑娘多发一点，他的自信就回来一点，后来，他跟她私信，说了"谢谢"。

"妄哥，你不用觉得不好意思，你看我的微博名你就知道了。"

她是最负责任的妄哥的小迷妹。

男人静默地盯着南嘉的脸，无边的沉重在心中坠落："嘉嘉，以后你这辈子都是我的了。"

裴行妄眉眼轮廓锋利，却也俊朗无双，看着她的眼神更加柔和。

"不会放你走了。"裴行妄引导着南嘉摸向自己的心口，昔日的浪子收起了吊儿郎当，一字一句，温柔缱绻，"不管你走到哪里，归乡永远是这里。"

八月份，全国高级别音乐盛典在安湖举行。

裴行妄被提名为年度最佳歌手，南嘉被提名最佳作词人。

其实说起来，南嘉还有点心虚。

她在国外得过一些奖，但是国外的评奖风格跟国内其实不太一样。她在国内毕竟是新手，这次能有机会提名，她也没指望真的得奖。

何况这次音乐盛典的颁奖也参考了多种因素，不光是从艺术性角度出发，也用商业角度衡量。

裴行妄专辑销量破了纪录，也直接将南嘉的知名度提升了。

两人已经公开了恋情，直接手挽手参加盛典。

从两人出现在现场的那一刻起，记者媒体的摄像机就没从他们身边移开过，谁不知道，二人是最为出名的情侣。

裴行妄穿一身黑色西装，英俊如神祇，唇边压着一抹笑。

而南嘉用白色礼服裙作陪，她颜值高，皮肤白，黑发散落在脖颈处，气场竟然也不输在场的明星。

“紧张吗？”裴行妄附耳在南嘉耳边悄悄说。

南嘉笑容张扬，她早就不是那个畏缩的小姑娘了，对着裴行妄撒娇般笑了笑：“不紧张呀。”

闪光灯频频闪动着，场外不少观众叫着他们的名字，南嘉笑着往外看，心绪渐渐宁静下来。

进了场馆内，才算是安静下来，二人的座席挨在一起，节目组基本将最好的位置留给他们了。

今天的盛典会进行直播，在场也全部都是明星，因此场馆内纪律很好。

主持人上了台，节目正式开始了，先颁发的都是一些普通的小奖项，不过主持人很会活跃气氛，不时说几句逗乐的话，因此时间过得很快。

“下面颁发的是最佳歌手奖！”主持人拿着话筒，穿着隆重的礼服裙，笑意斐然，“我们都知道这位歌手可以称为鬼才，年少成名，我就不卖关子啦！他就是——”

不等主持人开口，在场的观众、音乐人不约而同呼喊出一个名字：“裴行妄！”

这个结果在意料之内，掌声雷动，犹如排山倒海之势。

裴行妄挑眉笑了笑，跟南嘉拥抱之后，走上了领奖台。

男人微微鞠躬，接过那个小小的奖杯，简单发表了几句获奖感言，笑容如常，嚣张放肆。

主持人问：“裴老师，您年纪轻轻，音乐界所有的奖您基本都拿了一遍了，您有什么感想吗？”

裴行妄淡淡笑着：“其实拿奖我倒是觉得没什么。”

也只有裴行妄有资格这么狂妄了，却又丝毫不惹人讨厌。

“那么裴老师，您是不是有什么新的目标了呢？”主持人笑得揶揄。

裴行妄的视线定定地看着台下的南嘉，抿了抿唇：“是。”

见裴行妄微微颔首，男主持人叫住他：“裴老师，接下来这一幕，您得亲自见证！”

这一刻，南嘉捂住了嘴巴。

她大概能猜到接下来会发生什么了。

她觉得自己能被提名就已经非常幸运了，从未奢求过真的站在领奖台上。

毕竟她入行不久，许多前辈比她优秀很多都还没有得奖，她一个还未站稳脚跟的小新人算得了什么。

“下面我们颁发的是最佳作词人奖！也就是棟忘老师！”主持人嗓音洪亮，“掌声欢迎棟忘！”

南嘉在众人的欢呼声中站起身，款款走向了舞台。

棟忘这个名字在国内音乐圈一直很有名。大家只知道棟忘除了写歌词，还写过一本小说，不少“书粉”对那本书念念不忘，想让她回归继续创作，可棟忘公开说封笔了。

今天的颁奖典礼等于明晃晃告诉大家，裴行妄多年以来念念不忘的女人，就是棟忘!

那个跟裴行妄合作制作专辑的作词人，居然是嫂子！只愿意为裴行妄写歌词！！

天啊！！我之前只觉得嫂子是美女！！没想到还是才女啊！

一个歌手一个作词人也太配了！！

这神仙爱情太绝美了！！

我发现了一个重点，“棟忘”，恋慕裴行妄啊，嗑死了！！！好爱我们哥哥！！！

南嘉提着裙子脚步轻快地上台，裴行妄小跑过去，脸上的宠溺挡也挡不住，将女孩的手牢牢握在自己手中，喜悦的神情溢于言表。

他刚才领取自己的奖杯都没这么喜悦。

两人都是高颜值，经受得住高清摄像头的考验，一同上台，可谓赏心悦目。

弹幕飞速地滑动着，破了纪录一样的快。

还有不少路人，也因为二人的合作以及南嘉的笔名，宣布嗑到了。

主持人将小小的讲台交到南嘉手中。南嘉看了一眼站在旁边的裴行妄。男人表情懒散，明明暗暗的光影印在他脸上，衬得脸庞更加俊朗，还透着股淡淡的少年气。

南嘉突然有种想要落泪的冲动：“感谢节目组给我这个机会，非常谢谢能得到大家的认可。我会继续努力，创作出更加精彩的歌词，用生命去写作。”

语言简简单单，可她字字恳切。

裴行妄在旁边懒洋洋笑着开口：“就不谢谢我吗？”

台下观众哈哈大笑着，纷纷坐直了，等待着南嘉的反应。

主持人又调侃几句，两人手牵手正要下台，幕后大屏幕的声音吸引了南嘉。南嘉脚步顿住，往后一看，屏幕上竟然播放着视频——

一个全新的，与颁奖典礼毫无关系的视频。

视频内容清晰，开场是岩石路108号的西餐厅，依次往后，有安湖大学的校园和宿舍楼、有波士顿的剪影、有见证他们往事的酒吧……

裴行妄默默将他们的过往剪辑下来，也不知道这是什么时候准备的。

最后一幕，仍旧是岩石路108号的西餐厅，黄玫瑰迎风招展着，岁月静好。

视频播放完毕之后，南嘉转过身来，热泪盈满眼眶，也是这时候，她才注意到，裴行妄站在她身侧，手捧着一束红玫瑰，火红的玫瑰映照得男人更加英俊夺目。

“求婚求婚求婚！！！”

整个场馆沸腾起来，所有人都为他们欢呼。

复合的那一刻，南嘉发过誓，这辈子也不要放开裴行妄的手了。

“刚才主持老师问我，既然对拿奖无所谓，那我想要什么。”裴行妄缓缓勾唇笑，“我，裴行妄，中国歌手，渴望走向世界，心中有个中国女孩。”

男人身材笔挺修长，黑色西装让他多了几分郑重。

“我最想要的，是让我爱的女孩嫁给我。”

裴行妄嗓音微微低哑，这一刻，他对她俯首称臣。

南嘉这才意识到，为什么裴行妄之前参加任何活动也没有规规矩矩穿过西装，可今天偏偏要穿，原来，他早就有这个打算了，在最正经的场合穿最正经的衣服。

“南嘉，”裴行妄郑重而低沉地叫她的名字，喉结滚动着，漆黑的双眸只定格在她身上，神色温柔得像梦，“我的公主，你愿意永远成为我的公主吗？”

南嘉抱着火红的玫瑰，眼泪簌簌掉落下来。

裴行妄单膝跪地，手中是一枚精致的钻戒，璀璨夺目，熠熠生辉。

南嘉眉眼模糊成一片，感动弥漫着整个胸腔，好半晌，她嘴唇哆嗦着说了句：“我愿意。”

南嘉感觉到，其实裴行妄是有点紧张的，额头上有青筋鼓起来，也沁出了汗，声音也有轻微的不自然，天不怕地不怕的男人也会因为求婚而紧张。

可他明明知道，她绝对不会拒绝他。

南嘉舍不得拒绝裴行妄。

戒指被推到了她的无名指上，仿佛定下了她的一生，以爱之名。

南嘉想起很多年前，她还是那个痴痴恋慕着裴行妄的小姑娘，为他哭，为他喜，旁观着他的喜怒，曾经以为此生都没机会靠近他。

后来，他们相爱又相离。她以为他是狠心的那个，却不知晓，他早就将她放在了心尖。她成为他生命中最难忘的女人。

南嘉笑着笑着，眼泪滚落下来，她温柔妩媚，像绣球花。

这世间，爱最难忘——

你是我驰骋于蛮荒之地唯一的仰望与梦想。或许天意昭昭，让不愿放弃的人得了益处，有了信仰，永存爱意，清澈明朗。

爱之于我，曾经只是天时地利的迷信，可遇到你，我愿意虔诚跪地，一生只做你的信徒。

寻觅多年，你才是我的烟火人间。

你是否遇到过至死方休的爱情，如莽原烈火，沸腾燃烧?

我爱你，我的公主。

我的小姑娘。

Extra1. 星星掉马

年底，音乐峰会举行。

音乐峰会跟之前的音乐盛典有点不同。音乐盛典针对业界所有的音乐人，而此平台所举办的峰会仅仅是针对小众音乐，也就是说，像裴行妄这种“大佬”级别的音乐人不会竞争奖项。

那天南嘉收到经纪人的消息，说她被提名了但不知道能不能得奖。

她今年其实已经斩获了最具价值的奖项，对于新锐作词人来说，已经很优秀了，也不会对自己继续提出太高的要求，得奖与否也没那么重要了。

晚上，裴行妄接了个经纪人的电话，南嘉也没注意去听，只大概听到提到了“音乐峰会”几个字眼。

她随口说道：“不对呀，依照你的咖位，音乐峰会不会邀请你呀。”

裴行妄笑了笑，将她的一绺碎发带上去：“我是去颁奖。”

南嘉的心一跳：“那你同意了吗？”

其实南嘉有自己的私心，她希望裴行妄能够同意。这样，在自己获奖的时刻，还能有最喜欢的男人的见证。

可裴行妄的行程这么匆忙，当这种颁奖嘉宾其实没任何意义。

裴行妄往前走了一步，来到南嘉面前，笑容透着股慵懒气质：“我姑娘都要求了，还能不去？”

她什么时候要求了？

“你啊，”裴行妄淡淡笑着，顺手掐了把她的脸蛋，“小心思都写在脸上了。”

裴行妄顺便坐在一边，长腿敞着，落拓不羁。

南嘉这才说了实话：“我今天也刚接到电话，说是我被提名了，但是我不知道能不能获奖，你看看你行程忙不忙吧，我反正是要过去的，如果你行程不忙的话，咱俩就一起过去。”

裴行妄笑了声：“再忙也得挤时间啊。

“天大地大，嘉嘉最大。”

晚上，南嘉在房间创作，突然门被推开了。

是裴行妄。

男人站在门口，褪去了往日的散漫恣意，脸上漫起复杂的情绪，唇线紧抿，嗓音低沉动听："嘉嘉，过来。"

南嘉愣了一下，将耳机摘下来，趿拉着拖鞋跟裴行妄往书房的方向走。

本来她还以为裴行妄可能有什么新鲜东西给她看。到了书房，她直接愣住了，她看到了久违的东西——那罐藏在记忆中的星星。

那一年，她只是暂时寄居在裴行妄家中的小姑娘，他们尚且没有那么多纠缠和情意，还没成为红尘中被俗世牵绊的爱侣。

男人总是慵懒，恣意，漫不经心。

他像一阵风，是自由的，不会为任何人停留。

她卑微地守候在他身后，期待着什么时候能得到他一次回眸。

那一年，她给裴行妄准备了礼物——她亲手折的一千颗星星，每个里面都有一句她手写的祝福语，其中有一颗写着：我喜欢你。

可她心里又知道，裴行妄不会有那么好的耐心一颗一颗拆开看，她将情意藏到里面，也算是表白了。

少女爱而不得的心事终究要靠一种方式宣之于口，哪怕永远蒙尘，她也甘之如饴。

后来这礼物没送出去，南嘉就将星星塞到了自己房间的衣柜里，再后来搬离这里的时候，她曾经想过要带走，却终究没舍得。

这些星星代表着少女最诚挚的心意，专为一人而叠，她舍不得带走，就当是留作最后一点念想。

可这些年过去，她也不知道那些星星到哪里去了，她也忘记了这回事，没有特意寻找过。

她想，大概裴行妄压根就不知道那些星星是她留下的，他那么多追求者，女孩子总是浪漫一些，肯定送过他亲手叠的星星。

可能裴行妄就当成了别的女孩子的礼物，随便给丢弃了。

这些年她压根没问过，更没提过那些最难过的、爱而不得的过往，止于唇齿，掩于岁月。

可是此刻，南嘉看到裴行妄的书桌上放着一个硕大的透明的星星罐子，旁边散落了一桌子的星星，悉数展开了。

说实话，过去了太多年，她早就忘记了自己那些年到底写过什么祝福语。

只记得每一句都是她自己想的，没有摘抄网上的，也没胡乱跟风，每句话都出自自己的真心，还有那句囊括少女心意的"我喜欢你"。

坦诚的少女心意被剖白，展露在他面前。

冷风似乎从窗外灌了进来，树影婆娑。

南嘉的心动了动。

裴行妄上前一步，将其中一颗星星拿到南嘉面前。男人眼角赤红，嗓音低沉：“我一眼就看出，这是你高中时的字迹。”

南嘉没否认：“嗯。”

“这些……”裴行妄顿了一下，似乎用尽了力气才将这话说出口，“是你当年想要送给我的？”

“嗯。”

裴行妄皱皱眉，大脑在这一刻运转得很慢，缓了几秒钟，终于确定了一个答案：“你当年就喜欢我。”

——是啊，喜欢啊。

喜欢得快要疯掉了。

时至今日，南嘉的爱无法掩藏。

她仰起头，绽放一个大大的笑容，承认道：“是的，妄哥，我当年就喜欢你，比你知道的还要早很多年。”

“准确来说，那时候是暗恋，那本《像你的人》你看过很多次对不对？里头的女主角心境完全就是我的写照，那时候我以为我们这辈子都没有在一起的机会了。”

过往的点点滴滴在脑海中奔腾，南嘉闭了闭眼，有热泪盈眶而出。

她轻轻地走过去，将手搭在裴行妄的身上，笑容如常温软：“我们现在很幸福就好了呀，那些过去其实我都不怎么能记起来了。”

裴行妄将她圈在怀中，低下头：“我不知道，你居然这么爱我。”

他今天整理旧物发现了这一罐子星星，在记忆中搜寻半天也想不起来是谁送的，裴行妄对过去的事情从不执着，或许是老天主动送来一个机会。

在他马上要将罐子丢回橱柜的时候，不小心弄掉在地上。

罐子里的星星撒落一地，他一颗一颗捡起来，透过明亮的灯光，感觉到里头似乎有字。他随手拆了一颗，竟然发现笔迹如此熟悉。

或许比现在稚嫩一些，可只需一眼，他就知道这是南嘉的字迹。

直到看到让他破防的那四个字。

女孩的爱慕哪有没有端倪的？

他想了很久，狼狈不堪地跌坐在椅子上，才明白自己这些年终究错过了什么。

他本以为南嘉大一时的那句“妄哥，谈恋爱吗”也只是一时兴起，却从未考虑过，那是少女多年积攒爱慕的真实剖白。

那份爱并不浅薄，已经到了难以抵挡的程度。

“嘉嘉，怪我没发现你的心意，还跟别人谈恋爱。”

南嘉心底是不介意的，谁还能没个过去了？

“那时候我一心叛逆，一心反抗我爸，似乎只有谈很多恋爱，才能让他意识到他错得有多离谱。”裴行妄的手顺着她的长发，在指尖慢条斯理地缠绕，叹了口气，“可我从未想过，我的行为会伤害我这辈子最喜欢的女孩。”

“妄哥，不怪你啦，那时候我只是暗恋，你又不知道。”南嘉笑着，“我真的不觉得有什么好在意的，我现在已经拥有了最好的一切了，其他的都不重要。”

裴行妄将她深深揽着：“再抱会儿，成吗？”

“好啊。”

抱到地老天荒，我也愿意，是你就行。

音乐峰会这天，裴行妄与南嘉低调入场，主办人将二人的位置安排在了第一排中间的位置。

南嘉旁边是一个年轻的女作词人，叫周旭，比她年长一些，但是入圈年数比她还短，以一首《然我》迅速杀出歌曲界，成为最受瞩目的先锋词人。

华灯初上，天色已黑。

舞台上灯光效果都做好了，璀璨夺目，华丽无双。

周旭比南嘉要有天赋，南嘉那首成名曲之所以能红有个原因，是依托了自己的暗恋小说，所以能以最快的速度爆红，而她也抓紧时机，进入了作词界。

南嘉一落座，对周旭笑了笑，周旭开口：“我这里先恭喜你了。”

“周姐真是谦虚，花落谁家还不一定呢。”

周旭摇摇头：“你呀，太谦虚了。就等着吧，绝对是你。”

周旭又坐了一会儿，后台那边叫她有点事，她就走了。

裴行妄旁边的人还没到，两人的手始终牵在一起，无聊便聊起天来。

“妄哥，我本来没什么感觉的，现在又有点紧张了。万一不是我，是不是有点尴尬呢？”

裴行妄摸了摸她的头：“我也觉得是你。”

“大话不要说那么早呀。”

裴行妄虽然是今晚的颁奖人，可他也不知道南嘉到底有没有获奖。

“那如果得不了奖，你不许笑话我。”想起这么多人对自己都有期待，万一压根就得不了，南嘉想到这个就有点崩溃。

距离颁奖开始的时间越近，南嘉的心就越紧张。

裴行妄的大手伸过来，摸了下她的脑袋，难得笑得温柔：“可在我这里，你已经把最难的奖都得了一个遍了。

“如果获奖的话，我就亲你。”

南嘉昂起头：“那如果不获奖呢？”

“我也要亲你。”裴行妄笑着勾勾她的鼻尖，“嘉嘉会一次比一次做得更好。”

他们没注意到，这次活动是直播形式，摄像头早就无声无息地将他们的小互动播出去了。场馆内嘈杂，虽然听不清楚二人的对话，可他们举手投足之间的恩爱挡也挡不住。

二人都没看手机，此时公屏上，观众刷得更带劲。

晚上七点整，音乐峰会正式开始了。

主持人穿着华美的礼服，总结概括了一下年度音乐风云人物，以及具有突出影响力的歌手，概括之后，就到了大家都期待的颁奖环节。

南嘉被提名的奖是最受欢迎作词人。

这个奖项不是压轴级的，在中间就开始颁布了。

“下面颁发的是新锐歌手，接下来有请鬼才歌手裴行妄上场进行颁奖！”

裴行妄起身理了理西装，淡然起身，上台颁奖。

获奖的歌手上台领奖，激动地从裴行妄手中接过奖杯，裴行妄脸上挂着淡淡的笑容。

另外一名主持人说：“姜老师，您如今获得这个奖，有什么话想说吗？”

姜艾非常年轻，才二十出头，是一个人气乐队的主唱，刚刚签约了公司，还没正式入圈。估计也是第一次参加这样大场合的活动，姜艾脸上的肉跳了跳，无端有几分紧张。

他看着裴行妄，看了几秒钟，深吸一口气：“我想说，裴老师是我的偶像！”

此话一出，全场哗然。

裴行妄是很多人的偶像没错，他在音乐界的地位属于无人能超越的那种。大家私底下也清楚，未来十年乐坛不会有比他影响力更深的歌手了。

也有很多小歌手直接在微博上隔空表白裴行妄。

可在获奖现场，这么大胆地表白的还是第一次。

姜艾的眼神浮现出无法掩饰的炽热：“裴老师，您可能不知道，您对音乐的态度影响了很多人。我当年就经常去酒吧看您的演出，也是那时候，我才决心成为一名歌手，很感谢您，谢谢您。”

姜艾深深鞠了一躬。

他对裴行妄的感激溢于言表。

两人男人相互拥抱着，裴行妄笑了笑：“也祝你一切顺利。”

颁发完新锐歌手奖之后，颁发的是最受欢迎作词人奖。

“接下来颁发的奖项是最受欢迎作词人奖，还是由我们裴老师进行颁奖！”

主持人将一张卡片交到裴行妄手中，那张红红的卡片在全国观众面前，也在南嘉面前展开。

南嘉的心仿佛被人紧紧攥住了。

她很想飞奔到裴行妄面前，想看看那卡片里究竟写的什么。

越来越紧张了。

裴行妄的嘴角轻轻地牵了一下。

南嘉的心彻底放下了，整个人卸了力，像是躺在了云端上。

裴行妄低沉动听的嗓音缓缓入耳：“最受欢迎作词人，棟忘老师。”

南嘉起身鞠躬，提着裙摆走向讲台。

她从裴行妄的手中接过奖杯，男人的指腹若有似无在她手上蹭了一下，嘴角的笑容也没褪下，是掩饰不住的温柔宠溺。

公屏的观众看到这一幕，激动坏了。

啊啊啊，太美了，我嗑的CP又合体啦！！

裴老师和棟忘老师让我相信爱情了，最佳歌手和最佳作词人给我锁死！！

“棟忘老师，您有没有什么想说的话呢？”

南嘉接过主持人的话筒。

她散着长发，眉眼干净，嘴唇涂着一层亮晶晶的唇釉，像是诱人采撷的草莓糖。

南嘉很漂亮，气质干净单纯，像是最新鲜的百合花。

她在镜头面前深深鞠了一躬，脖颈修长，宛若秀美的白天鹅，因为兴奋的原因，南嘉眼角微微上翘，将那份令人心惊的美丽渲染得更加勾人心魄。

“我在年少时喜欢上了一个骄傲耀眼的少年，想要更优秀一点，才能站得更高，变成与他匹配的存在。”

“我曾经以为很难很难，”南嘉捧着小小的奖杯，仔细看眼底有泪光浮现，“可我后来做到了，我与我爱的少年越来越近，越来越优秀。”

简简单单的两句话，其实却推心置腹。

她在全国观众面前承认了，她喜欢裴行妄很多很多年了。

主持人调侃：“裴老师，您女朋友对您进行了深情告白，您有什么想说的吗？”

裴行妄掀眸看了一眼南嘉，眼神很柔和，柔和得都不像狂妄嚣张的他了。

男人拿着话筒，勾唇笑了笑，眸子依然定格在南嘉身上。

他的嗓音低醇落拓：“我爱的女孩是光，我愿意向光而行。”

本来裴行妄的嗓音属于有点低沉又微微透着疏离的感觉，仔细品鉴会觉得他玩世不恭。

可此刻，男人眼中充满缱绻情意，爱情使浪子回头变温柔。

多么美好的爱情！！！

你把我当成光，我也把你当成光，互相欣赏，共同进步，这才是最美好的爱情啊。

下台时，裴行妄始终紧紧牵着南嘉的手，一步一步走下台阶，还躬身帮她提裙，温柔与细节做到极致。

这次音乐峰会本来就是娱乐圈的热点内容，更别提加上裴行妄与南嘉的互动了。颁奖结束后，关于其他嘉宾的讨论量几乎为零，全网都在讨论裴行妄和南嘉。

网上截了很多图，一张一张寻找两人相爱的证据，整理好发到“超话”。

到最后，大家都不整理了，因为随手截的图都饱含着满满的爱意。

颁奖结束后，南嘉办了点事，所以晚走了一会儿。裴行妄提前去开车，在门口等她。

就这么一会儿的工夫，南嘉遇到了另外一个年轻作曲家，叫秦力。南嘉平时作词也作曲，这人也是，之前一起参加过活动，不过南嘉不是那种特别喜欢交际的性格，没和秦力有太多交流。

“南嘉，你好啊，”秦力笑得很和善，“恭喜你今天得奖了。”

南嘉客气地笑了笑：“谢谢你啊。”

“那个，我最近有点曲子方面的疑惑，可以指教一下吗？”

秦力在圈内实力并不差，比南嘉入圈还早。南嘉不觉得自己能有帮到他的地方，便推托道：“谈不上指教，我可能也帮不到你什么。”

秦力很执着：“就加个微信好友呗，有事情可以共同讨论，我很喜欢你的歌词风格。我写歌词水平不太好，如果有机会，参加培训活动什么的，我们可以一起去。”

看他态度也挺坦诚，而且南嘉在圈内也不想得罪别人，到现在她也没听过秦力有什么黑料，便从包里拿出来手机，打开微信页面。

添加成功后，秦力又发出了邀约：“你现在有时间吗？我想请你吃个饭。”

吃饭肯定没时间啊，这么晚了，裴行妄还在等自己。

——糟了，南嘉的心跳了跳。

正在这时，裴行妄的车灯闪了闪。南嘉总觉得这车灯似乎闪得不太对劲，赶紧跟秦力说：“我先走啦，我男朋友还在等我，有事情下次有机会见面聊吧。”

言外之意就是：微信上也不要找我，我男朋友会吃醋。

告别秦力之后，南嘉走下台阶，还没走到车前，裴行妄已经下了车。

寒冷的夜风吹拂着，裴行妄蹙眉将外套脱下来，强硬地帮她披上。

男人将她拉到了隔壁的楼梯间。

寒星闪烁着，没有光芒穿透，彼此的面容在夜色中看不清晰。

裴行妄低头亲在她脖子上。

她不清楚，裴行妄为什么会这么突然拉她到楼梯间腻腻歪歪地亲吻。

“妄哥……”

南嘉的下巴被钳起来，裴行妄的吻带着十足的侵占意味，男性气息扑面而来。他凑过去，封住了她的唇。

小姑娘的嘴唇甘软、清甜，裴行妄轻轻舔舐着，让南嘉的全身像是着了火，他吻得霸道，却又耐心十足，也不知道裴行妄是如何将这两点结合起来的。

男人与生俱来的霸道气息令她心惊。

他真的会吃醋。

他不喜欢看到她对着别的男人那样开怀地笑。

裴行妄肆意扫荡着南嘉的口腔，每一处掠过卷着说不出道不明的霸道。也不仅仅是亲吻，男人的手也没老实过。

男人亲了她很久很久，时间仿佛都停滞不前，广袤宇宙只剩下在深夜中接吻的二人。

到最后，当这个绵长的吻停下，南嘉竟然有点分不清今夕是何年。

裴行妄紧紧地抱着她，似乎就没打算松开手。男人亲吻着她的鼻尖，而后埋头在她颈侧，黑眸深处有难忍的情绪和翻滚的欲望：“宝宝，我们结婚吧。”

Extra 2 结婚小记

领证可不是一件随随便便的事情。

也多亏了某秦姓作词人，导致那一秒钟，南嘉内心有了稍稍的亏欠，便同意了裴行妄结婚的要求。

从那之后，裴行妄进入了巅峰状态。

朋友们聚集在 Freedom。

裴行妄专门将戒指戴在手上，得意扬扬地摩挲着。可大家各玩各的，讨论讨论工作，也讨论生活，就是没人问裴行妄这个神经病的举动是为什么。

到后来，裴行妄都不掩饰了，干脆清了清嗓子："我要领证了。"

他将南嘉搂在怀中，神情恣意，南嘉轻轻蹭了蹭他的手臂，想将他推远一点，不料男人将她越抱越紧："都听到了吗？"

沈念余插科打诨地笑："听到了。"

江万涛凑热闹："恭喜妄哥啊！"

听江万涛这话似乎也没问题，中规中矩的恭喜嘛，可偏偏江万涛故意用那种平淡到极致的语气说出来。原本江万涛这人讲话格外有情绪，看着就活力满满，偏偏这种时候装深沉，不就是故意演给裴行妄看的吗?

裴行妄果真不满，冷哼一声："我这人生大事解决了，你们就这态度？"

包厢内陷入一阵长久的沉默。

江万涛好歹给面子，笑了声："我这都结婚好多年了，反正吧，进入婚姻有好有坏，妄哥妻管严的，多多保重。"

沈念余说："我结婚半年多，感觉不错。"

"妄哥，你是咱兄弟仨里最晚结婚的，咱也不懂你骄傲个啥劲，也不是我说，就你这臭脾气，也就咱们嘉嘉愿意跟你，是吧，嘉嘉？"

南嘉刚要点头，裴行妄瞪了沈念余一眼："嘉嘉也是你能叫的？"

沈念余又拍了拍南嘉的肩膀，语重心长道："妄哥这够能吃醋的啊。"

南嘉嘴角抽了抽。

还真没见过比裴行妄更爱吃醋的，这次决定结婚的催化剂也是因为秦力。

过了会儿，沈念余又说道："结了婚啊，媳妇儿老爱查岗，成天问我干什么。妄哥，结了婚可真没自由了，你得好好想想。"

今天许唯一不在，江万涛的老婆也不在，就裴行妄这个宠爱女朋友狂魔看着南嘉今天没事干，说什么都得把南嘉拉来。也是因为许唯一不在，江万涛才敢多说几句。

裴行妄轻嗤：“我可就等这一天了。”

男人低下头看南嘉：“你会查岗吗？”

南嘉点头哄他开心：“会的吧。”

南嘉自己的生活足够丰富，不会将爱情视作生活中的重心。而且，两个人真心相爱了，有什么必要查来查去的。

沈念余继续说：“结婚了之后，我才发现我媳妇儿这么懒，袜子也不洗，都堆在一起等着我。”

“这不是应该的吗？”裴行妄淡淡道。

沈念余白了裴行妄一眼，没好气地说道：“你也知道，我当年可是十指不沾阳春水，啥活都不干，现在都成了居家型男人了。”

许唯一在家就是抱着西瓜追剧，抱着薯片看综艺，时不时喊他一句：“老公，给我倒杯饮料。”

沈念余屁颠屁颠地干，最开始他什么家务也不会做，什么饭也不会做，到现在系上围裙，洗手做羹汤，伏低做小。

也不过是经历了一个结婚的步骤。

裴行妄懒散低沉的嗓音传来：“居家型男人啊，确实还挺崩溃。”

沈念余泪眼涟涟，说罢要与裴行妄握个手。

这才听到裴行妄的后半句话慢条斯理地传来：“我早就是了。”

南嘉忍不住弯起嘴角。

“话说妄哥，你这么居家，这场婚姻你图啥呀？”

裴行妄为南嘉改变的这些，瞒不过任何人，大家都了解他究竟有多么深爱。

裴行妄倾身凑近南嘉，温热的呼吸打在她颈侧。南嘉觉得酥酥麻麻的，一阵阵轻微地战栗。男人的嗓音中透着点漫不经心：“就图我姑娘这个人。”

决定了领证，就不会再轻易更改。

两人将日期定在三月一日。

为什么是三月一日呢？

这个日期是裴行妄定的，南嘉问过裴行妄这个问题。

裴行妄心情格外愉快，笑了声：“我自然是想过年那天，毕竟新年新希望，可惜人家不上班，那么我想着就找个新的一月的第一天吧，凡事都有个好兆头。”

领个证罢了，还挺有讲究。

距离选择好的日期还剩一段时间，南嘉决定去做一件事情。

她回家见了南母。

这次南嘉回去，没告诉裴行妄。

在一起这么久以来，都是裴行妄在默默付出，她也想为裴行妄做点什么。

那么这次，趁着裴行妄忙工作，就不能让他再忙活了。

“妈妈。”南嘉坐下来跟南母聊了很久的天，聊工作，聊生活，就连家里的阿姨也坐过来陪着她们一起聊。

其实南嘉和南母看似缓和了关系，可中间毕竟空格了五年，再加上南嘉的青春期一直被南母变态的控制欲控制着，也造成了南嘉和裴行妄分手，要说没一点感觉是不可能的。

但是其他方面，南嘉都不怎么在乎了，只要涉及裴行妄，南嘉就会格外紧张。

傍晚，日头西斜。

今天南嘉回来了，南母说什么都得露一手，到厨房里忙活去了。

南嘉搭把手想要洗菜，南母接了过去：“嘉嘉，别干啦，这些活让妈妈来做。”

“我也想帮帮忙啦。”

“你去坐着看会儿电视，你这天天的光待在电脑旁边，都这么辛苦了，妈妈哪里还忍心让你干活啊。

“去去去，电视柜里很多零食呢，都是阿姨和我专心为你挑的，快看看有没有你喜欢的。”

南嘉拉开电视柜的抽屉，果真看到了一堆零食。

这么多的零食，居然都是她小时候爱吃的口味。

很多包装袋都带有旧时的回忆了。

老旧，不时尚，可还是有那么多厂子靠着情怀与微薄的利润存留下来，令人感慨。

南嘉越看越不对劲。

居然有麻辣烫牛板筋。

这款小零食属于标准的垃圾食品。南母最讨厌这种垃圾食品，以前从来不让南嘉吃。

南嘉也是乖孩子，从来不靠近，可她毕竟只是个孩子，心动不已。南父相比南母就大方多了，时常偷偷塞给她零花钱。

南嘉也不怎么敢买，生怕同学告状。

有一次，同学分享给她一种辣条小零食，她吃了一口就沉沦了，简直太好吃了，这么多年都没吃过这么好吃的辣条。

南嘉记住了那款辣条的名字：麻辣烫牛板筋。

后来有天中午，她小心翼翼地买了一包，躲在小树林里面，才刚刚吃了一口，就被人从身后提起领子。

南母在她面前格外高大，南嘉吓得心都快跳出来了。

南母只是瞪着她。瞪了一会儿，也没有多余的动作，强硬地夺走了那份牛板筋，丢到了垃圾桶里。

其实南嘉宁愿南母打她，宁愿南母骂她，南母这人要面子，除非逼急了，在马路上干不出来这种事情。

南母的那个眼神她记了很久。

南嘉泪眼模糊，这辈子都忘记不了那个场景——那包好吃的香辣牛板筋和发烂发臭的垃圾搅和在一起，发出难闻的味道。

她想不到，原来南母居然记着那包牛板筋，还给她买回来了。

她原以为，南母丢东西的时候，是没看清辣条的名称的。

南嘉拿起一包牛板筋，拆开来，将长长的辣条放到嘴里，咀嚼着，很慢地咀嚼着，心跳得很快很快。

南母也忙活完，走了出来。看到南嘉的神色，她叹了口气，在南嘉面前坐下了。

“要不是你大学跟妈妈彻底闹开，妈妈都不知道对你的人生造成那么大的影响。”南母嗓音很悠长，“后来，妈妈一直在思考，也可能是因为人老了，我总是梦到你小时候的事情。我们嘉嘉多么可爱漂亮的孩子，我却那样逼你，害你不能像正常的孩子那样拥有快乐的童年。”

“前几天你阿姨去超市买菜，我也无聊跟着过去了，看到超市开通了一块怀旧零食区域，我就看到了这个。”南母低下头，白头发露出来很多，“对不起啊，嘉嘉……妈妈真的……”

南母几乎哽咽。

南嘉伸手搂住南母，突然也心软了：“妈妈，我想跟妄哥领证，可以吗？”

南母笑了笑，摸了摸她的头：“你这个傻孩子，原来你今天就是想说这个啊。”

“您看出来了？”

“毕竟是我养了二十多年的孩子，你眼睛里有事情，妈妈一眼就能看出来的。之前那些年是妈妈亏欠你，以后你想做什么就做吧，跟不跟妈妈说，妈妈都会支持你。”

“而且，路遥知马力，日久见人心。那孩子的人品我也看明白了，是可以托付终身之人。之前他已经表明过态度了，妈妈选择相信他，你们就放心在一起吧。”

彻底告知了母亲，南嘉放下心，找了个机会将这件事情一带而过告诉了裴行妄。

两人打算在三月一日这天领证。

然而不幸的是，这天天降暴雨。南嘉偶尔也会迷信，总觉得不太吉利，想着推迟一个月，可裴行妄不同意：“等暴雨过去就领证。”

“你不是想选个好日子吗？”

裴行妄不要脸地笑了声："跟你在一起，哪天都是好日子。"

"怎么之前不这么说？现在又等不及了啊。"

不过既然得到了南母的认可，再加上裴行妄又心急，南嘉也就答应了，等暴风雨过去就领证。

南嘉约好了一家影楼，买好了两件同款的白衬衫，穿白衬衫总不会出错，未来多少年都不会过时。

这天，南嘉简单地化了点妆，妆造师见了她之后："您很漂亮呀，我感觉弄了妆容之后会削弱您五官的优势。"

南嘉最开始还以为人家客套几句，她依旧坚持，可妆造师还没放弃，说什么都让她把这个化妆的部分费用退掉。

裴行妄更不需要化妆了。

两人拍照也格外顺利，图片也没怎么修。

南嘉突然就笑了。这家影楼距离民政局特别近。两人拿着照片就过去了，户口本、身份证，还有照片，都在裴行妄那边放着。

领证的步骤很简单。今天人不多，排队几分钟就到他们了。

工作人员先是审核了一下证件的真实性，简单地问了一下个人资料，然后发给他们一人一张表格。

二人相视一笑，将表格填好。

不知道是不是太紧张的缘故，南嘉写着写着，卡了一下，把自己的身份证号码忘记了。

裴行妄接过她的那页，帮她写了下来。

填完表格，二人到登记处登记。南嘉看着那台小小的机器在结婚证上打上钢印，上面闪现着两人的名字还有照片，心中莫名充满神圣的感觉。

他们要成为真正意义上的夫妻了。

最后还有一项婚姻宣誓，工作人员说："接下来还要请你们宣誓哦，领取一下宣誓词，跟我过来。"

裴行妄牵着南嘉的手，站在那个方方正正的台子上。

身后是庄重的五星红旗，两人的嗓音重叠在一起，掷地有声："我们自愿结为夫妻，从今天开始，我们将共同肩负起婚姻赋予我们的责任和义务：上孝父母，下教子女，互敬互爱，互信互勉，互谅互让，相濡以沫，钟爱一生。"

"宣誓人：裴行妄。"

"宣誓人：南嘉。"

他们都读得很慢很慢，读完之后，南嘉才注意到男人眸底的深邃多情。

裴行妄再次牵起南嘉的手，往外面走。

天气晴朗，万物复苏。

生机勃勃的好时节。

他们完成了最重要也最庄严的事情，将人生掀开了新的一章。

回去的路上，裴行妄将自己的红本本宝贝一样收了起来，回到家还特别擦了擦手，看了又看，最后依依不舍地塞到了自己的包里。

“你装包里干什么？”

“回顾自己的身份。”裴行妄依旧笑得痞气恣意，“从此我就是南嘉的丈夫，堂堂正正的身份，也是我这辈子最骄傲的身份。”

——或许从前有人觉得，他该为自己是首屈一指的商人裴博文的儿子而骄傲，再后来，他可以为了自己的音乐建树而骄傲。登顶华语乐坛，再到进军世界乐坛，他完成了很多音乐人做梦都想不到的事情。

可裴行妄性子淡，从未骄傲过。

直到这一天，他获得了新的身份。

南嘉的丈夫。

Extra3. 夫妻综艺

南嘉晚上突然想起正经事："对了，我今天去公司，碰到《夫妻日记》的编导老师了。"

裴行妄正色道："居然找你了？"

"人家想邀请我们参加个节目罢了，你怎么就直接推掉了呀？"南嘉稍微有点不解，又露出小小的雀跃，"我看片酬给得还挺高的呢。妄哥，你有时间参与吗？要不要再考一下？"

裴行妄问："你想参加？"

南嘉被问住了，过了三秒才说："其实本来也不是特别想参加的，但是我今天晚上想了想，参加这种节目还是有必要的。我跟你不一样，舞台上记录下了你光辉的年轻岁月，你的声音、你的模样都被大家记住了，我似乎留不下来什么东西。"

"而且我们如今感情很好，圈内的人都夸我们。如果我们能给"粉丝"一个正向激励作用的话，岂不是很好？还有一点，你想，我们老了也可以看看我们年轻的日子，到时候子孙满堂，我们手挽手，还可以给孩子们说一说我们年轻时的故事，我觉得还是蛮有意思的。"

裴行妄眼神渐渐憧憬："嗯，我们参加。"

其实南嘉也只是将自己的内心想法说了出来。也是当她说出来之后，她才发现，自己其实是倾向于参加这次活动的。

裴行妄这么一答应，她反而惊讶了："啊，妄哥，你不是不想参加吗？"

"我媳妇儿都心动了，我还能不同意？"

等到第二天裴行妄回了家，南嘉还是好奇裴行妄突然同意的原因："我不懂啊，我记得当时你想着法在观众面前秀恩爱，想尽办法官宣。怎么如今在一起了，反而直接拒绝参加综艺了？"

依照裴行妄之前高调的性格来看，肯定是愿意参加综艺的。

可现在这件事都没告诉南嘉，从他那边就推掉了。要不是那个编导比较执拗，来南嘉的公司见她，都没这次综艺的事了。

裴行妄弯了弯嘴角："当初是为了宣示主权，告诉大家别惦记我老婆。"

"现在娶到手了，我还会在意别的？"

男人揉了揉她的长发。

“不过你喜欢的事情我都会依着你。”裴行妄将南嘉抱在自己腿上，低头吻上她的唇。

之后二人就一起签了合同。

综艺开拍之前，剧组将三对夫妻聚在一起，开了个简单的会议。

这一季节目一共三对夫妻，两对明星夫妻，一对素人夫妻。

其实也不是完全的素人，是短视频平台上一对以恩爱著名的情侣，他们叫林洲洲和沈岸，刚刚领了证，高调官宣，还买了微博热搜，也因为如此，不少人开始关注起他们。

另外一对明星夫妻都是演员，男方叫徐烈，女方叫陈棉，都在三十岁以下。南嘉之前参加一次典礼遇到过陈棉，跟陈棉简单打了个招呼。

素人夫妻比两对明星夫妻显得激动很多。

“接下来我说一下这个节目的流程吧，有可能你们看过节目了，知道最基本的，但是我还是说一下。我们这个节目会采取视频剪辑的方式，到时候剪辑好了播出。”

“我们这边会安排一栋别墅，让三对老师都来别墅里生活，为期一周。任何时候，摄像头都是开着的，所以你们是没有隐私的，但是如果有特殊需要，你们直接关掉摄像头就可以，我们这边都会理解的。”

林洲洲率先提问：“就是我们吃饭睡觉都会被拍吗？”

“是这样。”

“啊，可是，有时候我状态不太好，不太漂亮，这样的话也会拍到播出吗？”

编导老师有点一言难尽：“啊，确实会呢，所以希望老师您提前打扮好。”

“可是素颜的模样真的很丑，那我每天都去卫生间化好妆，在镜头面前保证美美的吧。”

“如果我们争吵呢？这样的话，会剪掉争吵的片段吗？”

沈岸明显不太乐意了，他疯狂给林洲洲使眼色，可惜林洲洲看不到。

编导老师说：“林老师，我们想要呈现给观众的是夫妻相处的自然状态，不管是吵架还是日常，都会正常录制的。还是希望您克服一下，不要在意这些东西。”

林洲洲“啊”了一声，有些犹豫。

沈岸说道：“洲洲，你要再这么多事，我们干脆就不拍了，违约金我来出。”

林洲洲见沈岸不给她留面子，站了起来：“沈岸，你干什么？你就是压根不想拍呗。当初我也是求了你很久你才勉强答应的。你看吧，遇到点事情就开始打退堂鼓了，你是不是就等着我说不拍？”

她双手叉腰，一点也不含糊：“我必然拍，哪怕拍我们吵架我也拍，反正合同已经签完了，你就得陪着我在这里。”

两人这么一段对话，将几个编导老师也尴尬得不行。

最后，又介绍了一些注意事项后，编导老师问：“陈老师，徐老师，你们还有问题吗？”

“没问题了。”

“裴老师和南老师呢？”

裴行妄先看向南嘉，笑意温柔：“你有问题吗？”

南嘉摇头：“我没问题。”

“媳妇儿没问题，那我也没问题。”

会议就此结束。

刚才林洲洲和沈岸算是小吵了一架，后来编导老师勉强劝了几句，两个人才没继续争斗下去。编导老师又问起其他问题。两人也是商量着来，看起来并没什么太大的问题了。

可这下会议结束，两人走路一前一后，沈岸压根没等着林洲洲。林洲洲咬着牙在背后叫了一声沈岸的名字，沈岸没回头，林洲洲彻底绝望。

三对情侣拎包入住别墅，节目正式开拍。

第一天拍摄，南嘉始终觉得有个摄像头，浑身都不舒服，总觉得有双眼睛无时无刻都在盯着自己，说什么都不像自己了，格外别扭。裴行妄如常自在，还漫不经心地开导她。

等到第二天，南嘉就习惯了节奏，跟另外两对嘉宾相处得也非常愉快。一周时间很快就过去了，结束的那天，南嘉恋恋不舍地收拾了行李。

节目播出之前，先剪辑了先导预告片。

这次《夫妻日记》跟之前不太一样，花了很多钱来营销，其实不花钱营销效果也差不多，毕竟这次有超人气偶像裴行妄的加盟。

先导片剪辑了一些视频，南嘉也兴奋地看了两遍先导片。

微博广场上评论刷新很快，目不暇接。

裴老师也太帅了啊啊啊，可以靠脸为什么还偏偏那么有实力？！

爱死裴老师了啊！！我愿意为了裴老师少活二十年。

你们不觉得南嘉小姐姐也很漂亮吗？之前看颁奖典礼就觉得她绝美，长相，是很抗老的那种，真的爱了爱了。

经过这个预告片，我才知道明星跟素人的区别，林洲洲自己直播的时候那么美，都称之为天仙颜值了，原来上了电视也不过如此，鼻子好塌啊，真的不太好看呢。

棟忘老师也算是素人啊，跟林洲洲站一起，真的高下立见，差距太大了。

虽然全部都在夸南嘉，可南嘉看到那些顺便踩林洲洲的，还是不太开心。

林洲洲人品很好，这几天相处真的很愉快。她那么想红，很珍惜这次机会，可是网友对她似乎不够友好。

裴行妄看出南嘉的情绪不太对劲，手臂环住她的腰：“不开心？”

“真是什么都瞒不住你。”

裴行妄皱皱眉，简单看了几眼手机：“因为林洲洲的事情不太开心？”

“嗯。”

男人笑得温和：“我宝贝就是那么善良。”

“你不必为她担心这些，以后的路上，遇到的恶意和流言只会更多。谁拥有最强大的心脏，谁就能走到最后。”

“也是，洲洲的心也大。刚才她还兴冲冲给我分享这个视频呢，那些评论她肯定也看到了。”

裴行妄勾唇笑了笑：“你或许不知道，对她来说，没有讨论度才是最大的失败，因为就名气来说，她的名气远远不及你和陈棉。可网上目前关于她的讨论度并不低，所以她现在并不会非常难过。”

南嘉垂下头：“可如果是我的话，看到网上对我的长相评头论足，还是会伤心的。”

“没关系，”裴行妄将她的身体扳正，又让她的头靠在自己肩头，低沉的嗓音慢悠悠地灌到她的心底，“你有我，什么都不用怕。”

南嘉最期待的还是第一期节目的播出。

因为节目的开始有个小小的彩蛋，是编导老师将每个嘉宾叫进一个单独的小房间进行的一段简单采访。

问到了一些比较隐私的话题，南嘉特别好奇裴行妄是怎么回答的，可录制的时候，裴行妄死活不说他到底回答了什么。

直到今天节目播出，这个问题才揭晓。

节目播出，南嘉非常想穿越到电视机里面，拉动进度条。

节目组将南嘉和裴行妄的采访放到了最后。

“裴老师，我们想问您几个问题可以吗？”

裴行妄坐姿散漫：“随意。”

“您出生以来，遇到的不幸的事情是什么？”

裴行妄略微思考了几秒：“当年跟我太太分手。”

这还是南嘉第一次从他口中听到“太太”这个词，如温柔的春雨浇灌心底，莫名有种心田被洗润的感觉，软绵绵的。

“那您遇到的最幸运的事情呢？”

“从喜欢我太太之后，似乎所有的事情都变好了。”

“您如果跟您太太产生了分歧，那么一般都是谁先低头呢？”

“这还用说吗？”裴行妄笑了，“我太太永远不需要向任何人低头。”

“您可以说说你们之间最近有什么好玩的事情发生吗？”

裴行妄思考了十秒钟，突然又笑了：“上个月，我跟我太太去寺庙祈福，当时她求到了两串红手串，我平时不太愿意戴这东西，但我看到她满脸雀跃兴奋的模样，我就想着，戴上吧，只要能哄她开心，做什么都好。”

男人低笑一声，似乎自己也觉得有趣。

到了最后一个问题。

“裴老师，您有什么想对自己太太说的吗？”

南嘉的心突然跳得很快，她很期待裴行妄接下来的话，呼吸不自觉加重，脸颊热热的。

男人抿了口水，修长的手指在杯壁上摸索，轻缓地笑了：“我想说，你是我这辈子最重要的命题，裴行妄一生都为你着迷。”

“我爱你，一直爱你。”

“我的小姑娘，你只管向前走，我在你身后，为你兜着一切。”

他很少讲情话，此刻却面对着摄像头，将心里话说给她听。

这次综艺总共拍摄了一周时间，发生了很多好玩的事情，剪辑出了六期。

其中有一期，裴行妄和南嘉晚上回了房间，看了会儿综艺，里面在播放嘉宾们谈论想要的生活。

看完后南嘉坐在书桌旁写了会儿东西，裴行妄用电脑也处理了些文件，之后，男人转过身，眼神平静：“嘉嘉，你想要什么样的生活？”

过去两个小时了，想不到裴行妄还在思考这个。

“都可以吧。”

南嘉倒是从没思考过具体怎样的生活，她一直都觉得自己比较随性，以前只想着能多一点自由，摆脱南母的掌控，后来真正摆脱了之后，就没其他的要求了。

反正一直以来都挺快乐的。

裴行妄挑了挑眉梢，突然说：“我想给你最快乐的生活。”

“可是我现在就很快乐了呀。”

裴行妄凑过去，勾了勾她的鼻尖：“想让你不受任何委屈，想工作就工作，不想工作就闲着，玩一天甚至玩很多年都没关系，让你不为任何事情烦恼，不为任何事情皱眉头。”

想工作就工作，不想工作就闲着——南嘉勉强能做到。

她写东西收益很高，在经济方面未来也不会出现问题。

但是人活在世界上，总归是喜忧参半，不可能永远快乐。

“妄哥，你这样太理想化了，哪有人活着完全不难过的啊？我小时候就听过一个说法，人来到这个世界是受苦的，相比起很多人来说，我受的苦已经很少了，所以我都不抱怨的。”

裴行妄低眸吻了吻她的唇："那我也想让你更快乐一些。"

于是，绵长又温柔的吻落下来。

南嘉没想过，这段接吻居然没被剪辑掉。

网上关于这一段的评论也非常多，基本上每一秒都能刷新出新内容。

太欲了，呜呜呜。

裴老师太会亲了，裴老师吻技杀我！！！

呜呜呜，又是羡慕别人甜甜爱情的一天呢。

南嘉看这一段已经很羞耻了，可是让她更羞耻的还在后面。

这一晚，南嘉洗完澡，在浴室内换好了衣服，也将头发吹干了。她脚上涂着鲜红的指甲油，穿着一双纯白的拖鞋，刚出浴室门，脚指头还不好意思地缩了缩。

裴行妄摩挲着手中的杯子，嘴角含着笑，眼神逐渐揶揄起来。

他将杯子放下，突然站起来，将窗帘拉上，关了灯，只余下一盏并不怎么亮的台灯闪耀着，将房间内的气氛烘托得更加旖旎。

南嘉走到他面前："该你去洗了。"

裴行妄摸摸她半干的长发，皱皱眉："头发怎么还没吹干？现在天气冷，不怕感冒吗？"

南嘉尴尬地笑了笑。

刚才她还特意吹干头发，自己摸了摸几乎已经干了，怎么这会儿又湿漉漉的？

裴行妄平时很注意她的健康，像洗澡或者生理期这些小细节都会多多叮嘱。

"那我现在吹一下。"

说罢，南嘉又迈起脚步，往浴室走去。

谁知男人脚步更快，裴行妄肩宽腿长，三步并作两步，将吹风机拿了出来，霸道地将南嘉按在那里。

想到摄像头还在拍，南嘉有点不好意思："我自己来就行。"

"服务我媳妇儿，还是我在行。"裴行妄低眸看了眼笑盈盈的女孩，将她的长发分开，先是简单地梳理整齐，接着一绺一绺开始吹起来了。

吹风机呼呼地工作着，这吹风机看着也不新，估计有点年头了，声音格外大，可南嘉的心却安安静静，沉睡在尘世烟火的温柔里。

裴行妄毕竟是男人，梳理女人的长发不在行，可次数多了，也变得得心应手起来。

男人帮南嘉梳理长发的模样温柔，气质仍透着些许痞气，可细看，他眉眼之间荡漾着温柔。裴行妄一把扣住南嘉的肩膀，在她额头上面印上轻轻一吻。

"哎，其实我自己梳头就可以的，妄哥你赶紧洗澡去吧，我不用你帮忙的。"

吹头发也耽误了不少时间了。

裴行妄果断拒绝："帮我姑娘吹头发的时间总还是有的。"

南嘉突然多了点调笑他的心思：“那我竟然不知道，我们妄哥居然想成为‘Tony 老师’，不过这个技术嘛，看着也还行。”

裴行妄冷嗤一声：“要做也只做你一个人的‘Tony’。”

“岂止还行？”男人低头，嗓音变得低沉缓慢，“其他技术是非常行。”

南嘉的脸唰一下就红了，像是被蒸熟的螃蟹一样，再加上她本来就是刚洗过澡，白皙的肌肤变得红润，像是熟透的蜜桃。

这档节目一共录制七天。

录制到一半，大家就非常熟悉了。

这天，大家觉得有些无聊，林洲洲出了个主意：“要不然，今天我们让老公们比赛做饭怎么样？”

见林洲洲笑得格外开心，南嘉这才想起，那天林洲洲说的，以后将沈岸的优点展示出来，大家可别羡慕。

原来指的是做饭啊。

南嘉不知道沈岸的水平，反正她很相信裴行妄的水平。

最开始两人刚在一起，裴行妄只能做出南嘉爱吃的几道菜，其他菜水平相当一般。

可随着时间的推移，裴行妄的厨艺越来越精湛了。

南嘉点点头，没表示异议。

陈棉挽着徐烈的胳膊：“哎呀，那我们能退出吗？我家老徐不擅长这个。”

林洲洲笑着：“退出干什么。大家又不是比个你死我活，我就是觉得太无聊了，干脆做做饭，找点乐趣，而且你们有没有觉得我们每天吃节目组提供的饮食，有点腻了？哈哈哈。”

公然挑衅节目组的餐饮水平，南嘉也很佩服林洲洲的勇气。

陈棉想了想：“这样好不好？我跟老徐当评委吧，你们两队比赛，行不行？”

说比赛就比赛。

两个大男人一人一间厨房，每个人两个小时的做饭时间。

每个人都做了四个菜。

但还是有点区别的。

沈岸做的都是自己的拿手菜：“最近一段时间，我观察发现大家口味都偏重，喜欢川菜，所以我准备了四道大家喜欢的，可以品尝一下。”

而裴行妄却相反，准备的都是南嘉喜欢的。

陈棉率先发现：“裴老师，我感觉您做的这几道菜都很眼熟，这是不是南嘉喜欢的呀？”

裴行妄笑了笑：“是。”

“您怎么做的都是南嘉喜欢的呀？”

裴行妄睨了南嘉一眼，淡笑着说：“因为她喜欢，我才爱做，就成了拿手菜。”

播出这段的时候，观众又被“虐疯”了。

而在节目的最后，还有一个小小的彩蛋。

是每对夫妻给对方的寄语。

裴行妄穿了件蓝色衬衫，英俊的面容棱角分明，光线很亮，打光也很足，丰盈又温暖。

电视屏幕中的裴行妄好看极了，熟悉的眉眼像极了记忆中那个俊朗的少年。

此情此景，此时此刻，每一处细节，每一个细小的痕迹，都完完整整地刻进南嘉的心底，成为一生也忘却不了的存在。

裴行妄脊背笔直，身影落拓，面对采访老师侃侃而谈，笑起来还有股浓浓的少年气：“认识我太太之前，我一个人随性恣意，自由自在。”

“认识她之后，我只想让她开心，她开心我就开心。”男人懒洋洋地笑了笑，“她不开心，我就想尽办法让她开心。

“宠媳妇爱媳妇，才是裴行妄一生的终极奥义。”

Extra 4. 宝宝出生啦

结婚的第二年，南嘉终于将生宝宝纳入计划内。

许唯一和沈念余的宝宝出生的时候，裴行妄蠢蠢欲动，时不时跟南嘉商量，什么时候生个宝宝。

南嘉冷漠地翻个白眼："得看你什么时候把烟戒了。"

裴行妄当真无声无息将烟戒了。

当南嘉拥抱着他的时候，只能闻到淡淡的香水味道，再也没有那股熟悉的淡淡的烟草味了。

实不相瞒，竟然有点想念。

南嘉只能尽量多给他爱的抱抱："妄哥真棒，什么习惯都可以改掉。"

裴行妄很快就三十岁了。

南嘉想，在裴行妄三十岁之前，她想送他一份礼物。

两人预约了全套的检查。也不知道为什么，南嘉格外紧张。她打小身体就健康，裴行妄的身体素质就更不用多说了，可她还是觉得紧张。

第一项是尿检，采样之后，南嘉走出厕所，拉着裴行妄的手，小小的脸皱成了一团："妄哥，我有点难受。"

裴行妄皱眉，俯下身，拍拍她的后背："哪里难受？"

"不知道是不是没吃好，刚刚不停地吐。"

也不是因为在厕所才吐，南嘉今天就是很想吐，从早上起来就很不舒服了，不过她怕裴行妄担心，一直没说。刚才在厕所，这股子难受到达顶峰。

现在又似乎越来越想吐了。

裴行妄见南嘉脸色苍白，今天的检查说什么都进行不下去了，赶紧拉着南嘉去看医生。

医生又给他们安排了新的检查。

中午结果出来。

"恭喜你们，你们要做父母了。"

裴行妄和南嘉你看看我，我看看你，两个人都仿佛傻掉了。这是怎么回事？明明是备孕，为了生出健康的宝宝，安排了最详细的检查。这下倒好，宝宝竟然已经来了？

简直是天大的惊喜。

“医生，我们之前没做过检查，会对宝宝不利吗？”裴行妄担心地问道。

医生扶了扶眼镜：“没关系，你们的体检资料我们这边都有的，双方身体都很健康，一般来说，宝宝不会出问题。”

裴行妄一向话不多，此刻却喋喋不休起来：“真的没关系吗？我很担心……”

医生笑了：“相信你们双方的身体素质。”

缓了几分钟，裴行妄紧紧将南嘉抱住，下巴摩挲着她的头顶，眼底几乎要沁出眼泪：“嘉嘉，我们有宝宝了。”

“你要当妈妈了，而我，是孩子的爸爸。”

他的激动溢于言表，双手都在颤抖。

看着男人开心的模样，南嘉有点过意不去。其实刚结婚那会儿裴行妄就经常暗示想生个宝宝，可南嘉觉得自己还是个孩子，不想那么早承担责任，一直装傻充愣将这个事跳过去。

再后来就是许唯一生孩子，裴行妄正式提出了想生宝宝的要求。

南嘉考虑了一夜，想着夫妻感情稳定成熟，现在也年轻，身体好，很适合生宝宝，便答应了。

再然后就是裴行妄戒烟。

戒烟成功后，他们打算来做个全方面的体检。医生却告诉他们，宝宝已经来了。

这天晚上，月色淋漓地洒下来，裴行妄抱了南嘉很久很久，他就像个孩子一样抱着南嘉。两人就这么坐着，谁也不说话，可裴行妄不敢太使劲，生怕弄伤了宝宝。

她的小腹明明那样平坦。

南嘉瞧着他小心翼翼的模样，笑出了声：“妄哥，你还有没有点出息啊？”

“没出息，”骄傲的男人坦坦荡荡承认自己没出息，眼角都红了，“谢谢你，宝贝。”

自打南嘉怀孕之后，裴行妄放弃了所有的商业活动，专心在家陪伴南嘉。

本来南嘉还是很开心的，毕竟裴行妄工作特殊，两人大多数时候都过着聚少离多的生活。可当裴行妄真的在家，什么都不让她做，什么都不让她吃，南嘉就有点崩溃了。她好几次忍不住跟裴行妄吵架，气急了甚至还摔了东西，将抱枕什么的都丢了。

裴行妄就任由她发泄，一句话也不说，等她发泄完了，默默将东西捡起来。

南嘉也不是不懂事理，生气之后有些过意不去，又找裴行妄道歉，双眸中多了些湿漉漉的歉意。

男人宠溺地将她抱在怀中：“嘉嘉没错，永远都没错。”

南嘉将脸蛋贴在男人平展宽阔的胸膛中，掉下泪来：“妄哥，对不起，孕吐反应难受，是我脾气太急了。”

裴行妄不接受她的道歉，还在不停地反思自己是哪里做得不好。

有一次深夜，南嘉梦中转醒，发现身旁没有裴行妄。

原来，裴行妄在书房睡了过去。南嘉走过去给他盖毛毯，才发现裴行妄看的是关于如何安抚孕妇情绪的书，而且，他买了很多很多这样的书籍。

那一刻，她鼻尖一酸，落下泪来。

一餐一饭，一声细心的叮咛，都写满男人的爱意。裴行妄变了，曾经的浪子成了顶天立地可以依靠的男人。他将情绪掩藏心中，越发成熟，胸怀如大海宽阔。

次年冬天，霜浓月薄的夜，南嘉生下一女。

小名：裴小满。

裴行妄亲自在南嘉的掌心中描摹出两个字：小满。

见识过南嘉吐得上气不接下气的模样，见识过瘦弱的女孩被生产的阵痛折磨得脸色苍白如纸，手指酸软无力。裴行妄一遍一遍为她祷告，心疼地落下泪来。

这些年来，裴行妄何曾哭过?

男人的肩膀能扛起天地，他不会为任何事情难过。

裴行妄恨自己无法分担她的丝毫痛苦，直到孩子平安落地，男人仍旧眼角通红，俯下身亲亲她汗湿的脸颊：“谢谢你，宝宝。”

谢谢你，嘉嘉。

谢谢你，愿意给我一个家。

是你让裴行妄的人生得以圆满。

小满，小满，华枝春满，天心月圆。

这世界善变。

月圆月缺，花开花落，人世无垠。

可这世间又不变。

太阳如常升起，如常落下，午夜潮汐汹涌壮阔，皎如象牙的大雪如常洒落，将惊喜带给人间。

就像他们滔滔的爱意——

等到八十岁那年，脸上的笑容还能像十八岁那般光鲜漂亮，不被岁月的洪流吹散，不会沦为与世沉浮的沙粒，亦不会为往昔皱眉。

是爱意久久。

是爱你久久。

也是裴行妄爱南嘉久久。

Extra5. 和你的岁岁年年

转眼间，裴小满已经四岁了，已经长成了一个漂亮的小姑娘。

南嘉工作依旧不繁忙。这几年里，她又出版了三本小说，保持着每年一本书的出版频率，被读者称之为：高产作者。

家里有一个专职阿姨照顾裴小满。这小姑娘看着白白净净、软软糯糯，其实很难管理，要多顽皮有多顽皮，从刚学会爬的时候就把大人折腾得够呛。每次做错了事，裴小满直接咧嘴一笑，笑得格外甜，大人也舍不得批评她。

南嘉偶尔也会带着裴小满出去。

别墅区邻居不算多，也都是非富即贵，有的知道南嘉的身份，也有的不知道。

自从生宝宝之后，南嘉很少在公众面前露面，也只有在生下小满的那天，发布了一条微博——两只小手牵着一只小手手的照片。

好软萌！！

恭喜棟忘老师喜得一女！一家人要好好的啊！

裴老师和棟忘老师要永远幸幸福福地在一起啊！！

太甜了吧，这一家人。

裴行妄人气太高，“粉丝”不可能不好奇他的私生活，媒体也八卦，每逢有了采访的机会，总会将话题往这个方面扯。裴行妄也只是淡淡一笑，偶尔会提几句，轻描淡写，一带而过，可细看镜头前的男人，笑容是温和宠溺的。

他很爱他的妻子和孩子，很爱很爱。

南嘉也依旧在写歌，专为裴行妄创作，在圈内地位越来越高，更多的人慕名而来，想委托南嘉作词。可南嘉的经纪人只能笑一笑：“不好意思哦，棟忘老师只为裴老师一个人写歌呢。”

这在圈内被称之为最高级别的浪漫。

这天，是南嘉最新创作的小说《离别伊始》开启预售。预售当天，突破了十万册的好成绩。如今是信息网络化社会，阅读实体书的人越来越少，可南嘉在青春文学市场的地位无人能及。

出版社为南嘉准备了一场签售会。

地点就在南湖的文化广场，南湖与安湖仅仅隔了一个小时的车程。

出版社将文化广场一层包下来了，大概可以容纳两千人，提前做好宣传动员工作。

其实南嘉不需要开签售会，也不需要多做什么准备，她写的每一本小说都不愁卖，只是这也是每个小说作者的心愿吧，再加上“粉丝”强烈要求，出版社那边也很愿意配合。

签售会定在六月二十一日。

南嘉原本想着，开这场签售会纯粹为了圆“粉丝”和自己的心愿，至于有多少人参与，不重要，也不要计较得失。

可签售会的前一天晚上，南嘉失眠了。

给小满讲完了睡前故事，将甜甜的小宝贝哄睡之后，自己却翻来覆去睡不着了。

裴行妄第二天还有很要紧的行程，南嘉将翻身的动作放到最低，努力将呼吸调整到睡眠的状态，不想影响裴行妄休息。

可裴行妄还是发现了。

“因为签售会的事情？”男人的嗓音带着淡淡的倦哑，笑声懒洋洋的。哪怕时间翻山越海，可他身上仍旧充斥着浓浓的少年气。

南嘉叹了口气，轻轻“嗯”了一声。

裴行妄转过身来，将她抱在怀中，低笑了声：“我敢说一定座无虚席。”

“你别夸张了，”南嘉感叹，“能容纳两千人呢，现在也不是学生放假的时候，感觉不会有那么多读者。”

虽然她总是告诉自己心态要放平，不要计较太多东西，可每每想到如果只来稀稀拉拉几百个人，自己会崩溃掉的。

南嘉突然反应过来什么：“你别告诉我你准备找托。”

裴行妄摸了摸她的头：“我至于这么蠢吗？就是无条件相信我媳妇儿的人气罢了。”

第二天一早，南嘉定的六点的闹钟，她刚刚醒来，身旁的人已经不见了，裴行妄起得更早，身旁那块位置凉凉的。

出版社那边派来专车带她。

南嘉洗漱完之后，下了楼，看到餐桌上放着自己爱吃的早餐，这几年她口味变了，不再喜欢吃张阿姨家的鲜虾馄饨。

可裴行妄总会第一时间发现她喜欢什么，不遗余力去买、去学，每一个细节都做到极致。

牛奶已经温上了，杯子下面垫了张字条：

宝贝，记得喝热牛奶。一切顺利，你永远都是我的小公主。

南嘉到了签售会地点，在休息室准备了一下，时间就差不多了。

经纪人激动地推开门：“嘉嘉，真棒啊，今天来的人真的好多好多啊。我看排队都得很久很久，估计今天得满人，可能不止满人，天啊，好可怕啊！”

南嘉愣住了，缓了几秒钟才站起身，掀开窗帘，从这个角度刚好能看到楼下的场景。其实现在这个时间，读者已经进来得差不多了，可外面还是排了很长的队伍，来得晚的都没座位了。

想不到自己人气居然这么高。

整场签售会南嘉都蒙蒙的，她穿着漂亮的粉紫色裙子，虽然已经生过宝宝了，可还是像个纤丽的少女，站姿挺拔，皮肤白皙到发光。

第一个环节是台上的互动，主持人先是提了几个问题，前面几个问题都是关于创作经历以及创作背景，还问了为何南嘉这几年会将事业重心由作词转移到写书上。

“其实倒也没有觉得哪一项是重心啦。我现在写歌词比之前要随性许多，既然只为我先生创作，那么就会结余出来很多时间，我便将这个时间利用起来，于是就做起老本行啦。”

主持人揶揄一笑：“其实还有个问题我也在考虑要不要问，可是大家都很积极呢，那我趁这个机会干脆问了吧。都知道楝忘老师和裴老师是娱乐圈的恩爱夫妻，我们很好奇，结婚这些年，你们的相处方式会不会发生变化呢？”

南嘉欲哭无泪，走到哪里都逃脱不了裴行妄啊。

她笑了笑，双眸如常澄澈明亮：“我觉得我们跟热恋期其实没区别，要非说区别的话，大概就是——我先生更黏我了。”

台下的小读者兴奋地笑着。

“好想看看裴老师私底下黏人的样子啊。”

“楝忘姐姐笑得好甜，肯定超级幸福！”

南嘉又陆续回答了几个问题，主持人将剩下的三个提问机会交给了小读者。

南嘉本以为小读者会疼爱她一下，哪想到提出的问题走向了更为奇怪的角度。

“早上醒来，裴老师做的第一件事情是什么呢？”

南嘉装作不懂的模样，笑着说：“睁开眼睛？”

见大家一脸鄙视，南嘉捂脸，只好说：“嗯，你们猜得没错，其实是亲我一下。”

“你们打算什么时候给小满同学添个弟弟妹妹呢？”

其实不只是读者，身边很多人也提出过这个问题，南嘉已经回答无数次了，在这里只能再说一遍：“其实我都可以，但是，我先生不赞同我再生宝宝了。”

南嘉永远都记得，她生完小满的那天下午，混混沌沌地从梦中醒来，看到随性不驯的男人握紧了她的手，漆黑的眼睫紧紧闭着，泪水晕湿一片，男人眸中藏满刻骨的心疼，一字一顿地说：“宝宝，我们只要小满了，只有你，小满，和我。”

南嘉知道，裴行妄有多么心疼她。

再后来，她身体恢复得差不多了，裴行妄竟然偷偷结扎了。

“呜呜呜，又是为别人爱情流泪的一天。”

“真的想不到，裴老师这样高傲的男人，甘愿为自己的妻子无数次折腰。”

采访结束后就是签售环节。

也是今天的重点内容。

按照原计划，签售会到晚上八九点就可以结束，可南嘉低估了自己读者的战斗力。他们每个人都带了好几本，南嘉签到手抽筋，可心底却充斥着浓浓的幸福感，被人喜欢，被人需要，真的很幸福。

晚上十点，终于只剩下了最后一个读者。

这位小读者是个十六七岁的小姑娘，送给南嘉一盒亲手制作的拼图：“楝忘姐姐，我很喜欢你的小说，从你写第一本《像你的人》开始我就关注你了。别人只看到了暗恋的心酸，可我的关注点在于，女主角为了喜欢的人，一直在努力变好，所以我也是这样做的。”

南嘉站起来，给了小姑娘一个拥抱：“那我也祝愿你，越来越好。”

兴许是因为和偶像离得太近的缘故，小姑娘眸中有泪光浮现，嗓音也哽咽了起来：“真的特别开心能见到楝忘姐姐本人，谢谢姐姐的作品，姐姐一定要越来越幸福啊。”

跟小姑娘交流了几句，小姑娘依依不舍地离开了。南嘉叫经纪人出去帮小姑娘打个车，这么晚了，她也不太放心。

整个场馆都安静了下来。南嘉伸了个懒腰，写了太多字，她累得不轻，手腕酸酸涩涩的。

一瞬间的工夫，大厅内的灯光陡然暗了下来，亮起的是暖融融的橘色灯光，温柔又缱绻。

南嘉奇怪地往身后一看，什么异常都没有，再次回过神的时候，面前多了两个人。

眉目英俊的男人一只手拿着一束鲜红的玫瑰，另外一只手牵着小满，笑得格外温和：“我的宝贝，签售会快乐。”

裴行妄眉骨偏高，挺鼻薄唇，笑容带了点散漫不羁，嗓音低低的，又格外撩人，南嘉只觉得自己的耳郭都要因为这道好听的声线而酥麻。

小满穿着棉白的纱裙，酒窝很甜：“妈妈很棒，小满永远爱妈妈。”

小朋友的声音软软糯糯的，南嘉的心都快被萌化了，赶紧上前一步抱起女儿，朝着女儿软乎乎的小脸蛋上使劲亲了亲。

“宝宝今天在幼儿园有没有乖乖吃饭呀？每天都要喝四杯水，喝够了没？乖乖听老师的话没有呀？”

小满眨眨眼睛，偏偏只看向爸爸的方向，小腿晃荡着：“妈妈放宝宝下来啦，爸爸又吃醋啦！”

注意，小满用的是“又”。

因为之前也有好多次这样的经历，南嘉光顾着陪伴小满，导致裴行妄“猛吃飞醋”。

有一次南嘉看电视剧的时候，小满坐在旁边玩玩具，那正好是一部爱情剧。

小满眨巴着眼睛问：“妈妈，男主角为什么生气呀？”

当时南嘉几乎是下意识说出了答案：“男主角吃醋了。”

说完之后她才意识到，给小朋友灌输这种概念不太好，又想着补救，可小满低着头正在玩积木，似乎并没将她的话放在心里。

可是后来，每次裴行妄因为南嘉忙别的事情不理他而不开心的时候，只要他表现出一丁点的不乐意，小满总会用食指抵着小脸蛋，笑嘻嘻地说：“爸爸吃醋醋啦！”

此刻，南嘉无奈地将小满放了下来。

裴行妄蹲下身，平视小满，摸了把她的小脸，夸赞道：“小鬼真听话，回家爸爸带你买玩具。”

小满开心地转了个圈。

裴行妄走向南嘉，搂住她，额头抵着额头，用气音问：“想我了没？”

也就一天没见，还能怎么想啊？

南嘉抿了抿唇：“孩子还在这儿呢，腻歪什么啊？”

裴行妄“啧”一声笑了，将她放开。

本来今晚公司给南嘉准备了回去的车辆，可裴行妄订好了房间，决定带着母女俩在这边玩两天。

一家三口吃过饭，回到了宾馆，刚一进去，裴行妄就将手机丢给了南嘉。

南嘉被这个动作弄蒙了：“给我手机干吗？”

男人眉梢一扬：“不是说好了每次外出都要查岗吗？”

“这次是我外出啊。”

裴行妄淡淡笑着：“我这不是也外出了？”

南嘉嘴角抽了抽，好吧。

她象征性地翻了几下裴行妄的手机，也不知道裴行妄为什么如此沉迷于被查岗这件事。这个男人结婚后幼稚了很多，经常想以各种方式证明自己已婚的身份。

小满毕竟是小朋友，精力有限，回到宾馆就睡下了。

裴行妄将小满轻轻地抱到里面的卧室，又将那扇隔音门关得很紧。

“不用关那么紧，宝宝醒来了找不到妈妈会害怕的。”

闻言，裴行妄眸色炽热，哼笑一声。

男人嘴角上翘着，满满的愉悦感，南嘉无奈地叹口气，也不知道说什么好。

南嘉打开电视机，找到娱乐频道，正在播放一档热门的综艺节目。

裴行妄尝不到甜头，便将南嘉抱在腿上，手也不老实，摸着她腰间的软肉，淡淡笑着。

南嘉身体轻，两个人就这个暧昧的姿势拥抱着，裴行妄时不时凑过来吻她，只要不是太过火，南嘉都不会说什么。

“哎，对了，”南嘉拿出手机，“我今天看到你一个新闻……”

是一条与女“粉丝”的八卦。

南嘉一看就知道是记者故意扭曲拍摄角度，又将照片做了特殊处理，导致图片看起来就像是裴行妄与别的女人搂搂抱抱。其实是女“粉丝”上台献花，穿的高跟鞋太高，差一点儿就绊倒了，裴行妄好心将她扶起来。

当然谎言不可能天衣无缝，照片中也有一些细节能体现出来，比如，裴行妄扶“粉丝”的时候，将拳头攥起来，用的是绅士手。

他们夫妻恩爱，南嘉很喜欢将无良媒体的新闻当作无聊时闲谈的话题。

裴行妄看都不看一眼，拍了她的臀一下，口气散漫：“吃醋了没？”

“没有。”

裴行妄叹气，挑着眉梢垂眸睨她：“想看你吃醋，真难啊。”

南嘉煞有其事道：“我能看别人乱写？感情的事跟其他的不同，重点呢要用心体会，你是什么人不需要别人告诉我，就算告诉了我也不信，他们跟你认识的时间肯定没我们长。”

裴行妄品味着她的话，笑了声，可不是嘛，都认识了十几年了。

男人咬了一下她的耳垂，哼笑一声：“成，没白疼。”

综艺节目还在继续播出着，电视上恰好播到游戏环节，主持人问男艺人：“如果能拿到回到过去的三根火柴，你想做什么呢？”

南嘉对这个男嘉宾无感，因此看的时候也不怎么用心。

裴行妄注意到她的神态变化，手上的动作格外大胆了些。

南嘉不自觉揪住自己的衣服，生怕再擦枪走火，干脆找了话题：“妄哥，如果你能拿到回到过去的三根火柴，你会做什么呢？”

裴行妄垂头思忖几秒钟，然后眯了眯眸子，眼睫微敛，渗透出点点笑意，一字一顿，慢条斯理道：“第一，喜欢嘉嘉，第二，让嘉嘉喜欢我，至于第三……”

裴行妄目光往下看了看，笑得揶揄。

南嘉捂住了他的嘴，不让他继续说下去。

“妄哥，外面好像有动静。”南嘉穿好拖鞋，往阳台的方向走。

天空中燃起一簇一簇的烟火，整个世界都沉醉在炫目的烟花中，稀稀落落的斑驳光影洒下来，形成无数个璀璨的小点，跳跃在她薄薄的眼皮上。

烟花万千，旖旎盛大。

裴行妄单手插着口袋走过去，恰好看到南嘉嘴角牵起来，男人唇边也绽开一抹餍足的笑意。

只要她开心，他就开心。

这一场烟花秀久久没有结束。

“签售会还开心吗？”

“相当开心啦，没想到会来这么多人，读者们也很热情，就是有一点不太好，大家都不停地问我们的感情问题。”南嘉挠了挠头，“我感觉应该有一部分是你的“粉丝”。”

裴行妄“嗯”了一声：“那我下次告诉我的‘粉丝’，不许惹我太太不开心。”

南嘉浅浅一笑，眉眼弯弯：“其实也没有不开心啦。哎，你这人真够小气的，这点事还想给‘粉丝’说。”

大家之所以关心她的感情问题，并不代表她写的书不好看，只能说明感情问题也同样瞩目，值得关注。

裴行妄将一只手搭在南嘉的肩膀上，另外一只手揉了揉她的长发，然后与她的手交叠，慢条斯理地勾起一个宠溺的笑：“我这人呢，就有一点特别。”

“什么啊？”

一个轻柔的吻落了下来，一起落下的还有男人散漫的嗓音：“只偏心自家太太。”

南嘉踮着脚尖看向天空，笑容越来越大，跟裴行妄分享着感受：“妄哥，今天签售会很成功，现在又恰好赶上烟花秀，我觉得我很幸福，运气很好呢。”

裴行妄淡淡笑着，风从很远的地方吹过来，将南嘉的长发吹乱几许，他将她的长发缠绕在指尖，像他们难以分割的爱情，以亘古的姿态存在于彼此的生命中。

他的嘉嘉始终单纯。

烟花秀是他准备的，只准备给她一个人。

整片天空被烟花映照得亮如白昼。

“嗯，宝贝很幸运，以后也会幸运下去。”裴行妄低头亲亲她的额头，眼神充斥温柔，又在心里补了句——

而我也会在你身边陪伴，一直一直陪伴。

是我应该谢谢你，我的嘉嘉。

曾以为这一生孤独。

可是你来了。

带着无数个炽热的夏天，与我一同走进良夜，苍白的人生因为你而鲜活滚烫。

那一缕无法拥有的月光，经过年岁更迭，终于酿成枕边的春色，遥遥相望变成了岁岁年年。

Posterior. 那些年踏过的梦与繁花

记得我十三四岁的年纪，沉迷于市场上的各类青春文学，常常废寝忘食，一本接着一本读，不亦乐乎。那时候，我每打开一本小说，最先看的总是作者的后记。

读那些凛冽或者暖心的文字，时常觉得与作者零距离接触，那时候多么羡慕作者啊，羡慕她们的故事可以被广为流传。

于是我也幻想成为造梦人。

那时候我构思了一个又一个故事，取好了一个又一个充满梦幻色彩的好听名字，也曾经兴致勃勃告诉好友，决定将这些名字写进小说。

可落笔悉数夭折。那时的我到底年龄太小，没有写故事的能力，搞笑的是，后记写了一堆——我沉迷的便是与读者交流心得体会的感受。

那时好像也是此刻这样的夜晚，雨淅沥淅沥下个不停，只有一盏暗黄色的小台灯陪伴我度过晨与昏，我在书桌前，写下一行一行稚嫩又恳切的文字。

可我无数次怀念曾经的自己，怀念少时的无知无畏，一腔孤勇。怀念那时候的天马行空，不切实际的想象，也怀念课间十分钟可以做一场梦。

决定写这本书，也是因为某种机缘巧合，其实本打算写的文并不是这篇。可那段时间，少女嘉嘉的形象反复在我脑海中徘徊。

我一旦闭上眼睛，嘉嘉和妄哥的故事反复在我脑海中上演。少女嘉嘉的暗恋情愫，到后来勇敢表白，换来妄哥一声似笑非笑的“好啊”，再到后来这场恋情分崩离析，嘉嘉远渡重洋，重塑自我，每一个微小的细节，我都看得清楚真切。

有一股神秘又亢奋的力量推动着我，必须将他们的故事讲出来。

坦白说，我在感情中属于比较被动的一方，所以我的青春岁月可以说乏善可陈，我无数次写过的大开大合的情节从未在我身上发生过分毫。可能正因如此，我更偏爱洒脱逍遥、勇敢果断的女孩。

我很喜欢女主角南嘉，她身上有我在感情上缺乏的韧劲。她喜欢一个人，可以做到不计后果地追求，轰轰烈烈地爱一场，纵使万般深爱与不舍，也可以在感情即将走到尽头时，干脆利索做主动说“再见”的那一方。

少女的孤勇、坦率与真诚，终将撼动悬崖中丛生的荆棘，从峭壁中开出玫瑰。

过去的敏感与纠结，漫漫长夜受过的伤，旧时难挨的分分秒秒，终将被纪念，成为生命这条长河里，最熠熠生辉、不可或缺的一道光。

我始终记得写这本小说的心态，记得嘉嘉在酒吧里看似随性实则汹涌的告白，记得安湖大学校园里，妄哥与嘉嘉被人艳羡，还有那些秀过的恩爱，记得妄哥将一个女孩宠到极致的模样……也记得漫天交织的风与雪，妄哥为嘉嘉唱歌过生日。也是同样的大雪天，妄哥卑微到极致，眼睛通红地说喜欢嘉嘉快要疯掉了。

写这本书的过程非常艰难，尤其是写到中间的分手情节，我无数次跟朋友吐槽，不想写了，这辈子也不想写了。可一旦坐到书桌旁，猛灌一瓶凉水让自己身心清醒，一遍一遍加油打气，又好像变成了另一个人——即使艰难无奈，仍要义无反顾走下去。

为的只是信誓旦旦扬言要把这本书写完整的自己。

为的只是不辜负那个热爱文字，将文字当作乐园的自己。

小时候幻想变成超级英雄，拯救世界。

岁月变迁，如今只想居于书房一隅，做一个踏踏实实的造梦人，徜徉于星河，看很多地方的海，见很多有趣的灵魂，编织心中的梦与繁花给你看。

一起向前走吧，奔赴一场又一场盛大绚烂的梦，追寻更远更强烈的光。

祝愿拿到这本小说的你，平安喜乐，无忧无愁，永远自由如风。

碗决

于冬季夜雨 家中